Das Buch
Die Freundinnen Emma und Julia sind in den Achtzigerjahren dreizehn Jahre alt. Julia lebt mit ihrem Bruder in einer Familie mit gutbürgerlicher Fassade, doch ihr Vater Carl ist gewalttätig und unberechenbar, ihre Mutter Gisela leidet still vor sich hin und hat den Draht zu den Kindern verloren. Emma hingegen wächst bei ihrer alleinerziehenden und unkonventionellen Mutter Annika auf, die meist ein offenes Ohr für die Sorgen der Mädchen hat. Als die Sommerferien sich dem Ende zuneigen und eine Hitzewelle über der schwedischen Stadt liegt, taucht auf einmal ein Mann im Wald auf. Sein plötzliches Erscheinen fasziniert und erschreckt die Mädchen gleichermaßen und läutet einen Strudel von Ereignissen ein, der das Leben der beiden für immer verändert.
Ein Roman, der zeigt, wie wenig die Gesellschaft in der Lage ist, Mädchen und Frauen vor gewalttätigen Männern zu schützen.

Die Autorin
Maria Sveland, geboren 1974, absolvierte ein Studium am Institut für Film- und Fernsehwissenschaften in Stockholm und arbeitet seitdem als TV- und Hörfunkjournalistin. Geschieden, zwei Söhne. »Bitterfotze«, ihr erster Roman, sorgte in Schweden für großes Aufsehen und stand wochenlang auf den Bestsellerlisten.

Die Übersetzerin
Regine Elsässer übersetzt seit vielen Jahren aus dem Schwedischen, Dänischen und Norwegischen und lebt in Mannheim.

Maria Sveland

Häschen in der Grube

Roman

*Aus dem Schwedischen
von Regine Elsässer*

Kiepenheuer &
Witsch

Der Roman wurde für die deutsche Übersetzung von der Autorin überarbeitet.

Verlag Kiepenheuer & Witsch, FSC®-N001512

1. Auflage 2013

Titel der schwedischen Originalausgabe: *Att springa*
© Maria Sveland 2010. First published by Norstedts, Sweden, 2010.
Published by agreement with Norstedts Agency
Aus dem Schwedischen von Regine Elsässer

© 2013, Verlag Kiepenheuer & Witsch, Köln
Alle Rechte vorbehalten. Kein Teil des Werkes darf in irgendeiner Form (durch Fotografie, Mikrofilm oder ein anderes Verfahren) ohne schriftliche Genehmigung des Verlages reproduziert oder unter Verwendung elektronischer Systeme verarbeitet, vervielfältigt oder verbreitet werden.
Umschlaggestaltung: Barbara Thoben, Köln
Autorenfoto: © Leif Hansen
Gesetzt aus der Sabon
Satz: Felder KölnBerlin
Druck und Bindearbeiten: CPI – Clausen & Bosse, Leck
ISBN 978-3-462-04446-1

Für Carro

Ich träumte, dass ich lief
Ich weiß noch, dass ich lief

Bis es brannte im Hals
Blutgeschmack im Mund
Krämpfe in den Waden

Lief für alles, was das Leben wert
war

War es das wert?

Er stand auf dem Schotterweg und starrte sie direkt an. Strich sich zerstreut über den dicken Bauch, der viel zu groß war für die dünnen Beine in der kurzen Hose. Sorgfältig und ruhig wischte er sich mit einem weißen Taschentuch den Schweiß von der Stirn, ohne sie dabei aus den Augen zu lassen. Er wirkte insgesamt sehr beherrscht, nur der Schweiß verriet ihn ein wenig. Er strahlte Ruhe aus, als ob sein Auftauchen auf dem kleinen Waldweg das Selbstverständlichste der Welt wäre.

Emma bemerkte ihn vor Julia, sie ging immer einen halben Schritt voraus. Außer wenn sie liefen, da entfaltete sich Julias schlaksiger Körper, und sie verwandelte sich in eine Athletin von ungeahnter Kraft. Die schlechte Haltung verschwand, ihr Körper passte sich an und wurde stark und geschmeidig. Aber an diesem heißen Nachmittag ging Julia kurz hinter Emma, sodass sie in sie hineinlief, als Emma ohne Vorwarnung beim Anblick des Mannes auf dem Schotterweg stehen blieb.

Alles, was dann in diesem Sommer und Herbst geschah, begann genau dort, mit dem Mann, der in ihrem Wald auftauchte, auf ihrem Schotterweg.

Emma sah ihn und musste an das große Märchentrauma ihrer Kindheit denken, an das Trollbuch. Ein illustriertes Kinderbuch in Form eines Nachschlagewerks über Trolle. Erfundene Beschreibungen mischten sich mit schaurigen Geschichten über die Begegnungen von Menschen und Trollen im Wald. Trolle, die plötzlich mitten im Wald auf einem Schotterweg erschienen, genau wie er. Die gleiche schaurigschöne Begeisterung, damals wie heute, der Drang, die Geschichten immer und immer wieder zu lesen, obwohl sie dann kaum einschlafen konnte. Das Buch übte einen merkwürdigen Sog aus, fast wie ein Versprechen, dass das Leben ein Abenteuer war, voller wunderbarer und schrecklicher Dinge in einem einzigen Durcheinander.

Julia hatte ihr gerade von der neuesten Idee ihres Vaters erzählt, eine Sauna neben die Garage zu bauen, aber jetzt hielt sie inne und verstummte. Sie wollten zu ihrem Baum, wo sie in diesen Sommerferien jeden Nachmittag zugebracht hatten. In dieser grünglitzernden Laubhöhle hatten sie eng beieinander gesessen und über die wichtigen Dinge des Lebens gesprochen. Der Baum war die beste Entdeckung in diesem Sommer. Mal kühlte sie der Schatten der Blätter in der drückenden Sommerhitze, mal schützten sie sie vor dem Regen, wenn der Sommer eine Pause machte. Aber vor allem gehörte der Baum ihnen, niemand sonst kannte diesen Teil des Waldes am Rande der Siedlung. Eine vorübergehende Freistatt, die sie dringend brauchten.

Deshalb war es eigenartig, dass plötzlich auf dem Weg ein Mann stand und sie anstarrte. Als ob er auf sie gewartet hätte.

Gewissenhaft faltete er sein weißes Taschentuch zusammen und steckte es in die Tasche, den Blick immer noch auf sie gerichtet. Emma starrte zurück, sie konnte es nicht lassen, dabei überlegte sie, welche Fluchtmöglichkeiten es gab. Da rettete der Mann die bedrohliche Situation mit einem warmen Lächeln. Julia holte tief Luft, sie schauten einander an, lachten erleichtert auf und gingen weiter auf den Mann zu.

Sie gingen schweigend, erst langsam, aber je näher sie kamen, desto schneller.

Julia wollte gerade wieder vom demonstrativen Schweigen ihrer Mutter erzählen, der offensichtlichen Verärgerung über die Saunapläne des Vaters, als sie plötzlich hörte, dass die Welt stehen blieb. Es war faszinierend, zum ersten Mal zu hören, wie es klingt, wenn etwas nicht stimmt. Das Rascheln der Blätter hörte in dem Moment auf, als die Vögel zu singen aufhörten. Ein geheimer Zusammenhang, ein Warnzeichen, aber da waren sie schon zu nahe an dem Mann, um nicht zu merken, dass das Lächeln, das von Weitem warm und freundlich gewirkt hatte, sich in ein Wolfsgrinsen verwandelt hatte. Sie waren zu nah und konnten nicht verhindern zu sehen, wie der Mann mit einer schnellen Bewegung seine geschwollene Fleischwurst hervorholte und auf sie zeigte. Erstaunt blieben sie vor ihm stehen. Beide starrten sie wie verhext auf das rosalila Ding. Sahen, wie es in seiner Hand hin- und herpendelte, als würde es das Gleichgewicht verlieren. Tief in Emmas Körper breitete sich eine unbekannte Hitze vom Bauch bis zwischen die Beine aus. Brannte genau so, wie wenn sie verlegen war, blutschwer und pochend, es brannte und lähmte.

Der Mann hielt sein steifes Glied in der Hand, wippte es zärtlich auf und ab, dabei zog ein gequältes Lächeln über sein Gesicht.

Emma starrte fasziniert auf seine Erregung.

Ich könnte ewig hier stehen bleiben.

Sie wankte und verlor für einen Moment das Gleichgewicht, da packte Julia sie an der Hand und fing an zu laufen. Wenn Julia etwas konnte, dann war es laufen. Den ganzen Sommer über waren sie zu Emma gelaufen, zum Baum, in den Supermarkt, zum Park, überall hin. Der Schweiß lief ihnen über das Gesicht, und wenn sie dann zu Julia nach Hause kamen, empfing Julias Mutters sie mit sorgfältig geschminktem, erschrockenem Gesicht.

»Was soll denn dieses Gerenne, Julia, bist du nicht ein bisschen zu alt dafür?«, sagte Gisela dann, wenn sie sich ganz außer Atem an den gedeckten Tisch setzten und Julia sich gierig eine große Portion Kartoffelbrei auftat.

Julia ließ die Kritik ihrer Mutter wie immer an sich abtropfen. Sie war so sehr an Giselas Kommentare gewöhnt. Ein unendlicher Strom von Bemerkungen und milden Zurechtweisungen bekräftigten ein rumorendes Gefühl: Sie war einfach anders.

»Papas Tochter!«, sagte Gisela immer, eine Aussage, die Julia ärgerte, sie war weder wie ihr Vater noch wie ihre Mutter, und das war noch nie anders gewesen. Die Eltern hatten sie noch nie verstanden, und Julia wusste auch nicht, wer sie hinter den kontrollierten Gesichtern eigentlich waren. Sie waren nur zufällig der gleichen Familie zugeteilt worden, eine Mannschaft, ein Team, in einem großen gelben Haus, wo sie irgendwie zusammenleben mussten. Aber Julia wusste, dass sie sich nie freiwillig füreinander entschieden hätten.

In den dunkelsten Stunden im Zimmer mit den großblumigen Tapeten fantasierte Julia manchmal. Nachmittags, auf dem Bett, das einen Überwurf im gleichen blaugeblümten Muster wie die Tapete hatte, wenn die Staubkörner im Sonnenlicht tanzten. Dass sie bei einem Autounfall umkamen. Der Unfall verlief schnell und schmerzlos, sie merkten kaum, dass sie starben. Sie fuhren einfach in einen entgegenkommenden Lastwagen, der ihr Auto zu einem einzigen Haufen aus Blech und Fleisch zermatschte.

Sie standen einander verständnislos gegenüber, Julia und Gisela. Eine Fremdheit, die schützte.

Deshalb perlte die Kritik ihrer Mutter an ihr ab, sie konnte weiterlaufen, stolz wie eine Antilope, dass der Schweiß nur so tropfte. Deshalb konnte sie ihr diese neue Erfahrung nicht nehmen, dass sie eine andere Julia war, wenn sie lief. Eine Julia, die sie viel lieber mochte. Die laufende Julia war stark und schnell und hatte lauter Einfälle, während die alte meistens die Regeln der anderen befolgte.

Das gleiche vertraute Gefühl hatte sie auch, als sie jetzt

Hand in Hand mit Emma auf dem Schotterweg lief. Sie drehte sich um und sah, dass der Mann auch lief. Mit ungelenken Schritten, von denen eigentlich keine Gefahr ausging, außer durch den Wahnsinn, dass er sie wirklich jagen wollte. Aber da waren sie schon ganz nah an der Stelle, wo der Schotterweg abbog. Hinter der Kurve waren es nur noch ein paar Meter bis zu dem kleinen Trampelpfad, der zu ihrem Baum führte, durch Farne und Blaubeerbüsche.

Der Weg war durch den vielen Sonnenschein der letzten Wochen ganz trocken geworden, der Staub wirbelte jetzt um ihre Füße, die Farne schlugen gegen die nackten Schienbeine. Julia war zuerst da, sie zog sich mit den Armen am untersten Ast hoch und stützte die Füße an der rauen Rinde ab. Emma half von unten nach und kletterte dann mithilfe von Julias ausgestreckter Hand nach oben. Der Baum war warm, aber das dichte Laubwerk spendete Schatten und diente als Versteck. Julia lehnte sich an den dicken Stamm, Emma saß ein bisschen weiter außen, wo eine Astgabel wie ein Sessel geformt war.

»Kannst du ihn sehen?«

Julia flüsterte.

Emma reckte sich und spähte auf den Weg.

»Nein ... aber ich höre seine Schritte.«

Sie lauschten, und dann hörten sie den Kies unter den schweren Schritten des Mannes knirschen. Er blieb stehen und sah sich suchend um. Einen Moment schaute er geradewegs in den Wald und zum Baum, aber als sie glaubten, er habe sie entdeckt, ließ er den Blick weiterwandern.

»Mädchen! Wo seid ihr?«

Seine Stimme war leise, mehr ein Flüstern.

»Ich weiß, dass ihr irgendwo seid!«

Er ging ein paar Schritte, blieb dann wieder stehen und spähte in den Wald.

»Kommt raus und zeigt mir eure kleinen Fotzen! Fotzenmädchen!«

Die Stimme war jetzt lauter, schrill und ärgerlich. Er schlug mit der Hand auf die Büsche am Wegrand. Julia und Emma schauten einander an und versuchten, das hysterische Lachen zu unterdrücken, das zwischen den Händen aus dem Mund hervorbrechen wollte. Er sah lustig aus, wie er hin- und herlief, mit der einen Hand auf die Zweige schlug und mit der anderen immer noch sein rhabarberhartes Glied hielt.

»Ihr verdammten Fotzen! Fotzen! Hört ihr mich!«

Sein Rufen klang jetzt wütend.

»Ihr seid bloß zwei jämmerliche Fotzenmädchen! Versteckt euch nur, ihr habt ja keine Ahnung, was ich mit euch mache, wenn ich euch erwische!«

Er brach einen Zweig ab und schlug damit auf den Boden. Der Kies spritzte auf, flog ihm um die Beine. Er war offensichtlich ein Mann, der nicht zögerte, kurz und klein zu schlagen, was ihm in den Weg kam.

Emma lachte breit, Julia grinste zurück und hob den Mittelfinger in Richtung des Mannes. Sie schüttelten sich vor zurückgehaltenem Lachen. Dann hörte das Schreien des Mannes plötzlich auf, und die normalen Geräusche des Waldes kehrten zurück. Erst das Rascheln des Laubes im Wind, dann die Vögel, die einander vorsichtig zuriefen, dass die Gefahr vorüber war. Das leise Knirschen auf dem Kies, als der Mann sich entfernte. Sie warteten noch ein paar Sekunden, schauten sich dabei die ganze Zeit an, und das Lachen wuchs zu einem großen Brüllen, das sich nicht mehr zurückhalten ließ. Ein Lachen aus dem tiefsten Innern quoll hervor und übernahm die Körper. Ein todesverachtendes Höllenlachen, sie bogen sich und mussten sich anstrengen, nicht von den Ästen zu fallen. Sie pressten die Luft aus den Lungen, aber am Ende konnten sie nur noch keuchen. Julia versuchte, sich den Speichel aus den Mundwinkeln zu wischen, die Tränen liefen ihr über die Wangen.

Der Anblick der weinenden und lachenden Julia brachte Emma so zum Lachen, dass sie schließlich doch das Gleichgewicht verlor und mit einem harten Plumpsen auf die Erde fiel.

»Ist dir etwas passiert?«

Julia schaute zu Emma hinunter, die sich auf der Erde rollte.

»Es tut verdammt weh!«

»Lass mich schauen, ob man was sieht!«

Julia kletterte vom Baum und pfiff, als Emma die Hose runterzog und den roten Fleck zeigte, der schon am Steißbein zu sehen war.

»Das wird noch richtig schick!«

Der Schmerz war angenehm und passte zur Erregtheit, pochte um die Wette mit dem Blut in den Adern und ließ sie noch mehr schwitzen.

Vorsichtig schlichen sie auf dem Waldweg zurück zum Schotterweg, Emma ging voraus, Julia folgte ihr dicht auf. Die ganzen Sommerferien waren ohne jegliches Ereignis vorübergegangen. Bis auf die zwei Wochen, die Julia mit ihrer Familie auf dem Hof der Großeltern in Schonen verbracht hatte, waren sie immer nur zu Hause gewesen. Tagelang stromerten sie planlos im Vorort umher, gelangweilt schauten sie durch die Büsche in die Gärten der Nachbarn, in der Hoffnung, etwas zu sehen. Ganz egal was. Aber die Welt schien sich unter der Hitzewelle zu krümmen, und die Nachbarn waren ein Ausbund an Langeweile. Entweder schnitten sie mit manischer Präzision ihre gepflegten Rasen oder sie lagen mit einem Buch im Liegestuhl. Es war immer nur still und heiß, und am Ende hatten sie einfach aufgegeben. Sie saßen oft viele Stunden im Baum und sehnten sich danach, dass die Schule wieder losging. Das Wort *Ober-*

stufe schmeckte besonders. Eine ganz neue Schule! Zwei zementgraue fünfstöckige Gebäude beherbergten das Versprechen von einer Art Erwachsensein, und sie durften bald eintreten. Die Schule war dreimal so groß wie die bisherige Mittelschule. Aber wie spannend all das Neue, das sie erwartete, auch sein mochte, es war nicht mit dem hier zu vergleichen. Das Adrenalin, das durch die Körper strömte, war berauschend und klärte die Sicht. Emma blinzelte in das unbarmherzig grelle Sonnenlicht. Das war das Leben, das Herz pochte plötzlich, endlich, vor Erregung. Von nun an war alles anders, alles konnte geschehen. Emmas braun gebrannte Arme bekamen eine Gänsehaut, dünne blonde Härchen standen ab. Julia sah es und strich mit den Fingerspitzen über ihren Arm. Auch das verursachte einen wohligen Schauer, und Emma musste ihre Arme unter ihr Oberteil stecken, während sie auf dem schmalen Pfad weiterstolperten.

Wie schon so oft tat ihr Herz in Julias Nähe weh vor Zärtlichkeit. Wenn sie mit Julia zusammen war, dann war die Luft immer voller Sauerstoff, das Flattern in der Brust verschwand, und das Lachen lauerte immer um die Ecke. Jeden Moment konnte es hervorkommen.

»Wir gehen zu dir, nicht wahr?«

Julia schaute sie fragend an.

»Unbedingt!«

Sie waren nur selten bei Julia zu Hause, obwohl sie in einem Haus wohnte, während Emma und Annika nur eine Wohnung hatten, drei Zimmer mit Küche.

Irgendetwas war komisch mit Julias Elternhaus, aber darüber hatten sie noch nie gesprochen. Es hatte wohl mit der Stille und dem stechenden Geruch nach Putzmitteln zu tun. Etwas hing in den Tapeten und dem gebohnerten Parkett und den Gardinen aus steifem, glänzendem Material. Ein schwacher Geruch von Kaffee, der stärker wurde, je näher man zur Küche kam. Ein Geruch nach Gummi, er stammte von Giselas Gummihandschuhen, die sie beim Putzen anhatte, er mischte sich mit ihrer parfümierten Handcreme, wenn sie die Putzhandschuhe auszog.

Mit ihren gelben Gummihandschuhen und ihrer hellblauen Schürze schien Gisela in eine andere Zeit zu gehören. Trotz der Putzkleidung war sie immer perfekt geschminkt, rosa perlmuttglänzender Lippenstift und passender Nagellack. Ganz anders als Emmas Mutter, Annika, mit den langen, braunen Haaren, die sie entweder offen trug oder zu einem losen Knoten gebunden hatte, und dem schwarzen Kajal, der ihre blaugrauen Augen betonte. Annika sah mit ihrer schmalen Jeans erheblich jünger aus als die meisten Mütter ihrer Freundinnen. Das war Emma einerseits peinlich, und andererseits machte es sie stolz. Annika benahm sich selten wie andere Mütter, schon gar nicht wie *alleinerziehende* Mütter. Emma wusste, dass Annika viel redete, manchmal zu viel, ziemlich oft sogar. Niemand wusste besser als sie, dass Annika sich manchmal zu breit machte. Sie hatte das Bedürfnis, immer und überall ihre Meinung kundzutun. Und konnte den Mund nicht halten. Sie strahlte etwas aus, das eine eindeutige Wirkung auf die Menschen in ihrer Umgebung hatte: entweder verliebten sie sich, oder sie verabscheuten sie.

Manchmal fragte Emma sich, was Julia über ihre Mutter dachte. Sah sie die Sorgenfalte auf Giselas Stirn? Hörte sie ihren genervten Tonfall? Dass alles wie ein Vorwurf klang?

Über bestimmte Dinge sprachen sie einfach nicht. Eine stille Übereinkunft, nicht daran zu rühren, sie undiskutiert zu lassen. Wie die Fremdheit, die Julia und ihre Eltern offenbar füreinander empfanden. So ganz anders als die Nähe zwischen Emma und Annika, eine Nähe, die Emma manchmal fast wahnsinnig machte. Aber das war wohl der Unterschied, ob man mit beiden Elternteilen und einem kleinen

Bruder lebte oder in trauter Zweisamkeit. Vielleicht war es in allen Familien mit einem Vater so? Vielleicht war der Abstand zwischen den Familienmitgliedern in Julias Familie natürlich und die Nähe zwischen Emma und Annika unnatürlich?

Das verwirrte Emma, und wenn sie, selten genug, bei Julia war, sehnte sie sich nach Hause und zu Annika.

Eins war besonders auffällig und verknüpfte auf merkwürdige Weise die ständige Kritik und den Geruch nach Putzmitteln: die Stille bei Julia zu Hause. Dort gab es einfach keine Geräusche. In einem Haus mit vier Personen sollte man doch etwas hören. Das Poltern, wenn jemand die Treppe herunterlief, Klappern aus der Küche, wenn Gisela kochte, ein Radio im Hintergrund, irgendetwas. Aber bei Julia gab es nie Gepolter oder Geklapper. Als ob alle Zimmer schallisoliert wären und alle Familienmitglieder ständig eine Abart des Schweigespiels spielten. Es war eine Stille, von der man Kopfjucken bekam, als hätte man plötzlich Schuppen.

Bei Emma zu Hause war immer das Radio an, oder Annika spielte laut irgendwelche Musik, und dazu sang oder redete sie in der Küche. Ein ständiges Geplapper, entweder am Telefon mit einer Freundin oder eine aufgeregte Bemerkung zu jemandem im Radio, der etwas *unglaublich Blödes* sagte. Bei Annika klapperte immer das Geschirr, wenn sie deckte oder spülte, das Essen brutzelte übertrieben, kochte wild, lief über und auf den Herd, das führte zu weiteren Flüchen und dem Geräusch des Wasserhahns, wenn sie den Lappen nass machte, um den Herd abzuwischen. Es war eine wilde Geräuschsymphonie, die nichts dämpfen oder zum Schweigen bringen konnte, Geräusche, die Liebe und Geborgenheit bedeuteten. Stille hingegen machte Emma nervös.

Die Kreuzung bildete die Grenze zwischen dem Wald und der übrigen Welt voller Menschen und Häuser. Ein kurzes Stück Weg, das kaum befahren war, genauso leer wie das Niemandsland, das sie gerade verließen. Das Naturschutzgebiet, der Wald oder *Nebel*, wie die meisten Leute es nannten. Der Name stammte daher, dass 1970 am anderen Ende des Naturschutzgebiets eine Autofabrik gebaut worden war, und der Rauch, der ständig aus den Schornsteinen aufstieg, oft wie ein Nebel über dem Wald lag.

Julia leckte sich ein paar Schweißtropfen ab, die wie ein Schnurrbart auf der Oberlippe glänzten.

»Das ist gar nicht nett, kleine Fotzenmädchen so mit dem Rhabarberpimmel zu erschrecken!«

Sie verzog ihren Mund zu einem breiten Lachen, das ihr Gesicht schief teilte. Emma schaute sie an und lachte zurück.

»Wirklich nicht. Wir sollten ihm irgendwie eine Lektion erteilen.«

»Ihn töten!«

»Ich glaube, es reicht, wenn wir ihn erschrecken.«

»Und wie?«

»Weiß nicht. Uns wird schon was einfallen.«

Emmas braune lange Haare lagen wie eine warme Pelzmütze auf ihrem überhitzten Kopf, sie versuchte, sie zu einem dicken, zauseligen Knoten zu drehen. Das half ein wenig, obwohl die Kopfhaut schweißnass war.

»Mein Gott, hab ich einen Durst!«

»Ich auch. Sollen wir zum Kiosk gehen und Limo klauen?«

Julia schaute Emma an, die lachte und sie in die Taille kniff. Sie schrie auf und hüpfte zur Seite und schlug nach Emmas Händen.

Julia schüttelte die Haare, die ihr über die Augen hingen, aus dem Gesicht, aber sie fielen gleich wieder zurück. Emma hatte sie noch nie mit hochgesteckten oder geflochtenen

Haaren gesehen, und bestimmt war Julia noch nie bei einem Friseur gewesen.

Annika hatte Julia einmal gefragt, ob sie ihr die Haare flechten dürfe. Julia hatte sie fragend angeschaut und dann verlegen die Augen niedergeschlagen und leicht genickt. Die Haare waren der deutlichste Beweis dafür, dass weder Julia noch sonst jemand sich darum kümmerte, wie sie aussah. Der Grund für Annikas lächelnden Vorschlag, ihr die Haare zu flechten, war wohl das Erstaunen über Julias ungepflegtes Aussehen, das sah man an ihrer gerunzelten Stirn. Annika setzte sich hinter sie und bürstete die Haare mit langen gleichmäßigen Strichen, genauso wie sie jeden Abend Emmas Haare bürstete. Das war ein Ritual, das es gab, solange sie sich erinnern konnte. Emma saß vor dem Sofa auf dem Boden, schloss die Augen und genoss das Bürsten, bis die Kopfhaut brannte.

Julia saß die ganze Zeit schweigend und mit weit offenen Augen da, ihr Rücken war kerzengerade, daran sah man, wie angespannt sie war. Plaudernd und summend flocht Annika zwei Zöpfe.

»Schau mal, wie hübsch du geworden bist!«

Sie schob Julia vor sich her zum großen Flurspiegel, stellte sich hinter sie und ließ die Hände auf Julias Schultern ruhen. Julia errötete und sah so unglücklich aus, dass Emma Annikas Komplimente beendete und Julia am Arm fasste und wegzog.

»Wir müssen gehen!«

Annika schaute ihnen nach. Niemand sagte etwas über die Zöpfe, und am nächsten Tag hatte Julia wieder die gleiche zauselige Unfrisur.

Julia war hübsch, das konnte man sehen, wenn man sie genau betrachtete, aber die feinen Züge verschwanden hinter den strähnigen Haaren, den hochgezogenen Schultern und den Kleidern, die immer eine Größe zu klein waren.

Die Ärmel waren zu kurz, und die Hosen gingen ihr selten bis zu den Fußknöcheln. Als ob Gisela nicht bemerkte, dass Julia ständig wuchs und jeden Monat ein Stück größer wurde.

Oder sah sie es und scherte sich nicht darum?

Dabei trug Gisela selbst immer passende Kleider, Rock und Blazer, und war immer tadellos geschminkt. Es war eigenartig, wie jemand, der so sehr auf das eigene Aussehen achtete, nicht sah, dass die Tochter einen Haarschnitt oder neue Kleider brauchte.

Der Kiosk lag zwischen Julias Siedlung und Emmas Miethaus. Es war kein richtiger Kiosk, eher eine Art Minimarkt mit ein paar Milchkartons, deren Datum abgelaufen war, Süßigkeiten, Zigaretten und Getränken.

In diesem Kiosk arbeiteten seit ewigen Zeiten Ewert und seine Frau Stina. Das ständige Stillsitzen in Kombination mit einem nie versiegenden Angebot an Kokosbällen und Schokoküssen hatte bei beiden zu unglaublichem Körperumfang geführt. Schwer und langsam wankten sie auf den wenigen Quadratmetern hin und her, wenn sie nicht auf einem der strategisch platzierten Hocker saßen.

Dass ausgerechnet dieser Kiosk das Ziel von Emmas und Julias Besuchen wurde, war kein Zufall. Weil die Besitzer ihre Körper so träge bewegten, machten sie auch den Eindruck minderer Intelligenz. Die Mädchen waren überzeugt davon, dass man Ewert und Stina leichter hinters Licht führen konnte als andere Ladeninhaber. Während der Sommerferien hatten sie es sich zur Gewohnheit gemacht, hier Süßigkeiten und Getränke zu mopsen. Wenn es schon keine anderen Abenteuer gab, musste man sich welche schaffen, und der Mann mit dem Rhabarberstängel war erst jetzt, eine Woche vor Schulanfang, aufgetaucht.

Der Trick beim Klauen war, dass man eine Kleinigkeit

kaufte. Eine von ihnen musste Ewert oder Stina für einen Moment ablenken, damit die andere Süßigkeiten oder Limo einstecken konnte. Das Sicherste war, wenn sie genug Geld für ein Softeis hatten. Während Ewert mit dem Rücken zu ihnen stand und die Waffel mit dem Eis füllte, konnten sie jede Menge Schokolade und andere Köstlichkeiten einstecken. Aber jetzt fanden sie nur fünf Kronen in Emmas Tasche, Julia suchte in ihren Jeans.

»Nein, nichts. Es muss auch so gehen.«
»Ich kaufe ein Kaugummi und du nimmst was zu trinken.«
»Okay.«
Ewert saß auf einem Stuhl hinter der Kasse und atmete schwer. Die nachmittägliche Hitze und Essengerüche lagen wie eine kratzige Decke über dem kleinen Laden.
»Hallo!«
Emma lachte Ewert freundlich an und ging zur Kasse zu den Plastikgefäßen voller Kaugummi und Süßigkeiten, die man einzeln kaufen konnte.
»Hallo, hallo. Heiß heute, was?«
Er schnaufte und pustete Luft aus, um zu unterstreichen, was er gerade gesagt hatte.
Sie nickte und studierte sorgfältig das Angebot an Süßigkeiten, schien gründlich und lange zu wählen.
»*Shake*, schmeckt das nach Lakritz?«
Ewert erhob sich mühsam von seinem Hocker und schaute das Kaugummi an, das Emma hochhielt.
»Ich glaube schon.«
»Dann will ich es nicht. Ich kann Lakritz nicht leiden. Habt ihr ein Kaugummi, das nach Erdbeeren schmeckt?«
Ewert betrachtete unschlüssig seine Plastikgefäße. War vielleicht erstaunt über die Ernsthaftigkeit, mit der man ein Kaugummi für fünfzig Öre wählen konnte.
»Das da vielleicht?«
Er hielt ein Kaugummi mit rosa Papier hoch.

Emma studierte es mit gerunzelter Stirn.

»Das schmeckt nach Himbeeren, glaube ich.«

Ewert seufzte tief. Plötzlich schien sich der lange, heiße Nachmittag gegen ihn zu wenden, das letzte bisschen Dienstfertigkeit löste sich auf, er sank wieder auf den Hocker und rief:

»Stiiina, kannst du mal kommen?«

Seine Stimme überschlug sich, Emma drehte sich um und merkte, dass Stina nicht wie sonst hinten im Aufenthaltsraum war, sondern im Laden. Julia hockte vor den Flaschen mit den Limonaden, und zwei Flaschen beulten sich schon unter ihrem dünnen T-Shirt. Emma sah, dass Stina es sah. Dass Stina sie vermutlich schon die ganze Zeit beobachtet und auf den richtigen Moment gewartet hatte. Dreißig Mal, vielleicht noch öfter, hatten sie hier etwas gemopst. Nicht ein einziges Mal waren Ewert und Stina gleichzeitig im Laden gewesen. Aber an diesem merkwürdigen Tag schien sich die ganze Welt in etwas Neues verwandelt zu haben, mit neuen Regeln und Gesetzen.

Stina war erstaunlich schnell, dafür dass sie so dick war. Sie packte Julia am Arm und zog sie auf die Füße. Gesicht und Hals hatten rote Flecke vor Wut und sie zischte:

»Was zum Teufel machst du denn da, Mädchen? Was? Antworte mir!«

Julia blickte sich verzweifelt nach einem Fluchtweg um. Emma dachte nicht lange nach, sie lief zu ihr und schlug Stina auf den Rücken.

»Lass sie los! Du sollst sie loslassen!!!«

Stina drehte sich erstaunt um, Julia konnte sich losreißen und zur Tür laufen. Ewert an der Kasse hatte verstanden, dass etwas im Gange war, und stand von seinem Hocker auf. Julia lief an ihm vorbei, Emma hinterher. Er machte einen vergeblichen Versuch, sie festzuhalten, aber es gelang ihm nicht. Aus dem Laden hörte man Stina schreien.

»Mach was, Ewert! Halt sie fest!«

Sie drehten sich um und sahen, dass Ewert einen halbherzigen Versuch machte, ihnen nachzulaufen. Schon nach ein paar Metern gab er auf und fasste sich an die Brust. Sie hörten sein Schnaufen, obwohl sie schon mindestens zwanzig Meter weg waren. Sie liefen, Julias Körper verwandelte sich, die Muskeln spannten sich an, das Blut pulsierte.

Laufen bis in alle Ewigkeit und nie mehr stehen bleiben.

Das Gefühl, wenn der Körper *funktionierte*. Nichts gab ihr ein solches pochendes Freiheits- und Glücksgefühl.

Sie kamen in die Wohngegend, wo es jede Menge Hinterhöfe gab, in denen man sich verstecken konnte. Sie setzten sich zwischen zwei Fliederbüsche. Julia zog die Limo unter ihrem Hemdchen hervor, machte die Kapsel mit den Zähnen ab und reichte Emma die Flasche.

»Sie haben mir fast schon leidgetan!«

Emma trank gierig und in großen Schlucken.

»Mir auch! Als er uns hinterherlaufen wollte. Der Ärmste!«

Sie saßen schweigend da und dachten über die Ereignisse des Tages nach. Julia studierte eine Ameise, die in einem See von Limo um ihr Leben schwamm. Irgendetwas verkrampfte sich im Bauch, Emma überkreuzte die Arme als Schutz vor dem Bösen. Sie wusste plötzlich, ganz klar, dass dieses Neue ihr nicht gefiel.

Gisela schleppte den schweren Staubsauger durch die Diele ins Wohnzimmer. Ein wohlbekannter Schmerz im unteren Rücken ließ sie sich aufrichten, und sie sah sich im großen Flurspiegel. Sie schnitt eine Grimasse, war aber doch zufrieden, als sie ihr tadellos geschminktes Gesicht sah. Das graue zweiteilige Kleid war ihr privater Protest gegen die jugendliche Mode. Gegen enge Jeans und ausgeschnittene Tops, in denen erwachsene Frauen aussahen wie frühreife Teenies.

Manchmal erschrak sie, wenn ihre wildgewachsene Tochter hereinstürmte, schmutzig und verschwitzt vom Tag im Freien. Das Fremdsein war gegenseitig. Julias Blick konnte so voller Verachtung sein, wenn sie sah, dass sich ihre Mutter abwandte. Aber beide waren ebenso überrascht, wenn hin und wieder die Trauer sie erreichte, ihnen sanft in den Nacken blies und von Sehnsucht und Nähe flüsterte, die es einmal zwischen ihnen gegeben hatte, in einem anderen Leben.

Freitags hatte Gisela immer frei, sie arbeitete als Verkäuferin oder Kosmetikerin, so nannte sie selbst ihre Arbeit, in der Parfümerie Schmetterling.

Sie liebte ihre freien Freitage, da konnte sie alles schön machen fürs Wochenende und in aller Ruhe das Essen vorbereiten. Heute würde es Schweinefilet mit Kartoffelstampf und Rotweinsoße geben, Carl liebte es. Den Salat aus Tomaten und Zwiebeln würde er kaum anrühren, der war für sie. Erik aß nie Gemüse, und Julia würde nur die Kartoffeln und die Soße essen. Wie sehr sie auch auf sie einredete und betonte, dass sie Protein zum Wachsen brauche, es würde ihr nicht gelingen, sie dazu zu bringen, Fleisch zu essen.

»Ich finde es eklig!«, hatte sie neulich voller Verachtung gesagt, als Gisela fragte, warum sie das Fleisch beiseiteschob.

»Aber du kannst nicht nur von Gemüse leben!«

Gisela hatte Carl hilfesuchend angeschaut, der hatte sie nur ärgerlich gemustert.

»Du isst jetzt das Fleisch! Ich will in diesem Haus nichts von irgendwelchem Vegetarier-Unsinn hören!«

Julia hatte wütend zurückgestarrt und ihn angefaucht.

»Ich denke ernsthaft darüber nach, Vegetarier zu werden!«

Carl hatte laut gelacht, scharf und hart wie Porzellan.

»Ein fleischessender Vegetarier, was! In diesem Haus wird Fleisch gegessen und damit basta!«

Julia war in ihr Zimmer gelaufen und den ganzen Abend nicht mehr heruntergekommen. Besorgnis hatte in Gisela mit Ärger gekämpft, und schließlich hatte sie ein Tablett mit einem Glas Milch und zwei Käsebroten nach oben getragen.

Der Staubsauger startete mit einem Brüllen, und sie ließ ihn geübt über das polierte Eichenparkett gleiten. Das war das letzte Zimmer, dann war sie fertig. Sie atmete schwer von der Anstrengung.

Jetzt kam die Belohnung nach zwei Stunden Putzen, sie schloss sich ins Badezimmer ein und korrigierte sorgfältig ihr Make-up. Tadellos, nicht zu viel, nicht zu wenig.

Das Badezimmer roch stark nach ihren Cremes und Parfüms, die ordentlich auf den kleinen Regalen standen. Hier war es immer sauber und schön, kleine Porzellanschalen mit getrockneten Rosen, und mittendrin der riesige Badezimmerschrank. Ein kosmetischer Altar.

Sie cremte sich die Hände ein und sah Carls verbissenes Gesicht vor sich. Er stand schon den ganzen Sommer unter Druck, weil er auf den Bescheid der Geschäftsleitung wartete, ob er der Nachfolger von Bengt Sandström als Geschäftsführer würde. Diese Entscheidung wurde dauernd verschoben, und Carl war noch angespannter und reizbarer als sonst. Auf diese Beförderung wartete er, seit er als Zwanzigjähriger bei der Autofabrik angefangen hatte, aber irgendwie war immer nur Gisela der Grund für seine ständige Unzufriedenheit.

Sie waren ein ungleiches Paar, niemand wusste das besser als sie. Er reserviert und ernsthaft, sie nervös und flattrig. Früher hatte sie geglaubt, er liebe sie wegen ihrer vorsichtigen, unsicheren Art. Aber nun wusste sie es besser. Er verabscheute diesen Wesenszug, genauso wie er alles andere an ihr zu verabscheuen schien.

Und wenn sie sich hin und wieder in der Sehnsucht verlor, dass sie wie alle anderen waren, ein liebevolles, schönes Ehepaar, dann sagten ihr die Blicke der anderen sehr schnell, dass dem nicht so war.

Niemand hätte geglaubt, dass Carl jemanden mit ihrem Hintergrund zur Ehefrau nehmen würde, am allerwenigsten sie selbst. Im Fernsehen hatte sie einmal eine Sendung mit einem bekannten Schauspieler gesehen, der von seiner Kindheit mit der alleinerziehenden Mutter in einer kleinen Wohnung in einem Stockholmer Vorort erzählte. Gisela war vor dem Fernsehgerät sitzen geblieben, unfähig aufzustehen. Eigenartigerweise schien er fast stolz zu sein, als er erzählte, wie er sich durchgebissen hatte, immer weiter nach oben. Dass er es aus eigener Kraft ans Königliche Theater geschafft hatte, ohne Kontakte. Aber wie konnte jemand stolz sein auf eine so ärmliche Herkunft?

Sie selbst schämte sich wie ein Hund und tat alles, um nicht daran erinnert zu werden. Mit der Zeit hatte sie eine innere Einstellung entwickelt, eine Art Lebensphilosophie, die darauf hinauslief, dass man die Wahl hatte und sich auf das konzentrieren konnte, was gut war. Sie verachtete Menschen, die klagten, in ihren Augen war das verwöhntes Gejammer. Man konnte sich entscheiden und das Schlechte nicht beachten. War das Glas halb leer oder halb voll? Das war doch eine Frage der Einstellung.

Deshalb richtete sie ihren Blick auf Carls Herkunft und nicht auf ihre eigene.

Carl Malmquist. Aufgewachsen im Ostteil der Stadt, wo schöne Häuser die Straßen säumen. Er stammte aus einer alten Unternehmerfamilie, Carls Vater hatte in den Sechzigerjahren das erste Autohaus der Stadt gegründet, die Mutter war Hausfrau. Gisela musste lächeln, wenn sie daran dachte, wie Carl als Kind sorglos durch die vielen überdimensionierten Zimmer der Villa gelaufen war, nicht unähnlich dem Haus, das sie jetzt bewohnten.

Niemand hatte damit gerechnet, dass Carl sich Gisela zur Frau nehmen würde, und in bestimmten Kreisen wurde auch noch lange indigniert geflüstert. Ein Flüstern, gefolgt von schiefen Blicken, die nie Carl trafen, sondern immer nur sie. Sie wurde nie eine von ihnen, sosehr sie sich auch anstrengte.

Carl und Gisela sahen sich zum ersten Mal, als er die Parfümerie Schmetterling betrat und nach einem passenden Parfüm für eine Fünfzigjährige, seine Mutter, fragte. Ihm gefiel wohl vor allem ihr nettes, ordentliches Äußeres. Sie wollte gerne glauben, dass ihr tadelloses Auftreten, verstärkt durch ihre professionelle Bedienung, ihm zusagte. Er hatte lachend gesagt, er habe keine Ahnung, was für ein Duft zu seiner Mutter passen könnte, und Gisela hatte süß gelächelt und geantwortet:

»Seien Sie ganz beruhigt, das herauszufinden ist unsere Aufgabe. Sie sind genau an der richtigen Stelle.«

Diese Erinnerung war ihr immer noch lieb und teuer, es war ein Ort, an den sie gerne zurückkehrte.

Sie hatte einige Flaschen hervorgeholt und Proben auf ihre schmalen Handgelenke gesprüht, so zierlich und zart, dass Carl sie mit einer Hand hätte umfassen können. Das tat er jedoch nicht, er roch übertrieben, schnüffelte geräuschvoll und berührte mit seiner Nasenspitze fast ihre zarte Haut, was ihr ein keckes kleines Lachen entlockte.

Hatte er schon da verstanden, dass sie eine perfekte Ehefrau abgeben würde? Freundlich, nett, zugeneigt, sogar hübsch anzusehen, nicht streitsüchtig, ausgesprochen vorzeigbar.

Sie gingen schon am gleichen Abend in die Konditorei Tre Bagare. Er lud sie zu Kaffee und einem Vanilleherz ein, sie aß es in vorsichtigen kleinen Bissen.

Sie war erst neunzehn und arbeitete seit zwei Jahren in der Parfümerie. Erst als Aushilfe an Sonntagen und im Sommer, dann nach dem Schulabschluss als Vollzeitkraft. Ihre Erfahrungen mit Jungen und Männern waren so gut wie nicht vorhanden. Nicht dass sie hässlich gewesen wäre, zumindest nicht hässlicher als andere. Geschminkt und mit Haarspray sah sie richtig gut aus. Die Leute schienen sich nur ihren Namen nicht merken zu können.

Als Verkäuferin verwandelte sie sich, sie traute sich, den Kunden Tipps zu geben, erklärte und argumentierte, warum blumige Düfte besser zu älteren Damen passten und ein sportliches, frisches Parfüm zur Jugend gehörte. Sie liebte ihre Arbeit, sie war ihr Stolz, ihre Fahrkarte zur Freiheit des Erwachsenenlebens. Die Arbeit gehörte auch zu den wenigen Dingen, die sie gegen Carls Willen durchgesetzt hatte. Am Anfang hatte er nichts dagegen gehabt, dass sie weiter arbeitete, aber als er zum Einkaufschef befördert wurde und Julia auf die Welt kam, hatte er ihr klargemacht, dass er es weder nötig noch passend fand.

»Dein Lohn, Gisela, spielt für unser Einkommen keine Rolle. Meine neue Arbeit wird einiges an Repräsentation mit sich bringen, und ich erwarte, dass du mich da unterstützt.«

Sie hatten gerade das Haus gekauft, und Gisela wusste, dass es seine Zeit brauchte, alles sauber und ordentlich zu halten.

Bisher hatte sie freudig alle äußeren Veränderungen mitgemacht, die Carl vorschlug. Sie hatte aufgehört zu rauchen, färbte sich die Haare nicht mehr braun, trug nicht mehr den kirschroten Lippenstift, sondern den perlmuttrosafarbenen, den Carl lieber mochte. Und als Carl fand, sie sollten statt des grünen Sofas, das sie gerne wollte, ein beiges kaufen, war klar, dass sie das beigefarbene nahmen. Sich nach seiner Meinung zu richten, empfand sie nicht als Opfer, sie liebte ihn und war zutiefst dankbar für alles, was sie durch und mit der Heirat bekommen hatte.

Außer wenn es um ihre Arbeit ging. Das war der einzige Vorschlag, dem sie sich widersetzte, sie weigerte sich, die Arbeit in der Parfümerie aufzugeben. Schließlich einigten sie sich darauf, dass sie nur noch Teilzeit arbeitete und freitags freihatte. Ihre Chefin hatte sich nur ungern darauf eingelassen, Gisela war ihre beste Verkäuferin. Aber ehe sie Gisela ganz verlor, ließ sie sie halbtags arbeiten und ab und zu einen Tag freihaben.

In Wahrheit liebte Gisela es, dass Carl zu allem eine Meinung hatte, von der Farbe ihres Lippenstifts bis zur Politik. Sie war oft unentschieden, deshalb war es leicht, sich seine Ansichten anzueignen. Außerdem besaß er die Gabe, Menschen zu überzeugen, nicht nur Gisela. Er war so sicher, dass seine Sicht auf die Welt und die Menschen die einzig richtige war, und konnte deshalb kaum verstehen, dass jemand etwas anders sah. Genau wie er fand, dass es absolute Werte gab, die entschieden, ob ein Bild gut oder schlecht war oder Mozarts Musik genial, so gab es Ansichten, die einfach richtig waren. Als Carl also damals vorschlug, die

Nacht zusammen in der Wohnung eines Freundes zu verbringen, war nur wenig Überredung vonnöten, bis sie Ja sagte. Sie waren da schon ein paar Monate verlobt und wollten im Sommer heiraten. Giselas Zögern beruhte auf moralischen Bedenken, aber wie immer hatte Carl recht, als er erklärte, da sie verlobt seien und das Hochzeitsdatum feststünde, handele es sich im Prinzip um ehelichen Sex.

Ihre Vorstellung von Lust war vage, aber sehnsuchtsvoll, sie gründete sich auf wenige Erinnerungen an die Geräusche von ihrem Vater Greger und der Mutter Erika. Genussvolles Stöhnen, das anders klang als alles, was sie je gehört hatte. Als sie älter wurde, verstand sie die Bedeutung der Geräusche. Das machte sie verlegen, aber es war eine der wenigen guten Erinnerungen, die sie an ihre Eltern hatte. Ihre eigene Lust war eine pochende Wärme, die sich vom Bauch in den Unterleib und innen an den Schenkeln entlang ausbreitete. Ein Kitzeln, das sie leicht zittern ließ, ein Gefühl, das zu einer Welle anwachsen und sich durch den ganzen Körper fortpflanzen konnte.

Das gleiche Gefühl hatte sie, als Sven aus ihrer Klasse sie zum ersten Mal küsste, weiche Lippen, ein dampfender Mund, der nach Halspastillen schmeckte, oder als Carl ihren Unterarm mit seiner Nasenspitze kitzelte.

Sie hatte große Erwartungen daran gehegt, nackt neben Carl zu liegen und gestreichelt und geliebt zu werden. Aber als sie dann schließlich in der fremden Wohnung auf dem schmalen Bett lag und Carl seinen nackten Körper auf ihren legte, spürte sie nur Atemnot. Die Lust war wie weggeblasen. Das Feuchte und Warme war kalt und nass, Carls Körper war hart und schwer. Sein Blick war woanders, er atmete schnell wie beim Sporttraining.

Zuerst wollte sie mit ihrem Körper zu erkennen geben, dass sie nicht wollte, sie presste die Beine zusammen und versuchte sich so zu drehen, dass er abglitt. Aber Carl war stark und drückte ihre Beine auseinander, hielt ihre Arme in einem festen Griff, aus dem sie sich nicht befreien konnte. Sie versuchte, mit ihm zu reden, aber er antwortete nicht und schaute sie auch nicht an. Machte nur weiter zwischen ihren Beinen, bis sie einen stechenden Schmerz verspürte.

Es brannte, und gleichzeitig kam die Decke auf sie zu, sie verstand, dass sie wohl träumte. Sie schwebte schwerelos über dem Bett, sah, wie Carls Körper sich auf jemandem bewegte, der aussah wie sie, was aber nicht sein konnte.

In Träumen fühlt man nie Schmerzen. Sie hatte schon mehrmals geträumt, von einem hohen Haus zu fallen und auf dem Asphalt zu landen. Ein Sturz, der lebensgefährlich war, das wusste sie, aber sie hatte nie Schmerzen verspürt.

Wie sie so in dem kleinen Zimmer unter der Decke schwebte, fühlte sie sich sicher und frei, erst hinterher, als Carl von ihr heruntergerollt war, kam das Entsetzen. Die Tränen strömten ihr über die Wangen, als sie sah, dass sie die Laken und die Matratze verschmutzt hatte. Ein großer roter Fleck, der sie vor Scham noch mehr weinen ließ. Carl war so lieb und tröstete sie.

»Das macht nichts, Liebling! Kümmere dich nicht darum.«

Die Wärme seiner Stimme war wie frisch gebackene Zimtschnecken an einem verregneten Nachmittag, so anders als sein eben noch harter Körper und sein Schweigen. Das Gefühl, dass sie das, was im Bett geschehen war, nur geträumt hatte, wurde durch sein sanftes Streicheln ihrer Wangen verstärkt. Sie rutschte vorsichtig näher, schmiegte sich in seine Arme und fühlte sich nun geborgen und voller Zärtlichkeit.

Er küsste ihr die Stirn und sagte, so sei es immer beim ersten Mal, nach einer Weile würde es besser werden. Sie glaubte ihm. Die Schmerzen waren nach ein paar Malen verschwunden, aber sie spürte nie mehr diese warme, erwartungsvolle Lust. Manchmal empfand sie einen Hauch undefinierbarer Sehnsucht, aber der verschwand schnell wieder. Sie konnte jedoch definieren, was die Wärme von Carls heftigen Bewegungen in ihr auslöste: eine Art Befriedigung, zu wissen, dass ihr Körper Carl den Genuss lieferte, den er brauchte.

Manchmal nachts kam es. Ein undefinierbares Geräusch aus einem der vielen Zimmer. Ein Klagen, sie musste sich das Kissen über den Kopf ziehen und das Gesicht in die Matratze bohren. Dann kamen auch die Erinnerungen zurück, die sie mit aller Macht zu verdrängen suchte. Wie Bilder in einem Film über jemand anderen.
Tante Stina auf den Knien mit der Scheuerbürste und dem Eimer mit dampfend heißem Seifenwasser. Ihr runder Körper war das Weichste, das Gisela kannte. So weich wie die dicken Finger von Onkel Kaj hart waren. Niemand konnte kneifen wie er. Hart und schnell, rote Male blieben zurück, die sich nach einer Weile in dunkelblaue Ovale auf ihren Armen verwandelten. Er wollte nicht gemein sein, es war nur Spaß.
»Oh je, oh je, wie mager du bist! Man sollte meinen, du hättest seit dem Ersten Weltkrieg nichts gegessen. Du Ärmste!«
Und dann das polternde Lachen und der Geruch von Öl und Benzin, den er von seiner Arbeit an der Tankstelle mitbrachte.
Stinas ärgerliche Stimme aus dem Zimmer.
»Hör auf, das Mädel zu ärgern, Kaj!«
»Ich ärger sie nicht, ich mach doch nur Spaß! Nicht wahr, Onkel Kaj ärgert dich doch nicht?«
Ein kaum spürbares Kopfnicken und ein schwaches Lächeln reichten als Antwort.
»Lass sie trotzdem in Ruhe.«

War da Unruhe in der Stimme? Gisela war sich nicht sicher. Unruhe weswegen? Kaj machte doch nur Spaß, wie immer. Auch wenn seine Kniffe wie dunkelblaue Typhusflecken auf ihren Armen blieben. Und wenn jemand Spaß machte, dann lachte man, alles andere war unhöflich.

Ihre Mutter Erika kniff sie auch ab und zu, wenn sie es mal wieder schwer hatte. Aber irgendwie anders, Gisela konnte sich kaum noch daran erinnern. Sie war noch so klein, als Erika starb, erst fünf Jahre alt.

»Mein liebes Kind, das Leben wurde einfach zu schwer für sie.«

Gisela war zwölf, als sie Stina zum ersten Mal fragte, wie ihre Mutter gestorben war. Erika war zwei Monate lang in einer Psychiatrie gewesen, wegen einer Nervenschwäche, dann wurde sie entlassen und nach Hause geschickt, in eine leere Wohnung mit einem mageren, rotschuppigen, schreienden Baby, während Papa Greger wieder als Handelsreisender unterwegs war.

Die Bilder aus diesem Teil ihres Lebens, bevor sie zu Tante Stina und Onkel Kaj zog, waren rar und undeutlich. Eine Küche mit schwarz-weißem Boden und hellgrünen Wänden.

Eine Erinnerung war klarer als alle anderen. Eine Erinnerung, die sich nicht vertreiben ließ.

In der Küche roch es nach gebratenem Speck, auf dem dunkelgrünen Herd kochten Kartoffeln in einem Topf. Sie war schrecklich hungrig, so hungrig, dass sie Bauchkrämpfe hatte, aber niemand war in der Nähe, sie nahm also an, dass es noch eine Weile dauern würde mit dem Essen.

Draußen vor dem Küchenfenster schrien die Möwen. Ihre Mutter hatte gesagt, sie klängen genauso falsch wie Tante Stinas schrilles Lachen. Gisela wusste, dass ihre Mutter die Schwester nicht leiden konnte. Spürte es an der dicken Luft, die herrschte, wenn sie Tante Stina und Onkel Kaj besuchten. Gisela ging zum Fenster und schaute nach den Vögeln.

Ihre Mutter sagte immer wieder, sie machten sie verrückt. Vielleicht machte ihr ständiges Schreien nun sie, Gisela, verrückt? Wie aus einer Eingebung heraus zog sie einen Küchenstuhl an den Herd. Sie zögerte. Lauschte nach Schritten im Flur, aber es war niemand in der Wohnung. Gisela kletterte auf den Stuhl und schaute auf den wunderbaren Speck in der Pfanne. Es kniff im Bauch von dem köstlichen Geruch, und jetzt dachte sie überhaupt nicht mehr nach, sondern nahm eine Scheibe und steckte sie in den Mund. Es schmeckte wundervoll, sie kaute genüsslich und lange. Plötzlich spürte sie einen festen Griff im Nacken und am Arm. Ihre Mutter stand am Herd, das Gesicht hochrot vor Zorn. Nach zwei tüchtigen Ohrfeigen hörte Gisela das Schreien ihrer Mutter wie von weit weg.

»Was machst du, du gieriges Balg!? Bist du verrückt geworden? Weißt du, was mit kleinen Mädchen passiert, die zu viel essen? Ich werde es dir sagen, sie schwellen an und werden dick. Verstehst du? Fett!«

Die Worte strömten nur so aus ihr hervor, und dabei schüttelte sie die ganze Zeit Giselas fünfjährigen kleinen Körper.

Dann nahm sie Giselas Hand und führte sie zum Kartoffeltopf.

»Ich werde dich lehren, nie mehr unerlaubt vom Essen zu naschen.«

Bevor Gisela wusste, was geschah, spürte sie den brennenden Schmerz, als ihr Zeigefinger in das kochende Wasser getaucht wurde. Sie schrie und zappelte am ganzen Körper, sodass der Stuhl umfiel, sie zu Boden stürzte und ihre Mutter sie ansah.

»Gierige Mädchen sind das Hässlichste, was es gibt. Merk dir das, Gisela!«

Dann die klappernden Schritte, als sie die Küche verließ.

Lange hatte sie geglaubt, alles sei nur ein schrecklicher Traum gewesen. Die Erinnerung war zu einer harten Kugel verklumpt, die sie nicht zu fassen bekam und die davonrollte, sobald sie sich näherte. Bis sie auf dem Speicher von Tante Stina die Krankenberichte in einer roten Hutschachtel entdeckte. Das war 1976, kurz nach Tante Stinas plötzlichem Tod an einer Gehirnblutung. Kaj war drei Jahre zuvor gestorben, in der letzten Zeit war Stina immer verwirrter gewesen, vielleicht hatte sie unbemerkt schon kleinere Schlaganfälle gehabt. Gisela war hochschwanger mit Julia und hatte nur mit großer Mühe all die Sachen, die Stina im Lauf der Jahre angesammelt hatte, aufräumen und entsorgen können. Oben auf dem Speicher, auf einem blauen Holzstuhl, blätterte sie in den Berichten, in denen es um Erika ging. Sie bestätigten, dass Erika im Zusammenhang mit Giselas Geburt sehr krank geworden war. Aber da gab es auch einen Bericht, der von ihr handelte.

In verschnörkelter Handschrift und mit blauer Tinte stand da über die Patientin Gisela Johansson, geb. 1953, die am 26. Januar 1957 mit Brandverletzungen am Zeigefinger in die Ambulanz gebracht wurde: *Patientin ruhig. Mutter jedoch hysterisch. Behauptet, sie selbst habe den Finger der Tochter in einen Topf mit kochendem Wasser getaucht, um dem Mädchen die Gier auszutreiben. Hat Beruhigungsmittel und Ruhe verordnet bekommen.*

Sonst nichts. In diesen kurzen Sätzen stand alles und nichts.

Zwei Monate, nachdem eine hysterische Erika mit einer brandverletzten Gisela die Ambulanz aufgesucht hatte, nahm sie sich das Leben. Am helllichten Tag, während die Möwen vor dem Küchenfester der kleinen Zweizimmerwohnung schrien. Sie hatte sämtliche Schlaftabletten genommen und sich aufs Küchensofa gelegt, während Gisela bei Frau Lindström zwei Stockwerke tiefer spielte. Schon am nächsten Tag wurde Gisela zu Tante Stina und Onkel Kaj gebracht. Papa Gregers Beruf brachte es mit sich, dass er die meiste Zeit auf Reisen war, und das war nicht vereinbar mit dem Aufziehen eines Kindes.

Wann entstand das Bedürfnis, sich möglichst lautlos zwischen den Zimmern zu bewegen? Sie war sich nicht sicher, sie konnte sich nur erinnern, dass es schon immer da gewesen war, es gehörte einfach zu ihr. Nur nicht stören, unsichtbar sein. Erst wegen Mama Erika, die man auf keinen Fall wecken durfte, wenn sie versuchte, tagsüber etwas vom verlorenen Nachtschlaf nachzuholen, dann Tante Stina und Onkel Kaj. Das Gefühl, im Weg zu sein, verschwand nie richtig.

Das stille Spiel mit Puppen, sie flüsterte immer nur, um nicht zu stören. Auch in der Schule war sie das stille Mädchen, als Erwachsene war sie dann eine folgsame und untertänige Ehefrau, die lieber die eigenen Gefühle unterdrückte, als Ärger zu machen.

Als Kind hatte Julia große Ähnlichkeit mit Gisela gehabt, sie war still und störte selten jemanden. Aber seit sie mit Emma befreundet war, hatte sich alles verändert. Eine plötzliche Wildheit, die sie wohl in sich hatte, verschaffte sich Ausdruck. Wie sie sich bewegte, wie sie manchmal den Rücken streckte und eine andere wurde, stolz und selbstsicher. Gisela konnte nicht richtig erklären, warum diese neue Körperhaltung sie störte, sie ermahnte Julia schließlich selbst ständig, den Rücken zu strecken. Was meistens den gegenteiligen Effekt zu haben schien, denn Julia ließ jedes Mal die Schultern ein bisschen mehr hängen. Julias stolze Haltung *war einfach nicht Julia*. Zumindest nicht die, die Gisela kannte.

Diese körperliche Selbstsicherheit verband sie eher mit Emma. Vielleicht wollte Julia so sein wie Emma, die kam immer außer Atem angelaufen, verschwitzt und mit fliegenden, zerzausten Haaren.

Genau wie ihre Mutter Annika, die schien es auch immer eilig zu haben, auch bei ihr hingen die langen Haare offen über den Rücken.

Gisela konnte Annika nicht ausstehen, das sahen alle außer Annika. Oder vielleicht wusste sie es und ließ sich nichts anmerken.

Annika hatte zu fast allem eine Meinung. Und sie brachte sie mit einer dunklen Stimme vor, die man nicht überhören konnte. Annika umarmte sie immer, wenn sie sich zufällig in der Stadt trafen. Oder wie neulich, als sie sich vor dem Elternabend auf dem Schulhof begegneten.

»Hallo Gisela! Hallo Julia«, rief Annika laut, als sie die beiden bemerkte. »Wie nett, euch zu sehen!«

Gisela grüßte kühl zurück und begab sich dann eilig ins Klassenzimmer, wo die meisten Eltern schon Platz genommen hatten.

Annika schien Giselas reservierten Tonfall nicht zu bemerken, sie lächelte breit, und die anderen Eltern, die vorbeikamen, lächelten auch. Sie war keine klassische Schönheit, aber sie hatte zweifellos Ausstrahlung, auch wenn Gisela fand, dass sie schlampig aussah in ihrer engen Jeans und der abgewetzten Lederjacke. Als ob sie jünger aussehen wollte als dreiunddreißig Jahre.

Die ganze Klasse drängte sich mit den Eltern an den engen Pulten, als die Klassenlehrerin Lillemor sie begrüßte.

»Wie schön, dass so viele gekommen sind. Wie ihr alle wisst, sind wir zusammengekommen, weil wir besprechen wollen, wie wir das Geld für die Klassenfahrt zusammenbekommen. Sie ist als eine Art Abschluss am Ende der siebten Klasse gedacht. Letztes Jahr ist die siebte Klasse nach Stockholm gefahren, sie haben in einer netten Jugendherberge mitten in der Stadt gewohnt und viel gesehen.«

Magnus' Mutter schlug vor, alle sollten Kuchen und Kekse backen, die man dann samstags auf dem Markt verkaufen könnte.

Peters Vater, Jan Lundgård, ein gut gebauter Mann, dessen Attraktivität nicht geringer wurde durch die Tatsache, dass er Chirurg am Kreiskrankenhaus war, räusperte sich, um Aufmerksamkeit zu bekommen.

»Ich wollte fragen, ob wir es uns nicht ausnahmsweise ein bisschen einfacher machen könnten …?« Er ließ die Frage in der Luft hängen und schaute in die Runde, gewohnt, dass man zuhörte, wenn er etwas sagte.

»Könnten wir nicht einfach die fünfhundert Kronen bezahlen, das würde uns jede Menge Arbeit ersparen?«

Die anderen Eltern lächelten und nickten. Alle außer Annika, sie starrte ihn mit gerunzelter Stirn an. Dann meldete sie sich mit ihrer tiefen und selbstsicheren Stimme.

»Das finde ich überhaupt keine gute Idee. Janne, du weißt genauso gut wie ich, dass einige Eltern Probleme haben, so viel Geld aufzubringen. Ich würde vorschlagen, dass die Kinder das Geld für die Reise selbst verdienen. Sie sollen backen oder eine Disco veranstalten oder sonst was. Ich bin gerne behilflich.«

Das war mal wieder typisch Annika, dachte Gisela, nicht nur, dass sie ausgerechnet Jan Lundgård widersprach, sondern ihn auch noch Janne nannte. Als ob sie Freunde wären. Giselas Augen wurden schmal, als sie zu Annika hinüberschaute.

Jan schaute erstaunt und etwas verwirrt, Gisela versuchte, ihm einen verschwörerischen Blick zuzuwerfen, aber er blickte verlegen nach unten. Nun reichte es, fand Gisela. Jemand musste Jan Lundgård unterstützen! Es war beileibe nicht ihre Art, sich beim Elternabend zu Wort zu melden, aber nun war wirklich Handeln gefragt.

Trotz der errötenden Wangen brachte sie die Kraft für ein

kleines Räuspern auf. Ihre Stimme zitterte, als sie sagte, dass sie als Mutter fand, dass die Kinder schon genug mit ihren Schularbeiten zu tun hätten.

»Sie sollten nicht auch noch Zeit für Arbeiten außerhalb der Schule aufwenden müssen. Ich möchte wirklich nicht, dass meine Tochter als *Marktverkäuferin* arbeiten muss.« Ihre angespannte Stimme kletterte noch ein paar Stufen höher. »Außerdem ist Kinderarbeit heutzutage in Schweden verboten!«, schloss sie ihren Redebeitrag, einige der anderen Eltern nickten zustimmend.

Mit rosenroten Wangen schielte sie zu Jan Lundgård hinüber. Und dann zu Annika, die zu ihrem Verdruss den Blick mit einem schwer zu deutenden Lächeln erwiderte.

»Aber Gisela, Julia ist doch so gut in der Schule. Du meinst doch nicht ernsthaft, dass sie neben der Schule nicht noch ein bisschen Extraarbeit schafft? Ich glaube sogar, dass die Kinder viel Spaß hätten, eine Disco zu organisieren. Und Julia tanzt doch auch so gern!«

Gisela spürte, wie die Wut in ihr hochstieg. Fast noch mehr als Annikas selbstbewusste Ausstrahlung störte es sie, dass sie so tat, als kenne sie Julia besser als Gisela selbst.

Und es wurde auch nicht besser, als Connys Mutter Kajsa plötzlich mit nervöser Stimme sagte, dass sie Annikas Meinung war.

»Ich helfe den Kindern auch gern dabei, eine Disco zu veranstalten!«

Kajsa saß im Supermarkt an der Kasse, und sie gehörte zu den Müttern, mit denen Gisela nur ein Hallo wechselte, wenn es sich gar nicht vermeiden ließ. Natürlich auch alleinerziehend, wie Annika.

»Selbstverständlich mache ich auch mit«, sagte Lillemor, die Klassenlehrerin. Und dann kamen auch noch die Mütter von Jessica und Elinor und sagten, sie würden auch bei der Disco helfen.

All das hätte Gisela vielleicht noch ertragen können, es war ja fast zu erwarten gewesen, dass die schlecht verdienenden Eltern Annikas Arme-Leute-Vorschlag beipflichten würden. Aber richtig ärgerlich war, dass Jan Lundgård plötzlich einen Rückzieher machte.

»Ja, ja, Annika, du hast wie immer recht!«, sagte er mit einem geheimnisvollen Lächeln, das Annika nicht mal erwiderte, so beschäftigt war sie bereits mit der Arbeitsverteilung für die Disco.

Von diesem Tag an gab sich Gisela nicht mal mehr die Mühe, einen freundlichen Ton Emma gegenüber anzuschlagen. Die Freundschaft zwischen Julia und Emma hatte ihr sowieso nie gefallen. Emma plapperte ununterbrochen mit einer fröhlichen, lauten Stimme und hatte ein unerträgliches Lachen. Manchmal war es so schlimm, dass ein beginnender Kopfschmerz geradezu in roten Funken explodierte, wenn das Lachen aus Julias Zimmer im ersten Stock zu ihr herunterdrang. Und dann ihre stille Tochter, Julia, die alles hatte: eine heile und geborgene Familie, eine Jahrhundertwendevilla. Und die dennoch neben Emma so klein und traurig aussah.

Annikas lautes Lachen drang aus dem Schlafzimmer, wo sie telefonierte. Julia und Emma hatten beschlossen, nichts vom Rhabarbermann im Wald zu erzählen. Sie würde sich nur Sorgen machen und ihnen vermutlich verbieten, noch einmal hinzugehen.

»Annika! Wir sind da!«

Sie schaute aus dem Zimmer, in der einen Hand das Telefon, den Hörer zwischen Ohr und Schulter geklemmt.

»Hallo, ihr Süßen! Einen kleinen Moment noch, dann komme ich zu euch!«

Sie gingen in die Küche, Emma stellte Milch und Brote auf den Tisch. Julia setzte sich auf das schwarz gestrichene Küchensofa, auf dem sich Kissen und Decken in den verschiedensten Farben und Mustern häuften. Die Wände waren mit gerahmten Fotos und Bildern behängt, und das Regal über dem Sofa war vollgestellt mit allen möglichen Sachen. Kleine Tonfiguren, eine russische Puppe, Teedosen, Steine und Muscheln, die von warmen Meeren weit weg von Schweden stammten. Auf dem Tisch lag ein Buch von Joyce Carol Oates, daneben die aufgeschlagene Zeitung und der Notizblock, den Annika immer bei sich hatte.

Annika kam in die Küche, sie trug eine schwarze Jeans und ein rotes T-Shirt, in der Hand hatte sie eine Zigarette.

»Ich wollte gerade Tee aufsetzen, als Alex anrief. Er und Kattis kommen in einer Stunde zum Essen.«

Emma stöhnte laut.

»Warum muss denn jeden Abend jemand zum Essen kommen? Ich bin todmüde, wirklich.«

Annika ging in die Hocke und nahm Emmas Gesicht zwischen die Hände.

»Mein geliebtes Kind! Ich möchte meine Freunde treffen, ich brauche sie! Aber am Samstag, das verspreche ich, machen wir es uns richtig gemütlich, nur du und ich. Okay?«

»Okay, aber geh weg mit diesem stinkenden Giftstängel! Musst du so viel rauchen?«

Annika blies einen Rauchring, der ein paar Sekunden über dem Küchentisch schwebte, bevor er sich auflöste.

»Ich rauche so viel, wie ich nur kann!«

Ihre Augen trafen Emmas Blick. Aus der Nähe schienen ihre Lachfalten noch tiefer und zahlreicher geworden zu sein.

Plötzlich bemerkte Annika, dass Julia sie vom Küchensofa aus beobachtete. Sie stand schnell auf und ging hinüber zu ihr.

»Und, wie geht es unserer Julia?«

Sie strubbelte ihr durchs Haar.

»Mir geht es gut!«

Julia schaute verlegen ins Milchglas.

»Wollt ihr auch Tee?«

Annika stand auf und goss das kochende Wasser aus dem Topf in die Teekanne aus braunem Ton. Der Lapsangtee verbreitete einen Duft von Teer und Räucherwurst in der kleinen Küche.

»Nein danke!«, sagte Emma. »Auf jeden Fall nicht diesen Kacke-Tee.«

Sie schnitt Grimassen in Richtung Julia, die Annika lächelnd ihre Tasse reichte.

»Ich nehme gerne ein bisschen Kacke-Tee.«

Emmas Zimmer war tapeziert mit Plakaten von *Imperiet* und *Emma Grön*, einem Filmplakat von einem Chaplin-Film und der kitschigen Reproduktion eines Pierrots.

Der traurige Clown war schön und beängstigend zugleich, Emma konnte ihn immerzu anschauen. Julia legte sich aufs Bett und schloss die Augen.

»Du, sein Ding hat doch echt krank ausgesehen!«, sagte Emma.

Julia antwortete mit geschlossenen Augen.

»Ja, total eklig!«

Emma legte sich neben sie und studierte den weichen Flaum, der sich wie ein blonder Schnurrbart auf ihrer Oberlippe gebildet hatte.

»Er muss total durchgeknallt sein ...«
»Unbedingt!«
»Sollen wir morgen hingehen und schauen, ob er wieder da ist?«
»Unbedingt!«
»Julia?«

Annika rief aus der Küche.

»Ja?«
»Willst du mit uns essen?«
»Nein danke, ich muss nach Hause, Mama dreht sonst durch.«
»Okay.«

Annikas Stimme klang gedämpft und fast ein wenig enttäuscht. Julia drehte sich zur Wand, mit dem Rücken zu Emma, ihre Stimme war leise, mehr ein Flüstern.

»Ich bin so unglaublich müde!« Sie seufzte. »Ich könnte schlafen bis in die Hölle.«

Emma betrachtete ihren Nacken und die angespannten, hochgezogenen Schultern. Julia redete manchmal so, sagte Dinge, die man nicht richtig verstand, geheimnisvoll und dunkel.

Emma holte tief Luft, sie konnte Julias Geruch wahrnehmen, eine Mischung aus Seife und erdigen Kartoffelschalen.

Wenn Julia schlief, sah sie nicht so traurig aus, die unerreichbare Wehmut in ihren Augen glättete sich und verschwand. Julia war die Schwester, von der Emma immer geträumt hatte, wenn ihr das Leben mit Annika ärmlich vorkam. Emma und Annika, Annika und Emma. So war es immer gewesen. Sie war ein Unfall.

»Aber ein geliebter Unfall, vergiss das bloß nicht, mein Froschkind!«

Annikas Augen glänzten, wenn sie das sagte und Emma zart über die Wange streichelte.

Acht Mal in ihrem dreizehnjährigen Leben hatte sie ihren Vater getroffen. Håkan. Ein ziemlich nervöser Mann in den besten Jahren, eine Bekanntschaft. Ein Bankangestellter, den man manchmal an einem Schreibtisch hinter den Kassen der Bank sah. Annika und er hatten sich auf einem Unifest kennengelernt. Sie waren zusammen nach Hause gegangen, mehr war nicht. Nur dass Emma entstand, und das war dann doch bedeutend mehr. Zumindest für Annika, deren Leben eine neue Wendung nahm, für Håkan lief es ungefähr so weiter wie zuvor. Er beendete seine Ausbildung und bekam eine Arbeit bei der Bank, während Annika ihr Literaturstudium aufgab und Emma zur Welt brachte. Annika wollte keinen weiteren Kontakt zu Håkan haben, er zog sich dankbar zurück, erleichtert, keine Verantwortung für ein Kind übernehmen zu müssen. Emma hatte ihn nur getroffen, weil sie so sehr darum gebettelt hatte, als sie kleiner gewesen war. Sie hatte schreiend behauptet, es sei ihr Recht. Schließlich gab Annika nach und nahm Kontakt zu Håkan auf, der widerwillig zustimmte, sie in einem Café zu treffen. Es war eine eigenartige Begegnung, schweigsam und steif. Annika war ausnahmsweise einmal spürbar nervös, sie rauchte eine Zigarette nach der anderen, ohne etwas zu sagen. Håkan wollte die beiden unbedingt einladen, und Emma suchte sich eine Cremeschnitte und Blätterteigteilchen aus. Im Nachhinein erinnerte sie sich nur noch an den wunderbaren Geschmack der Cremeschnitte. Das Zusammentreffen mit Håkan war eigentlich ein Nicht-Treffen. Halt irgendein Mann, der ihr gegenübersaß, schüchtern mit der Serviette raschelte und kaum ihren fragenden Blick erwidern konnte. Er stellte keine einzige Frage, und schließlich begann Emma ungefragt zu erzählen, wie es ihr in der Schule ging. Dass Zeichnen ihr liebstes und bestes Fach war. Und die Pause. Håkan fixierte verlegen seinen Blick auf etwas an der Wand und murmelte ein kaum hörbares »Aha«.

»Und außerdem lese ich gerne spannende Bücher. *Fünf Freunde auf neuen Abenteuern* hat mir bisher am besten gefallen.«

»Aha, wie nett.«

Er trank den Kaffee und kaute das Marzipantörtchen, Emma betrachtete seine Kiefer.

Dann saßen sie wieder schweigend zusammen.

Plötzlich nahm Emma das letzte Stück ihrer Cremeschnitte auf die Gabel und stand auf, sie bedankte sich für die Einladung und sagte, nun müssten sie wieder nach Hause gehen.

Annika blickte erstaunt auf, drückte die Zigarette aus und stand so abrupt auf, dass der Stuhl umkippte.

»Aha, so, so. Das war sehr nett.«

Zum ersten Mal schaute Håkan Emma mit einem erleichterten Lächeln an. Ein Lächeln, das sie nicht erwiderte, im Gegenteil, sie bemühte sich um einen kalten Blick, als sie ihm in die Augen schaute, die zu ihrem Verdruss ihren eigenen glichen.

»Nein, das war es nicht, aber trotzdem vielen Dank!«

Sie verließ das Café, ohne auf Håkan zu warten, Annika kam hinterher.

Auf der Fahrt im Bus sagten sie nichts, aber zu Hause brachen die Tränen aus Emma hervor. Annika nahm sie in den

Arm und trug sie zum Bett, wo sie zusammen unter die Decke krochen.

»Warum war er denn so komisch, Mama?«

»Er war einfach aufgeregt, mein Schatz!«, versuchte Annika sie zu trösten.

»Das ist doch keine Entschuldigung.«

Annika seufzte.

»Nein, vielleicht nicht.«

»Aber er ist doch mein *Papa*!«

»Man hat keinen Vater, wenn er nicht für einen da ist. Håkan ist nur auf dem Papier dein Vater, da ist Mattias schon eher dein richtiger Vater.«

Mattias mit den zerzausten Haaren, der immer aussah, als käme er direkt aus dem Sturm. Warme braune Augen, die sie liebevoll anschauten. Er war Annikas bester Freund, und zeitweise hatten sie zusammengelebt, als er nicht wusste, wo er wohnen sollte. Emma liebte Mattias, er gehörte zu ihrem Leben von der ersten Lebenswoche an.

»Mattias ist nicht mein Papa, er ist ein Freund!«

Annika seufzte tief.

»Es gibt verschiedene Sorten von Vätern. Es gibt solche, die man sich nicht selbst aussucht, mit denen man aber leben muss. Und dann gibt es Väter wie Mattias. Menschen, die man sich aussuchen kann, die man richtig lieb hat. Eigentlich finde ich diese Väter meistens besser.«

Annika schwieg, und plötzlich hörte Emma ein Schluchzen unter der Decke, die Annika über den Kopf gezogen hatte. Sie hob die Decke an und schaute erstaunt auf Annikas vom Weinen verzerrtes Gesicht. Ein Weilchen blieb Emma ganz still liegen, weil sie nicht wusste, was sie tun sollte, sie hatte Annika noch nie weinen sehen. Schließlich zog sie die Decke über sie beide, dann lagen sie im Warmen und schluchzten zusammen. Nach einer ziemlich langen Weile streckte Annika den Kopf unter der Decke hervor, holte tief Luft und erklärte, dass sie nun eine Pizza holen würde.

Über Emmas Bett hing ein schwarz-weißes Foto. Auf ihm lag Annika in einem Krankenhausbett aus Edelstahl, sie lächelte müde, die langen Haare waren um sie ausgebreitet. Auf ihrer Brust lag die neugeborene Emma und schlief. Mattias hatte das Foto gemacht, als er sie am zweiten Tag im Krankenhaus besucht hatte.

Emma war acht, als sie Håkan zum ersten Mal traf, und seither hatte sie immer mal wieder den Håkan-Rappel bekommen, wie Annika es nannte. Ihr fiel plötzlich ein, dass sie ihn sehen wollte, weil sich vielleicht etwas verändert hatte. Obwohl sie und Annika gut miteinander zurechtkamen, verschwand die bohrende Sehnsucht nach einem richtigen Vater nie ganz. Mattias war etwas anderes. Ein erwachsener Freund, der kam und ging, wie er wollte, der aber ihr Leben nur selten länger als ein paar Monate teilte, bevor er wieder in die Welt verschwand, auf eine seiner vielen Reportagereisen.

An Emmas großer Enttäuschung in Bezug auf Håkan änderte sich nichts. Ihre Treffen waren immer die gleiche Parodie auf ein gemütliches Beisammensein.

Emma fuhr mit dem Zeigefinger über Julias Oberlippe, Julia zuckte zusammen und machte die Augen auf.

»Bist du eingeschlafen?«

»Ja, ich glaube. Wie viel Uhr ist es? Ich muss jetzt heim...«

Aus der Küche hörte man, dass Annika kochte, das Radio leistete ihr laut Gesellschaft.

»Ich komme ein Stückchen mit!«

Julia lächelte blass, aber Emma wusste, dass sie sich über die Begleitung freute. Sie wusste, wie verdrießlich sie wurde, je näher sie dem großen Haus kam. Sie wusste, dass Julia viel lieber bei ihnen zum Essen geblieben wäre, aber die Grenze für das, was Gisela akzeptieren konnte, war bereits erreicht.

Das Haus, in dem Emma wohnte, war vom Beginn des 20. Jahrhunderts und vier Stockwerke hoch. An den Fenstern standen Topfpflanzen, deren Blätter in alle Richtungen zu wachsen schienen, dazwischen saßen oft Katzen und schauten hinaus. Der Vorort wimmelte von Katzen, sie waren billiger zu halten als Hunde. In der Siedlung mit den Einfamilienhäusern jenseits der Bahngleise wohnten die Hundebesitzer. Dort war alles geordnet. Die Gärten waren gepflegt, die Hundesteuer bezahlt, die Hunde wurden auf täglichen Fitnessspaziergängen an der Leine geführt, hier gab es kein wildes Gerenne von Katzen in den Höfen. Es dauerte dreizehn Minuten von Emmas Wohnung zu Julias Haus auf der anderen Seite der Bahngleise. Diese dreizehn Minuten hätten auch dreizehn Stunden Flugreise sein können, so unendlich weit wie der Abstand zwischen zwei Erdteilen. Eine Tatsache, die sie nicht verstanden oder formulieren konnten, die sie aber spürten.

Sie näherten sich langsam dem Haus. Wenn man lange genug auf den Asphalt starrte, sah man Miniwege, die sich durch Miniorte schlängelten, in denen Miniwesen lebten. Eine parallele Miniwelt, die von Insekten bewohnt wurde und jederzeit von den beschuhten Füßen der Menschen zerstört werden konnte. Emma setzte ihre Schritte sorgfältig, sie ging so vorsichtig wie möglich, um nichts und niemanden zu zertreten, und dabei hörte sie doch, dass Julia flacher atmete.

Sie blieben am Zaun stehen. Gisela lief im Haus zwischen Küche und Esszimmer hin und her. Im Wohnzimmer saß Carl im Sessel und las die Zeitung. Man konnte sein Schweigen beinahe hören.

Julia warf Emma einen raschen Blick zu, dann holte sie tief Luft und öffnete das Gartentor.

»Bis morgen!«

Emma klang fröhlich, aber Julia nickte nur kurz, ohne sich umzudrehen.

Carl schaute hoch und lächelte, als Julia die Diele betrat.

»Hallo, mein Mädchen. Komm, damit ich dich anschauen kann!«

Julia zog die Sandalen aus und ging zu Carl. Der starke Geruch nach Rasierwasser, der ihn umgab, stach ihr in die Nase. Über seinem Kopf hing eine fast sichtbare Wolke aus Duft, als würde sie ihn bewachen. Annika hatte erzählt, sie glaube daran, dass jeder Mensch einen Schutzengel hat. Vielleicht wohnte Carls Schutzengel in dieser Wolke aus Rasierwasser? Sie wollte gerne glauben, dass alle, auch sie selbst, einen Schutzengel hatten, aber Emma hatte sehr richtig erwidert, dass es nicht sein konnte, weil den Menschen ständig schreckliche Dinge widerfuhren. Oder manche Schutzengel machten ihren Job einfach nicht gut.

»So, so, komm näher!«

Carl klang ein wenig ärgerlich, er streckte die Hand aus und zog Julia zu sich. Nahm ihre Hand und hielt sie zwischen den seinen. Ein leises Kitzeln an der Handfläche ließ sie zusammenzucken, aber Carl hielt die Hand fest und streichelte sie mit sanften Kreisbewegungen des Daumens. Zum zweiten Mal an diesem Tag verstummte die Welt. Wohin verschwanden alle Geräusche? Sie konnten nicht einfach weg sein, das war ganz unmöglich. Ein hysterisches Kichern wollte vom Bauch aus nach oben, blieb jedoch im Hals stecken, als sie Carls hellblaue Augen sah, die durch ihren Körper hindurchschauten, als sei sie durchsichtig. Es gab nur ein Geräusch in der Stille, das sie zunächst nicht lokalisieren konnte, es wurde immer größer und übernahm das Zimmer und die Welt. Carls heftiges Atmen. Oder war es ein vorbeifahrender Lastwagen? Julia wusste es nicht. Sie stand in einer unbequemen Haltung, leicht nach vorne gebeugt, konnte sich nicht rühren. Stand einfach da.

Plötzlich näherten sich Giselas rasche, klappernde Schritte.

»Mein Gott, Julia, steh gerade! Du musst an die Haltung denken!«

Carl ließ ihre Hand los und faltete die Zeitung zusammen. Der Zauber war gebrochen, und Julia hörte, wie die Geräusche wiederkamen. Sie richtete sich auf und sah, wie Gisela die letzten Schüsseln auf den gedeckten Esstisch stellte.

»So, das Essen steht auf dem Tisch! Holst du bitte deinen Bruder, Julia?«

Julia nickte und lief in großen Schritten die Treppe hoch. Sie blieb vor der Tür zu Eriks Zimmer stehen und wartete. Sie versuchte, tief und ruhig zu atmen, durch die Nase ein und durch den Mund aus. Aber ihr Körper widersetzte sich und atmete weiter kurz und stoßweise. Erst als sie den vertrauten Griff der Klaue im Magen spürte, wurde der Atem wieder normal. Es dauerte nur ein paar Sekunden, stach und riss, dann verschwand es so schnell, wie es gekommen war. Julia wartete noch, dann klopfte sie an die Tür und hörte Eriks Stimme, dass sie hereinkommen könne.

Er saß am Schreibtisch und zeichnete.

»Hallo! Das Essen ist fertig!«

Sie umarmte ihn fest.

»Was soll das? Lass mich los!«

Erik hatte helle, dicke Haare, die sich um sein Gesicht lockten. Er hatte schon immer ausgesehen wie ein Cherubim, mit seinem runden Babygesicht, obwohl er schon acht war. Sie verspürte eine große Lust, ihm über die Haare zu streicheln. Erinnerungen an das neugeborene Baby, Gisela hatte ihr gezeigt, wie man es vorsichtig hielt, wenn man es in der Babywanne badete. Sie erinnerte sich an Giselas Lächeln, wenn sie Julia lobte, weil sie Erik vorsichtig mit einem Waschlappen abrieb. Es waren immer nur sie drei, Gisela, Erik und Julia. Ein Trio, das sich zwischen Küche und Schlafzimmer bewegte, zwischen Fläschchen und Brei, Windelwechseln und Spaziergängen im Park. Carl war fast nie zu Hause, und die Klaue war noch nicht in Julias Bauch eingezogen.

Eine andere Gisela aus einer anderen Zeit. Als Julia noch Gisela gehörte.

Emma war fast zu Hause, als sie einen Schmerz im Bauch verspürte, der sie fast zusammenknicken ließ. Sie keuchte überrascht und setzte sich auf den Bürgersteig. Ein dumpfer Schmerz, der sich vom Bauch zum Rücken hin ausbreitete. Sie blieb ein paar Sekunden sitzen, bis es vorbei war, und spürte plötzlich, dass es zwischen den Beinen feucht wurde.

Vorsichtig steckte sie die Hand in die Hose und tastete mit den Fingern. Betrachtete dann fasziniert das Blut an den Fingerspitzen.

Verwirrt und vom Schmerz leicht vornübergebeugt stolperte sie nach Hause. Es fühlte sich klebrig an, als hätte sie in die Hose gemacht.

Als sie in die Küche kam, wurde sie von Annikas Gesang begrüßt.

Annika lief zu ihr und umarmte sie.

»Hallo, Schatz!«

»Mama, schau mal!«

Annika starrte die blutigen Fingerspitzen an, die sie ihr vors Gesicht hielt.

Einen kurzen Moment huschte Angst über ihre Augen.

»Was ist denn passiert?«

Emma zog erst die Hose aus, dann den Slip, man sah deutlich einen dunkelroten Fleck. Annika sah ihn auch, und ihre Angst wich einem Lächeln.

»Emma! Du bist jetzt erwachsen! Komm, ich helfe dir.«

Sie zog Emma ins Badezimmer und machte die Dusche an. Emma setzte sich in die Badewanne und ließ sich von Annika abduschen, wie sie es Tausende Male gemacht hatte, als sie noch kleiner war. Es war ein schönes Gefühl, sie steckte den Stöpsel in den Abfluss und ließ das warme Wasser in die Badewanne laufen.

Annika ging in die Küche und holte ihr Rotweinglas, dann setzte sie sich auf die Toilette neben der Badewanne und schaute ihre Tochter an.

»Meine Kleine! Wahnsinn, wie schnell die Zeit vergeht. Jetzt musst du mir aber wirklich versprechen, nicht mehr zu wachsen, sonst komme ich nicht mehr mit.«

Emma sog Luft in die Lungen, schloss die Augen und ließ den Kopf nach hinten fallen, unter die Wasseroberfläche.

Unter Wasser pochte ihr Herz, dann sah sie, wie Annika den blutigen Slip in einem Eimer mit Wasser einweichte und das Badezimmer verließ.

Sie duschte, trocknete sich ab und holte einen frischen Slip, in den sie ungeschickt die Binde legte, die Annika für sie herausgelegt hatte. Es fühlte sich merkwürdig und ungewohnt an, die Plastikränder rieben an den Schenkeln. Sie wankte breitbeinig zu Annika in die Küche, als das schrille Klingeln der Haustür zu hören war.

»Emma, kannst du aufmachen. Das sind Alex und Kattis!«

»Ja, ja, schrei nicht so.«

Emma war schon auf dem Weg zur Haustür, aus dem Augenwinkel sah sie, wie Annika den letzten Rest Rotwein austrank.

Alex hob Annika hoch, er schüttelte ihren kleinen Körper, dass sie einfach lachen musste.

»Lass sie runter, Alex.«

Kattis schlug ihm auf die Arme, lachte aber auch.

Annika kam aus der Küche und brach sofort in Tränen aus, als sie die Freunde sah. Sie hatten immer zu ihr gehalten, von dem Moment an, als Annika mit Emma schwanger wurde. Sie war den wenigen Freunden, die geblieben waren, ewig dankbar. Die sich weiterhin meldeten, sie besuchten, sie zum Essen einluden, sie zum Kino überredeten. Und die sich dann, als Emma da war, um sie kümmerten und ihr halfen, nicht zuletzt als ersehnte Babysitter oder Gesprächspartner, wenn sie es vor Sehnsucht nach erwachsener Gesellschaft beinahe nicht aushielt.

»Hallo, Kattis! Hallo, Alex.«

»Mama! Hör auf zu heulen!«

Emma konnte es nicht ausstehen, wenn Annika so gefühlvoll wurde, und kniff die Lippen zu einem schmalen Strich zusammen.

»Ach was, ich musste nur plötzlich an alte Zeiten denken und wurde sentimental.«

Sie schluchzte, und auch Kattis' Augen wurden blank.

»Oh, Annika!«

Sie umarmten sich fest und lachten unter Tränen. Alex verdrehte die Augen und zog Emma mit sich in die Küche.

»Komm Emma, wir lassen sie alleine heulen.«

»Entschuldigt! Ich habe euch nur so lange nicht gesehen. Ich freue mich so, dass ihr da seid. Wie war es denn in Frankreich?«

»Es war wunderbar. Nächsten Sommer kommt ihr mit. Das Haus war fantastisch, es hatte sogar zwei Stockwerke, man kann da gut zu mehreren wohnen.«

»Ja, das wäre wunderbar, nicht wahr, Emma? Kommt und setzt euch. Möchtet ihr ein Glas Wein?«

Sie holte die Quiche aus dem Ofen und stellte den Salat auf den Tisch. Ihre Wangen wurden ganz warm von der Ofenhitze. Oder war es vielleicht der Rotwein?

Alex holte Teller und Gläser aus dem Schrank, und Kattis setzte sich neben Emma auf das Küchensofa. Auf den gleichen Platz wie immer. Wie oft hatten sie schon hier zusammen gegessen? Und geredet, bis spät in die Nacht, Emma schlief oft auf dem Sofa oder unter dem Tisch ein.

»Ein Prosit auf die Freundschaft!«, Annika erhob das Glas. »Ich bin so froh, dass ihr wieder da seid!«

»Ja, Prosit. Schön, dass der Sommer vorbei ist und es endlich Herbst wird!«

»Kannst du nicht bei mir übernachten, bitte?«

Sie saßen im Baum, hinter den grünen Wänden der Blätter verborgen. Der Rhabarbermann tauchte auch heute nicht auf, stellten sie enttäuscht fest. Es war schon Nachmittag und bald Zeit, zum Essen nach Hause zu gehen.

Emma runzelte die Stirn und schaute in den blauen Himmel. Ehrlich gesagt hatte sie keine Lust, den Abend und die Nacht bei Julia und ihrer Familie zu verbringen, aber es war jetzt schon das dritte Mal in dieser Woche, dass Julia sie fragte. Sie übernachteten manchmal zusammen, aber meistens bei Emma und Annika.

»Willst du nicht lieber bei uns übernachten?«

Emma schaute sie bittend an, Julia schaute zu Boden und murmelte knapp hörbar:

»Ich darf nicht, Mama hat gesagt, es reicht jetzt mit dem Übernachten.«

Emma schaute wieder in den Himmel, um Julias bittendem Blick auszuweichen.

»Bitte, bitte!«

»Okay. Aber ich muss zuerst nach Hause, die Zahnbürste holen und Annika Bescheid sagen.«

Julia strahlte übers ganze Gesicht und kletterte vom Baum.

»Du bist die beste Freundin der Welt! Komm, wir beeilen uns!«

Draußen schien immer noch die Sonne, obwohl der Nachmittag inzwischen in den frühen Abend übergegangen war, die letzte heiße Woche des Spätsommers schien sich zu halten. Die Luft über dem Asphalt vibrierte, und sogar den

Wespen schien die Hitze etwas auszumachen, sie flogen wie berauscht und planlos umher.

Emma steckte Zahnbürste und Schlafanzug in eine Plastiktüte, verabschiedete sich ungern von Annika, die aus der Küche winkte. Dann machte sie sich auf den Spaziergang zur gelben Villa. Die Kopfhaut wurde feucht vom Schweiß, und je näher sie Julias Haus kam, desto trockener wurde ihr Mund. Als sie schließlich klingelte, fühlte die Zunge sich an wie Schmirgelpapier.

Gisela öffnete, sie hatte eine Falte auf der Stirn und trug Pantoletten und ein hellgrünes Kleid. Emma starrte sie an, solche »Pantoletten« kamen in ihrer Welt nicht vor, für sie gehörten sie zu Präsidentengattinnen und Königsfamilien. Der Gedanke, dass Annika zu Hause bei ihnen mit Absatzschuhen herumlaufen könnte, ließ sie breit lächeln, was wiederum Gisela verunsicherte.

»Hallo, Emma. Schön, dass du doch noch kommst, das Essen wartet, so wie meine hungrige Familie. Hat Julia dir nicht gesagt, dass wir um 18:30 essen?«

Sie hatte die ganze Zeit ein beherrschtes Lächeln im Gesicht, das so gar nicht zu ihrem gereizten Tonfall passte.

»Oh, Verzeihung! Ich habe nicht gewusst, dass ihr auf mich wartet!«

Emma zog schnell die Schuhe aus und wollte Gisela ins Esszimmer hinterherlaufen, als ihr einfiel, wie sehr Gisela darauf achtete, dass die Schuhe ordentlich standen.

Carl und Erik saßen an der einen Seite des Esstischs. Julia lächelte Emma heimlich zu, sie setzte sich ihr gegenüber, wo ein Teller für sie gedeckt war.

»Endlich bist du da! Bitte schön, greif zu!«

Carl warf ihr einen Blick zu und nahm sich dann eine große Portion Ofenkartoffeln und von dem Entrecote, das innen noch blutig war. Die Salatschüssel reichte er an Gisela weiter, die ihren halben Teller füllte.

»Wisst ihr, wer heute in der Parfümerie war?«
Sie schaute erwartungsvoll in die Runde.
»Nein, liebe Gisela, woher sollen wir das wissen?«
Er klang leicht genervt, faltete sorgfältig seine Leinenserviette auseinander und legte sie auf den Schoß.
Ein Zögern huschte über Giselas Augen, sie schaute auf ihren Teller, ehe sie fortfuhr.
»Louise Cederström!«
Carl schaute sie fragend an.
»Louise, Gustavs Frau, erinnerst du dich nicht an sie?«
Sie schaute flehend und schien ihre Worte zu bereuen, kaum dass sie ihren Mund verlassen hatten. Mehr als alles andere verabscheute Carl zwei Dinge – wenn jemand weinte und wenn jemand flehte. Aber nun war es zu spät, der bittende Tonfall schwebte bereits wie eine dunkle Wolke über dem Esstisch.
»Nur weil ich und Gustav im gleichen Rotary Club sind, heißt das nicht, dass wir über unsere Angetrauten reden. Wir haben erheblich wichtigere Dinge zu besprechen.«
»Ja, das verstehe ich, aber ich dachte dennoch, dass du weißt, wer Louise ist. Ihre Tochter geht in Eriks Klasse. Kristin. Nicht wahr, Erik? Kristin geht doch in deine Klasse?«
Erik schaute auf, nickte schweigend und aß dann weiter.
Giselas Oberlippe zitterte, ein kaum sichtbares Beben, das verschwand, als sie tapfer weitersprach.
»Auf jeden Fall hat sie die ganze Herbstserie von Lancôme gekauft, und dann hat sie uns noch gelobt, dass wir immer den besten Service bieten. Sie gehört allmählich zu unseren Stammkunden.«
Carl aß mit voller Konzentration weiter, er ignorierte seine Umgebung, die kleine Familie, die zufällig die seine war. Gisela starrte Carl an, ein Blick, in dem Sehnsucht und Wut umeinanderwirbelten, dann nahm sie mit einem hörbaren

Seufzer die Gabel und spießte ein Stück Gurke auf. Carl hatte sie immer noch nicht angeschaut. Sie aßen weiter, alle schwiegen, bis Carl plötzlich das Besteck ablegte und sich vorsichtig den Mund mit der Leinenserviette abwischte.

»Ich habe heute mit Bengt gesprochen, er meint, sie könnten schon nächste Woche mit der Sauna fertig sein. Es fehlt eigentlich nur noch das Heizelement.«

Er schaute in die Runde und lächelte ein bisschen schief. Gisela erwiderte seinen Blick, lächelte jedoch nicht.

»Ich weiß immer noch nicht, wozu du eine Sauna brauchst. Wie kann man nur freiwillig schwitzen?«

Sie lachte kurz.

»Es ist angenehm und gesund, und niemand wird dich dazu zwingen.«

Er starrte Gisela an.

Sie stritten seit Monaten über die Sauna. Gisela war immer dagegen gewesen, aber Carl hatte das Projekt mit selbstverständlicher Sturheit durchgezogen, beide wussten, dass Giselas Einwände nicht zählten. Im Gegensatz zu ihrer sonstigen schweigenden Feindseligkeit hatte es um die Sauna offenen Streit gegeben, was ungewöhnlich war.

»Außerdem gibt es ja noch mehr Menschen in dieser Familie. Dann gehe ich eben mit den Kindern in die Sauna.«

Carl lächelte Julia an, die schnell den Blick abwandte.

Gisela stand heftig auf und stellte die Teller zusammen. Das Besteck schlug gegen das Porzellan, Erik schnitt eine Grimasse in Richtung Julia und hielt sich die Ohren zu. Giselas Schritte klapperten übers Parkett, als sie das Geschirr in die Küche trug. Carl stand auf und kehrte zu seinem Sessel und seinen Zeitungen zurück. Tageszeitung, Boulevardzeitung, Finanzzeitung, jeden Abend nach dem Essen.

Julia schaute ihm nach und versuchte, sich an die Sehnsucht zu erinnern, die sie früher verspürt hatte. Als Papa im Sessel noch Nähe bedeutet hatte. Sie hatte sich oft zu ihm auf den Schoß gesetzt, und Carl hatte streng geschaut und gesagt, sie dürfe da ein Weilchen sitzen, wenn sie ganz ruhig wäre. Manchmal konnte sie ihn überreden, etwas laut vorzulesen, er las dann mit feierlicher Stimme unbegreifliche Sachen wie Finanzindex, Prozentsätze und Zinsen, die stiegen und fielen.

Sie konnte nicht genau erklären, warum oder wann das Gefühl aufgetaucht war, dass sie nicht mehr in seiner Nähe sein wollte.

Nach dem Essen spielten sie in Julias Zimmer Monopoly. Sie saßen auf der Matratze, die Gisela vom Speicher geholt hatte und auf der Emma schlafen würde. Julia gewann überlegen, sie baute Häuser und Hotels auf allen Straßen, sodass Emma schnell pleite war, bis über beide Ohren verschuldet. Am Ende musste Emma aufgeben und Julia den letzten Schein und die letzte Straße geben.

»Du hast gewonnen, wie immer.«

Julia grinste, nahm den letzten Geldschein und legte ihn auf ihren dicken Stapel. Sie zählte laut und sorgfältig ihr Geld.

»Hör mal, du weißt schon, dass das nur Spielgeld ist?«

Emma trat sie leicht gegen das Bein, sie lag mit einem Kissen unter dem Kopf auf dem Boden.

Julia lächelte, zählte jedoch weiter ihr Monopolygeld.

»Elftausenddreihundert, elftausendvierhundert, elftausendfünfhundert. Jawoll, elftausendfünfhundert.« Sie wedelte zufrieden mit den Scheinen und grinste.

»Pah, genug jetzt. Komm, wir machen Popcorn.«

Sie stand schnell auf, und Emma folgte ihr.

Gisela stand immer noch in der Küche und räumte auf.

Julia suchte einen Topf. Gisela beobachtete skeptisch, was ihre Tochter machte.

»Was suchst du denn?«

»Einen Topf, in dem man Popcorn machen kann ...«
Gisela seufzte hörbar und legte das Küchentuch zur Seite.
»Nein jetzt nicht, das macht zu viel Schmutz.«
Julia hörte auf zu suchen und schaute ihre Mutter an.
»Mama, bitte!«
Vielleicht sah Gisela, dass Julia enttäuscht war, vielleicht sah sie ein, dass es unverständlich war, ihren Wunsch unverständlich zu finden. Sie seufzte, drückte den Wischlappen aus und stellte die Spülmaschine an.
»Okay, aber dann mach ich es. Ich kann jetzt kein Geklecker mehr brauchen, ich bin gerade fertig mit Aufräumen nach dem Essen.«
Emma schaute Gisela fasziniert an, sie wirkte immer so viel gestresster und beschäftigter als Annika. Gewiss, sie hatten ein größeres Haus und waren mehr Familienmitglieder, aber sie hatte den Verdacht, dass es mehr mit der Einstellung zu tun hatte als mit der tatsächlichen Arbeit. Annika war es nicht so wichtig, zu putzen und aufzuräumen.
»Das langweilt mich. Ein sauber geputztes Haus ist das Zeichen für ein verschwendetes Leben!«, sagte sie manchmal und streckte sich auf dem Sofa aus, obwohl sie den Flur erst halb gesaugt hatte. Gisela hingegen hatte ein gelinde gesagt leidenschaftliches Verhältnis zum Putzen. Sie schien es zu lieben, Ordnung zu machen und Sachen an ihren Platz zu stellen. Die Art, wie sie den Staubsauger über die Parkettböden des großen Hauses zog, hatte beinahe etwas Aggressives. Wie auch immer, ihre Einstellung zur Sauberkeit hatte zur Folge, dass sie immer beschäftigt war. Sie räumte und putzte, sobald sie von der Arbeit nach Hause kam, oft bis spät in die Nacht. Dieser Abend war keine Ausnahme.
Sie bekamen schließlich ihr Popcorn und gingen zufrieden wieder in Julias Zimmer. Sie legten sich auf die Matratze und stopften sich die Münder voll mit salzigem Popcorn.

Es war so salzig, dass ihre Lippen brannten, da half nur Zähneputzen. Also standen sie nebeneinander im Badezimmer vor dem Spiegel und putzten die Zähne, dass es nur so schäumte, und schnitten den Spiegelbildern Grimassen. Julia hatte das gleiche ausgewaschene Nachthemd mit rosa Schmetterlingen wie vor zwei Jahren an. Es reichte ihr bis knapp zu den Knien, die Ärmel hörten am Ellbogen auf. Emma errötete, als sie den verschlissenen Stoff sah, kleine Löcher bildeten eine eigenartige Spitze. Julia schien nichts zu merken, weder dass es zu klein noch dass es verschlissen war.

Emma legte sich auf die Matratze und schien keine richtige Lage zu finden, wie sehr sie sich auch drehte und wendete. Julia hingegen schien glücklich zu sein über Emmas Gegenwart und plapperte sorglos über Reisen, die sie machen würde, wenn sie groß war.

»Ich möchte in London wohnen. Ich werde direkt nach dem Abitur hinziehen und nie, nie mehr in dieses Scheißloch zurückkommen. Ich nehme jeden Job an, in einem Café oder Restaurant, ganz egal. Ich könnte mir sogar vorstellen, dass ich putzen gehe. Oder spülen. Meinst du, die brauchen Spülkräfte?«

Emma brummte nur, aber Julia scherte sich nicht um die schwache Reaktion.

»Ich meine, am Anfang wird man nehmen müssen, was man bekommt, wenn man erst mal da wohnt, kann man sich nach und nach bessere Arbeit suchen. Wir können zusammen fahren und uns eine Wohnung teilen!«

Emma drehte sich zu ihr um. Es gehörte zu Julias Lieblingsbeschäftigungen, von der Zukunft zu träumen und von allem, was sie dann machen würden. Emma verstand es nicht so recht, sieben Jahre waren ja noch eine Ewigkeit. Für sie war es schon wichtig genug, dass sie nächste Woche in der neuen Schule anfangen würden. Aber für Julia schien die Zukunft der Augenblick zu sein, wo ihr Leben anfing, richtig anfing.

Emmas Kopf wurde bald schwer vor Müdigkeit, übermannte ihren Körper und ihr Bewusstsein. Sie schloss die Augen und stellte sich Annikas Gesicht neben ihrem eigenen vor. Ihr Lächeln und die warmen Hände, die sie sanft streichelten. Sie war wohl eingeschlafen und hatte keine Ahnung, wie spät es war, als sie davon aufwachte, dass Julia neben sie schlüpfte.

»Darf ich bei dir schlafen? Ich hatte gerade einen Albtraum.«

Sie wusste, dass Julia manchmal von Albträumen geplagt wurde, sie erzählte allerdings kaum etwas über die Details.

»Klar.«

Emma rutschte an den Rand der Matratze, damit Julia Platz hatte, und legte ihren Arm um Julias Taille. Gerade als sie wieder einschlafen wollte, hörte sie, dass die Tür leise geöffnet wurde. Sie spürte, wie sich jeder Muskel in Julias Körper anspannte und sie erstarrt dalag. Draußen war es dunkel, sie konnte also nicht sehen, wer sich zum Bett schlich. Sie konnte sich denken, dass die Gestalt Julias Bett erreicht hatte, denn sie hörte, wie jemand an Julias Decke zog.

»Julia? Wo bist du?«

Es war Carl, wer sollte es sonst sein. Sie verstand nicht, was er mitten in der Nacht in Julias Zimmer zu suchen hatte. Es war doch eher so, dass Kinder zu ihren Eltern liefen, wenn sie nachts aufwachten, nicht umgekehrt?

Sie war jetzt hellwach und spürte, wie Julia sich an ihren Körper klammerte. Warum antwortete sie nicht, sie war doch wach?

Carl blieb stehen und schien auf eine Antwort zu lauschen. Aber Julia hatte offenbar beschlossen, nicht zu antworten, und vielleicht kapierte Carl, dass auf der Matratze auf dem Boden zwei Mädchen lagen, denn plötzlich schlich er wieder aus dem Zimmer.

Emma wusste nicht, was sie sagen sollte. Instinktiv verstand sie, dass etwas geschehen war. Sie wusste nur nicht, was.

Langsam entspannte Julia sich, ihr Körper wurde wieder weich.

»Julia?«

Emma flüsterte, um die nächtliche Stille nicht zu stören. Es dauerte ein paar Sekunden, bis Julia antwortete.

»Ja?«

»Was hat er gewollt?«

Man hörte nur ihren flachen Atem, als sei sie sehr aufgeregt. Emma glaubte schon, dass Julia nicht antworten wollte, als die flüsternde Stimme sie durch das Dunkel erreichte.

»Ich weiß nicht.«

Emma starrte ins dunkle Zimmer und versuchte, die Angst zu verscheuchen, die angekrochen kam. Julia klammerte sich immer noch an sie, sie drehte sich zu ihr und hielt ihre Hand.

Schließlich schlief sie ein, Julia vielleicht auch, denn als sie das nächste Mal die Augen öffnete, war es Morgen.

Carl erwachte mit einem Ruck. Die roten Zahlen des Weckers leuchteten im dunklen Schlafzimmer. 06:30, Zeit zum Aufstehen. Er setzte sich auf die Bettkante und schaute zu Gisela, die verschlafen blinzelte. Carl wandte den Blick ab, um nicht ihre dämlichen Augen sehen zu müssen, die ständig die seinen suchten.

»Guten Morgen, Liebling! Hast du gut geschlafen?«

Das Flehende in ihrer Stimme nervte ihn, und er strich die unsichtbaren Falten seiner Pyjamahose glatt, dabei seufzte er hörbar. Er ging ohne zu antworten ins Badezimmer. Der dunkelgelbe Morgenurin platschte ins Wasser der Kloschüssel. Das Bild von Giselas lächelndem Mund tauchte auf, Carl grinste, als der Strahl ihr Lächeln traf und es zerstörte.

»So, so. Zeit, aufzustehen und Frühstück zu machen.«

Ihr Gezwitscher und ihr blödes Gerede drangen zu ihm, er spülte demonstrativ, damit er es nicht hören musste. Warum konnte sie ihr nervöses Geplapper nicht bleiben lassen? Hörte sie nicht sein Schweigen?

»Carl, ich gehe runter und setze Kaffee auf. Ist das recht? Oder trinkst du im Büro Kaffee? Habt ihr heute die Vorstandssitzung?«

Er schaute sein Spiegelbild an, die Bartstoppeln, die er heute Morgen wegrasieren musste.

»Carl? Hast du mich gehört?«

Carl verzog das Gesicht und drehte sich zu Gisela um, die in der Tür stand und aussah, als warte sie auf eine Reaktion.

»Herrgott noch mal, kannst du nicht mit deinem kompensatorischen Gebrabbel aufhören?«

Er hörte selbst, wie genervt es klang, und – auch das noch – ihre Augen füllten sich mit Tränen. Es war vielleicht nicht seine Absicht, so ärgerlich zu klingen, aber andererseits hatte er es so satt, dass sie ihn nie in Ruhe lassen konnte. Es nützte offenbar nichts, dass er es ihr deutlich zeigte, sie wollte es einfach nicht verstehen.

Gisela schlug die Augen nieder und verließ das Badezimmer. Er nahm den Rasierer und wollte mit der Rasur beginnen, als sein Hals sich plötzlich zusammenzog. Die wohlbekannte Panik, wenn die Luft sich durch die zu enge Luftröhre kämpfte, der zähe Schleim. Er griff nach seinem Asthmaspray und sprühte in den Hals, langsam öffnete sich die Luftröhre. Die Atmung funktionierte wieder, aber das Gefühl der Enge und des Zugeschnürtseins blieb. Er versuchte, ein paar Mal tief Luft zu holen, um sich zu beruhigen, dann fuhr er mit der Rasur fort.

Diese Zeit am Tag gehörte ihm, das sollte Gisela nach vierzehn Jahren Ehe wissen. Aber Intelligenz war noch nie ihre Stärke gewesen, er hatte sich nicht gerade in ihre geistigen Fähigkeiten verliebt, damals, vor fünfzehn Jahren, an einem kalten Frühlingstag im April, als er zum ersten Mal die Parfümerie Schmetterling betreten hatte und Giselas freundlichem Lächeln begegnet war.

Carl kontrollierte Kinn und Wangen nach übersehenen Barthaaren. Streichelte die weiche, glatte Wange.

Es gab tatsächlich einen Unterschied zwischen sich hingeben und sich aufgeben. Gisela neigte eher zu Letzterem. Höflich und korrekt machte sie ihre Arbeit, das Haus hielt sie tadellos, sicher, aber ohne jedes Gefühl.

Nachdem er geduscht hatte, schaute er auf die Uhr und stellte fest, dass er es eilig hatte. Er zog sich schnell an, den Anzug, den Gisela am Abend herausgehängt hatte, und ging die Treppe hinunter.

Gisela saß mit einer Tasse Kaffee allein am Küchentisch,

sie starrte mit leerem Blick aus dem Fenster in den Garten.

»Es wird spät heute Abend, wartet mit dem Essen nicht auf mich.«

Gisela blinzelte, als habe seine Stimme sie aus den Morgenträumen geweckt, sie antwortete nicht, starrte nur weiter aus dem Fenster.

»Es kommen Kunden aus Deutschland, um die wir uns kümmern müssen.«

»Ich verstehe.«

Sie schaute zu ihm hoch, er drehte sich rasch um und ging in die Diele.

Erst als er im Auto saß und rückwärts aus der Einfahrt fuhr, weitete sich sein Hals, und er konnte wieder normal atmen. Erleichtert verließ er den Vorort und bog auf die Autobahn ab. Fünfzehn Minuten brauchte er bis zu seinem Arbeitsplatz. Fünfzehn Minuten Ruhe und Frieden. Das Auto war sein privater Raum, hier gab es keine vorwurfsvollen Blicke, die ihn erstickten mit allem, was sie zu sagen versuchten. Zwei Mal am Tag ein kleiner Freiraum. Er stellte das Gehirn auf null und konzentrierte sich aufs Fahren. Er ließ keine lauten, wirren Gedanken herein, die seine Ruhe stören könnten.

An diesem Morgen erinnerten die menschenleeren Straßen an eine Geisterstadt, Emma fühlte sich irgendwie unbehaglich.

»Wie sollen wir es machen, was meinst du?«

Sie schaute Julia an, die zum Wald hinüberstarrte.

»Ich schlage vor, wir schleichen uns in den Wald und schauen, ob wir den Rhabarbermann sehen. Wenn er noch nicht da ist, verstecken wir uns im Gebüsch, von wo wir den Schotterweg sehen können, und dann warten wir, bis er kommt.«

»Okay.«

Emma wischte sich den Schweiß von der Stirn und ging über die Straße. An der Ecke lag ein alter Kramladen. Antiquitäten stand auf dem Schild, aber drinnen gab es eher Müll und Gerümpel. Einmal fanden sie sogar einen gebrauchten Labello, mit Preis drauf. Eine Krone nur, aber immerhin.

»Wie zum Teufel kann man nur auf den Gedanken kommen, einen gebrauchten Labello zu verkaufen?«

Julias Frage war voller Empörung und Abscheu gewesen.

»Das muss der Gipfel des Geizes sein.«

Sie hatten es sich zur Gewohnheit gemacht, in dem Laden vorbeizuschauen, wenn sie zum Baum gingen. Nur um zu sehen, ob sie etwas fanden. Der alte Mann, dem der Laden gehörte, brummte immer und grüßte sie nicht mehr, seit er gemerkt hatte, dass sie sich über seine Sachen lustig machten.

Er stand auf dem zugemüllten Hof und war damit beschäftigt, einen alten Klapptisch abzuschleifen.

»Hallo!«

Er schaute auf und unterbrach das Schleifen.

»Ihr wisst, dass ich es nicht mag, wenn ihr nur rumlauft und nichts kauft.«

»Vielleicht kaufen wir ja was«, rief Emma zurück. »Ich könnte zum Beispiel einen Labello für meine trockenen Lippen gebrauchen. Hast du vielleicht einen?«

»Ich habe keine Ahnung. Aber wenn ihr da drinnen etwas anfasst, dann werfe ich euch raus!«

Er drohte mit der Faust, Julia grinste.

»Wir versprechen, dass wir in deinem aufgeräumten *Antiquitätengeschäft* nichts durcheinanderbringen!«

Emma hielt Julia die Tür auf und verbeugte sich übertrieben.

Drinnen war es schummrig. Die Fenster waren braunschmutzig von Abgasen und Staub, vor einigen standen auch Möbel.

Emma nahm ein ausgestopftes Eichhörnchen hoch, Sägespäne rieselten heraus. Sie dachte, das alte Gerümpel passte gut zum *Nebel*, wie die Gegend ja genannt wurde.

Annika hatte erzählt, dass im *Nebel* schon immer kaputte Leute gewohnt hatten. Emma studierte das räudige Fell des Eichhörnchens und blies die Sägespäne weg. Was bedeutet das eigentlich, *kaputte Leute*? Dass sie so schmutzig wie das Eichhörnchen waren? Oder verrückt wie der Mann, dem dieser Laden gehörte? Sie wusste, dass einige der baufälligen Hütten, die es hier immer noch gab, von Leuten bewohnt wurden, die Annika kaputt nannte. Vielleicht war der Rhabarbermann auch so einer?

Am Tag war das Naturschutzgebiet bei Spaziergängern beliebt, aber abends galten andere Regeln. Sie hatten Annika versprechen müssen, sich nach Einbruch der Dunkelheit nicht mehr dort aufzuhalten.

»Das kann gefährlich sein. Habt ihr verstanden?«

Sie hatten es versprochen, aber sie hatte nichts vom Tag gesagt. »Emma, schau mal!«

Julia stand weiter drinnen im Dunkeln und hielt eine Zeitschrift hoch. Als sie näher kam, sah Emma, dass es eine Pornozeitschrift war. Eine Frau lag mit weit gespreizten Beinen da, ein Mann stand über ihr und spritzte etwas Weißes aus seinem Penis über ihr Gesicht. Es sah schmierig aus, das Gesicht der Frau glänzte vor Schweiß. Ihr Mund war offen, die Augen geschlossen, als wolle sie nicht sehen, was geschah.

»Pfui Teufel, wie eklig!«

Emma verzog das Gesicht und nahm die Zeitung, um es genauer zu sehen.

»Schau mal, ein ganzer Karton voll!«

Julia hielt ein Bündel Zeitschriften hoch, die Titelbilder zeigten nackte Körper in allen möglichen Stellungen.

Sie schauten die Frauen mit den geschlossenen Augen fasziniert und angewidert an.

»Sieht aus, als würde es wehtun.«

Julia verzog das Gesicht und hielt ein Bild hoch, auf dem eine Frau auf allen vieren stand, hinter ihr ein Mann mit einem gigantischen Penis. Emma lächelte, wurde dann jedoch nachdenklich.

»Ja, vielleicht. Aber ich glaube, vögeln ist auch schön. Wenn man es mit einem macht, den man mag.«

»Das glaube ich nicht.«

Julia warf die Zeitungen wieder in den Karton.

»Ich habe Annika mal gehört, als sie mit diesem Simon zusammen war, du weißt schon. Eines Nachts, als er bei uns übernachtet hat, bin ich von einem komischen Geräusch aufgewacht, ich wusste erst nicht, was es war. Aber dann hörte ich, dass Annika stöhnte. Oh, oh, ah, ahhhh.«

Julia grinste, und Emma machte weiter.

»Und dann Simon, er flüsterte erst: ›Oh, Annika, du bist

wunderbar! Oohh Annika!‹ Und dann: ›Verdammt, Annika! Oh, mein Gott! Oooohhhh!‹«

Julia lachte, und Emma verdrehte die Augen.

Julia nahm eine neue Zeitung und blätterte durch die Seiten mit nackten Menschen und aufgerissenen Augen.

»Ich habe tatsächlich noch nie gehört, wie meine Eltern bumsen. Ist das nicht eigenartig?«

»Doch. Sie schlafen ja jede Nacht im gleichen Bett, hin und wieder müssten sie schon bumsen?«

»Ja, mindestens zwei Mal.«

»Ha! Schau mal hier!« Sie hielt eine Zeitung hoch, eine Frau wurde von vier Männern umringt, die mit ihren erigierten Schwänzen auf sie zeigten, als wären es Waffen.

Die Mädchen waren so fasziniert, dass sie nicht hörten, wie der Alte in den Laden kam. Sie zuckten zusammen, als sie seine Stimme hörten, viel zu nah.

»Legt sofort die Zeitungen weg! Raus hier!«

Er riss Emma die Zeitung weg und warf sie in den Karton.

»Reg dich nicht auf! Wir gehen ja schon!«

»Raus! Sofort! Verdammte Gören!«

Er schob sie vor sich her und schimpfte dabei ununterbrochen. Sie liefen durch die Dunkelheit auf den Ausgang zu. Als sie in die Nähe der Tür kamen, die zum Glück offen stand und einen Streifen Licht hereinließ, stieß er Emma so fest in den Rücken, dass sie nach vorne fiel und draußen im Schotter auf allen vieren landete.

»Hör auf, verdammter Kerl!«

Julia half Emma auf die Beine.

»Wenn ich euch noch einmal hier sehe, weiß ich nicht, was passiert! Verstanden? Ich will euch nicht mehr hier sehen!«

»Wir werden dich bei der Polizei anzeigen! Es ist verboten, Kinder zu schlagen.«

Emma war außer sich.

»Ja, ja, versucht nur, mich anzuzeigen, wir werden ja sehen, wem die Polizei glaubt.«

Er grinste gemein.

»Du bist ein verdammt kaputter Typ!«

Sie schrie, und Julia zog sie hinter sich her.

»Verschwindet!«

Er machte Anstalten, ihnen hinterherzulaufen, um zu zeigen, dass er es ernst meinte.

Julia drehte sich um und spuckte auf den Hof, dann liefen sie auf den Schotterweg, der in den Wald und zu ihrem Baum führte. Sie wurden erst wieder langsamer, als sie die Straße und den Laden nicht mehr sehen konnten.

»Was habe ich eine Angst bekommen, als er plötzlich dastand. Guck mal, ich zittere immer noch!«

Julia streckte die Hand vor.

»Er hat sich bestimmt angeschlichen.«

Julia schaute sich um. Die Bäume waren voller Leben und Bewegung. Das Rascheln beruhigte sie. Der Rhabarbermann war noch nicht da, sie hatten also Zeit, neue Kräfte zu tanken.

»Ich liebe Geräusche!«, sagte Julia.

Emma schaute sie erstaunt an.

»Was?«

»Ich liebe Geräusche. Ich mag es nicht, wenn es still ist.«

Emma lachte laut und nahm ihre Hand.

»Manchmal sagst du wirklich komisches Zeug! Komm, wir verstecken uns!«

Sie zog Julia hinter sich her ins Gebüsch.

Emma setzte sich auf einen Stein, Julia legte sich auf den Waldboden, schaute in die Farne und studierte die Miniwelt darunter. Ameisen, die Tannennadeln und tote Raupen schleppten, Käfer, die ohne erkennbare Richtung umherliefen.

Sie schaute den Ameisen nach, die in unsichtbaren Löchern im Boden verschwanden, ihrer Königin Futter brachten.

Das Leben als Insekt schien so viel einfacher zu sein. Nur arbeiten, an nichts anderes denken als ans Essen und den Duft.

Sie fing eine Ameise und ließ sie über ihren Arm laufen. Emma schaute sie und die Ameise an und lächelte.

»Hast du gewusst, dass Ameisen sich durch Pheromone verständigen?«

»Phero... was?«

Emma schaute Julia fragend an. Das war typisch für sie, dass sie so komische Sachen wusste.

»Das ist ein Duftstoff, der vom Körper produziert wird und der andere beeinflusst. Man glaubt, dass bei den Ameisen so die Arbeitsverteilung gesteuert wird. Und bei den Menschen kann er darüber entscheiden, mit wem man Sex haben will.«

»Mein Gott, wie merkwürdig.«

»Nein, nicht besonders. Einige Arten sind sehr schlau. Die Blattschneiderameisen zum Beispiel.«

Emma lachte und warf einen Tannenzapfen, der auf Julias Arm landete.

»Sie leben in unterirdischen Nestern, wo sie Pilze ziehen, die nirgendwo sonst wachsen. Die Ameisen leben von den Pilzen und kauen die Blätter, die sie sammeln, zu einer Art Kompost, auf dem die Pilze wachsen.«

»Du lügst, oder?«

Emma schaute Julia ungläubig an.

»Nein, das stimmt, wirklich.«

Julia legte sich auf den Rücken und schloss die Augen. Die Wärme und das Warten machten sie schläfrig. Hinter den Augenlidern flatterten die Bilder aus den Pornos vorbei. Nackte Schöße mit feucht glänzenden Schamlippen. Eine Frauenhand mit langen rosa Nägeln spreizte das Fleisch und man sah das Loch. Der rosa Nagel sah scharf aus, als ob er jeden Moment das Fleischige ritzen würde.

Sie wandte den Kopf zur Seite und sah, dass alle Insekten plötzlich weg waren. Die Welt war still geworden.

Die Blätter raschelten nicht mehr, die Vögel waren weg, Ameisen und Käfer verschwunden. In sicheren Nestern und Verstecken unter der Erde.

Vorsichtig setzte sie sich auf und legte den Finger über die Lippe, damit Emma nichts sagte. Und richtig, kurz darauf hörten sie Schritte auf dem Schotterweg, und dann sahen sie den Rhabarbermann, der seinen schweren Körper langsam vorwärtsschleppte. Er hatte das weiße Taschentuch in der Hand und trocknete sich ab und zu die Stirn ab. Sie sahen, wie er forschend in den Wald und das Gebüsch schaute, mal rechts, mal links.

»Emma, was machen wir jetzt?«

»Wir schleichen ihm hinterher und versuchen, so nahe zu kommen, wie es nur geht. Wenn er uns bemerkt, laufen wir schnell an ihm vorbei und rennen um unser Leben, und dann verstecken wir uns im Baum.«

Julia nickte und stellte erstaunt fest, dass sie ganz ruhig war. Von ihrem Versteck waren es ungefähr fünfhundert Meter auf dem Schotterweg bis zur Kurve, hinter der ihr Baum stand. Fünfhundert Meter konnte sie leicht laufen.

Sie hoben vorsichtig die Füße, damit sie nicht auf knackende Zweige traten. Auf dem Schotterweg blieben sie einen Moment stehen und betrachteten den Rücken des Mannes, den dicken Körper und die dünnen Steckelbeine. Sie sahen, dass er eine Hand in die Shorts gesteckt hatte und hektisch hin- und herrieb. Emma streckte angewidert die Zunge heraus, Julia verdrehte die Augen als Antwort. Konzentriert schlichen sie lautlos vorwärts. Als sie nur noch ein paar Meter entfernt waren, so nah, dass sie den muffigen Geruch seiner ungewaschenen Kleider wahrnehmen konnten, drehte er sich plötzlich um. Vielleicht hatte er sie gehört, aber wahrscheinlich hatte er ihre Nähe gespürt. Emma konnte gerade noch denken, dass wahrscheinlich ihre *Pheromone* sie verraten hatten, ein Gedanke, bei dem sie hysterisch kichern musste, aber dann sah sie sein Gesicht, und das Lachen wurde zu angeekelter Übelkeit.

Seine Augen waren aufgerissen, in der Hand hatte er seinen Rhabarberpenis. Aus dem halb offenen Mund kam ein gurgelndes Stöhnen des Erstaunens und der Erregung. Seine braunen Haare waren glatt gescheitelt, seine Nase war rot und voller großer schwarzer Poren. Eine kurze Sekunde standen sie schweigend da und schauten einander an, dann fand er die Fassung wieder und rieb immer heftiger mit der Hand auf und ab.

»Lauf!«

Julias Schrei schnitt durch die Stille, und Emma zuckte zusammen, ehe sie wie automatisch zu laufen begann. Sie rannten mit einer Geschwindigkeit über den Schotterweg, die sie selbst erstaunte. Nach ungefähr fünfzig Metern drehte Emma sich um und sah, dass der Mann noch an der gleichen Stelle stand und an seinem Rhabarberpenis zog. Julia blieb auch stehen, schweigend betrachteten sie die Gestalt. Sie hörten, wie er stöhnte und keuchte, bis er plötzlich ein gutturales Brüllen von sich gab und dann ganz still wurde. In aller Ruhe nahm er sein weißes Taschentuch, wischte den Rhabarber ab und steckte dann das Taschentuch in die Hosentasche. Er hob den Kopf und schaute sie an. Sein Blick voller Scham, Verachtung und Hass machte ihnen erheblich mehr Angst als das Gerubbel mit der Hand. Emma nahm Julias Hand. Langsam kam er auf sie zu, so kontrolliert, als sei er sicher, dass er sie packen könnte, wenn er nur wollte. Dieses Mal weckte Emma Julia aus der paralysierenden Angst. Schweigend liefen sie los und drehten sich nicht um, bis sie hinter der Kurve waren. Weit hinten sahen sie, wie der Mann auch lief, schwer und angestrengt. Er war so weit zurück, dass sie in den Weg zum Baum einbiegen konnten, ohne zu riskieren, dass er sie sah.

Oben in der grünen Höhle des Baums gingen die angestrengten in ruhige, tiefe Atemzüge über. Bald sahen sie den Mann auf dem Schotterweg, er blickte verwirrt um sich. Blinzelte in den Wald hinein, versuchte sie zu finden. Er wusste, dass sie sich hier irgendwo versteckten. Und dann hörte man die Stimme des Mannes in der Stille des Waldes. Am Anfang zischend, dann ging sie in hohes Schreien über.

»Kommt raus, ihr Fotzen! Habt ihr nicht gehört, was ich sage?«

Seine Drohungen, was er ihnen antun würde, vermischten sich mit bellenden Flüchen zu einem so rasenden Strom, dass sie lächeln mussten. Sie hörten, wie die Wörter zusammen mit dem Mann verschwanden, erleichtert atmeten sie auf.

Das Lachen blubberte hervor, sie konnten es nicht mehr zurückhalten, und Julia spürte, wie glücklich sie war. Das Flattern, das so oft in ihrer Brust wohnte, löste sich auf und verschwand im Lachen. Die Geräusche waren wieder da, Blätterrauschen und Vogelgezwitscher.

Vermutlich war es so: Wenn die Angst verschwand, kam das Glück.

Giselas Füße schmerzten. Es war fast halb sechs und sie hatte jetzt acht Stunden in ihren hochhackigen Pumps gestanden, abgesehen von einer halben Stunde Mittagspause und zwei zehnminütigen Kaffeepausen. Eva hatte Fieber, deshalb war sie eingesprungen, obwohl Freitag ihr freier Tag war. Die letzte halbe Stunde war immer am schlimmsten, aber an diesem Freitag war sie unerträglich. Es stach in den Füßen wie von Messern, und sie musste die Hände falten, um ein Wimmern zu unterdrücken. Die Parfümerie war leer, bis auf eine Kundin, die von Mona bedient wurde. Gisela ging nach hinten zur Toilette. Sie setzte sich auf den Deckel und zog die Pumps aus, sie konnte ein Stöhnen nicht unterdrücken, als die Füße befreit wurden. Sie massierte sie vorsichtig, und der Schmerz ließ langsam nach. Eine enorme Müdigkeit überfiel sie, sie lehnte den Kopf an die Wand und schloss die Augen.

Ein hartes Klopfen an der Tür ließ Gisela zusammenzucken.
»Hallo, Gisela? Bist du da drin?«
Es war Monas Stimme. Mein Gott, wie lange hatte sie wohl da gesessen und war eingenickt?
»Ich komme gleich! Du kannst schon mal die Kasse zählen!«
»Das habe ich schon gemacht, wir machen jetzt zu.«
»Mein Gott, wie die Zeit vergeht.«
Gisela strich sich über die Haare und zog die bequemen Sandaletten an.
Dann schlossen sie die Tür zur Parfümerie Schmetterling und gingen zusammen über den Marktplatz. Mona wohnte

in einer Wohnung im Norden der Stadt, und Gisela wollte zu Fuß nach Hause gehen.

Das Stadtzentrum war menschenleer. Sie kam am Zigarrengeschäft an der Ecke der Linnégatan vorbei, wo sie sich als Kind samstags immer Süßigkeiten kaufen durfte, und später, als Teenager, kaufte sie Zigaretten. Der Anblick von Onkel Nils hinter dem Tresen ließ sie eine verzweifelte Lust nach einer Zigarette verspüren. Sie hatte zu rauchen aufgehört, als sie sich mit Carl verlobte. Das war eine Bedingung, er hätte niemals eine Frau geheiratet, die rauchte. Also gab sie es auf, das war ein kleines Opfer. Aber manchmal fehlten ihr doch der Trost und die Ruhe, die die Zigaretten ihr gaben. Als sie nun Onkel Nils sah, wurde die eigenartige Wehmut noch größer und sie beschloss, hineinzugehen und ein Päckchen zu kaufen.

»Hallo, Gisela. Lange nicht gesehen!«

Über sein Gesicht huschte ein freundliches Lachen, das Gisela fast vergessen hatte. Er hatte schon immer wie ein alter Mann ausgesehen, solange sie sich erinnern konnte, als wäre er sein Leben lang sechzig gewesen. Beim Anblick seines schütteren weißen Haars und seiner faltigen Hände wurde ihr ganz warm.

»Hallo, Nils, wie geht es dir?«

»Danke, gut. Womit kann ich dienen?«

»Ich hätte gerne ein Päckchen Marlboro light.«

»Gerne. Sonst noch etwas?«

»Danke, das war's. Doch, ein Feuerzeug, bitte.«

Hier drinnen war es, als hätte die Zeit stillgestanden. Die gleiche grau gemusterte Tapete, der gleiche Glastresen, die gleiche altmodische Kasse, nur einige Süßigkeiten waren neu. Gisela musste lächeln, als sie hörte, dass sogar die kleine Messingglocke über der Tür noch die gleiche war.

Sie eilte zu einer Bank im kleinen Park zwischen dem Stadtzentrum und dem Villenvorort. Die hohen Kastanienbäume waren voller Kastanien, manche fielen bereits, kleine stachelige Bomben.

Der erste Zug war himmlisch. Die Augen tränten vor Genuss. Sie machte noch einen tiefen Zug, und die Erinnerungen an ein anderes Leben und eine andere Gisela zogen vorbei. Der erste Kuss, der Junge hieß Sven und ging in ihre Klasse, braunes Haar und grüne Augen, die sie liebevoll anschauten. Tante Stina hatte immer eine Zigarette im Mundwinkel, wenn sie Teig knetete, der zu wunderbaren Broten wurde, die es dann zum Frühstück gab. Erinnerungen, wie sie mit ihrer Freundin Birgitta zum Strand fuhr. Der Wind in den Haaren, das Gefühl von Freiheit. Die Erinnerung, wie sie einen ganzen Sommerabend im Volkspark getanzt hatte. Das starke Gefühl, wie es war, richtig fröhlich zu sein. Beine, die nicht stillstehen wollten, stehen konnten. Sie blickte über den menschenleeren Park und fragte sich, warum das alles so unglaublich weit weg schien. Seit wann war sie nicht mehr fröhlich?

Die Tränen liefen ihr über die Wangen, und ausnahmsweise war es ihr gleichgültig.

Eine Krähe krächzte zu ihren Füßen, und das unerwartete Geräusch ließ Gisela zusammenzucken. Sie drückte die Zigarette aus und stand schnell auf. Die Armbanduhr zeigte Viertel nach sieben, sie lief rasch über das Gras zur Straße. Carl würde wütend werden, wenn sie ohne Grund so spät kam. Sie stopfte die Zigarettenschachtel in einen Papierkorb und seufzte, als sie hörte, wie die Zigaretten kaputtgingen. Es hatte sich auf jeden Fall gelohnt, dachte sie, als sie nach Hause eilte. Sie hatte vergessen, wie gern sie eigentlich geraucht hatte. Damals, in einem anderen Leben. Als sie eine andere Gisela war.

Edgar Allan Poe zu lesen machte die Welt größer. Ein Versprechen, dass es andere Dimensionen gab, in denen man sich den Platz mit toten Gestalten teilen musste, die die Menschen heimsuchten. Die Welt, so wie wir sie kannten, war nicht ganz so langweilig und vorhersehbar. Das war etwas anderes als die blöden Detektivgeschichten, die ihr bisher die Spannung geboten hatten, nach der sie sich sehnte. Wie die tüchtigen, verfressenen Jugendlichen in den Fünf-Freunde-Büchern, die die Erwachsenen immer so brav und wohlerzogen ansprachen. Oder Nancy Drews blonde perfekte Frisur und unwahrscheinlich schmale Taille. Emma verzog das Gesicht. Verglichen mit Poes Gespenstergeschichten waren die Fünf Freunde und Nancy geradezu eklig in ihrer Selbstgefälligkeit.

Mattias hatte ihr das Buch aus Guatemala geschickt, wo er als Fotograf umherreiste. In einem Antiquariat hatte er erstaunlicherweise eine schwedische Ausgabe gefunden und es als Zeichen gedeutet. Mit blauem Kugelschreiber hatte er eine Widmung hineingeschrieben:

»Emma! Ein magisches Buch für ein magisches Mädchen! Alles Liebe von Mattias«.

Er fehlte ihr, seine Art, ihr Zuhause einzunehmen, sein Lachen, das immer Wohlgefühl verbreitete. Annika wurde auch ruhiger und fröhlicher, wenn er da war. Ein erwachsener Bruder, ein Freund, der ihnen so nahestand, dass er ein Familienmitglied war.

Sie lag im Bett und las Edgar Allan Poes Novelle über die schwarze Katze, als sie den Schlüssel im Schloss hörte und kurz darauf Annikas Hallo!. Sie stolperte direkt in Emmas Zimmer, ohne Jacke und Schuhe auszuziehen.

Sie hatte eine Art, sie überschwänglich zu begrüßen, dass Emma ganz wohlig und verlegen zugleich wurde. Sie stellte zwei Pizzakartons auf den Boden und warf sich neben Emma auf das schmale Bett.

»Hallo, mein Schatz!«

Sie nahm Emmas Kopf zwischen die Hände und küsste sie auf die Stirn.

»Hallo, du Wahnsinnige!«

Sie lachten sich an, in Annikas Augen begann es zu blinken, aber gerade als Emma protestieren und sagen wollte, dass sie es nicht aushielt, wenn Annika heulte, verschwand das Blinken und Annika lachte breit.

»Hattest du einen schönen Tag?«

»Ja, ich habe herausgefunden, dass Nancy eine Barbiepuppe ist und die Fünf Freunde Essstörungen in Richtung Bulimie haben.«

»Ein Tag voller großartiger Erkenntnisse.«

Annika lächelte und rieb ihre Nase an Emmas.

»Ja, unbedingt. Weißt du eigentlich, wann Mattias aus Guatemala zurückkommt?«

»Was hat er gleich wieder geschrieben? Irgendwann Ende Dezember?«

»Er fehlt mir!«

»Mir auch! Sollen wir jetzt Pizza essen?«

Annika stand auf, ging in die Diele und zog die Schuhe aus, Emma trug die Pizzaschachteln in die Küche.

»Gibt es heute Abend was im Fernsehen?«, fragte Annika.

»Nein, nur *Frecher Freitag*, und ich sterbe, wenn ich das mit dir anschauen muss! Können wir nicht einen Film ausleihen?«

Annika lachte laut und machte eine Flasche Rotwein auf. Sie hatten den Fehler gemacht und die erste Folge von *Fre-*

cher Freitag zusammen angeschaut, und beide hatten sich geniert wegen der nassforschen Ratschläge der Sexologin Malena Ivarsson und wegen ihres Studios, in dem zwei muskulöse Männer die Dekoration bildeten. Nach fünfzehn peinlichen Minuten hatte sie ausgemacht.

»Ja, genau! Aber ich muss zuerst was essen. Ich habe einen Bärenhunger.«

Annika hatte ein merkwürdiges Verhältnis zu Pizza, das Emma schon öfter fasziniert beobachtet hatte. Eine Gier, die sie sonst nur selten zeigte. Einen Hunger, als ginge es um Leben und Tod. Gebannt sah sie Annika zu, wie sie große Stücke von der Pizza abriss und in den Mund stopfte.

»Mhmmm ... Wunderbar!«

Emma verzog angewidert das Gesicht.

»Mit vollem Mund redet man nicht!«

»Verzeih, verzeih, ich kacke Brei!«

»Mein Gooott. Und du willst meine Mutter sein?«

»Offensichtlich!« Annika lachte laut und nahm einen großen Schluck Rotwein. »Prost. Auf den Freitag!«

In der Videothek schwankten sie zwischen *Dirty Dancing* und *Tootsie* mit Dustin Hoffman, einigten sich schließlich auf *Tootsie*. Emma hatte *Dirty Dancing* mindestens schon zwölf Mal gesehen.

»Ich glaube, ich bin aus *Dirty Dancing* herausgewachsen.«

Annika sah, dass sie es ernst meinte, und versuchte, über diese große Mitteilung nicht zu lächeln.

»Eigentlich steht nirgendwo geschrieben, dass man Edgar Allan Poe und *Dirty Dancing* nicht zusammen mögen darf.«

Sie schwiegen, als sie das dünne Wesen sahen, das vor ihrer Haustür wartete.

»Julia!«

Julia stand auf, ihr Gesicht war verheult. Annika lief zu ihr und nahm sie in die Arme.

»Ist etwas passiert?«

»Nein, zu Hause ist nur so schlechte Stimmung.« Sie schniefte, und Annika strich ihr über die Haare.

»Komm herein, wir haben gerade einen Film ausgeliehen. Du kannst doch bei uns bleiben?«

Emma nahm Julias Hand und ging mit ihr zum Sofa.

»Leg dich hin, ich hole dir eine Decke.«

»Ich rufe deine Eltern an und sage, dass du bei uns bist.«

Julia schaute Annika bittend an.

»Damit sie sich keine Sorgen machen. Ich werde sie überreden, dass du hier bleiben darfst, versprochen.«

Julia murmelte leise »Okay« vom Sofa, und Annika ging in die Küche, um Julias Eltern anzurufen.

Es dauerte sehr lange, und schließlich hielt Emma es nicht mehr aus:

»Annika! Wo bleibst du denn?«

Annika kam herein und lächelte steif.

»So. Es hat geklappt. Ich habe deiner Mutter versprochen, dich später nach Hause zu bringen.«

Julia schaute zu Boden, und Emma warf Annika einen skeptischen Blick zu.

»Es war ein merkwürdiges Gespräch. Deine Mama klang ziemlich aufgebracht, redete von irgendwelchen Bauarbeitern, die morgen früh kommen würden, um eine Sauna zu bauen. Ich habe nicht so ganz verstanden, was das mit dir zu tun hat. Aber du siehst ja, am Ende ging es gut. Du darfst bleiben, wie ich versprochen habe!«

Annika nahm Julia in den Arm, die verkrampft lächelte.

»Sollen wir uns jetzt den Film anschauen?«

Sie schauten den Film, Julia schlief bald ein, ihre Ringe unter den Augen waren dunkler als sonst, und Emma fiel auf, dass sie schon lange keinen ganzen Film mehr zusammen gesehen hatten. In letzter Zeit schlief Julia immer dabei ein.

Carl war erstaunt, dass er nicht Giselas klappernde Schritte hörte, die ihm sonst immer in der Diele entgegeneilten.

Er riss die Tür zu Julias Zimmer auf, so fest und überraschend, dass sie zusammenzuckte und ihn erschrocken ansah.

»Wo ist deine Mutter?«

Julia schüttelte den Kopf.

»Keine Ahnung.«

Er blieb noch einen Moment in der Tür stehen und schaute sie schweigend an. Julia erstarrte, als Erik plötzlich neben Carl auftauchte.

»Was macht ihr? Papa, wo ist Mama?«

Beide zuckten zusammen, und Carl drehte sich um.

»Ich weiß es nicht. Sie muss verrückt geworden sein. Es ist schon fast halb acht und es ist noch nichts zum Essen vorbereitet.«

Mit großen Schritten ging er in die Küche hinunter, Erik folgte ihm. Man konnte Carls Brummen hören, Kühlschrank und Schranktüren wurden planlos auf- und zugemacht.

Als Gisela eine Viertelstunde später die Tür zu ihrem großen Haus öffnete, hörte man immer noch Carls Schimpfen.

»Wo zum Teufel bist du gewesen?!«

Weder die Verachtung noch die Lautstärke seiner Stimme erstaunten Julia und ihren Bruder. Sie kannten die Wutausbrüche ihres Vaters zur Genüge.

Aber zu ihrer großen Verwunderung gab Gisela ausnahmsweise nicht nach. Ihre Stimme war ruhig und besonnen.

»Ich habe auf einer Bank gesessen und eine Zigarette geraucht.«

Das Schweigen legte sich schwer und bedrohlich auf Möbel, Wände und Dach.

Schockiert zischte Carl.

»Was sagst du?«

Gisela zögerte und klang nicht mehr ganz so sicher, als sie ihre Antwort wiederholte.

»Ich habe auf einer Bank gesessen und eine Zigarette geraucht. Hallo Erik, mein Schatz, du musst schrecklich hungrig sein?«

»Ich kann mir ein Brot machen, Mama!« Erik schaute sie an. »Streitet ihr euch?«

Gisela lachte kurz.

»Nein, wir diskutieren.«

Aber Carls verächtlicher Gesichtsausdruck ließ keinen Zweifel zu. Er diskutierte nicht, er hasste, und mit jemandem, der hasste, konnte man nicht argumentieren. Diese Kraft hatte Gisela nicht.

Aus ihrem Zimmer im ersten Stock hörte Julia, wie Carl auch später noch ausdauernd fluchte, sie wollte es nicht hören. Sie kroch unter die Decke und zog das Kissen über den Kopf. Nach einer Weile ging die Tür auf, und Erik kam herein. Er kroch neben sie.

So lagen sie da und lauschten auf Carls Wut und Giselas Schweigen. Julia glaubte nicht, dass Carl Gisela schlug, zumindest hatte sie es noch nie gesehen. Aber sie wusste, dass er konnte, wenn er wollte. Und sie wusste, dass Giselas Angst mit dieser Möglichkeit zu tun hatte. Carl war übermächtig, und er hatte eine Kraft, die jederzeit die Grenze überschreiten konnte, wenn er wollte.

Schließlich bekamen sie unter der Decke keine Luft mehr, und Julia hob vorsichtig eine Ecke hoch, um Sauerstoff hereinzulassen. Aus dem Erdgeschoss war kein Mucks mehr zu hören.

»Was machen sie, was glaubst du?«

Erik flüsterte vorsichtig und Julia antwortete mit leiser Stimme.

»Ich weiß es nicht.«

Sie lauschten erneut. Aber es war nichts zu hören, und das ängstigte sie fast noch mehr als Carls Gebrüll.

Hand in Hand schlichen sie die Treppe hinunter, durch die Diele in Richtung Küche.

In der Tür blieben sie stehen und starrten verwirrt auf die Szene, die sich vor ihnen abspielte.

Gisela lag auf dem Küchentisch, Carl stand über sie gebeugt und schmierte ihr unsanft Apfelmus ins Gesicht. Sie jammerte und schniefte, lag jedoch ganz still.

Vielleicht verschwand in diesem Moment das letzte Fünkchen Hoffnung, dass alles so war, wie es sein sollte.

In Julia wuchs eine widerwillige Erkenntnis zu einem Zorn an, wie sie ihn in ihrem dreizehnjährigen Leben noch nie erlebt hatte. Sie rannte in die Küche und schlug Carls Hände weg und hämmerte wild mit ihren Fäusten auf ihn ein.

»Aufhören! Aufhören! Aufhören!«

Durch die Tränen hindurch sah sie, wie Gisela wackelig auf die Beine kam. Carl packte sie fest an den Handgelenken.

»Lass mich los, du verdammter Idiot!«, schrie Julia.

Hinter ihr begann Erik panisch zu weinen. Ein Weinen, das die Normalität erstickte und sich weigerte, diesen neuen gesetzlosen Zustand zu akzeptieren. Plötzlich ließ Carl Julia los und sank schwer auf einen Küchenstuhl. Er begrub das Gesicht in den Händen. Gisela stolperte zur Spüle und wischte sich das Gesicht mit Küchenkrepp ab.

Ihr schmerzvolles Bemühen, die Gesichtszüge und damit die Ordnung wiederherzustellen, war mehr, als Julia ertragen konnte. Aus irgendeinem Grund tat das noch mehr weh als die eigentliche Erniedrigung.

    Sie zog schnell die Schuhe an und lief hinaus in den lauen Augustabend. Lief, bis sie Seitenstechen bekam, lief, bis der Hals brannte und sie Blutgeschmack im Mund hatte. Sie drosselte das Tempo nicht, bis sie vor Emmas Haustür stand. In wenigen Schritten rannte sie die Treppe hinauf und klingelte. Erst als niemand aufmachte und sie erkannte, dass sie nirgendwo hingehen konnte, kamen die Tränen.

Die Möwen können dich taub schreien, wenn du nicht aufpasst!

Annika wachte verstört auf, sie hatte die ganze Nacht viel und intensiv geträumt. Im letzten Traum hatte sie alleine auf einem Platz gestanden, Tausende Möwen kreisten über ihr. Das Schreien überstimmte alles andere, das verwirrte sie, denn sie konnte nicht hören, was sie eigentlich hätte hören sollen: die Geräusche der Stadt, anderer Menschen. Außerdem verdunkelten die Möwen den Himmel und nahmen ihr die Sicht.

Sie stöhnte und setzte sich vorsichtig auf. Der Mund war trocken, der Kopf schwer, es war gestern spät geworden und sie hatte zu viel Rotwein getrunken. Nachdem sie Julia gegen elf nach Hause gebracht hatten, hatte Annika das starke Bedürfnis verspürt, auf dem Sofa zu sitzen und nachzudenken. Emma war schlafen gegangen, sie selbst hatte sich ein Glas Rotwein eingeschenkt (es wurden mehrere), Astor Piazzolla aufgelegt und sich aufs Sofa gelümmelt. Die gemütliche Wärme beruhigte sie und vertrieb die Aufregung.

Der Gedanke an Julia ließ sie nicht los. Das Mädchen berührte sie eigentlich immer, aber gestern Abend hatte es sie geradezu verstört. Ihre Verzweiflung und das rot verweinte Gesicht standen in keinem Verhältnis zu dem, was Julia erzählte. Da war noch etwas, etwas nicht Greifbares. Wie ein Insekt, das unter den Kleidern umherkrabbelt und das man nicht zu fassen bekommt, sosehr man auch sucht. Das einen irritiert und kitzelt.

Sie füllte Wasser und dunkel gerösteten Kaffee in die Kaffeemaschine. Der Duft von Kaffee und das zischende Geräusch der Kaffeemaschine vertrieben die Träume der Nacht, die Wirklichkeit des Samstagmorgens bekam die Oberhand. Sie deckte den Tisch mit Aprikosenmarmelade, Butter und Käse, in den Brotkorb legte sie Kastenweißbrot zum Toasten. Das war ein Ritual, das sie schon seit vielen Jahren pflegten, am Wochenende lange und mit Toast zu frühstücken.

Der erste Schluck des heißen, starken Kaffees war wunderbar. Kurz darauf entfaltete das Koffein seine Wirkung, und sie fühlte sich wieder wie ein Mensch. Konnte sogar die Zeitung durchblättern und kurze Artikel überfliegen. Aber eigentlich suchte sie eine Rezension, die sie geschrieben hatte und die der Kulturredakteur Gunnar Alm am Wochenende veröffentlichen wollte.

Sie drehte nervös an einer Haarsträhne, der Blick überflog die Zeitung, aber sie fand nicht, wonach sie suchte. Sie faltete die Zeitung zusammen und richtete sich auf. Die Enttäuschung strömte durch ihre Adern, und gleich darauf folgte der Zweifel.

Ihre schüchternen Textversuche und Rezensionen von Aufführungen des Landestheaters waren immer noch eine sehr zerbrechliche Angelegenheit. Sie schämte sich, dass es ihr so viel bedeutete, aber konnte doch nicht verhindern, dass der kitzelnde Atem der Eitelkeit sie streifte.

Es war gerade ein paar Monate her, dass Gunnar Alm sie gefragt hatte, ob sie Lust hätte, für die Zeitung zu schreiben. Als Freie natürlich und mit dem Risiko, dass ihr Text oder ihre Rezension abgelehnt würden, wenn sie nicht gut genug waren. Es gab auch nicht viel Geld, aber Annika hatte freudestrahlend ja gesagt.

Gunnar Alm war um die fünfzig und sah in seinem braunen Cordanzug und mit den graumelierten Haaren genau so aus, wie sie sich einen Kulturredakteur vorgestellt hatte. Selbstbewusst, dabei nicht sexy oder extravagant, aber doch irgendwie würdig. Sie saßen auf einem Fest bei Maja und Christer zufällig nebeneinander am Küchentisch und befanden sich sehr schnell in einer lebhaften Diskussion über Strindbergs Frauenfeindlichkeit und wieso das Landestheater ein permanentes Strindberg-Festival zu veranstalten schien. Wenn man sich das Repertoire anschaute, dann inszenierten sie mindestens zwei Mal im Jahr ein Strindbergstück, sagte Gunnar zu Annikas Überraschung. Sie nickte zustimmend.

»Soll man seinen Frauenhass wörtlich nehmen, oder stellt er in der heutigen Gesellschaft eine Art Kritik am Patriarchat dar? Trifft sein Hass ihn selbst, weil er ihn entlarvt? Ich weiß immer noch nicht, welche Haltung ich habe.«

Gunnar schaute sie mit einem unergründbaren Lächeln an, das Annika sofort in Verteidigungshaltung gehen ließ. Männer mittleren Alters mit Macht und sozialem Status waren nur selten sympathisch oder radikal, aber er überraschte sie ein weiteres Mal, indem er antwortete, dass er ganz sicher sei, Strindbergs Popularität habe mit seinem Frauenhass zu tun.

»Es gibt so viele Männer, die Frauen hassen, und durch Strindberg bekommen sie eine Art perverse Möglichkeit, ihren Hass herauszuspucken, ganz legitim und sogar von der großen Bühne.«

Annika lachte, solche Gedanken äußerte sie nur vor den besten Freunden.

»Du musst eine starke Frau haben. Oder eine starke Mutter.«

»Sowohl als auch, meine Frau steht da drüben. Helena! Komm mal her!«

Eine schöne Frau um die fünfzig mit kurzen dunklen Haaren kam heran, und dann ging die Diskussion über Männer, die Frauen hassen, den ganzen Abend weiter.

Sehr spät, als die meisten Gäste schon gegangen waren,

hatte Gunnar sie gefragt, ob sie nie daran gedacht habe, noch einmal zu studieren. Er konnte schließlich nicht wissen, dass ihr abgebrochenes Studium und die Träume, die damit verbunden waren, ein wunder Punkt in ihrem Leben waren. Sie hatte zwar ihr Studium wegen Emmas Geburt abbrechen müssen, aber eigentlich hinderte sie nichts, es jetzt, dreizehn Jahre später, wieder aufzunehmen. Dass Annika immer noch im Seniorenzentrum Lunden arbeitete, war vielleicht von außen verständlich, aber sie selbst machte sich Vorwürfe. In ihren Augen lag darin ein unverzeihbarer Mangel an Ehrgeiz.

»Könntest du dir vorstellen, etwas für die Zeitung zu schreiben? Ich denke vor allem an Rezensionen, das brauchen keine langen Texte zu sein.«

»Machst du Scherze? Ich weiß doch gar nicht, wie man eine Rezension schreibt!«

»Das ist nichts Besonderes. Ich finde, eine Rezension sollte die Gedanken des Kritikers widerspiegeln. Im Prinzip brauchst du nur zu schreiben, was du denkst. Und nach den Diskussionen von heute Abend zu schließen, bist du ein denkender Mensch. Ich bin sicher, dass du es ganz ausgezeichnet hinbekommst!«

Ausnahmsweise einmal war Annika sprachlos.

»Du kannst es ja einfach ausprobieren, wenn es dir keinen Spaß macht, dann hörst du wieder auf.«

Am nächsten Morgen, als sie wie jetzt mit schwerem Kopf am Küchentisch saß und zu frühstücken versuchte, redete sie sich ein, dass Gunnar es natürlich nicht ernst gemeint hatte. Dass man durch viel Rotwein großzügig werden konnte, das wusste schließlich jeder. Aber als sie sich im Flurspiegel anschaute, sah sie, dass ihre Wangen vor Aufregung glühten.

Und Gunnar Alm hatte es offenbar ernst gemeint, denn drei Tage später kam ein dickes Paket mit *Marya – ein*

Leben von Joyce Carol Oates und einem handgeschriebenen Zettel:

Liebe Annika! Es war sehr schön, dich kennenzulernen. Du hast auf mich und Helena einen tollen Eindruck gemacht. Ich wäre sehr froh, wenn du dieses Buch lesen und mir sagen könntest, wie du es findest. Wir bezahlen 500,00 Kronen für 2000 Zeichen. Herzliche Grüße Gunnar Alm.

Zitternd öffnete sie das Buch und begann zu lesen. Sie liebte Joyce Carol Oates, es war ihre Lieblingsschriftstellerin, und schon am gleichen Abend hatte sie das Buch ausgelesen.

Ihre alte Schreibmaschine stand weit hinten im Schrank, hinter Kartons mit mottenzerfressenen Winterkleidern und Babysachen. Vorsichtig holte sie die Maschine heraus und stellte sie auf den Schreibtisch. Es war mehr als dreizehn Jahre her, dass sie da gestanden hatte. Sie hatte sie weggeräumt, als sie schwanger wurde, sie wollte nicht daran erinnert werden, was sich alles verändern würde, was nicht mehr möglich war.

Den ganzen Abend kam Geklapper aus dem Schlafzimmer. Sie war konzentriert, die Finger flogen über die Tasten, schlugen fest und eifrig zu, als könnten sie nicht glauben, dass die schwarze Farbe halten würde.

Hinterher weinte sie leise, spät in der Nacht, als sie viel zu aufgeregt war, um schlafen zu können. Die Tränen flossen, weil sie sich plötzlich einzugestehen traute, welche Träume sie begraben hatte, um Emma zu bekommen und den Alltag zu meistern. Weinte über alles, was nicht so gekommen war, wie sie es sich vorgestellt hatte. Weinte über den Unterschied zwischen überleben und leben, und das war eine Erkenntnis, die richtig wehtat.

Die Rezension betonte den Aspekt des Ausgeliefertseins in der Kindheit, der Mutlosigkeit, die von der Machtlosigkeit herrührt, und der Tätermänner, die es im Leben der meisten

Frauen gibt. Diese Themen tauchten in allen Büchern von Oates auf, und deshalb mochte Annika sie so sehr.

Gunnar Alm war zufrieden und bat sie sofort, eine Aufführung des Landestheaters zu rezensieren, die in der darauffolgenden Woche Premiere hatte. Und dieses Mal sagte Annika ohne zu zögern ja. Beim Schreiben war etwas zutage getreten, das alte und zugleich neue Gefühl, dass alles möglich war. Dass sie die Welt beschrieb und nicht umgekehrt.

Sie strich eine dicke Schicht Butter und Aprikosenmarmelade auf das getoastete Brot und aß es mit gierigen Bissen. Sie versuchte sich einzureden, dass die Tatsache, dass die Zeitung ihre Rezension der Inszenierung von Ibsens *Ein Puppenhaus* nicht gedruckt hatte, nichts mit der Qualität zu tun hatte.

Sie überflog die Einleitungen zu Artikeln über die Haushaltspläne der Regierung und fluchte laut, als sie einen Beitrag über PAS sah, die Eltern-Kind-Entfremdung, geschrieben von Steven Librinski.

Sie hatte sich schon gefragt, was eigentlich seine persönlichen Motive waren, er schien von dem Thema besessen zu sein. Er war eigentlich Kriminalreporter, aber seit ein paar Jahren war Annika aufgefallen, dass er fast ausnahmslos über Sorgerechtsfälle berichtete, bei denen es auch um Übergriffe ging. Seine persönliche Agenda war klar, er bezog in jedem seiner Artikel Stellung für den angeklagten Vater. Lange Interviews, in denen sich die Väter über ihre schrecklichen Exfrauen auslassen durften, die nicht vor Lügen zurückschreckten, um einen Sorgerechtsprozess zu gewinnen.

»Verdammter Idiot!«

Sie streckte sich nach den Zigaretten und zündete eine an.

Es gab nicht viel, was sie so provozierte wie solche Machtmänner, die ungestört die Deutungshoheit besaßen, obwohl ihre Geschichten auf unwissenschaftlichen Lügen fußten.

Sie zeichneten ein total schiefes Bild, und die Zeitungen berichteten brav von all den armen Männern, deren Exfrauen verhinderten, dass sie nach der Scheidung ihre Kinder sahen.

Annika seufzte tief und drückte die Zigarette aus. Eine Möwe klagte direkt vor dem Fenster. Sie schauderte, der fast menschliche Laut erinnerte sie allzu sehr an die unruhigen Träume der letzten Nacht.

Ein Klagelaut, der Lachen oder Weinen sein konnte. Aber an diesem Morgen war Annika überzeugt, dass es ein verzweifeltes Weinen war.

Der Schokoladenpudding war Julias Idee. Sie hatte nicht schlafen können und nachgedacht, und am Morgen war sie ganz leise aufgestanden und hatte 50 Kronen aus Giselas Handtasche genommen, um den Einkauf zu finanzieren. Nach dem Erlebnis im Kiosk hatte sie keine Lust mehr zu klauen.

Sie rührten den braunen Brei zusammen und füllten ihn in sechzehn durchsichtige Plastikbeutel, die sie in eine große Einkaufstasche legten. Damit machten sie sich auf den Weg.

Die Hitze lag immer noch wie ein Deckel über der Stadt, und in den Nachrichten sprach man von Hitzewelle. Seit über zwei Wochen zeigte das Thermometer über fünfundzwanzig Grad.

Kleine glänzende Schweißperlen bedeckten Julias Stirn wie eine schimmernde zweite Haut. Es war unausweichlich: Schon die kleinste Bewegung brachte das Kühlsystem in Gang.

Sie wechselten sich beim Tragen der Einkaufstasche ab und blieben erst stehen, als sie an die Kreuzung kamen, die die Grenze zwischen der Welt und dem Nebel markierte. Ein ödes Niemandsland, in dem ständig ein unnormaler, grenzenloser Zustand herrschte, ob Hitzewelle oder nicht.

Sie schauten einander an, schweigend und von einem feierlichen Ernst erfüllt. Julia hatte den Blick auf den Wald jenseits der Straße gerichtet. Entschlossen und angespannt ging sie los, und Emma folgte ihr schnell.

Ein paar Minuten später waren sie im Wald. Hinter einem großen Wildrosenbusch, der hier Wurzeln geschlagen hatte und zwischen Blaubeeren und Tannen weiterwuchs, setzten sie sich hin.

»So«, sagte Julia und schaute Emma mit ihren blauen Augen an. »Jetzt heißt es nur noch warten.«

Sie nahm einen Plastikbeutel aus der Einkaufstasche und drehte ihn wild in der Luft, sie wandte ihr Gesicht zum Himmel, der über den Baumspitzen zu sehen war.

»Ich bin bereit! Lieber Gott, auch wenn du nur ein alter Mann bist und vielleicht ein bisschen mehr mit alten Männern sympathisierst, ich bitte dich, habe ein Nachsehen mit zwei verzweifelten Mädchen. Nimm es als einen Akt der Selbstverteidigung. Eine nützliche Lektion für Männer, die kleinen Mädchen im Wald mit ihrem Rhabarber winken.«

Emma lächelte und wandte auch das Gesicht zum Himmel.

»Lieber Gott, ich bitte dich! Trenne dich ausnahmsweise mal von deiner Männersolidarität. Denk an deine Frau und deine Töchter. Wenn du welche hast.« Sie schaute Julia eifrig an, die nickte aufmunternd.

»Ja, es heißt doch, dass alle Kinder seine Kinder sind. Und dann müssten ja auch alle Frauen seine Frau sein.«

»Na, dann solltest du doch genauso viel Empathie mit mir und Julia empfinden wie mit dem Rhabarbermann!«

Sie schwiegen eine Weile und schauten sich an. Kurz darauf hörten sie Schritte auf dem Schotterweg. Julia bückte sich und nahm so viele Schokoladenpuddingbeutel, wie sie fassen konnte. Emma machte es ihr nach, und dann schlichen sie zum Weg. Als sie so nahe waren, dass sie den Rücken des Rhabarbermannes zehn Meter vor sich sehen konnten, hob Julia die Hand. Das war das Zeichen, und als sie zu laufen anfingen, stieß Julia einen Schrei aus. Den abgrundtiefen Schrei des Hasses. Emma erschrak, aber es war auch ansteckend. All die Wut, die sie jemals empfunden hatte, brach hervor, sammelte sich in einem langen Schrei. Der

Rhabarbermann hatte sie offenbar noch nicht erwartet, denn er hatte seinen Schwanz noch nicht einmal halbhoch gerubbelt. Der erste Beutel mit Schokoladenpudding traf ihn genau im Gesicht, und auch wenn es kaum wehgetan haben konnte, war sein Schrei voller Schmerz und Erstaunen. Der zweite Beutel traf ihn am Bauch, der Pudding lief über seinen glänzenden Schwanz und die Beine runter. Er stand jetzt still und hielt die Hände zum Schutz vors Gesicht. Die Mädchen warfen mit rasender Kraft einen Beutel nach dem anderen auf ihn. Das schmatzende Geräusch, wenn die Beutel ihn trafen, hallte in der Stille. Der Rhabarbermann stand weiterhin da und ertrug sein Schicksal.

Es dauerte nicht lange, dann waren alle sechzehn Beutel geworfen. Die letzten warfen sie ohne Kraft, und auch der Hass war aus ihren Körpern gewichen.

Atemlos starrten sie die schmierige Gestalt an, die jetzt mit den Händen vor dem Gesicht schluchzte.

Julia ging zu ihm, beugte sich vor und flüsterte ganz nah an seinem Ohr:

»Untersteh dich, noch einmal durch den Wald zu laufen und mit deinem verdammten Schwanz zu wedeln! Hast du verstanden?«

Der Mann schluchzte weiter, die Hände vor dem Gesicht.

»Hast du gehört, was ich sage, du Idiot?«

Sie stupste den klebrigen Körper an, der verlor das Gleichgewicht und stolperte. Der Mann versuchte, stehen zu bleiben, dabei kam ein Jammern über seine Lippen. Plötzlich gab Julia ihm einen festen Stoß, er fiel auf dem Schotterweg zu einem schluchzenden Häufchen zusammen. Vielleicht war es der Triumph, zu sehen, wie der Mann, der gerade noch geglaubt hatte, die Macht zu haben, sie auf so schmähliche Weise verlor. Vielleicht war es der verschmierte Körper des Mannes, der sich willenlos hin- und herschubsen ließ, oder vielleicht war es die Erkenntnis, wie groß der Hass in

Julia war. Vielleicht war es alles zusammen, ein einziger wirbelnder Strom von Gefühlen, der Emma verwirrte und Übelkeit in ihr aufsteigen ließ.

Julia trat den am Boden liegenden Körper und schrie. Ihr Gesicht war vom Weinen verzerrt, und jeder Muskel, jede Sehne in ihrem schmalen Körper war bis zum Bersten gespannt. Die Tritte trafen den Schokoloadenpuddingmann und wanderten vom Bauch zum Kopf. Als Emma hörte, wie seine Nase krachte, erwachte sie aus ihrem paralysierten Zustand und riss Julia weg von dem Mann, der nun ganz still auf dem Schotterweg lag.

Julia schrie und trat in die Luft, aber sie ließ sich wegzerren, bis sie hinter der Kurve waren und ihn nicht mehr sehen konnten. Da blieb Emma stehen und nahm Julia in die Arme. Sie drückte sie fest und lange, Julia schluchzte und schniefte.

»Alles wird gut. Ist alles in Ordnung.«

Sie benutzte die Wörter, die Annika immer sagte, wenn Emma Trost brauchte, und strich ihr über den Rücken. Julia erstarrte, als sie die Worte hörte, sie machte sich aus Emmas Armen los und starrte sie mit einem wilden Blick an.

»Es ist überhaupt nichts gut. Nichts ist gut, nichts wird je gut sein. Kapierst du!«

Sie hatten sich noch nie gestritten, ihre Wut kam unerwartet, Emmas Augen begannen zu brennen. Es war so ungewohnt und tat weh, der Gedanke, dass Julia auf sie wütend war. Aber noch etwas anderes ließ ihr Herz wild schlagen. Sie hatte Angst.

Zum ersten Mal, seit sie mit Julia befreundet war, musste Emma einsehen, dass sie nur einen Teil von Julia kannte. Dass der schlanke, sehnige, starke Körper noch etwas verbarg, von dem sie keine Ahnung hatte.

»Entschuldige!«

Sie flüsterte Julias Rücken zu.

Julia antwortete nicht, sondern ging los, Emma folgte ein paar Schritte hinter ihr. Sie liefen schweigend, die Welt war immer noch lautlos, bis sie zur Kreuzung kamen.

»Willst du mit zu mir kommen?«

»Nein, ich muss nach Hause. Ich habe Gisela versprochen, zum Essen zu Hause zu sein.«

»Okay.« Emma schaute zu Boden, wusste nicht, was sie sagen oder tun sollte. »Was sollen wir denn mit dem Rhabarbermann machen? Sollen wir ihn einfach da liegen lassen? Was, wenn er stirbt?«

Julia kniff die Lippen zusammen, runzelte die Stirn und dachte nach.

»Wir rufen vom Telefonhäuschen im Park die Polizei an und sagen, dass im Nebelwald ein zusammengetretener Vergewaltiger liegt und dass er vielleicht ein paar Pflaster braucht, und vor allem ein Gefängnis und eine Behandlung.«

Sie musste über Julias Plan lächeln, sie war froh und erleichtert, dass ein Teil der normalen Julia wieder zum Vorschein kam.

»Du bist die Allerschlauste!«

Julia lächelte schief zurück.

»Ich weiß. Komm, machen wir schnell!«

Gisela sortierte Schminksachen und Pflegeprodukte in ihrem weißen Badezimmerschrank. Wischte sorgfältig jede Flasche ab und stellte sie an ihren Platz zurück. Sie hatte schon um halb acht damit angefangen, nach einer Tasse Kaffee, mehr hatte sie nicht herunterbekommen.

Erik verschwand schon früh zu Jesper im Nachbarhaus, und Julia war auch weg, weiß Gott, wo sie war. Nur Carl war zu Hause, wie eine beschämte Katze schlich er durchs Haus. Sie hatten seit dem *Ereignis* nicht miteinander gesprochen, aber Gisela kannte ihren Mann. Sie wusste, dass er sich schämte, und das genügte ihr. Er schlief den ganzen Vormittag und kam gegen elf in die Küche. Das Frühstück war schon lange abgedeckt, und Gisela hatte unverdrossen weiter im Wohnzimmer abgestaubt. Sie genoss es zu hören, wie Carl selbst Teller, Brot und Butter, Käse und Milch holen musste. Das war ihr kleines Strafsystem, für einen Außenstehenden vielleicht kaum wahrnehmbar, aber in ihrem Universum mit ihrer Weltordnung war es eine kleine Revolution.

Sie hatte weitergeputzt, jede Leiste abgewischt, jede Wandverkleidung poliert, hatte minutiös jede Ecke in der großen Villa geputzt, bis ihre Hände von dem scharfen Putzmittel brannten. Es dauerte Stunden, die 220 Quadratmeter zu saugen, zu wischen und alles abzustauben. Das Putzen konnte die leeren Stunden eines ganzen Tages mit Inhalt füllen. Sie genoss es, wenn alles seinen Platz fand, wenn alles blitzte und blinkte. Putzen hielt die Gedanken in Schach und gab ihr eine gute Ausrede, Carl nicht in die Augen schauen zu müssen. Nicht dass er sich um ein Zusammentreffen bemüht hätte, im Gegenteil, er hielt sich immer da auf, wo sie gerade nicht war. Aber dennoch. Er konnte sich nicht beschweren, dass sie putzte, aber sie wusste, dass ihr Schweigen und Beschäftigtsein ihn ärgerten.

Als sie jedoch die Waschmaschine füllte und das rotgeblümte Kleid sah, das sie gestern getragen hatte, überkam sie Übelkeit. Der Stoff war ganz steif vom Apfelbrei, sie knüllte das Kleid zusammen und stopfte es ganz nach hinten in die Maschine und füllte sie schnell mit den anderen Sachen auf. Sie nahm besonders viel Waschmittel und einen Weichspüler, der nach Aprikosen duftete, dann stellte sie die Maschine an.

Sie blieb noch ein paar Minuten stehen und versuchte, ihren Atem zu beruhigen. Wollte tiefe Atemzüge machen, anstelle des kurzen, heftigen Keuchens, das ihre Lungen produzierten. Das Keuchen lieferte zu wenig Sauerstoff, die Übelkeit nahm zu, bis der ganze Raum sich drehte. Sie versuchte, sich zu erinnern, was man machen musste, wenn man kurz vor einer Ohnmacht stand. Seitenlage? Nein, falsch, den Kopf zwischen die Beine. So war es.

Sie setzte sich auf den Boden und beugte sich nach vorne, das Drehen hörte langsam auf.

Das Geschehen des gestrigen Abends war verstörend. Blitzende Punkte tanzten hinter den Lidern, wenn sie die Augen schloss. Man konnte offenbar nicht vorhersehen, wann man Carls Grenze überschritt. Was genau ihn dazu brachte, diese andere Seite von sich zu zeigen. Den anderen Carl, der im Laufe ihrer vierzehnjährigen Ehe hin und wieder hervorgelugt hatte. Ein Mann, der so total anders war als der kontrollierte Carl, der alles verachtete, was auch nur im Entferntesten wahnsinnig war. Der sie manchmal anschrie, sie sei wahnsinnig, eine wahnsinnige blöde Kuh, das Hässlichste, Ekligste, was man sein konnte. Aber was war dann das, was er gestern Abend getan hatte?

War sein Geschmiere nicht der Beweis für reinen Wahnsinn?

Gisela massierte die Schläfen, aber sie konnte die Tränen nicht zurückhalten, die kamen, als die Erinnerung, wie sie auf dem Tisch gelegen und er über ihr gestanden hatte, wieder auftauchte.

Und Erik und Julia hatten alles gesehen.

Dann ein noch schlimmerer Gedanke, eine Erkenntnis, die sie von sich wegschieben wollte. Wenn er das tun konnte, wozu war er dann noch imstande? Bestimmte Dinge waren bereits geschehen, schwer zu verstehen und schmerzlich. Dinge, die nachts passiert waren und die sie am nächsten Morgen damit erklärt hatte, dass es biologische Unterschiede in der Lust von Männern und Frauen gab, das war einfach so. Die Erinnerungen waren so verschwommen, dass sie fast glaubte, sie habe nur geträumt. Das Gefühl von Unwirklichkeit war wie eine dunkle, gemütliche Ecke, in die man fliehen konnte, wenn es zu wehtat.

Plötzlich konnte sie Bilder und Erinnerungen nicht mehr abwehren, sie schossen scharf, waren unerbittlich in ihrer Klarheit. Sie glaubte sogar, das Weinen eines Kindes zu hören, weit weg, eingeschlossen in ihr Schlafzimmer. Sie hatte das Weinen vergessen, es war so viele Jahre her. Eriks Weinen, als er erst ein paar Monate alt war und spätabends aufwachte, weil er Hunger hatte. Carl war schrecklich gelaunt und hatte den ganzen Nachmittag und Abend auf alle und alles geschimpft. Lange Tiraden, wie unmöglich und inkompetent die anderen in der Autofabrik waren. Sie wusste, dass irgendetwas auf der Arbeit passiert war, aber wenn sie ihn fragte, antwortete er nicht, schaute sie nur an, als hätte sie etwas Dummes gesagt. Sein Schweigen und sein schwarzer Blick vermittelten ihr das wohlbekannte Gefühl, dass sie wirklich unsichtbar war, dass er sie tatsächlich nicht hörte. Als Erik in seinem Zimmer da oben schrie, wollte sie aufstehen, um ihm die Brust zu geben. Carls Hand war schneller, er zog sie mit unerwarteter Kraft wieder aufs Sofa, so fest, dass sie sich das Schienbein am Sofatisch anschlug.

»Du wirst dieses Kind nicht verhätscheln, verdammt noch mal! Er kann ruhig ein bisschen schreien!«

Gisela schaute ihn ängstlich an, ihre Stimme war dünn, sie flüsterte fast. »Aber er hat Hunger. Ich habe ihn seit Stunden nicht gestillt, deshalb weint er.«

»Du hast mich verstanden, du verwöhnst ihn. Kinder müssen lernen, dass es nichts nützt, zu schreien, wenn sie etwas wollen.«

Sie konnte kaum glauben, dass er es ernst meinte. Vielleicht hatte er sie nicht gehört?

»Aber er ist doch erst drei Monate alt, er weint, weil er Hunger hat, er hat seit sechs nichts bekommen!«

Sie konnte nichts dafür, ihre Stimme wurde hoch und schrill, als sie den letzten Satz sagte. Carl hörte ihre Verzweiflung, sie sah am Funkeln in seinen Augen, wie er ihre Angst witterte. Wie sie ihn freute.

»Soso, du meinst also, du bist schlauer als ich? Ausgerechnet du willst es besser wissen? Aber eins sage ich dir, mich ärgert es schon lange, dass du aufspringst, sobald dieses Kind den Mund aufmacht. Das macht weinerlich und schwach!«

Eriks Weinen war in ein verzweifeltes Gebrüll übergegangen. Er schrie so laut, dass er nach Luft schnappte. Es dröhnte durch das ganze Haus, und Gisela spürte, wie ihre angespannten, milchvollen Brüste Milch abgaben. Zwei große Flecke breiteten sich vorne auf ihrem Pullover aus, sie drückte mit den Handflächen dagegen, damit sie nicht noch größer wurden. Sie sah Eriks kleines Gesicht vor sich, vermutlich hochrot. Ihr Herz schlug so heftig, dass sie am ganzen Körper zitterte.

»Bitte, bitte, liebster Carl ...«, flüsterte sie. »Lass mich ihn füttern. Ich glaube, er ist wirklich sehr hungrig.«

Carl sah sie an und lächelte kalt, dabei klopfte er ihr auf die Schenkel.

»Hast du nicht gehört, was ich gesagt habe? Jetzt lässt du ihn ausnahmsweise mal schreien!«

Er wusste, dass sie gehorchen würde, und sie wusste es, die Tränen liefen ihr über die Wangen. Sie spürte Eriks verlassenes Schreien im ganzen Körper. Sie begrub das Gesicht in den Händen, versuchte, so leise wie möglich zu weinen, dass ihr Körper sich vom Schluchzen nicht allzu sehr schüttelte.

»Es nützt gar nichts, dass du heulst, du dumme Kuh!«

Seine Stimme war eiskalt.

Plötzlich stand Julia vor ihnen, betrachtete sie mit großen Augen. Sie war erst vier Jahre alt und wohl von Eriks Schreien geweckt worden, das man bis ins Nachbarhaus hören konnte.

»Mama, Erik weint!«

Gisela schaute auf und versuchte schnell, die Tränen abzuwischen.

»Ich weiß, Liebes, ich glaube, er hat Hunger.«

Sie stolperte bei den ersten Schritten, als würde sie nicht darauf vertrauen, dass er sie gehen ließ. Er konnte sie jederzeit wieder packen und herunterziehen. Aber das Spiel war offenbar für dieses Mal vorbei, auf wackeligen Beinen lief sie zu Erik und hob den kleinen verkrampften Körper aus dem Bettchen. Sie zitterte, als sie ihn im Arm hielt und ihn flüsternd trösten wollte.

»Mein Schatz, jetzt ist alles gut!«

Es dauerte eine ganze Weile, bis er zu weinen aufhörte. Als er sich schließlich beruhigte, zitterte sein ganzer Körper.

Als er endlich die Brust nahm und sich stillen ließ, war sie so erleichtert, dass schon wieder Tränen flossen. Die Brüste schmerzten und pochten, und das Gefühl, als die Spannung nachließ, war wunderbar.

Die Erinnerungen ließen sie tief seufzen, sie schüttelte sich und kam langsam wieder in die Gegenwart zurück. Die Waschmaschine zitterte und brummte, und sie sah, wie sich hinter der Scheibe das geblümte Kleid drehte und von Apfelbrei und brennenden Erinnerungen sauber gewaschen wurde.

Wie schon so oft war sie erstaunt, wie leicht es trotz allem war, das Hässliche und Schmutzige sauber zu waschen und zu vergessen. Wie leicht es war, sich auf das zu konzentrieren, was gut war. Das Haus, die Kinder, die Arbeit, Carl. Doch, sie konnte nicht umhin, Carl dankbar zu sein für alles, was er ihr bedeutet hatte. Ihre Liebe zu ihm war immer stark und voller Dankbarkeit gewesen. Dankbarkeit darüber, dass ein Mann wie er, gut aussehend, aus einer vornehmen, intakten Familie, mit einer vielversprechenden Zukunft in der Autofabrik, sie hatte haben wollen. Das Psychokind mit einer Selbstmordmutter und Pflegefamilie. Sie hätte niemals, nicht einmal in ihren wildesten Träumen zu hoffen gewagt, dass sie eine eigene Familie haben würde, mit einem Mann, der treu und ehrgeizig für sie und die Kinder arbeitete. Dass sie, aufgewachsen in einer engen, muffigen Wohnung, über eine Villa aus der Jahrhundertwende verfügen würde. Ein Haus voller schöner Möbel und Gegenstände, das sie einrichten durfte, wie sie wollte, genau wie das Puppenhaus, das ihre Klassenkameradin Josefine gehabt hatte.

Josefine wohnte in einem Haus am Fluss. Sie gingen in die gleiche Klasse, aber es war doch so, als kämen sie aus verschiedenen Welten. Es war etwas ganz Besonderes, wenn sie Josefine zu Hause besuchen durfte, und das passierte auch nur, wenn Josefine niemand anderen zum Spielen hatte. In der Josefinewelt kam eine Haushälterin mit Käsebroten auf einem Silbertablett, das wurde in Josefines Zimmer serviert, zusammen mit heißer Schokolade aus einer Silberkanne.

Josefine war so eine Frau, die Carl hätte heiraten sollen, das wäre erheblich natürlicher gewesen, als Gisela aus der Parfümerie Schmetterling herauszuholen. Es war unbegreiflich, dass er sich überhaupt für sie interessiert hatte.

Gisela erhob sich vorsichtig vom Badezimmerboden. Der Schwindel und die Übelkeit waren vorbei, sie nahm einen Wattebausch und tränkte ihn mit kaltem Wasser. Sie betupfte die Stirn mit leichten Bewegungen, bis die Wangen wieder Farbe bekamen. Sie legte eine neue Schicht Puder und Rouge auf, zum Schluss den rosa glänzenden Lippenstift. Aus der Küche hörte sie, wie die Spülmaschine mit einem Brummen startete. Carl musste sie angestellt haben. Ihr wurde ganz warm zumute, er hatte seine Schattenseiten, aber er war trotz allem ihr geliebter Ehemann. Es gehörte zu einer Ehe, sich im Guten wie im Schlechten zu lieben, zu verzeihen. Das hatte sie im Angesicht des mürrischen Pfarrers feierlich gelobt. Außerdem wusste sie, unter welchem Druck Carl stand, weil er auf die Entscheidung des Aufsichtsrats bezüglich der Stelle als Geschäftsführer warten musste. Die zog sich hin, er war in letzter Zeit besonders reizbar und labil gewesen. Sie holte noch einmal tief Luft und ging langsam und beherrscht die Treppe hinunter, sie betrat die Küche und lächelte Carl an.

»Schatz, ich wollte gerade Kaffee aufsetzen. Möchtest du auch eine Tasse?«

Er schaute sie erstaunt an, dann drehte er sich um und nahm zwei Tassen aus dem Schrank.

»Danke gern!«

Die Wände des Klassenzimmers waren cremefarben und leer bis auf eine Weltkarte, die vorne rechts neben dem Katheder hing. Es war wie geschaffen für sauerstoffarme Nachmittagsstunden. Ihr Klassenzimmer in der Mittelstufe war mit bunten Bildern und getrockneten Blättern und Blumen geschmückt gewesen. Rote Geranien hatten auf dem Fensterbrett gestanden, wenn man die Blätter anfasste, rochen sie nach Eisen. Hier gab es keine kindlichen Zeichnungen an den Wänden. Hier gab es nur Weiß, Braun, Grau, keine Farben. Emma betrachtete ihre alten Klassenkameraden, die sie den ganzen Sommer nicht gesehen hatte. Ein neuer Junge, er schien älter zu sein, saß neben Gustav, ansonsten waren es die altbekannten Gesichter, die schon die letzten sechs Jahre ihren Alltag begleitet hatten.

Ganz hinten saßen Richard, Per und Ola, sie hatten die Köpfe in tiefer Konzentration über etwas auf dem Pult gebeugt.

Viktoria lief umher und umarmte alle, dabei stieß sie kleine, begeisterte Schreie aus. Verstreute Komplimente über das Aussehen der Klassenkameraden und kleine, gemeine Bosheiten. Sie lobte Johannas enge Jeans, fügte dann aber hinzu, ihre Jeans hätte am Anfang auch so eingeschnitten, sie habe noch wochenlang blaue Flecke gehabt. Die große, plumpe Johanna mit den hängenden Schultern lachte unsicher, aber die Falte auf ihrer Stirn bewies, dass sie die Botschaft verstanden hatte. In ihrer ordentlichen Strickjacke und den Perlohrringen wirkte sie wie eine Tante, obwohl sie erst dreizehn war. Viktoria kam mit kleinen Trippelschritten auf Emmas und Julias Bank zu.

»Julia! Ich finde es toll, dass du dich irgendwie überhaupt nicht um dein Aussehen scherst. So fransige Haare sind wirklich cool, fast schon punkig.«

Sie berührte Julias Haare, die ihr über die Augen hingen und beinahe das ganze Gesicht bedeckten. Viktorias überschwängliche Doppelzüngigkeit rief eine Unsicherheit hervor, die sie allmählich kannten. Sie war nie direkt oder ausgesprochen gemein, aber sie schaffte es immer, dass man sich blöd oder komisch vorkam.

Vicky erwartete keine Antwort, sondern wandte sich Emma zu.

»Emma! Mein Gott, siehst du anders aus. Hast du endlich mit dem Schminken angefangen? Na, das ist ja was!«

Sie beugte sich vor und flüsterte mit leiserer Stimme: »Deine Brüste sind gewachsen, nicht wahr?!«

Emma musste an das denken, was Annika über die Oberstufe gesagt hatte. Dass man die Chance hatte, neu anzufangen. Dass die eingefahrenen Rollen aus der Unter- und Mittelstufe sich verändern konnten, weil neue Leute dazukamen. Die Oberstufe bedeutete, dass die scheinbar festgefügte Ordnung sich verändern konnte. Und dann kam Vicky schon am ersten Tag und stellte klar, dass sich nichts verändern würde.

»Hör auf! Du kannst von mir aus jemand anderen ärgern, oder dich zu den Pudelrockern da hinten setzen.«

Vicky schaute Emma erstaunt an, sie war es nicht gewohnt, abgewiesen zu werden.

»Werd endlich erwachsen, Emma! Ich wollte nur nett sein!«

»Werd du nicht größenwahnsinnig, du verstellst mir die Aussicht, und außerdem bist du nicht nett, sondern nur blöd.«

Vicky verdrehte die Augen und seufzte hörbar, dann drehte sie sich um und ging zu ihren Freundinnen Monika und

Cissi, die ganz hinten saßen. Alle drei hatten dauergewellte Mähnen und trugen exakt das gleiche Make-up, blauen Lidstrich und knallblaue Wimperntusche.

Julia kniff Emma in den Arm und lächelte, Emma verzog das Gesicht und äffte Vickys hohe Stimme nach.

»Oh Julia, wie wunderbar hässlich du mal wieder aussiehst. Es ist wirklich toll, wenn jemand sich traut, hässlich zu sein!«

Julia lachte, dann öffnete sich die Tür, und eine Frau kam herein und stellte sich vor die Klasse.

»Willkommen! Ich heiße Maj-Lis Carlsson und werde in den nächsten Jahren eure Klassenlehrerin sein.«

Sie drehte sich um und schrieb ihren Namen mit Schnörkelschrift an die Tafel. Dann lächelte sie und fingerte nervös an den Blusenknöpfen. Die braunen Haare waren kurz geschnitten und lagen in ordentlichen Wellen um ihren kleinen, runden Kopf. Die Frisur und der lange, großgeblümte Rock ließen sie erheblich älter aussehen als fünfundvierzig Jahre.

Maj-Lis nahm einen Stapel Stundenpläne und verteilte sie, dabei erzählte sie, wie die Woche ablaufen würde.

»Wie ihr auf dem Stundenplan seht, habt ihr dienstags Sport. Freitags haben wir nachmittags ZfG, Zur freien Gestaltung. Das ist eine Art Klassenrat, da diskutieren wir Dinge, die euch als Klasse angehen. Zum Beispiel, wenn ihr Geld für eine Klassenfahrt sammeln wollt.«

Emma studierte die großen Brüste und die breiten Hüften der Lehrerin, die man deutlich unter dem Rock sehen konnte. Ein wogender, ausladender Überfluss, der zum Zubeißen einlud. Ein großer Busen, der Geborgenheit hätte versprechen können, wenn Maj-Lis nicht so nervös gewesen wäre.

Das Pausenklingeln riss Emma aus ihren Gedanken.

Kurz darauf schlugen die großen Eingangstüren hinter Emma und Julia zu. Sie liefen planlos über den großen, asphaltierten Hof, er kam ihnen riesig vor, verglichen mit dem Schulhof der kleinen Mittelschule, wo es Schaukeln und Klettergerüste gab. Hier gab es nichts, was an *Kindheit* erinnerte. Statt einer Schaukel gab es ein weißes Raucherviereck auf dem Asphalt, gut versteckt hinter ein paar Büschen, aber immerhin, eine Raucherecke! Da waren ein paar Gestalten zu sehen, die laut lachten. Nur die Allercoolsten standen in der Raucherecke, es war bekannt, dass es den Eltern berichtet würde. Wer weiterhin heimlich rauchen wollte, ging über die Straße in den großen Park, da gab es Verstecke und Ecken, wo man unsichtbar bleiben konnte.

Sie schauten zum Park hinüber, Emma wurde plötzlich von dem Gefühl erfasst, viel kleiner zu sein, als sie zugeben wollte, ihr wurde kalt, und sie war voller Zweifel.

»Wie finden wir denn diese Maj-Lis?«

Emma setzte sich auf den Gepäckträger eines roten Fahrrads.

»Ganz okay, nett, ein bisschen nervös.«

Julia schaute zum Schulhof hinüber, wo die Klassenkameraden in Gruppen zusammenstanden.

»Sollen wir nach der Schule zum Nebelwald gehen und schauen, ob der Rhabarbermann da ist?«

»Ich weiß nicht, glaubst du wirklich, dass der noch mal kommt?«

»Wahrscheinlich nicht.«

»Okay. Aber nur kurz. Ich muss heute zum Essen zu Hause sein.«

Gustav kam mit einem neuen Jungen. Sie schlängelten sich durch die Fahrräder, die ineinander verhakt waren. Gustav kannten sie schon seit dem Kindergarten, waren mit ihm in die Grund- und Mittelschule gegangen. Er war so vertraut wie ein abgenutzter alter Sessel, wie Gewürze im Essen, wie ein Bruder. Seine neuen Turnschuhe glänzten weiß. Er hatte sie zum Schulanfang bekommen, ansonsten war keine Veränderung zu sehen, er war genau wie immer. Genauso klein, genauso unpickelig, unflaumig, unpubertär, dasselbe offene Gesicht und dieselbe helle Stimme.

»Hallo. Habt ihr Cesar schon kennengelernt?«

»Nein. Hallo!«

Emma starrte Cesars dunkle Haare und seine braunen, neugierigen Augen an. Er war einen Kopf größer als Gustav, er trug schmale schwarze Jeans und grobe Militärstiefel, die ihn noch ein paar Zentimeter größer machten. Sie entgegnete sein breites Lächeln, zu ihrem Erstaunen liefen ihr Ameisen über die Arme, ein Gefühl wie Eis, das auf der Haut schmilzt, ein kaum wahrnehmbares Kitzeln, das vom Magen zum Zwerchfell kriecht, weshalb sie schnell seine ausgestreckte Hand wieder losließ. Julia bemerkte es, und Emma schaute verlegen zu Boden, um ihrem und Cesars Blick auszuweichen.

Cesar wandte sich an Julia und begrüßte sie. Vorsichtig schielte Emma zu ihnen hinüber und sah, dass Gustav sie skeptisch beobachtete. Ihr wurde klar, dass sie sich genauso bescheuert benahm wie die Pudelrocker.

»Wir müssen gehen, wir sehen uns später noch!«

Sie drehte sich um und lief los, ohne sich umzuschauen. Julia holte sie kurz darauf ein und piekste ihr in den Rücken.

»Was war das denn? Was ist passiert?«

Emma ging langsamer, aber sie wollte Julias fragendem Blick nicht begegnen.

»Nichts. Ich weiß nicht.«

Ihre Stimme klang ärgerlich, und Julias Frage blieb in der Leere zwischen ihnen hängen.

»Ich werde vielleicht krank.«

Sie hörte, wie lahm es klang, und genau, Julia kniff den

Mund zu einem Strich zusammen, der deutlich zeigte, dass sie dieser Erklärung nicht glaubte.

Der Nachmittag bestand aus weiteren farblosen Klassenzimmern und neuen Lehrern, die sich vorstellten, Bengt und Gunnar, René und Solveig. Willkommen in der Oberstufe, willkommen, willkommen.

Wörter wie »Schülerdemokratie« und »parlamentarischer Reichstag« wurden in die trockene, abgestandene Luft der Klassenzimmer gespuckt, drei Jahre lang würden diese Räume ständig danach schreien, gelüftet zu werden. Was aber nie geschah, in die Oberstufe zu gehen, hieß per definitionem, abgestandene sauerstoffarme Klassenzimmerluft zu atmen.

Schließlich kam das schrille Klingeln, und der Tag war endlich vorbei. Emma schaute Julia an, die müde zurückschaute. Sie hatten beschlossen, in den Nebelwald zu gehen, also schlenderten sie vom Schulhof durch die Stadt, hinunter zum Wald mit ihrem Baum. Doch ihr übliches Geplauder wollte sich heute nicht einstellen, sosehr sie es auch versuchten. Schuldgefühle und Empörung wirbelten durch Emmas Kopf. Sie hatte doch nichts getan, warum benahm Julia sich, als sei sie böse auf sie? Und warum fühlte sie sich schuldig?

Sie passierten schweigend den Kramladen und sahen den alten Mann zwischen dem Gerümpel auf dem Hof. Im Wald fanden sie die gleiche Stelle wie beim letzten Mal, die Farne waren immer noch platt gesessen. Emma lehnte sich gegen den Stein, Julia setzte sich auf den Farn und schaute den Ameisen zu, die fleißig schwere Nadeln und tote Raupen in ihren Bau schleppten. Käfer gingen spazieren, und langbeinige Spinnen kletterten leichtfüßig über Blätter, Zweige und Blaubeerbüsche. Sie bewegten sich mit einer Selbstverständlichkeit, die Sicherheit vermittelte. Heute würde kein Rhabarbermann auftauchen, sie konnte es nicht erklären, sie spürte es einfach. Ein Faktum, das sich im lebensfrohen Tun der Insekten widerspiegelte.

»Was war denn das mit Cesar?«

Emmas Antwort kam ein bisschen zu schnell und zu laut.

»Was soll denn gewesen sein?«

»Du warst plötzlich so komisch.«

»Das stimmt nicht, Julia, du bist komisch. Schweigsam und komisch!«

Sie klang ärgerlicher, als sie wollte. Julia antwortete nicht, sie blickte zu Boden und betrachtete die Insektenwelt.

Sie glaubte nicht, dass Ameisen und Käfer Liebe verspürten. Auch nicht die Spinnen. Sie arbeiteten einfach und machten das, was nötig war, damit die anderen Ameisen und Käfer überlebten. Sie halfen einander und hielten zusammen wie Freunde oder Arbeitskollegen. Eine kleine Ameise fand eine tote grüne Raupe, und sofort kamen andere angelaufen und halfen, die schwere Raupe nach Hause zu tragen.

Sie wünschte sich, auch so einen Platz zu haben, dem blöden Gelächter und den vielsagenden Blicken nicht ausgesetzt zu sein. Einfach arbeiten und sich um nichts kümmern, als ab und zu eine fette grüne Raupe zu finden.

Im Esszimmer brannten Kerzen im silbernen Kandelaber, der Tisch war mit dem guten Geschirr gedeckt.

Neben dem Lammbraten und der Schüssel mit den Kartoffeln stand eine Flasche Rotwein.

Aus der Küche hörte man Giselas klappernde Schritte, sie bewegte sich aufgeregt hin und her, machte noch die letzten Handgriffe, bevor sie sich zu Tisch setzen konnten.

»Julia! Du kommst mal wieder im letzten Moment, wir wollen essen!«

Gisela stellte das Soßenkännchen und eine Schüssel mit Erbsen auf den Tisch.

»Warum ist denn so vornehm gedeckt?«

»Wir feiern, dass die Sauna fertig ist. Papa freut sich so sehr!«

Carl kam ins Esszimmer und reckte sich.

»Jawoll, jetzt ist sie endlich fertig. Und heute Abend werden wir sie einweihen, Julia! Mama kann Schwitzen ja nicht ausstehen, und ich möchte nicht alleine darin sitzen. Ich habe sie ja trotz allem für die ganze Familie bauen lassen!«

»Ich will aber auch nicht in die Sauna!«

Julia starrte auf das weiße Leinentischtuch. Ihre Stimme war kaum zu hören.

»Keine Dummheiten. Heute Abend will ich feiern, und ich werde keinerlei Bockigkeiten tolerieren. Heute Abend sind alle fröhlich!«

Eriks rasche Schritte kamen die Treppe heruntergedonnert. Er rief laut:

»Ich will in die Sauna, Papa!«

Carl schaute seinen Sohn an, der lächelnd in der Türöffnung stand.

»Na ja, für kleine Kinder ist die Sauna nicht so gut.«

Eriks Lächeln verlosch.

»Bitte, Papa! Nur ganz kurz?«

»Carl, du weißt doch, wie sehr Erik sich auf die Sauna gefreut hat ...«

Gisela schenkte den Wein in das Kristallglas ein und schaute ihn flehend an.

»Ja, aber wirklich nur ganz kurz. Du weißt genauso gut wie ich, Gisela, dass Kinder nicht so gut schwitzen wie Erwachsene.«

»Ja, aber ich glaube, das betrifft erheblich kleinere Kinder als Erik. Er ist immerhin schon acht.«

Carl stellte das Weinglas ärgerlich mit einem kleinen Knall auf den Tisch. Gisela schnappte nach Luft.

»Ich möchte dein kleines Gehirn wirklich nicht mehr als nötig mit anatomischen Details verwirren. Lass es doch ausnahmsweise mal gut damit sein, dass ich weiß, wovon ich spreche. Man nennt das Vertrauen, Gisela.«

Julia schaute sie an, und dieses Mal war ihre Stimme deutlich im ganzen Zimmer zu hören.

»Aber ich will nicht in die Sauna!«

Ihre Lippen zitterten ein wenig von all der Wut, die sie den ganzen Tag in sich getragen hatte und die nun plötzlich hervorquoll.

Carl seufzte tief und legte die Gabel mit einem Knall ab.

»Es ist zum Verrücktwerden. Was ist denn nur los mit dieser verdammten Familie! Bockigkeit ist wirklich unkleidsam für junge Mädchen!« Er schaute sie streng an. »Eigentlich gibt es nichts Schlimmeres. Mädchen mit Launen! Und jetzt will ich in Ruhe das gute Essen zu mir nehmen, solange es noch warm ist, und nicht mehr diskutieren.«

Er kaute demonstrativ und geräuschvoll, Gisela und Julia

stocherten vorsichtig auf ihren Tellern. Der Einzige, der mit gutem Appetit aß, war Erik.

Die Sauna war im Schuppen neben der Garage untergebracht. Frisch lasiertes Holz verbreitete einen fast heimeligen Geruch. Carl und Erik setzten sich ganz nach oben, Julia saß mit einem fest um den Körper gewickelten Handtuch auf der untersten Stufe.

Carl führte den Thermostat zum Regulieren der Hitze vor.
»Hier kannst du die Temperatur ablesen, Erik.«
»Achtzig Grad.«
»Genau. Und jetzt drehe ich auf fünfundachtzig Grad.«
Sie saßen ein paar Minuten schweigend da, der Schweiß brach in glänzenden Perlen hervor. Ab und zu goss Carl mit einer Kelle Wasser über die Steine. Heißer Dampf breitete sich aus, Erik hielt sich die Hände vors Gesicht.
»Das brennt, Papa!«
»Ja, aber das geht gleich vorbei. So, jetzt kannst du die Hände wegnehmen, Erik.«
Aber Erik hatte genug von der Hitze.
»Ich habe genug gesaunt!«
Carl lachte freundlich.
»Ja, das verstehe ich. Ich habe eurer Mutter ja erklärt, dass kleine Kinder wie du nicht saunen sollten. So, geh jetzt rein zu Mama. Aber du, Julia, du leistest mir noch eine Weile Gesellschaft.«
Der Tonfall machte deutlich, dass es sich nicht um eine Frage handelte.
Julia sagte nichts, sie sah Erik hinterher, der die Sauna verließ. Sie hörte, dass die Dusche ein paar Sekunden lief, dann wurde die Tür geöffnet und wieder geschlossen.
Es wurde still, bis auf das leise, knackende Geräusch der Saunaheizung. Die Bretter knarrten, als Carl aufstand und sich neben sie auf die untere Stufe setzte.

Julia konnte vor Hitze kaum atmen, und sie holte tief Luft. Die heiße Luft brannte im Hals, und sie hatte plötzlich das deutliche Gefühl, dass sie sterben würde. Hier und jetzt.

Die Wesen aus dem Mondland kratzten an der Tür der Sauna. Sie standen da draußen, und es war nur eine Frage der Zeit, bevor sie hereinkamen und sie nahmen.

Das Thermometer zeigte fünfundachtzig Grad, und Julia wusste, das war viel zu heiß.

Annika fuhr jeden Tag auf dem Weg zur Arbeit durch einen Park, in dem eine uralte Eiche stand, riesig und würdevoll, man konnte nicht vorbeifahren, ohne stehen zu bleiben und den enormen Stamm zu betrachten, er maß sicher vier Meter im Umfang. Sie hatte schon in die Krone hinaufgeschaut und zu schätzen versucht, wie hoch der Baum wohl war. Merkwürdigerweise schien er zu wachsen oder kleiner zu werden, als hätte er eine sich verändernde Tagesform.

Sie sprang vom Fahrrad, lief zum Baum und strich mit der Hand über den rauen Stamm, sie schaute in die Blätter hinauf, die bereits ihre Verwandlung von Grün zu Rotgelb begonnen hatten. Eichen konnten tausend Jahre alt werden, und diese war vermutlich mehrere Hundert Jahre alt. Kein Wunder, dass die Eiche ein Baum war, der im Lauf der Geschichte verehrt und für heilig gehalten worden war.

Sie lächelte in die Baumkrone und in den hohen Himmel darüber, heute schien die Eiche besonders hoch zu sein. Als ob der alte Baum sich in der klaren Luft strecken würde.

Das musste der Morgen sein, der den Herbst einleitete.

Annika sog die kühle Luft ein und spürte, wie ihr ganzes Wesen zum Leben erwachte. Gestern war es spät geworden, Susanne und Lena waren zum Essen gekommen und bis spät in die Nacht geblieben. Sie hatten viel zu viel Rotwein getrunken, aber auch sehr gute Gespräche geführt. Vielleicht kompensierte das ihre Müdigkeit? Eigentlich hätte sie noch viel müder sein müssen, aber Schlafmangel schien irgendwie relativ zu sein. Hatte man genug Spaß gehabt und interessante Diskussionen geführt, bekam man dadurch mehr Energie als durch Schlaf.

Sie schaute auf die Uhr und merkte, dass sie in einer Viertelstunde bei Irma erwartet wurde, um sie von der schweren Nachtwindel zu befreien.

Der Job als Pflegehelferin im Seniorenheim Lunden war nicht gerade das, wovon sie in jungen Jahren geträumt hatte, aber es gefiel ihr, und einige der Alten mochte sie richtig gern. Die Nähe, die Körperlichkeit und die Gerüche, die Verzweiflung und die Ruhe, das war eine ständige Erinnerung an die Vergänglichkeit des Lebens. Eine Art Todesversicherung, die ihr half, die Tage zu nutzen, das Leben so zu nehmen, wie es war. Durch die Erzählungen und Lebensschicksale der Alten, traurige und großartige, hatte sie verstanden, dass ärmliche Verhältnisse nicht unbedingt ein ärmliches Leben bedeuten mussten. Genauso wie Reichtum keine Garantie für ein glückliches und ereignisreiches Leben war. Irma war ein leuchtendes Beispiel, sie war bettlägerig, seit ihr die Beine nicht mehr gehorchten.

»Aber noch habe ich die Augen!«, pflegte sie mit einem Lachen zu sagen und hielt das Buch hoch, das sie gerade las. Im Moment las sie alle Bücher von Moa Martinsson, und Annika musste mindestens einmal pro Woche in die Bibliothek gehen, um Nachschub zu holen. Früher hatte Annika versucht, sie auf einen Spaziergang mitzunehmen oder auf einen der Ausflüge, die manchmal für die Bewohner organisiert wurden. Aber Irma schüttelte immer nur den Kopf und lächelte nachsichtig.

»Meine Liebe, mir geht es so gut, wie es einem nur gehen kann! Ich kann hier liegen und völlig ungestört eine gute Geschichte nach der anderen lesen! Weißt du, danach habe ich mich mein Leben lang gesehnt!« Sie richtete sich halb auf, und Annika schüttelte ihr die Kissen im Rücken auf. »Aber du kannst mir gerne meine Thermoskanne mit Tee auffüllen und noch eine Tüte Drogen bringen.«

Ihre Drogen waren Chinapops, in Schokolade getauchte Reiskissen, die Irma beim Lesen knabberte.

Annika parkte ihr Fahrrad und sah Greta durchs Küchenfenster winken. Sie saß jeden Morgen da und wartete, dass Annika zu ihr kommen würde, um ihr bei den morgendlichen Verrichtungen zu helfen. Zuerst Irma mit der schweren, nassen Nachtwindel, dann Greta, die Hilfe beim Frühstück brauchte, mit der Kaffeemaschine und dem Toaster. Annika winkte zurück und warf Greta einen Handkuss zu, worauf sie freudig lachte.

Im Personalzimmer saßen Laila, Gunilla und Ulla mit ihren Kaffeetassen und rauchten. Dauerwellen, die immer aussahen, als müssten die Spitzen geschnitten werden, gelbe Zähne von dem vielen Kaffee und den Zigaretten.

»Hallo! War die Nacht ruhig?«

Annika setzte sich auf das unbequeme Sofa und zündete eine Zigarette an.

»Ja, einigermaßen. Vera war unruhig und konnte nicht einschlafen, wir haben ihr eine Schlaftablette gegeben. Sonst haben sich nur die Üblichen gemeldet.«

»Du, übrigens war gestern Abend ein Mann hier und hat nach dir gefragt. Jan hieß er. Sah gut aus.« Ulla lächelte und füllte sich die Kaffeetasse nach.

»Oh nee, ist das wahr?«

Annika stöhnte laut. Laila und Ulla lachten.

»Du bist nicht ganz gescheit, mit deinen vielen Männern! Du solltest dankbar sein, anstatt so zu stöhnen!« Laila runzelte die Stirn und versuchte, ärgerlich auszusehen.

»Ja, wirklich! Andere sind froh, wenn sie nicht selber Hand anlegen müssen, sondern hin und wieder echte Ware kriegen.«

Sie hob demonstrativ die Hand, und die anderen lachten laut.

»Und da wollt ihr sagen, ich bin nicht gescheit! Selten verzweifeltere Weiber als euch gesehen!« Annika stand auf und spülte ihre Tasse aus. »So, an die Arbeit. Irma wartet.«

»Jawohl. Wir haben übrigens Jan gesagt, dass du keine Nachtschichten mehr machst und er dich tagsüber aufsuchen kann.«

Ulla lächelte mit gelben Zähnen. Annika schnitt eine Grimasse.

»Vielen Dank!«

Jan war der Vater von Peter Lundgård aus Emmas Klasse. Blau-weiß gestreiftes Hemd, die beiden oberen Knöpfe offen, damit man die Behaarung darunter sah, sexy und selbstbewusst. Er wusste, dass er dazu aufforderte, sich vorzustellen, wie der Rest des braun gebrannten Körpers aussah. Er ging immer ein bisschen zu schnell, war immer ein wenig zu laut, gewohnt, Raum einzunehmen, gewohnt, dass die Leute ihm zuhörten.

Vielleicht wurde man einfach so, wenn man Chirurg war?

Wenn die Eltern sich bei Weihnachtsfeiern oder Klassenfesten trafen, hatte er oft ihre Nähe gesucht. Annika hatte sich nicht sonderlich darum geschert, sie war es gewohnt, dass Männer glaubten, sie sei zu haben, weil sie alleinstehend war. Sie hatte also freundlich, aber uninteressiert auf seine Annäherungsversuche reagiert und darauf geachtet, dass er sich nicht allzu sehr blamierte, schließlich beobachtete seine Frau Ylva ihn mit Argusaugen. Aber dann hatten die Eltern den Kindern geholfen, eine Disco zu veranstalten.

An diesem Abend hatte sie heimlich mit Jan in einem Klassenzimmer Sex gehabt und ihn danach einige Monate lang ein, zwei Mal pro Woche getroffen. Zu jener Zeit machte sie ziemlich viele Spätschichten, und offenbar hatte Jan das herausgefunden. Eines Abends, als sie von ihrer Schicht kam, wartete Jan auf sie. Kattis war als Babysitter bei Emma, Annika rief also zu Hause an und sagte, sie käme später. Dann nahm sie Jan mit ins Personalzimmer, wo es ein Notbett zum Übernachten gab. Sie wusste, dass die Nachtschicht bis elf Uhr beschäftigt war, dann hatten sie eine kurze Pause. Auch dieses Mal liebte er mit einem Hunger, als hätte er jahrelang keinen Sex gehabt – was stimmte, wie sich später herausstellte. Jan war ein wunderbarer Liebhaber, aber sonst hatten sie nicht viele Gemeinsamkeiten. Er wollte hauptsächlich über seine langweilige Ehe mit Ylva reden. Sie schlug ihm vor, mit Ylva in eine Paartherapie zu gehen, um ihren Problemen auf den Grund zu gehen, aber das hatte Jan heftig abgewehrt. Er meinte, Ylvas Kälte sei der Grund ihrer Probleme.

»Du glaubst also nicht, dass ihr Mangel an Wärme etwas mit deinem Verhalten zu tun hat?«, fragte Annika.

Vielleicht war es Jans Weigerung, selbst Verantwortung für seine langweilige Ehe mit Ylva zu übernehmen, die Annika plötzlich störte. Eines Abends sagte sie, sie wolle ihn nicht mehr treffen. Er schaute sie erstaunt an.

»Aber ...«, hatte er gestammelt, »du hast doch keinen anderen ...?«

Annika seufzte tief. Oh je, diese eingebildeten Männer, die sich benahmen, als wären sie von Gott gesandt.

»Ja, es gibt mehrere andere, und ich finde, du solltest jetzt nach Hause fahren und versuchen, Ordnung in deine Ehe zu bringen. Oder dich scheiden lassen. Aber ich möchte dir auf jeden Fall für das, was wir hatten, danken.« Sie streckte die Hand aus, und als er nicht reagierte, nahm sie seine und schüttelte sie.

»Vielen Dank Jan! Und tschüss!«

Das war im Frühjahr gewesen, und seither hatte sie den ganzen Sommer über nichts von Jan gehört. Bis jetzt.

Annika atmete die kühle Luft ein. Ja, es war nun wirklich Herbst. Keine Spätsommertage mehr. Der Oktober war gekommen.

Emma hörte, wie die Tür hinter ihr zuschlug, sie wickelte den Schal um den Hals und trat auf den Gehweg. Sie überquerte die Kreuzung, Autofahrer hupten sich aufgeregt und aggressiv an. Auf der anderen Seite war der Fußweg, der dem kleinen See folgte, dann waren noch zehn Minuten zu gehen und sie war in der Schule. Um diese Zeit war der Fußweg nicht belebt, bis auf ein paar wenige Radfahrer war Emma meistens allein.

Plötzlich spürte sie, dass sie weinte.

Sie lief so schnell sie konnte, lief, ohne stehen zu bleiben, bis sie den Schulhof erreichte und sich auf die Bank fallen ließ, auf der sie immer auf Julia wartete. Sie atmete angestrengt, weil sie so schnell gelaufen war, sie sah, dass einige Mitschüler sie anschauten. Sie fuhr sich mit der Hand übers Gesicht und hoffte, dass man ihr die Anstrengung nicht ansah.

Es war schon fast halb neun, Gemeinschaftkunde begann in genau drei Minuten, aber wie sehr sie auch schaute, Julia war nicht zu sehen. Sie fehlte nun schon den dritten Tag. Fieber, hatte Gisela gesagt, als sie anrief, um zu fragen, wie es ihr ging. Sie durfte nicht mit Julia sprechen, wahrscheinlich müsse sie noch ein paar Tage zu Hause bleiben. Giselas Stimme war dünn und brüchig, als bekäme sie keine Luft. Wenn sie wütend oder ärgerlich war, wurde ihre Stimme schrill, angespannt und vorwurfsvoll. Jetzt war noch etwas darin, ein Hauch von Triumph, kaum spürbar, aber Emma nahm ihn dennoch wahr.

»Julia geht es sehr schlecht, sie muss sich gründlich ausruhen. Niemand darf sie jetzt stören.«

Emma konnte sie vor sich sehen, am anderen Ende der Leitung, in der großen Diele, die Gisela lieber Entré nannte. Vielleicht schaute sie sich im Spiegel an, während sie mit Emma sprach, betrachtete sich in dem großen Ganzkörperspiegel mit goldenem Rahmen, der an der Wand hing.

Emma schüttelte das Unbehagen ab und ging ins Klassenzimmer, wo aufgeregte Gespräche über die Bänke hinweg stattfanden. Plötzlich spürte sie eine Hand auf dem Arm, und als sie aufschaute, sah sie in Cesars Augen.

»Wenn Julia heute auch nicht kommt, willst du dann neben mir sitzen?«

Braune Augen, die sie amüsiert anschauten, ein Lachen schien auf der Lauer zu liegen, als hätte er gerade etwas Lustiges gesagt. Sein Gesichtsausdruck verstörte und beruhigte sie zugleich. Er wirkte so selbstsicher, wie er dastand und sie anlächelte, als hätte sie ihn eingeladen, sich neben sie zu setzen und nicht umgekehrt.

Cesar nahm fest ihre Hand, dann gingen sie ins Klassenzimmer. Sein Schritt war sicher, der Rücken gerade, und im Unterschied zu den anderen Jungen in der Klasse schien sein Körper ihn nicht zu bekümmern. Auch seine Kleidung war anders. Schwarze enge Jeans und ein verwaschenes T-Shirt, auf dem The Clash stand. Emma hatte The Clash nur einmal gehört, als Annika ihre alten Platten aufgelegt hatte.

Cesar drehte sich zu ihr um, beugte sich vor und flüsterte ihr ins Ohr:

»Meinst du, dass Gunnar heute betrunken ist?«

Gunnar war der Gemeinschaftskundelehrer, und er hatte schon mehrmals nach Alkohol gerochen. Aber daran wollte sie jetzt nicht denken, sie war vollauf beschäftigt mit Cesars warmem Atem, der sie kitzelte und ihren Körper vor Wohlbefinden schaudern ließ, als er ihr ins Ohr flüsterte. Sie beugte sich vor, formte ihre Hände um sein Ohr und wünschte sich aus ganzem Herzen, dass ihr Flüstern auch bei ihm das Kitzeln auslösen würde.

»Nein, es ist noch zu früh. Er ist nur nachmittags betrunken.«

Cesar lächelte, ein geheimes Einverständnis und ein bisschen mehr. Nahm ihre Hand und streichelte ihren giftgrünen Zeigefingernagel mit seinem Zeigefinger.

»Hübsch! Ich möchte auch grüne Nägel haben!«

Dann betrat Gunnar das Klassenzimmer, es wurde gekichert und peinlich geschwiegen. Er schwankte leicht, als er zum Projektor ging und murmelte, dass sie heute einen Film anschauen würden.

Emma verdrehte die Augen, Cesar hob eine Augenbraue als Antwort. Bisher hatten fast alle Unterrichtsstunden aus einer Filmvorführung bestanden, ohne dass ein Sinn dahinter zu erkennen gewesen wäre. Eine über die chinesische Innenpolitik, gefolgt von einem Film über das Abwassersystem der Gemeinde Nässjö.

Emma versuchte erst gar nicht, dem Film zu folgen, es war nicht möglich, wenn sie so nahe bei Cesar saß. Der Geruch seiner Haare, sein Geruch war zu deutlich.

Er schien sich auch nicht allzu sehr mit dem Film zu beschäftigen, er schrieb etwas in sein Heft, schaute immer wieder zu Emma hinüber und lächelte sein schiefes Lächeln, das sie verlegen beantwortete.

Nach der Gemeinschaftskunde war eine Freistunde und danach Mittagessen. Sie gingen bewusst langsam und waren weit hinter den anderen, die gar nicht schnell genug aus dem Klassenzimmer kommen konnten.

»Was meinst du, sollen wir abhauen und irgendwo was essen?«

Emma zögerte einen Moment und versuchte, sich zu erinnern, wie es bei ihr zu Hause aussah, ehe sie vorschlug, zu ihr zu gehen.

Sie bereute es sofort, konnte sich aber gegen Cesars Begeisterung nicht wehren.

Sie gingen durch den Park, vorbei an den wohlbekannten Häusern, den Weg, den sie schon so oft in ihrem Leben gegangen war, dass sie jede Spalte im abgetretenen, hellen Asphalt kannte. Cesar erzählte von Stockholm und dem Vorort, in dem er aufgewachsen war, Bredäng. Er war mit seiner Familie hierhergezogen, weil sein Vater eine Arbeit als Arzt im Krankenhaus gefunden hatte. Emma hörte zu und beobachtete sein Gesicht, das sich abwechselnd besorgt in Falten legte und wieder glättete. Ein Gesicht, das sie hundert Jahre anschauen könnte, ein Gesicht, an dem sie sich satt essen könnte. Cesar machte sie satt, und sie wusste, dass sie keinen Bissen herunterbringen würde. Als sie Joghurt, Brot, Butter und Käse auftischte, aß Cesar mit gutem Appetit, machte sich Käsebrote und schlang sie in wenigen Bissen herunter. Er beugte sich vor und zeigte auf Emmas Hände.

»Kannst du nicht auch meine Nägel so grün malen?«

»Na klar.«

Sie holte den Nagellack. Befahl Cesar, die Finger zu spreizen und ganz still zu sitzen, während sie malte. Er schaute sie die ganze Zeit an und lächelte.

Sie blies auf seine Hand, damit der Lack schneller trocknete, Cesar wedelte mit der Hand in der Luft.

»Das Beste wäre, es trocken zu tanzen. Komm. Leg Musik auf.«

Er wühlte in den Platten, die in der alten Kiste neben dem Plattenspieler standen.

»Guck mal, ihr habt sogar Clash!«

Kurz darauf dröhnte »Guns of Brixton« durch die Wohnung. Emma lachte über Cesar, der tanzte und dabei mit seinen grünen Nägeln wedelte. Er tanzte näher heran und zog sie in seine Arme. Plötzlich wurde er ernst und hörte auf zu tanzen.

»Ich mag dich!«
Ihre Stimme war dünn und kaum zu hören, als sie antwortete, dass sie ihn auch mochte. Und als er sich vorbeugte und sie küsste, wurde sie von einem Gefühl erfüllt, das blöd und kindisch war. Und doch traf es sie mit einer Stärke, dass ihr ganzer Körper schrie. Von jetzt an brauchte sie nichts mehr.

Julia wachte vom Geräusch des Staubsaugers vor ihrem Zimmer auf. Ihre Zunge war dick und rau, der Mund trocken wie Sandpapier. Sie streckte sich nach dem Wasserglas, das auf dem Boden stand, und trank gierig ein paar Schlucke. Wie lange war sie schon im Bett? Eine Ewigkeit, ein ganzes Leben, ein paar Tage, das spielte keine Rolle. Sie war nicht mehr heiß, nur noch warm und weich wie zu lange gekochte Spaghetti, die Bettwäsche war feucht vom Fieberschweiß. Vorsichtig versuchte sie, sich aufzusetzen, aber der Schwindel und die Übelkeit lauerten direkt hinter den Ohren. Das Gefühl von Unwirklichkeit wollte nicht verschwinden, machte die Konturen undeutlich. Sie hatte Schmerzen im ganzen Körper, ohne einen bestimmten Schmerzpunkt identifizieren zu können. Bilder aus dem Mondland stritten mit ihr um die Wirklichkeit, überwältigten sie mit dem vertrauten Schrecken.

Der Staubsauger wurde ausgeschaltet, und Gisela öffnete die Tür zu ihrem Zimmer.

»Julia, du bist ja wach?«

Sie kam zu ihr und legte ihr eine kühle Hand auf die Stirn.

»Das Fieber scheint nachgelassen zu haben.«

In ihrer Stimme war eine Zärtlichkeit, die Julia erstaunt aufschauen ließ, so anders als die gereizte, unzufriedene Gisela, die immer etwas zu nörgeln fand. Aus einer plötzlichen Eingebung heraus lehnte Julia sich an Giselas Schulter, vielleicht war es die Nähe, die Wärme der Berührung? Eine intensive Sehnsucht überwältigte sie, beinahe vergessen, die Erinnerung an das Gefühl, auf Giselas Schoß zu sitzen und getröstet und geliebt zu werden. Geborgenheit, erholend und selbstverständlich.

»Mama, ich bin so müde!«

»Ja, meine Kleine, du hattest ein schreckliches Fieber, aber bald geht es dir besser!«

Sie klang sicher, überzeugt, dass es wirklich besser werden würde, Julia spürte, wie ihre Wangen nass wurden von Tränen, die sie nicht zurückhalten konnte, die Zärtlichkeit in Giselas Stimme verwandelte sich unruhig in eine beschützende, vorwurfsvolle Härte.

»Aber Julia, du weinst ja?«

Julia wand sich aus ihrer Umarmung und kroch wieder unter die Decke.

»Ich hole dir ein Aspirin. Und Wasser.«

Sie verschwand aus dem Zimmer, Julia ließ die Tränen laufen. Sie kniff fest die Augen zu, um die Bilder zu verdrängen, die aufkamen. Wenn sie überleben wollte, musste sie jetzt aufstehen. Sie konnte nicht mehr im Bett liegen bleiben. Wenn sie nicht für immer im Mondland verschwinden wollte, musste sie aufstehen und die wirkliche Welt wieder erobern. Ein übermenschliches Vorhaben, der ganze Körper streikte, sie war schwer und steif, der Schwindel machte es unmöglich, einen klaren Gedanken zu fassen. An der Zimmerdecke war ein kleiner Spalt, wo die Farbe abgeblättert war. Wenn sie den Blick auf den Spalt fokussierte und ganz still lag, verschwand das Drehen fast ganz. Aber sobald sie die Augen schloss, kam es wie ein rauschender Wildbach, das Drehen, die Geräusche und Bilder, die sie nicht sortieren konnte.

Gisela öffnete mit der einen Hand die Tür, auf der anderen balancierte sie ein Tablett.

»So, meine Kleine, ich habe dir ein Käsebrot und Kakao gemacht, du musst versuchen, etwas zu essen! Und dann nimm diese Tablette, du wirst sehen, dann bist du bald wieder auf den Beinen.«

Julia setzte sich vorsichtig auf, ein Kissen im Rücken, sie

zwang sich, einen Schluck Kakao zu trinken. Das süße, heiße Getränk schmeckte wunderbar, und zu ihrer Überraschung spürte sie ein Zucken im Körper. Ein bisschen Leben, das der Kakao in ihr geweckt hatte.

Gisela saß auf der Bettkante und schaute sie an. Sie war ungewöhnlich ruhig und still, fast zufrieden.

»Ich muss gleich einkaufen gehen, soll ich dir etwas mitbringen? Worauf hast du denn Lust?«

»Vielleicht ein wenig Eis? Und Hagebuttencreme!«

»Gut, das bekommst du. Ruh dich noch ein bisschen aus, ich bin bald wieder zurück.«

»Mama, seit wann bin ich krank?«

Gisela blieb in der Tür stehen und drehte sich zu ihr um.

»Du hast fünf Tage hohes Fieber gehabt. Der Doktor war hier und hat nach dir geschaut, es ging dir sehr schlecht. Ich kann mich wirklich nicht erinnern, dass du jemals so krank gewesen bist.«

Sie lächelte und ging dann hinaus und schloss die Tür hinter sich. Julia versuchte, einen kleinen Bissen vom Käsebrot zu essen. Es ging, und sie aß eifrig den Rest. Zwang sich dazu, zurückzukommen.

Annika fuhr mit dem Rad. Erst auf den kleinen Straßen, wo nur wenige Autos fuhren, dann durch den Park, wo die schmalen Fußwege von gefallenen Blättern bedeckt waren. Sie wandte ihr Gesicht den rotgelben Baumkronen zu und spürte die wohlbekannte Steifheit im Nacken. Ein harter Knoten verspannter Muskeln, die schmerzten, wenn sie den Kopf beugte. Auch die Schultern taten weh vom vielen Heben. Sowohl Bengt als auch Sigfrid hatten auf dem Boden gelegen, als sie am Morgen zu ihnen ins Zimmer gekommen war. Bengt war vermutlich nachts gefallen, als er versucht hatte, auf die Toilette zu gehen, er war verwirrt und murmelte etwas von den kleinen Männchen, die unter dem Bett wohnten und jede Nacht herauskamen.

»Aber die sind lieb, weißt du, haben mich gestreichelt, nett gestreichelt und mich getröstet.«

Er war eiskalt und steif nach den vielen Stunden auf dem Boden, Annika musste Hilfe holen. Gun-Britt kam, und mit vereinten Kräften gelang es ihnen schließlich, ihn in die Dusche zu bekommen. Er war vollgepinkelt, sein Gesicht war verschmiert vom Blut aus einer Wunde auf der Stirn, die er sich beim Fallen zugezogen hatte. Schließlich hatten sie ihn wieder im Bett, aber da war fast eine Stunde vergangen, was Stress für den Rest des Tages bedeutete. Abgehetzt war sie eine Dreiviertelstunde später zu Sigfrid gekommen und hatte auch ihn auf dem Badezimmerboden gefunden. Er hatte versucht, allein zur Toilette zu gehen, als Annika zur üblichen Zeit nicht gekommen war, und war dann gefallen, als er sich auf die Toilette setzen wollte. Er hatte Tränen der Demut geweint über die Begrenztheit und Gebrechlichkeit des Körpers. Annika hat ihm geholfen und die ganze Zeit beruhigend auf ihn eingeredet, ihm vom Frühstück erzählt, das er gleich bekommen würde. Sie wusste, dass Sigfrid es mehr als andere hasste, abhängig zu sein. Er fauchte immer wütend, wenn sie ihm die Hose herunterzog, um die Windeln zu wechseln. Es war eine Erniedrigung, was Annika verstand.

Der Wind auf dem Gesicht holte sie aus ihren Gedanken, Radfahren war Freiheit, das Erlebnis, die Muskelkraft richtig einzusetzen, stark zu sein.

Sie konnte die Gestalt, die hinter der Kastanie hervortrat, erst sehen, als sie schon ganz nah war und so scharf bremsen musste, dass das Rad wegrutschte und sie stürzte. Der laute Schrei erstaunte sie, der klang nicht wie sie, so voller Angst.

Sie versuchte, schnell wieder auf die Beine zu kommen, der Mann kam auf sie zu.

»Entschuldige, Annika, ich wollte dich nicht erschrecken!«

Sie starrte Jan Lundgård an, der ihr verlegen eine Hand zum Aufstehen reichte.

»Janne?«

»Wie geht es? Hast du dir wehgetan?«

Er klang aufrichtig besorgt. Annika nahm seine Hand, stand auf und horchte in sich hinein.

»Ich glaube nicht, ich bin vor allem erschrocken.«

Sie sah sein beschämtes Gesicht und wurde plötzlich wütend.

»Warum versteckst du dich hinter einem Baum? Was soll das denn? Du hast mich zu Tode erschreckt!«

»Entschuldige, das war nicht so gemeint! Ich wollte dich wiedersehen und wusste nicht, wie ich dich erreichen kann, bis mir einfiel, dass du hier jeden Tag nach der Arbeit vorbeikommst.«

»Mein Gott, warum hast du denn nicht angerufen?«

»Ich weiß selbst nicht so genau, was ich mir dabei gedacht habe. Ich bin ein wenig verwirrt. Ylva will die Scheidung, und ich weiß nicht, wie es weitergeht.«

Es blinkte in seinen Augen, und eine kurze Sekunde lang verspürte Annika so etwas wie Sympathie für den bedauernswerten, offensichtlich mitgenommenen Mann. Ein Mann, der wusste, was er wert war, und dessen Ausstrahlung von Macht auf Männer und Frauen anziehend wirkte.

»Schon gut. Komm, wir setzen uns.«

Sie schob das Rad zu einer Bank, Jan trottete folgsam hinterher.

»Warum will sie sich scheiden lassen?«

Jan schaute zum Himmel hinauf.

»Weil sie herausgefunden hat, dass ich andere Frauen hatte. Sie sagt, sie hätte es schon lange geahnt, aber erst als sie einen Zettel mit der Telefonnummer von Ann-Charlotte, einer Kollegin im Krankenhaus, die ... egal, sie hat es herausgefunden.«

Annika schaute ihm in die Augen und überlegte, ob er tatsächlich verwirrt oder nur bescheuert war.

»Eine Scheidung ist vielleicht nicht das Dümmste. Du hast doch immer davon gesprochen, wie schlecht eure Ehe war und dass du dich nach etwas anderem gesehnt hast. Es ist vielleicht an der Zeit, dass ihr Nägel mit Köpfen macht, oder?«

Jan schaute sie erstaunt an.

»Aber, ich weiß ganz ehrlich nicht, wie ich ohne Ylva zurechtkommen soll. Es ist alles so viel, neue Wohnung suchen, Möbel kaufen. Und auch wenn die Kinder bei ihr bleiben, muss ich sie wohl ab und zu am Wochenende zu mir nehmen.«

»Du musst? Du willst die Kinder also nicht haben?«

Sie spürte, wie Wut in ihr aufstieg.

»Nein, so meine ich es natürlich nicht. Ich will die Kinder schon haben, aber es kommt mir alles so viel vor.«

»Und was meinst du, wie es für Ylva ist? Dass du sie jahrelang betrogen hast?«

»Aber sie will sich doch scheiden lassen, nicht ich.«

Annika seufzte tief. Jan seufzte auch und legte plötzlich seine Hand auf Annikas Schenkel.

»Du, Annika, wir hatten es doch ganz schön zusammen, nicht?«

Seine Hand bewegte sich langsam zur Innenseite ihrer Schenkel, und es entging ihr nicht, dass eine pulsierende Wärme zwischen ihren Beinen zum Leben erwachte. Sie nahm vorsichtig seine Hand weg und legte sie auf die Bank zwischen ihnen.

»Jan, ich glaube, das ist keine gute Idee. Du bist verwirrt und mitten in einer Trennung, ich verstehe, dass du Trost und Nähe suchst, aber wenn ich ehrlich sein soll, ich habe keine Lust, diejenige zu sein, die sie dir gibt. Vielleicht kannst du es mit einer der anderen versuchen?«

Er schaute ihr tief in die Augen, nahm ihre Hand zwischen seine beiden Hände und streichelte sie sanft.

»Ich muss immer wieder an dich denken, Annika. An uns. Wie schön wir es miteinander hatten. Ich weiß, dass wir es wieder schön haben könnten.«

Annika lächelte ihn an und runzelte die Stirn. Ihr Lächeln schien Jan Lundgård glauben zu machen, dass seine zärtlichen Hände sie besiegt hätten, denn plötzlich beugte er sich vor und küsste sie auf den Mund.

Sie beantwortete den Kuss ganz automatisch, aber als seine Zunge immer tiefer in sie eindrang und er sich auf der Parkbank über sie beugte, zog sie den Kopf weg und stand auf.

»Du, ich meine es ernst, dass ich auf so was keine Lust habe!«

Sie bürstete ihre Beine ab, drehte ihm den Rücken zu und nahm das Fahrrad, das an der Bank lehnte.

Jan schaute erstaunt, sein Blick verdunkelte sich, und er sprach leise und flüsternd.

»Soso, jetzt passt es also nicht. Du hast wohl einen anderen, der dich befriedigt?«

Annika starrte ihn an und spürte das Unbehagen größer werden. Im menschenleeren Park wurde es dämmrig, das Dunkle in seinem Blick ließ keine Zweifel zu. Jan Lundgård war aufgeregt und erregt, aber vor allem war er zurückgewiesen worden.

Sie stieg aufs Rad, aber Jan kam schnell auf die Füße und trat auf sie zu.

Eine Sekunde lang blockierte er ihr den Weg, eine Sekunde, in der er zu überlegen schien, dann machte er einen Schritt zur Seite und ließ sie vorbei. Annika trat wütend in die Pedale und hörte kaum, was er ihr nachrief.

»Warte! Annika, so warte doch! Ich will doch nur reden!«

Erst als sie fast zu Hause war, merkte sie, dass sie hyperventilierte und Tränen in den Augen hatte. Sie hatte schon lange nicht mehr solche Angst gehabt. Sie wusste, dass sie mit ihren Männerbekanntschaften bisher immer Glück gehabt hatte. Von all den Partnern hatte keiner jemals versucht, etwas gegen ihren Willen zu machen. Sie hatte sich in Gegenwart von Männern immer geborgen gefühlt, manchmal wider besseres Wissen. Sie hatte gehört, was ihre Freundinnen so erzählten, und verstanden, dass sie offenbar zu den wenigen Frauen gehörte, die nie unwillkommenen Annäherungsversuchen oder gar Übergriffen ausgesetzt waren.

Sie stellte das Rad in den Fahrradkeller und ging die Treppe hinauf in die Wohnung. Ihr Körper folgte ihr noch nicht ganz, sie atmete immer noch angestrengt.

»Hallo? Emma?«

Sie seufzte erleichtert, als keine Antwort kam. Sie wollte

nicht, dass Emma sie so aufgelöst sah. Sie ließ Wasser in die Badewanne ein und goss ein nach Eukalyptus duftendes Badeöl dazu. Sie blieb mit der Flasche in der Hand stehen und stellte erstaunt fest, dass sie sich schämte. Es war eine trockene Feststellung, eine fast interessante Erkenntnis.

So also fühlte es sich an. Die berühmte Scham, die selbst auferlegte Schuld, von der so viele Frauen erzählten, die Übergriffe erlebt hatten. Sie hatte es nie wirklich verstanden. In ihrer naiven Selbstgerechtigkeit (denn nichts anderes war es, erkannte sie nun und schämte sich noch mehr) hatte sie immer geglaubt, man könne selbstverständlich mit einem Mann nach Hause gehen oder einen Mann mitnehmen, wenn man Sex haben wollte, und dann plötzlich doch nicht mehr wollen. Warum sollte man sich schämen, weil jemand einen schlecht behandelt hatte? Das war doch wohl kein Problem. Hatte sie geglaubt.

Sie hatte immer noch die Flasche Badeöl in der Hand und erkannte plötzlich, wie schrecklich sie sich schämte, dass sie sich überhaupt mit so einem Idioten wie Jan Lundgård eingelassen hatte. Sie bekam heiße Wangen, als sie sich daran erinnerte, wie verdammt geil er sie gemacht hatte. Zu welchen Orgasmen er sie gebracht hatte. Es war ihr Fehler, dass sie Jan Lundgård so total falsch eingeschätzt hatte.

Sie ging in die Küche und schenkte sich ein Glas Rotwein ein und nahm es mit zur Badewanne. Sie stöhnte, als ihr Körper ins heiße Wasser glitt. Sie legte den Kopf auf den Badewannenrand und schloss die Augen. Allmählich entspannte sie sich, das Gefühl von Fremdheit verschwand. Ein paar Schlucke Wein beförderten das Wohlbehagen. Und doch wurde sie das nagende Gefühl nicht los, dass etwas außerhalb ihrer Kontrolle in ihr Leben einbrach und alles zerstörte, was sich ihm in den Weg stellte.

Emma schaute auf den Wecker, es war halb sechs. Er würde erst in eineinhalb Stunden klingeln, aber es hatte keinen Sinn, liegen zu bleiben. Sie wusste, dass sie nicht wieder einschlafen würde. In den letzten fünf Tagen war sie immer zu früh aufgewacht. Sie vermutete, es hatte etwas mit Cesars grünen Nägeln, seinen braunen Augen und seinen streichelnden Händen zu tun. Seine Erscheinung brachte ihr Blut zum Tanzen. Jeden Tag hatte er bei den Fahrrädern auf sie gewartet, sie war ihm auf wackeligen Beinen entgegengegangen, direkt in seine Arme.

Mit sicherer Selbstverständlichkeit hatte er ihre Hand genommen und war zusammen mit ihr in die aufgeregt flüsternde Klasse gegangen. Emma hatte sich nicht darum geschert, nichts außer Cesar kam an sie heran. Nicht einmal Vickys offensichtliche Missgunst hatte sie erfreut. Ihre spitzen Kommentare, wie immer in Freundlichkeit verpackt.

»Mein Gott, Emma, ist das spannend mit dir und Cesar! Wer hätte das gedacht! Du bist irgendwie die Letzte, der man einen Freund zugetraut hätte!«

Emma hatte sie nur strahlend angelächelt und ehrliche Gleichgültigkeit verspürt.

Vor dem Fenster dämmerte es, sie setzte sich im Bett auf und schaute in die Welt hinaus, sie musste einfach den Himmel anlächeln und die Baumspitzen, die rot und gelb brannten. Das Einzige, was das Glück ein wenig trübte, war Julia, die seit vielen Tagen krank war.

Sie zog die Jeans und das T-Shirt an, das über dem Stuhl lag, und schaute im Vorbeigehen durch Annikas offene Tür. Annika schlief mit einem heimlichen Lächeln auf den Lippen. Sie ging in die Küche und stellte Teller, Sauermilch und Cornflakes auf den Tisch. Sie hatte jeden Tag bei Julia angerufen und gefragt, wie es ihr ging. Aber sie hatte nur mit Gisela sprechen können, die kurz angebunden sagte, Julia habe hohes Fieber und schliefe. So viele Tage waren sie noch nie getrennt gewesen. Und wieder hatte sie das Gefühl, dass die Welt, so wie sie ihr vertraut war, sich verändert hatte, für immer, ohne dass sie richtig wusste, wie und wann das passiert war.

Auf dem Schulhof sah sie Cesar schon von Weitem, er hielt nach ihr Ausschau. *Nach ihr*. Sie lief die letzten Meter, blieb vor ihm stehen und ließ zu, dass er sie in seine Arme zog. Er nahm ihren Kopf in seine Hände und schaute ihr tief in die Augen.

»Hallo!«

»Hallo!«

Sie nahmen sich an der Hand und gingen ins Klassenzimmer. Kurz darauf kam Gunnar plötzlich durch die Tür getorkelt.

»Ruhe jetzt, setzt euch sofort auf eure Plätze.«

Leise murmelnd gingen alle zu ihren Bänken. Gunnar ging ganz nach hinten, dort fummelte er mit dem Filmprojektor herum, dann stolperte er nach vorne zum Pult.

»So. Heute schauen wir uns zuerst einen Film über das Reinigungssystem von Nässjö an.«

Ein aufgeregtes Gemurmel kam auf. Vicky zeigte als Erste auf.

»Entschuldigung, aber den haben wir schon gesehen. Letzte Woche.«

Gunnar schaute sie erstaunt an, er wirkte verletzt, als immer mehr Schüler zustimmten.

»Aha. Ja, dann ... dann weiß ich auch nicht, was wir heute machen sollen.«

Er blätterte planlos im Lehrbuch, zögerte ein paar Sekunden, richtete sich dann wieder auf und schaute die Schüler mit angestrengter Autorität an.

»Dann lest bitte die Seiten 147–159 und beantwortet die Fragen ganz unten auf der Seite. Eure Antworten will ich bis Mittwoch haben.«

Vicky zeigte erneut auf.

»Müssen wir zum Arbeiten im Klassenzimmer bleiben, oder können wir hingehen, wo wir wollen?«

»Ihr könnt euch hinsetzen, wo ihr wollt, solange ich eure Papiere am Mittwoch bekomme.«

Gunnar war froh, dass er eine Entscheidung getroffen hatte, er nahm sein Buch und seine hellbraune Aktentasche und verließ das Klassenzimmer. Als er außer Sichtweite war, begannen Stefan, Danne und Sven zu jubeln, die übrige Klasse stimmte ein.

Cesar lächelte Emma an.

»Wollen wir uns in die Bibliothek setzen?«

Sie nickte und nahm ihre Tasche und Bücher unter den Arm.

Ganz hinten bei den Regalen mit den Tierbüchern gab es einen kleinen Tisch und zwei Stühle. Sie setzten sich einander gegenüber. Emma konnte gar nicht aufhören, sich zu wundern, wie gerne sie ihn die ganze Zeit anfassen wollte. Seine Berührung, wenn er ihr leicht über die Hand streichelte, rief Wellen des Wohlbehagens in ihr hervor. Oder wie jetzt, als er sich vorbeugte und ihr Ohrläppchen küsste, es waren ständig neue Gefühle, die nach mehr schmeckten.

»Das ist total krank! Ich könnte hundert Jahre hier sitzen und ganz zufrieden sein!«

Cesar lachte und küsste ihr Kinn.

»Wir würden verhungern!«

»Nein, Ingrid, die Bibliothekstante, würde sich bestimmt erbarmen und uns hin und wieder ein Brot bringen.«

»Ich möchte dir einen Knutschfleck machen!«
Er schaute sie ernsthaft an.
»Lehn dich zurück!«
Sie tat, was er sagte, entblößte ihren Hals für Cesars Mund, er nahm ein Stück Haut und saugte mehrere Sekunden lang ganz fest daran.
Es kitzelte und tat ein bisschen weh. Emma musste kichern, obwohl sie hörte, dass es blöd klang. Wie wenn die Jungs der sechsten Klasse die Mädchen in der Pause mit Schnee einseiften und Vicky und ihre Freundinnen mit gespielter Angst wie am Spieß schrien, obwohl alle wussten, dass es eine Ehre war und ein Zeichen für einen hohen Status. Sie und Julia hatten dieses falsche Als-ob-Geschrei immer verachtet, und jetzt klang ihr gekünstelter kleiner Protest genau wie beim erstrebenswerten Eingeseiftwerden. Cesar ließ Emma los, und sie fühlte mit der Hand den feuchten Fleck an ihrem Hals.
»Mein Gott, was ist das denn?«
»Ha, jetzt hast du einen riesigen Knutschfleck, und alle können sehen, was ich gemacht habe!«
»Dann will ich jetzt auch deinen Hals!«
Cesar hielt ihr den Hals hin und schloss die Augen. Sie saugte an einem Stück Haut, aber Cesar hielt ganz still und versuchte nicht, sich wegzudrehen. Er schloss die Augen und stöhnte ein wenig. Es machte sie nur noch erregter. Zu wissen, was sie hervorgerufen hatte. Sie hätte noch stundenlang so weitermachen können, wenn sie nicht von Ingrid unterbrochen worden wären, die plötzlich hinter ihnen stand.
»Was macht ihr denn da!«
Ingrid hatte rote Flecken im Gesicht, ihr Mund zitterte, als sie leise zischte:
»Das ist eine Bibliothek! Habt ihr verstanden? Ich möchte, dass ihr auf der Stelle verschwindet und erst wiederkommt, wenn ihr gelernt habt, euch zu benehmen!«

Sie zeigte mit der ganzen Hand auf die Tür, sie nahmen ihre Sachen und gingen zum Ausgang.

»Entschuldigung!«, murmelte Emma, als sie an Ingrid vorbeiging. Aber Ingrid schnaubte nur.

Emma schämte sich, weil jemand ihre Erregung gesehen hatte, aber als sie draußen waren, sah sie, wie Cesars breites Lächeln sich in ein lautes Lachen verwandelte.

»Hör auf! Das war so peinlich!«

»Ja, aber du hättest ihr Gesicht sehen sollen! Unbezahlbar!«

Und jetzt musste sie auch lachen.

Die Toilette lag mitten in der großen Eingangshalle. Die Wände waren rosa gestrichen und mit hingekritzelten Botschaften verziert, in denen es darum ging, wer jemandem für fünf Kronen einen blasen oder mit jemandem vögeln wollte, und dass Anton in Jessica aus der 9C verliebt war. Hier drinnen roch es nach Abfluss und Schimmel, dieser Geruch verschwand nie ganz, egal wie oft gestrichen und renoviert wurde. Da gab es ein ständig leckendes Rohr, am Boden sammelte sich eine braungelbe, feuchte Schmiere. Emma wollte gar nicht so genau wissen, was da heraustropfte und stank.

Sie stellten sich nebeneinander und starrten im Spiegel ihre Hälse an. Die dunkelroten Knutschflecke leuchteten ihnen entgegen. Emma strich mit dem Finger über ihren.

»Wart erst mal, wie es heute Abend aussieht, das wird lila wie ein Bluterguss.« Cesar drehte sich zu ihr. »Du weißt doch, dass man das Liebesbiss nennt? Es ist ein Zeichen dafür, wie sehr ich dich mag. Ich würde am liebsten deinen ganzen Hals mit Liebesbissen bedecken!«

Sie stellte sich auf die Zehen, um an Cesars Mund heranzureichen, aber er musste sich doch herabbeugen, damit sie sich küssen konnten.

Viel später am gleichen Abend, als sie auf dem Bett in Emmas Zimmer lagen, küssten sie einander den Hals voller Knutschflecke. Liebesbisse. Es sah unmöglich aus. Lasterhaft und richtig hässlich. Und doch sprengte der Stolz beinahe ihren kleinen Körper. Diese sichtbaren Beweise, dass die Liebe wundervoll war und schmerzhaft zugleich.

Als Julia den neunten Tag in der Schule fehlte, hielt Emma es nicht mehr aus. Cesar schaute sie ruhig an, als sie ihm erklärte, dass sie sich am Nachmittag nicht treffen konnten, weil sie nachschauen musste, ob es Julia überhaupt noch gab. Es war als Scherz gedacht, aber tief drinnen war Emma sich nicht sicher.

Er strich die Haare, die ihm über das halbe Gesicht hingen, zur Seite und nickte.

»Das verstehe ich gut. Kein Problem!«

Wenn sie ganz ehrlich war, dann war es ihr nicht schwergefallen, nicht an Julia zu denken, jetzt, wo all das Wunderbare mit Cesar passiert war. Wenn Cesar nicht Einzug in ihr Leben gehalten hätte, dann hätte sie wahrscheinlich schon vor einigen Tagen bei Julia zu Hause geklingelt. Andererseits hatte Julia auch nichts von sich hören lassen, und auch wenn sie sehr hohes Fieber hatte, so hätte sie doch wenigstens an einem der fieberfreien Tage anrufen können.

Emma kaufte eine Tüte salzige Lakritz, die Julia sehr mochte, und ging zu ihrem Haus. Vor der Tür blieb sie stehen, war plötzlich ganz unsicher. Es war dunkel im Haus, und eine Ahnung, dass etwas nicht in Ordnung war, packte sie mit überwältigender Kraft. Als sie es schließlich über sich brachte, zu klingen, zitterte ihre Hand.

Gisela öffnete.

»So, du bist es?«

»Ich wollte nur ... ich wollte nur sehen ... also, ob ich Julia vielleicht kurz besuchen kann?«

»Ja, sie ist zwar fieberfrei, aber immer noch sehr schwach. Der Doktor hat gesagt, dass sie diese Woche nicht in die

Schule gehen darf. Ich weiß wirklich nicht, ob es passt. Warte hier unten, ich werde nach oben gehen und sehen, ob sie wach ist.«

Sie drehte sich um und wollte zur Treppe gehen, blieb jedoch auf der ersten Stufe stehen. Oben stand Julia im Nachthemd, sie lief sofort die Treppe herunter, als sie Emma sah.

»Emma! Du bist gekommen!«

Als Emma ihre Anstrengungen und ihre Freude sah, begann ihr Herz zu schlagen, und sie lief die Treppe hinauf und umarmte Julia fest. Ihr magerer Körper im Nachthemd, ein leichter Geruch nach altem Schweiß, und als sie Julias Gesicht sah, musste sie sich zusammennehmen, damit sie nicht weinte. Die kränkliche Blässe und die dunklen Ringe unter ihren leblosen Augen. Die ungewaschenen, strähnigen Haare.

»Wie siehst du denn aus!«

Julia lachte leise.

»Nicht besonders!«

Hinter sich hörten sie Giselas Stimme, die versuchte, Aufmerksamkeit zu bekommen.

»Ja, du kannst sie also besuchen. Aber nur kurz, ich glaube, Julia ist noch sehr schwach!«

Emma nickte höflich, Julia zog sie in ihr Zimmer. Sie setzten sich auf das Bett und krochen unter die Decke, so nahe nebeneinander, dass die Nasenspitzen sich berührten. Emma schaute ihre Freundin an – so hatte sie sie noch nie gesehen. Die Lust zu lachen war plötzlich verschwunden, und sie schauten sich ernsthaft an.

»Was ist denn passiert?«

Julias Augen füllten sich mit Tränen, ihre Stimme war kaum zu hören.

»Ich weiß nicht genau, ich bin krank geworden. Ich habe so hohes Fieber bekommen, das nicht weggehen wollte.«

»Du siehst aus, als hättest du sieben schwere Jahre hinter dir.«

Sie streichelte Julia über die Wange, die Tränen flossen nur so herab.

»Ich weiß nicht, wie ich es sagen soll. Alles geht durcheinander, Albträume und Wirklichkeit. Ich habe kaum schlafen können.«

Sie schniefte und schluckte, die Worte wurden undeutlich, Emma musste sich anstrengen, damit sie hörte, was sie sagte. Das Weinen verwirrte sie, natürlich war es schlimm, Fieber zu haben und krank zu sein, aber in Julias Weinen war eine Verzweiflung, die nichts mit dem Fieber zu tun hatte.

»Aber du, es geht dir doch schon besser! Du kannst bestimmt schon am Montag wieder in die Schule kommen!«

Das klang unsensibel und dumm, wie höflicher, erwachsener Smalltalk, den sie schon so oft gehört und bisher immer verachtet hatten. Emma hörte es selbst, und sie sah, wie Julia erstarrte, das Weinen hörte auf, aber die Tränen liefen weiter.

»Es ist nicht das Fieber. Es ist alles, was passiert ... ich kann fast nicht schlafen, weil um ...«

Und sie fing wieder an zu weinen. Emma schaute verlegen auf die blau geblümte Tapete, ihre Unsicherheit nahm zu.

Ahnte Julia vielleicht ihre Angst? Ob sie wohl spürte, dass Emma nichts von Albträumen und dunklen Nächten wissen wollte?

Julia schwieg, und Emma wartete darauf, dass sie weitersprechen würde. Aber das tat sie nicht, das Weinen wurde leiser und verstummte dann ganz.

Da beging Emma die Dummheit, von Cesar zu erzählen. Sie wollte sich gerne einreden, dass es die Sehnsucht war, das Glück zu teilen, so wie sie es bisher immer getan hatten. Sie hoffte, ihr Glück würde Julia ein bisschen helfen. Zumindest war es bisher immer so gewesen. Wenn Emma sich freute, freute sich Julia.

Sie wusste nicht so recht, wie sie sich in dieser neuen Situation verhalten sollte, was man machte, wenn die eine glücklich war und die andere traurig. Wessen Gefühl hatte den Vorrang?

Sie erzählte gerade, wie wahnsinnig es gewesen war, als Ingrid sie in der Bibliothek beim Knutschen erwischte, da sah sie, wie Julia die Augen schloss und sich zur Wand drehte. Als Julia keine Reaktion zeigte, erzählte Emma immer eifriger. Aber jetzt war nicht mehr zu übersehen, dass Julia das nicht hören wollte. Emma schwieg und wartete eine Weile auf eine Reaktion oder eine Erklärung. Als Julia still zur Wand gedreht liegen blieb, spürte sie plötzlich eine Scham wie nie zuvor. Die Sekunden des Schweigens kamen ihr so endlos vor, dass Emma feuerrot im Gesicht wurde. Schließlich hielt sie es nicht mehr aus.

»Julia?«

Julia antwortete nicht.

»Julia, was ist denn?«

Leise, kaum hörbar, drang Julias Gemurmel von der Wand zu ihr.

»Ich kann nicht mehr. Ich glaube, ich muss mich ein wenig ausruhen.«

»Natürlich, entschuldige, ich plappere so vor mich hin und frage gar nicht, wie es dir geht! Gut, ich gehe jetzt, aber ich komme morgen nach der Schule wieder vorbei.«

»Bitte nicht. Ich bin auch dann zu müde.«

Emma schnappte erschrocken nach Luft. Ein Schmerz, der so heftig war, dass sie kaum atmen konnte, stach ihr in den Bauch, als sie flüsterte:

»Okay. Bis dann!«

Julia antwortete nicht, sie lag mit dem Rücken zu Emma. Die schaute sich ein letztes Mal um, ehe sie die Tür zu Julias

Zimmer schloss und die Treppe hinunterlief. Gisela kam herbeigeeilt, um zu sehen, was los war.

»Willst du schon gehen?«

»Ja, ich habe vergessen, dass Annika mit dem Essen auf mich wartet.«

Gisela hob eine Augenbraue.

»So, so. Aha.«

Kaum war sie aus der Tür, da kamen Emma die Tränen.

Weinend lief sie nach Hause, durch die Dämmerung, die rasch in Dunkelheit überging.

»Hallo, Liebes! Ich bin in der Badewanne!«

Annikas Stimme war brüchig, es hallte aus dem Badezimmer. Emma hoffte, dass man ihrer Stimme nicht anhören würde, dass sie weinte.

»Okay, ich gehe in mein Zimmer!«

Annika antwortete nicht, Emma schloss die Tür und warf sich aufs Bett. Sie bohrte den Kopf in das Kissen und ließ den Tränen freien Lauf. Schluchzte, bis nur noch ein Schniefen kam. Sie weinte über ihre eigene Dummheit und über Julias eigenartige Blässe, das plötzliche Schweigen, das jetzt zwischen ihnen war. Und über ein unbegreifliches, undeutliches Gefühl, eine Irritation darüber, dass sie sich nicht einfach freuen durfte. Ein beschämender Gedanke, den sie nicht zu bremsen vermochte. *Dass Julia mit ihrer hässlichen Blässe ihr kribbelndes Glück zerstörte.*

Cesar wartete bei den Fahrrädern auf sie. Als sie seinen langen, schlaksigen Körper und die leicht nach vorn gebeugten Schultern sah, wurde ihr ganz warm.

»Hallo! Ich habe auf dich gewartet.«

Eine sachliche Feststellung, die einfach klang und doch schwer wog, mit allem, was sie enthielt.

Sie gingen Hand in Hand in die Schule, durch die langen

Korridore mit den roten Blechspinden und den schmalen Holzbänken, auf denen die Klassenkameraden lungerten. Vicky saß auf dem Schoß von einem Pudelrocker und lächelte zweideutig. Emma lächelte zurück, an der Hand von Cesar war sie unbesiegbar.

Sie lächelte so sehr, dass sie die schweigsame Gestalt, die allein auf einer Bank saß und sie beobachtete, nicht bemerkte.

Erst als sie ins Klassenzimmer gingen, hörte sie, wie jemand ihren Namen sagte. Sie drehte sich um und bemerkte Julia.

»Julia! Ich habe gar nicht gewusst, dass du heute wiederkommst!«

Emma hörte selbst, dass ihre Stimme zu schrill klang.

Julia antwortete nicht, sie starrte Cesar an und die fest verflochtenen Hände. Emma ließ Cesars Hand los, sie machte einen Schritt und stand plötzlich zwischen Julia und Cesar. Beide schauten sie an, Julia vorwurfsvoll, Cesar erstaunt.

Das war genau die Situation, an die sie nicht gedacht hatte, nicht hatte denken können oder wollen. Panik übermannte sie, und sie sah, dass die ganze Klasse sie beobachtete. Sie standen ein paar Sekunden so da, lauernd, bis die energischen Schritte der Schwedischlehrerin Berit sich dem Klassenzimmer näherten.

Julia ging voran und setzte sich in eine Bank ganz hinten am Fenster. Emma folgte ihr und setzte sich neben sie. Sie warf einen raschen Blick in Cesars Richtung und sah, dass er sich neben Gustav setzte. Julia schaute stur aus dem Fenster.

»Wie geht es dir?«

Julia schaute immer noch aus dem Fenster, ihre Antwort ließ auf sich warten.

»Ganz okay. Ein bisschen schwindlig und müde.«

»Du Ärmste!«

Ungelenk versuchte sie, Julias Arm zu streicheln, aber Julia drehte sich weg, und Emmas Hand landete auf ihrem Rücken. Sie weigerte sich immer noch, Emmas Blick zu begegnen, und Emma spürte, wie ihr Tränen in die Augen traten. Am liebsten hätte sie Julias zusammengesunkene Gestalt geschüttelt. Es war doch nicht ihre Aufgabe, Julia fröhlich zu machen! Gedanken wirbelten ihr durch den Kopf wie der Staub im Sonnenlicht des Klassenzimmers. Was war denn eigentlich eine Freundschaft wert, wenn die beste Freundin sich nicht darüber freuen konnte, dass man sich verliebt hatte?

Vorne am Pult sprach Berit von dem Aufsatz, den sie schreiben sollten. Er sollte von einem Menschen handeln, der ihnen viel bedeutet, der sie beeinflusst hatte, positiv oder negativ.

Meiner wird auf jeden Fall nicht von Julia handeln, dachte Emma und begann mit der Skizze eines Porträts von Cesar.

In Schnörkelschrift schrieb sie *Cesar* ganz oben auf ihr Blatt. Cesar, Cesar, *Cesar*.

Cesar. Cesar, der Göttliche. Cesar, der Schöne.

Sie schaute zu ihren Klassenkameraden, alle schienen zu schreiben. Vorsichtig schielte sie zu Julia hinüber, sie hatte den Kopf gebeugt. Über wen sie wohl schreiben würde? Plötzlich sah sie Emma an, ihre Augen waren voller Tränen, und sie schaute schuldbewusst. Emma hatte sie schon einmal so gesehen, sie wollte sie abholen. Alle waren gestresst gewesen, weil noch so viel gerichtet und getan werden musste, außer Emma und Julia, deren Weihnachtsferien gerade begonnen hatten. Sie hatten beschlossen, ins Schwimmbad zu gehen. Julia wollte Giselas Hektik und ihren vorwurfsvollen Blicken entkommen. Sogar Annika war schlechter Laune gewesen. Flucht schien das einzig Richtige zu sein. Emma klingelte um zehn an Julias Haustür, und kurz darauf hörte sie, wie Julia mit Riesenschritten die Treppe herunterkam. Aber als sie die Tür öffnete, hatte sie rot geweinte Augen und schaute ängstlich nach hinten. Sie fummelte an ihren Kleidern, als wäre sie auch im Weihnachtsstress, zog sich schnell ihre Stiefel an, ohne sie ordentlich zu schnüren.

Emma fragte nichts, sie war sicher, dass sie hören würde, was passiert war, wenn sie ein Stück vom Haus entfernt waren. Gisela war nicht zu sehen, vielleicht kaufte sie Weihnachtsgeschenke ein? Erstaunlicherweise kam Carl die Treppe herunter, er stellte sich neben Julia und betrachtete ihre Ungeschicklichkeit mit einem eigenartigen Lächeln.

Schließlich hatte Julia ihre Jacke an, Mütze und Handschuhe nahm sie in die eine Hand, in die andere eine Plastiktüte mit Badesachen und Handtuch. Sie wollten gerade aus der Tür gehen, als Carl plötzlich Julias Arm packte, viel zu hart, so, als sei er böse. Er zwang Julia, ihn anzuschauen, und starrte ihr tief in die Augen, dann wünschte er ihnen einen netten Tag im Schwimmbad, ohne Julias Arm loszulassen.

»Aber passt gut auf euch auf, man weiß nie, was da draußen für Typen sind!«

Julia befreite sich aus seinem Griff und schlug die Tür zu, direkt vor seinem Gesicht. Emma wusste instinktiv, dass sie laufen mussten, schnell folgte sie Julia die Treppe hinunter, und als sie auf der Straße waren, hatte Carl die Tür wieder geöffnet und schrie, dass sie verdammt noch mal nicht die Tür zuschlagen sollte.

Julia antwortete nicht, sie drehte sich nicht einmal um, lief einfach weiter.

Als sie außer Sichtweite waren, ging Julia endlich langsamer, Emma blieb stehen und versuchte, Julias Blick zu fangen.

»Was ist denn passiert?«

Julia schüttelte nur den Kopf.

»Nichts, er ist einfach nur blöd.«

»Aber du hast doch geweint, habt ihr gestritten?«

»Ja. Er ist total blöd. Wahnsinnig.«

Emma fragte weiter, bekam jedoch immer wieder nur die gleiche Antwort. Schließlich waren sie beim Schwimmbad, und Julia war so fröhlich wie schon lange nicht mehr. Sie hatte nur Unsinn im Kopf.

Im Großen und Ganzen hatten sie einen ausgesprochen vergnüglichen Tag im Schwimmbad, und Emma hatte nicht mehr an das Geschehen vom Morgen bei Julia zu Hause gedacht, bis jetzt. Irgendwie hatte sie sich an Julias geheimnisvolle Seite gewöhnt. Eine Art Unerreichbarkeit, manchmal schloss sie sich wie eine Muschel, offenbar gab es etwas, das sie nicht mitteilen wollte. Es war wie ein Teil von Julias Persönlichkeit.

Emma schaute Julia an, die immer noch aus dem Fenster starrte, und plötzlich wusste sie, was sie von vor einem Jahr wiedererkannte. Es war Julias Weigerung, ihrem Blick zu begegnen.

Auf einmal verstand sie. Julia schämte sich für etwas. Als sie das erkannt hatte, wurde ihr noch etwas bewusst. So wenig, wie Julia sich über Emmas Glück freuen konnte, so wenig konnte Emma mit Julias Kummer umgehen.

Louise Cederström betrat auf harten Absätzen die Parfümerie Schmetterling. Ein weiterer Parfümduft mischte sich mit den anderen, die schon schwer in der Luft lagen. Ein trockenes süßes Parfüm, das zu ihrem damenhaften Stil, dem Seidenschal und dem exklusiven Mantel passte. Ihre Schritte klangen gestresst, und sie ging rasch auf Gisela zu, die hinter dem Tresen stand und eine Lieferung Lippenstifte sortierte.

Beim Anblick von Louise durchlief Gisela eine fiebrige Wärme. Die Tatsache, dass sie das Geschäft nun regelmäßig besuchte, war die Bestätigung, dass die Parfümerie nun zu den besseren der Stadt zählte. Louise war mit Rechtsanwalt Gustav Cederström verheiratet, er besaß eine der größten Anwaltskanzleien der Stadt, Cederström & Partner, und Louise stand für all das, was Gisela gerne gewesen wäre und was sie gerne gehabt hätte. Gisela wusste, dass Louise sich seit einigen Jahren im Lions Club engagierte, sie schien ständig mit neuen Wohltätigkeitsprojekten befasst zu sein. Insgeheim wäre sie auch gern Mitglied gewesen, aber sie war noch nie gefragt worden und wusste nicht genau, wie die Aufnahmeprozedur aussah. Ob jeder Mitglied werden konnte, oder ob man eine Empfehlung brauchte? Wahrscheinlich wurde man erwählt, und ganz offensichtlich passte sie nicht zu Louise und ihrem Kreis. Dafür hatte sie volles Verständnis, die weiblichen Mitglieder im Lions Club kamen alle aus alten, wohlhabenden Familien, die schon lange die besseren Positionen in der Stadt besetzten.

Als Louise Cederström nun auf sie zu trat, mit den energischen Schritten, die zeigten, wie beschäftigt sie war, verspürte Gisela eine Mischung aus Schreck und Freude.

Ein schneller Blick, und sie stellte fest, dass weder Marika noch Mona im Geschäft waren.

»Liebe Gisela! Wie nett, dich zu sehen! Nun brauche ich wirklich deine Hilfe!«

Erleichtert über den herzlichen Tonfall lächelte Gisela zurück.

»Louise! Wie kann ich dir helfen?«

Louise schaute sich nervös im Laden um, die Produkte waren nach Marken und Farben sortiert.

»Ich bin auf den Weihnachtsball des Landeshauptmanns eingeladen, und ich habe mir ein weinrotes Kleid nähen lassen. Die Farbe ist so speziell, dass es unmöglich scheint, einen passenden Lippenstift zu finden. Hier, ich habe ein kleines Stück Stoff dabei, damit du es sehen kannst.«

Gisela begann sofort damit, das Stoffstück mit den vielen Farben zu vergleichen. Wenn sie sich mit etwas auf dieser Welt auskannte, dann waren es die Produkte in der Parfümerie Schmetterling.

Bald schon hatte sie die perfekte Farbe gefunden, die Louise genüsslich ausprobierte. Sie schürzte die Lippen und betrachtete zufrieden ihr Spiegelbild.

»Ich hätte ja nie ein weinrotes Ballkleid genommen, wenn meine Farbtherapeutin nicht gesagt hätte, dass Weinrot mir besonders gut steht. Ich bin offenbar ein Wintertyp. Warst du schon einmal bei einer Farbtherapie?«

Gisela hatte schon einige Kunden darüber sprechen hören, man traf sich zu Hause bei jemandem und lud eine Farbtherapeutin ein, die anhand von einer Farbkarte entschied, welche Farben am besten zu einem passten.

Gisela schaute Louise an und versuchte sich vorzustellen, wie das Leben für so eine wie sie wohl war. Immer beschäftigt, immer zu allen möglichen Partys und Veranstaltungen eingeladen. Und die größte Sorge im Leben schien zu sein, den exakt passenden weinroten Lippenstift zu finden.

»Nein, ich war noch nie bei einer Farbtherapie, aber ich würde es gern einmal ausprobieren!«

»Ja, das musst du unbedingt tun! Für mich war es fast eine Revolution. Du weißt schon, man hat so seine Gewohnheiten, zieht eine hellgrüne Bluse an, obwohl einem diese Farbe überhaupt nicht steht.«

Gisela spürte, wie sie errötete, als sie auf ihre hellgrüne Bluse hinunterschaute. Louise folgte ihrem Blick und stieß dann einen kleinen Schrei aus.

»Oh, Gisela, so habe ich es nicht gemeint! Diese Farbe steht dir wirklich ausgezeichnet!«

Gisela sortierte nervös die Lippenstifte, die in einem einzigen Durcheinander auf der Theke lagen.

»Kein Problem, Louise!«

Sie zwang sich zu einem kleinen Lächeln, das Louise akzeptierte, während sie ihre Sachen zusammensammelte, Einkaufstaschen und Handtasche, und den Wollmantel, den sie über einen Stuhl geworfen hatte. Bevor sie sich zum Gehen wendete, beugte sie sich vor und legte ihre Hand auf Giselas.

»Weißt du, Gisela, dies ist die beste Parfümerie in dieser Stadt! Ich sage das allen meinen Freundinnen; wenn ihr Make-up kaufen wollt, dann geht um Gottes willen in die Parfümerie Schmetterling und nirgendwo sonst hin. Dort findet ihr Kompetenz und Service!«

Sie lächelte strahlend, und Gisela spürte, wie sie wieder dahinschmolz.

»Danke, Louise! Das bedeutet uns sehr viel! Du bist eine unserer besten Kundinnen!«

Louise schlug sich in einer übertriebenen Geste an die Brust und formte den Mund zu einem kleinen Kuss.

»Wunderbar! Hoffentlich sehen wir uns bald wieder!«
»Wirklich! Danke und auf Wiedersehen!«
»Ciao, Ciao!«
Die Leere danach wog genauso schwer wie der Duft von den hundert Parfüms, die um den ersten Platz konkurrierten, und wurde am Ende zu einem einzigen erstickenden Gestank.

Ciao, ciao, was war das eigentlich? Spanisch? Italienisch? Bestimmt hatte Louise es auf einer ihrer vielen Reisen aufgeschnappt.

Verdammte Ferienreisende!

Gisela betrachtete ihr Gesicht in einem Spiegel, und sie hasste, was sie sah. Nicht einmal Carls sichtbarer Widerwille, sein missvergnügter Ärger über ihre Erscheinung konnte sich messen mit ihrer eigenen Selbstverachtung. Ganz gleich, wie gut sie sich hinter all der Schminke versteckte. Sorgfältig aufgelegte Grundierung, die jegliche Spur von menschlicher Haut ausradierte, die kleine Pickel und Rötungen verschwinden ließ. Das Rouge machte sie künstlich frischer, der braune Lidschatten vergrößerte ihre Augen, und der rosa Lippenstift betonte die Konturen der schmalen Lippen. Hinter dieser Maske war dennoch nur die hässliche, dumme Gisela, das unsichere Mädchen, das nicht einmal ihre Mutter ertrug.

Sie spürte die Tränen kommen und drückte schnell ein Papiertaschentuch gegen die Augen.

Den ganzen Tag über hatte sie Unruhe verspürt. Hatte es damit begonnen, dass Carl ihr heute Morgen die Tür direkt vor der Nase zugeschlagen hatte? Als sie zu ihm ins Badezimmer gegangen war, wo er vor dem Spiegel stand und sich rasierte, um ihm sein frisch gebügeltes Hemd zu geben. Das fertigzustellen er sie ausdrücklich vor einer halben Stunde gebeten hatte. Genau dieses Wort hatte er verwendet, fertigstellen. Sie hatte sich mit dem Bügeln beeilt, ein wenig gestresst, weil sie ihm am Abend zuvor ein anderes Hemd gebügelt hatte, aber dennoch froh, ihm helfen zu können. Normalerweise wusste er ihre kleinen Dienste zu schätzen, und sie hatte sich gefreut, dass dies vielleicht eine Möglichkeit war, den stummen Krieg aufzubrechen.

Sie hatte Angst bekommen, als er die Tür zuschlug, sie war nicht vorbereitet auf die Kraft und den Lärm, nur wenige Zentimeter von ihrem Gesicht entfernt. Sie konnte den Schrei nicht unterdrücken, obwohl sie wusste, dass ausgerechnet der Schrei Carl mehr als alles andere reizen würde.

Ein paar Sekunden lang stand sie wie ein Depp mit der Nase an der Tür, unfähig, sich zu bewegen. Sie versuchte, die Gedanken zu sortieren, die durch ihr Gehirn rasten. Carl rasierte sich einfach weiter, sie konnte das Geräusch des Rasierapparats durch die Tür hören. Sie wusste nicht, was sie sagen oder tun sollte, und am Ende hängte sie nur das frisch gebügelte Hemd an die Tür und ging wieder in die Küche hinunter.

Als er ein paar Minuten später herunterkam, nahm er seine morgendliche Routine auf, ohne sie anzuschauen. Trank eine Tasse Kaffee und blätterte die Zeitung durch. Julia und Erik waren noch in ihren Zimmern, Gisela ertappte sich dabei, dass sie sich wünschte, sie würden herunterkommen und plappern. Wenigstens Erik, Julia war ungewöhnlich schweigsam und zurückgezogen, seit sie dieses schreckliche Fieber gehabt hatte. Man sah sie morgens kaum, sie kam erst wenige Minuten, bevor sie gehen musste, dann aß sie schnell ein Brot und trank ein Glas Milch. Erik war immer noch der laute, fröhliche Junge, der er immer gewesen war. Ihr geliebter Engel, ein Cherubim mit dicken Wangen, die sie gar nicht genug küssen konnte.

Julias Fieber hatte sie sehr beunruhigt, das war schon so gewesen, als Julia mit vier Jahren den ersten Fieberkrampf hatte.

Da war es Winter, und vor dem Fenster glichen die Konturen der schwarzen Apfelbäume nackten knochigen Körpern. Gisela war hochschwanger mit Erik, der jeden Moment auf die Welt kommen konnte, Carl war auf einer Geschäftsreise, sollte erst am Abend wiederkommen. Sie war also allein mit Julia, die im Bett lag und schlief, fiebrig und verschnupft.

Sie las die Zeitung und trank eine Tasse Tee, von Kaffee war ihr die ganze Schwangerschaft über übel geworden, als sie plötzlich ein Plumpsen aus dem Schlafzimmer hörte. So schnell es ging, schleppte sie ihren schweren Körper auf geschwollenen Beinen hinüber. Julia lag auf dem Boden und verkrampfte sich in schrecklichen Spasmen, ihre Augen waren halb geöffnet. Gisela war so erschrocken, dass ihre Knie nachgaben und sie neben dem kleinen, zuckenden und krampfenden Körper auf den Boden sank.

»Julia! Julia! Mein Kleines, was ist los?«

Ihre Stimme trug kaum, die Panik drückte alle Luft aus den Lungen.

Als der Mangel an Sauerstoff Julias Lippen blaulila werden ließ, siegte der Autopilot über die Angst. Wie in Zeitlupe wankte Gisela in die Diele, und es gelang ihr, den Notarzt anzurufen. Ihre Worte kamen stoßweise, sie bekam immer noch kaum Luft.

»Meine Tochter krampft … die Lippen sind blau … ich glaube, sie stirbt … Mein Gott, sie stirbt hier auf dem Boden …«

Die Stimme am anderen Ende war ruhig und warm.

»Ganz ruhig, alles wird gut, erst einmal die Adresse, dann schicke ich sofort einen Krankenwagen.«

Irgendwie brachte sie die Adresse hervor, und schon ein paar Minuten später war der Krankenwagen da. Julia krampfte die ganze Zeit, erst als einer der Krankenpfleger ihr Stesolid verabreichte, ließen die Spasmen nach. Danach schlief Julia tief und fest, beinahe bewusstlos, erschöpft von den Krämpfen und dem Medikament.

In dem kleinen Zimmer im Krankenhaus, mit Julias fieberheißem Kopf auf dem Schoß, wurde Gisela klar, dass sie noch nie im Leben solche Angst gehabt hatte. Das war eine Erkenntnis, die sie beglückt und erschreckt hatte, dass ihr nichts so viel bedeutete wie das Leben ihres Kindes.

Es waren keine Kunden im Laden, in einer Viertelstunde würde sie schließen.

Vorsichtig nahm Gisela das Taschentuch weg, das sie gegen die Augen gedrückt hatte, und schaute sich im Spiegel an. Die Augen waren ein wenig gerötet, aber ansonsten gab es nichts, das etwas von ihrer Gefühlslage verraten hätte.

»Warum warst du nicht in der Schule?«

Emma schaute Julia, die oben im Baum saß, böse an. Sie war den ganzen Weg gelaufen und atmete heftig von der Anstrengung. Es waren drei Tage vergangen, seit Julia zuletzt in der Schule gewesen war, und nach der letzten Stunde, Mathematik bei Solveig, in der die Zahlen ihr eigenes Leben lebten, hatte Emma plötzlich gewusst, dass sie Julia finden musste.

Sie wusste, dass Julia nicht zu Hause war, denn sie hatte sie vom Telefon im Lehrerzimmer aus angerufen. Maj-Lis hatte danebengestanden, und sie hatte so getan, als würde Julia antworten. Danach hatte sie verlegen erklärt, dass Julia wieder Fieber hatte (sie hoffte, dass die roten Flecken am Hals nicht so deutlich zu sehen waren, wie sie sie spürte).

»Das ist aber ein hartnäckiges Fieber!«, hatte Maj-Lis misstrauisch festgestellt.

Es gab nur einen Ort, wo Julia sein konnte. Emma lief, sie stolperte den Waldweg entlang und sah Julia erst, als sie unter dem Baum stand. Julia saß in der Astgabel, sie hatte die Beine hochgezogen und antwortete nicht, sie zog nur den Reißverschluss ihrer Jacke auf und zu.

»Ich weiß nicht, was ich noch sagen soll. Maj-Lis war stinksauer, als sie sah, dass du diese Woche drei Tage gefehlt hast!«

Julia schwieg immer noch, und Emma gab dem Baumstamm einen frustrierten Tritt.

»Jetzt antworte mir doch! Julia! Was ist denn mit dir?«

Vielleicht hörte Julia die Verzweiflung in Emmas Stimme,

denn nun hob sie langsam den Blick vom Reißverschluss und schaute sie an. Ihre Stimme war kaum hörbar, als sie antwortete.

»Ich konnte nicht.«

Emma kletterte auf den Baum und setzte sich auf den Ast gegenüber. Das Laub war schon vor Wochen gefallen, die kahlen Zweige reckten sich nackt in den grauen Himmel. Julia studierte eine Furche in dem dicken Stamm, sie wollte Emma nicht anschauen. Und doch entgingen Emma die dunklen Ringe unter ihren Augen nicht, sie schienen immer blauschwärzer und tiefer zu werden.

»Was ist denn los? Julia?«

Julia schaute Emma schnell an und antwortete mit leiser Stimme.

»Ich habe heute Nacht nicht geschlafen, und deswegen konnte ich heute Morgen nicht in die Schule gehen.«

»Aber du hast in letzter Zeit schrecklich viel gefehlt. Du wirst ganz schlechte Noten bekommen, verstehst du das nicht?«

»Es ist mir scheißegal. Wenn man nicht kann, dann kann man nicht.«

Emma starrte ihr blasses Gesicht an, die strähnigen Haare, die ihr über die Schultern hingen. Sie sah anders aus, unerreichbar.

»Außerdem haben wir einander versprochen, nie allein hierherzugehen. Es ist zu gefährlich!«

Der Rhabarbermann war seit der Attacke mit dem Schokoladenpudding zwar nicht mehr aufgetaucht, aber immerhin. Emma wusste, dass er es ernst meinte mit seinen Drohungen. Es gab Männer, die so etwas mit Mädchen machten, das konnte man jeden Tag in der Zeitung lesen.

»Es ist mir scheißegal, wirklich scheißegal.«

Julia schaute sie trotzig an, und Emma schaute verletzt zurück.

»Wie *ist mir scheißegal*? Kannst du sonst nichts mehr sagen? Kapierst du nicht, dass er wirklich gefährlich ist?«

»Da gibt es andere, die sind viel gefährlicher, das kann ich dir sagen. Außerdem könntest du damit aufhören, mich wie meine Mutter anzuschreien!«

Ihre Stimme war voller Verachtung, für Emma war es wie ein Schlag in den Magen. Tränen traten ihr in die Augen, und sie schluchzte laut.

»Du bist so gemein!«

Die Worte waren zwischen den Schluchzern kaum zu hören. Ungeschickt kletterte sie vom Baum und lief zum Schotterweg. Als sie sich umdrehte, sah sie, dass Julia im Baum sitzen geblieben war.

Emma zögerte eine Sekunde, aber der Zorn siegte über den Kummer, und sie dachte, Julia kann da oben bleiben, bis sie verschimmelt.

Annika hatte es sich mit einem Buch und einer Tasse Tee auf dem Sofa gemütlich gemacht. Auf dem Fensterbrett standen Kerzen, und aus der Stereoanlage sang Chat Baker. Emma schleuderte die Schuhe in eine Ecke und stürzte sich in ihre Arme.

»Aber was ist denn passiert, mein Kleines?«

Sie weinte so sehr, dass sie nicht antworten konnte. Annika strich ihr vorsichtig über den Kopf, bis das Weinen in ein Schniefen überging.

»Julia ist ganz komisch. Ich weiß nicht, was ich gemacht habe, aber sie ist immer nur böse auf mich.«

Sie erzählte alles, was passiert war, und Annika hörte mit gerunzelter Stirn zu. Alles lief in einem einzigen Strom von Worten aus Emma heraus. Der Rhabarbermann, der Baum, dass Julia nicht mehr in die Schule kam. Als sie fertig war, schaute Annika sie ernst an.

»Ich brauche noch ein bisschen Tee, damit ich klar denken kann.«

Emma ließ sich auf die Küchenbank fallen, Annika setzte Teewasser auf.

»Mit Julia muss etwas passiert sein, wovon du nichts weißt. Etwas in ihrer Familie. Wollen Carl und Gisela sich vielleicht scheiden lassen?«

Emma seufzte.

»Nein, das hätte sie mir erzählt. Wir erzählen uns alles.«

»Und zwischen euch ist nichts passiert? Ihr habt euch über nichts gestritten?«

»Nein, sie ist nur böse auf mich, und ich habe keine Ahnung, warum sie böse ist. Natürlich freut sie sich nicht riesig, dass ich Cesar getroffen habe, aber trotzdem. Ein bisschen könnte sie sich für mich schon freuen.«

Annika blies in den heißen Tee und trank vorsichtig einen Schluck.

»Nein, dass du dich in Cesar verliebt hast, kann Julia im Moment vielleicht überhaupt nicht gebrauchen. Aber ihr seid doch so eng miteinander befreundet, dass ich nicht richtig verstehe, warum das so starke Gefühle hervorruft.«

Sie schwiegen beide eine Weile, waren in Gedanken versunken. Emma wusste, dass Annika Julia sehr gern hatte, und es beunruhigte sie, dass auch Annika besorgt zu sein schien. Sie hatte gehofft, dass Annika eine Antwort haben würde, aber sie war offensichtlich genauso überrascht wie sie.

»Du musst mir versprechen, nie wieder zu diesem Baum zu gehen. Dieser Mann scheint gefährlich zu sein. Hast du verstanden?«

Emma nickte schweigend. In der Küche, zusammen mit Annika, verstand sie selbst nicht mehr, was sie sich dabei gedacht hatten. Sie versuchte, das Gefühl von Unwirklichkeit zu erklären. Dass es wie ein Traum war, wie ein Albtraum, aber immerhin. Dass sie das Gefühl gehabt hätten, er könne sie nicht wirklich erwischen.

Annika nickte und schenkte sich noch eine Tasse Tee ein.

»Als ich klein war, sagte man immer, dass Exhibitionisten nicht gefährlich sind. Aber das stimmt nicht. Ich möchte nicht, dass du immer Angst hast, das bringt gar nichts, aber ich möchte auch, dass du dich vor Männern in Acht nimmst, die ganz offensichtlich nicht normal sind.« Annika stand auf und ging zum Kühlschrank. »Hör zu, wir müssen irgendetwas zu essen machen. Fällt dir etwas ein? Ach was, wir machen das Gleiche wie gestern, Nudeln mit Fleischklößchen.«

Sie holte die Sachen aus dem Kühlschrank und stellte einen Topf mit Wasser auf. Emma ging in ihr Zimmer und machte die Hausaufgaben. Nach dem Essen ging es etwas besser, sie und Annika hatten beschlossen, dass sie Julia für den nächsten Abend zum Essen einladen würden, damit sie mal in aller Ruhe miteinander reden konnten.

Es war schon fast elf, als das Telefon klingelte. Annika klang aufgeregt, und als sie den Hörer aufgelegt hatte und in die Küche kam, war ihr Gesicht kreideweiß.

»Es war Gisela. Julia ist nicht nach Hause gekommen, und sie wollte wissen, ob wir eine Ahnung haben, wo sie ist.«

»Sie ist bestimmt noch im Baum!«

»Sie kommen her und holen uns mit dem Auto ab, du musst ihnen den Weg zeigen.«

Carl saß im Auto und klopfte nervös auf das Steuerrad.

Seine Haare waren im Nacken perfekt geschnitten. Nicht zu lang, nicht zu kurz, alles unter Kontrolle. Um ihn eine undurchdringliche Wolke aus Rasierwasser und Schweigen. Im Schweigen ruhte alles und nichts. Die Unsicherheit, die entstand, wenn man versuchte, alles, was nicht gesagt wurde, zu deuten, war beängstigend.

Sogar Annika wurde nervös, als sie Carls strenge Miene sah, sie grüßte nur kurz und setzte sich auf den Rücksitz.

Er fuhr schweigend los, niemand schien etwas sagen zu wollen. Als sie zum Kramladen abbogen, holte Carl tief Luft.

»Was ist eigentlich zwischen dir und Julia vorgefallen?«

Sein Tonfall war herrisch, in der kontrollierten Beherrschung war ein Vorwurf.

Emma schaute die Welt vor dem Fenster an, sie war in ein bedrohliches Dunkel eingehüllt. Sie wusste, dass ihre Wangen glühten.

»Nichts. Ich weiß nicht, warum sie in letzter Zeit so böse auf mich war.«

»So, so. Nichts, sagst du also. *Nichts* ist passiert. Das ist sehr eigenartig, Julia ist noch nie verschwunden.«

Emma suchte Annikas Blick, aber Annika starrte nur geradeaus auf die Straße. Wieder liefen ihr die Tränen über die Wangen, aber sie traute sich nicht zu schniefen. Und wenn er recht hatte? Irgendwie war sie schuld daran, dass Julia im Baum zurückgeblieben war. Sie hatte sie verlassen, sie war einfach gegangen, ohne daran zu denken, was mit ihr geschehen würde. Sie schniefte laut, und Annika legte ihr sofort den Arm um die Schultern.

»Wir finden sie, und alles wird gut.«

Sie bogen in den Schotterweg ab. Hier gab es keine Beleuchtung, nur die Scheinwerfer des Autos. Der Wald war kohlschwarz, Emma schaute auf ihre Beine, die vor Angst zitterten.

»Hier. Da drüben ist der Baum!«

Sie zeigte in den Wald. Carl hielt das Auto an.

»Wartet, ich gehe und schaue nach.«

Sie blieben schweigend sitzen und sahen, wie Carls Gestalt

im Dunkel verschwand. Plötzlich hörten sie einen verzweifelten Schrei. Emma wusste sofort, dass es Julia war. Annika riss die Tür auf und rief ins Dunkel.

»Julia! Emma und ich sind auch hier!«

Der Schrei verstummte, Carl murmelte etwas, und dann hörte man das Geräusch von Schritten, als er und Julia durch das Gebüsch kamen.

Carl schob Julia vor sich her. Als sie Annika sah, lief sie los und warf sich ihr in die Arme. Sie schluchzte krampfartig, Annika wiegte sie hin und her.

Carl hatte sich hinters Steuer gesetzt und starrte geradeaus. Schließlich öffnete er die Autotür und zischte ärgerlich.

»Es reicht jetzt. Wir wollen nach Hause!«

Annika schaute ihn voller Verachtung an, aber dann ließ sie Julia los und öffnete die Autotür.

Die Heimfahrt verlief im gleichen eigenartigen Schweigen wie der Hinweg. Annika saß in der Mitte und hielt in ihrem Schoß Julias und Emmas Hände. Als sie bei Annikas Haus waren, begann Julia wieder zu weinen. Es klang resigniert, Emma nahm sie fest in die Arme. Sie flüsterte ihr ins Ohr.

»Verzeih mir!«

Julia lächelte Emma durch die Tränen hindurch an.

»Wir sehen uns morgen in der Schule, ja?«

Julia nickte, Emma und Annika stiegen aus und stellten sich auf den Gehsteig. Es war spät geworden, alle Fenster waren dunkel. Keine Autos, außer dem von Carl. Sie blieben noch auf dem Gehsteig stehen und sahen Julias Gesicht, das sich an die Rückscheibe drückte und zurückstarrte. Es sah ganz verzerrt aus vom Weinen, und plötzlich hörte Emma, wie Annika auch schniefte. Sie schüttelte den Kopf, als sie ins Treppenhaus gingen.

»Irgendetwas stimmt nicht mit diesem Mann!«

Sie wischte die Tränen weg, und Emma nahm ihre Hand.

»Mama, darf ich heute Nacht bei dir schlafen?«
»Natürlich, mein Schatz!«
Sie nahm Emmas Hand und drückte sie fest. Emma war beruhigt.

An den Wänden im Versammlungslokal des Rotary Clubs hingen Ölgemälde mit den bedeutenden Männern der Stadt, die Mitglieder waren. Sie saßen kerzengerade, hielten den Kopf hoch, schauten entschlossen. Keiner der Männer in Öl lächelte.

Es war eine Tradition, dass man sich malen lassen konnte, wenn man zehn Jahre Mitglied war. Carl war jetzt neun Jahre dabei, Bengt, der im Vorstand der Autofabrik saß, hatte ihn empfohlen. Er wusste, dass es eitel war, und doch freute er sich auf das Ölgemälde als eine Bestätigung dafür, welchen Aufstieg er gemacht hatte. Auch wenn dieser Aufstieg nicht unerwartet gekommen war, freute er sich, wie schnell er es geschafft hatte. Er war schließlich erst neununddreißig Jahre alt, saß in der Führung, hatte ein Haus, zwei gesunde Kinder und eine repräsentable Ehefrau mit einem gepflegten Äußeren. Das Ölgemälde wäre ein Beweis für seinen Erfolg. Er sah Bengt und Gustav, sie sprachen miteinander vor dem offenen Kamin, der eine behagliche Wärme verbreitete. Am anderen Ende des Tischs bereitete Gunnar den Beginn der Versammlung vor. Die Tagesordnung stand und konnte verteilt werden. Carl lächelte vor sich hin. Selten fühlte er sich so leicht und frei wie hier unter den anderen Männern. Ein Gefühl der vollständigen Geborgenheit. Loyalität war eine Sache der Ehre für die Mitglieder des Verbands, und das spürte man. Sie kannten sich privat und geschäftlich, und im Lauf der Jahre hatte er dieses Kontaktnetz immer wieder genutzt. Steven Librinski setzte sich neben ihn. Er war Journalist bei der Lokalzeitung und wohnte ein paar Häuser neben ihnen.

»Hallo, Carl! Was macht die Sauna?«

»Danke, sie ist fertig, und jetzt im Winter nutzen wir sie sehr häufig!«

»Das kann ich mir vorstellen. Ich denke selber darüber nach, eine Sauna zu bauen, aber das muss ich zuerst bei der Regierung beantragen ...«

Er lachte, und Carl schloss sich an.

»Sag mir Bescheid, wenn es so weit ist, ich kann den Kontakt zu der Baufirma herstellen. Der Chef ist offenbar mit Gustavs Bruder verwandt, sie haben zu einem anständigen Preis gute Arbeit geleistet.«

»Danke, gut zu wissen!«

Jan Lundgård setzte sich auf die andere Seite neben Carl.

»Hallo, Jungs! Alles klar?«

»Ja, alles klar!«

Carl lächelte Jan an, er war gut aussehend und braun gebrannt. Selbstsicher, sich seiner Position bewusst. Sowohl im Beruf als auch in der Familie, es würde nicht mehr lange dauern, bis er Oberarzt in der Chirurgie war. Es ging das Gerücht herum, dass er Glück bei Frauen hatte.

Carl schaute in Jans leuchtend blaue Augen.

Gunnar setzte sich auf den Stuhl des Vorsitzenden, räusperte sich. Das Gemurmel verstummte, alle wandten sich ihm zu.

»Hiermit erkläre ich die Versammlung für eröffnet. Erster Punkt der Tagesordnung ist unsere Jahresreise. Wo soll sie hingehen und zu welchem Zweck?«

»Können wir nicht wieder nach Amsterdam fahren? Das war letztes Jahr doch eine sehr gelungene Reise!«

Jan Lundgård schaute um sich.

Sie hatten nie über das gesprochen, was in Amsterdam geschehen war. Nur ganz allgemein, wie geschmackvoll das Hotel gewesen war und wie ausgezeichnet das Essen in einem luxuriösen Restaurant. Rinderfilet mit Pommes frites. Kein Wort über die ansehnliche Menge von Alkohol, und dass einige sich in den engen Gassen übergeben hatten. Kein Wort über das, was später in der Nacht geschehen war. Carl gehörte zu denen, die behaupteten, Erinnerungslücken zu haben, darüber hatten die anderen zustimmend gelacht.

Das entsprach fast der Wahrheit, Carl erinnerte sich jedoch an mehr, als ihm lieb war.

Eine Matratze in einem Plastikbezug auf dem Boden.

Dünn und zerbrechlich, ganz still.

Dunkle Augen, die an die Decke starrten, er fasste ihr Kinn und zwang sie, ihm in die Augen zu schauen.

Ihr Widerstand erregte ihn.

Er wusste, dass er schwer war.

Er hörte, wie ihre dünnen Knochen unter dem Gewicht seines Körpers nachgaben.

Er sah, dass sie Angst hatte, und schlug sie leicht auf die Wange. Erstaunt sperrte sie die Augen auf und schaute ihn an.

Er schlug sie wieder, ein wenig fester.

Dann noch ein wenig fester.

Ihre Brüste waren klein und nicht entwickelt, sie konnte nicht älter als dreizehn, vierzehn sein.

Fast wie.

Julia würde in zwei Jahren vierzehn werden.

Das Mädchen unter ihm auf der Plastikmatratze war eng und wand sich, um ihm zu entkommen.

Fast wie.

Danach Schweigen. Sie waren zu mehreren in das schmale Haus mit den vielen Stockwerken gegangen. Er wusste nicht genau, was die anderen erlebt hatten, was sie in den kleinen Zimmern gemacht hatten. Sie waren jeder für sich zum Hotel getorkelt, ohne miteinander zu sprechen. Als würde das den Rausch verstärken, eine willkommene Zuflucht, in der sie sich schamvoll verstecken konnten.

Carl lachte laut mit den anderen, bis Steven Librinski seine Stimme erhob.

»Ich würde vorschlagen, dass wir dieses Jahr nach Kopenhagen fahren. Dort können wir durch den Cousin von Lukas einen guten Preis bekommen, nicht wahr Lukas?«

»Ganz richtig.«

Lukas nickte.

»Ja, ich finde Kopenhagen auch sehr nett.«

Gunnar schaute in die Runde, viele nickten zustimmend.

Die Entscheidung war gefallen.

Carl schaute aus dem Fenster, große weiße Flocken schwebten vom schwarzen Himmel herunter.

Sie fielen und tanzten, weiße Engel in der Dunkelheit. Es war richtig gewesen, nicht mit dem Auto zur Versammlung zu fahren, außerdem würde ihm der zwanzigminütige Spaziergang nach Hause sehr guttun.

Der Schnee hatte sich schon wie eine dicke Schicht Glitzerpuder auf die leeren Straßen gelegt. Carl schaute nach oben in den Himmel und ließ die Schneeflocken auf der Haut landen. Es brannte wie kleine Stiche. Er erinnerte sich deutlich an den Schmerz in den Zehen, wenn er als Kind Stunden auf der blanken Schlittschuhbahn zugebracht hatte. Wie die durch Kälte hervorgerufene Hitze brannte. Als Kind war er nach der Schule oft stundenlang Schlittschuh gelaufen. Im Dunkel des blanken Eises konnte er allein mit seinen Gedanken sein. Die anderen Kinder gingen schon nachmittags nach Hause, aber in Carls Familie traf man sich erst um sieben Uhr. Die Stunde, die er allein verbrachte, war die beste des ganzen Tages. Verschwitzt und erhitzt von der Bewegung, die Beine ganz taub vor Müdigkeit, und dann der Schmerz in den erfrorenen Zehen. Das Alleinsein war schon immer sein Freund gewesen. Solange er sich erinnern konnte, hatte er es vorgezogen, zuzuschauen. Er hatte sorgfältig darauf geachtet, sich nicht allzu sehr mit jemandem anzufreunden. Das war heute noch genauso. Sicherlich, er hatte viele Bekannte, im Rotary und durch die Arbeit, ein reiches soziales Leben. Aber Freunde waren etwas anderes. Und Gisela war auch etwas ganz anderes. Ein anderes Wesen, schwer zu verstehen und launisch. Solange sie ihre Aufgaben erfüllte, ihren Teil der Verabredung, empfand er manchmal eine Art Wärme für sie. Aber in letzter Zeit war es immer öfter vorgekommen, dass er sie in ausdruckslosen Posen angetroffen hatte. Sie starrte leer vor sich hin, als sei sie in einer anderen Welt. Wenn er sie dann ansprach, zuckte sie zusammen und schaute ihn so voller Angst an, dass er sie noch mehr verachtete. Was glaubte sie eigentlich? Er hatte nie die Hand gegen sie erhoben, obwohl sie im Lauf der Jahre so manche Ohrfeige verdient gehabt hätte. Und doch war da diese Angst in ihrem Blick, wenn sie ihn anschaute.

Er kannte einige Männer, die ihre Frauen erheblich schlechter behandelten als er. Jan Lundgård zum Beispiel. Alle wussten, dass er jede Menge Affären hatte. Nein, Giselas vorwurfsvollen Blick hatte er wirklich nicht verdient.

Das Bellen eines Hundes ließ ihn zusammenzucken. Ein paar Meter entfernt bellte ihn ein schwarzer Pudel an. Er sah, wie die Besitzerin, eine Frau um die sechzig, herbeilief und versuchte, den Pudel zu beruhigen, der offensichtlich Hyland hieß.

Plötzlich spürte er, wie in ihm eine Wut wuchs und Gewalt über ihn kam.

»Lein verdammt noch mal deinen Köter an!«

Er schrie wie von Sinnen. Die Frau schaute ihn entsetzt an und leinte den Hund mit nervösen Bewegungen an. Das machte ihn noch wütender.

»Blöde Kuh!«

Er brüllte und trat drohend auf die Frau zu.

Der Hund bellte immer noch, die Frau kämpfte mit der Hundeleine. Schließlich gelang es ihr, sie zu befestigen, und sie zog den Hund zu sich. Aber Hyland wollte in die andere Richtung, zu Carl. Die Leine spannte sich, dann war der Machtkampf entschieden und die Frau siegte mit großer Mühe über den Pudel. Sie entfernte sich schnell von dem schreienden Carl, zog den bellenden Hund hinter sich her.

»Du Hure! Hast du gehört? Du verdammte Scheißhure!«

Er hörte selbst, wie absurd das klang, konnte jedoch die Worte, die aus ihm herauskamen, nicht stoppen. Das war nicht seine Stimme, obwohl er natürlich wusste, dass sie es war.

Es waren auch seine Worte.

Er sah sein Haus. Die hübsche gelbe Villa aus der Zeit der Jahrhundertwende. Helle, einladende Fenster. Ein richtiges Zuhause, eine richtige Familie. Alles war, wie es sein sollte. Er hatte in letzter Zeit sehr viel arbeiten müssen, aber das war immer so im Dezember. Eigentlich nichts Besonderes. Er freute sich auf die Weihnachtsferien.

Als er zum Haus kam, ging er direkt zur Sauna und drehte die Heizung an. Es dauerte ungefähr zwanzig Minuten, bis es richtig warm war.

Er sah, dass es schon neun Uhr war. Da konnte Julia nicht mehr behaupten, dass sie Hausaufgaben machen musste, damit war sie um diese Zeit fertig. Das hatten sie so verabredet.

Wenn man tief Luft holte, konnte man den Geruch von Adrenalin und Erwartung auf dem Schulhof spüren. Dieser Geruch mischte sich mit billigem, süßem Parfüm und durchdringendem Schweiß. Auf dem Asphalt klebten Tausende gelbweiße, ausgespuckte Kaugummis. Daneben die schwarzen Flecke von Kautabak. Ein nach Geschlechtern getrennter asphaltierter Sternenhimmel direkt unter den Füßen, das Schmutzigweiße und das Kohlrabenschwarze würden sich nie treffen. So war es vorausbestimmt. Und doch suchten sie einander. Junge und Mädchen.

Wenn Emma mit Cesar zusammen war, dann wurde sie zu dem Mädchen, das sie so lange verachtet hatte. Bevor es Cesar gab, war sie ganz einfach Emma, der Mensch. Bei ihm wurde sie plötzlich Emma, das Mädchen. Das erschreckte und lockte sie. Das Gefühl zwischen den Beinen, das pulsierende Blut wärmte jeden Winkel ihres Körpers. Falten, die sie noch nie bemerkt hatte, wurden plötzlich warm und juckten. Ihr Lachen war heller und wohlwollender. Gefälliger? Sie hörte es, konnte es jedoch nicht stoppen. Sie hörte sich nur fasziniert zu und fragte sich, ob die anderen diese Veränderung auch bemerkten. Julia hätte sie zweifellos bemerkt, wenn sie da gewesen wäre. Aber zurzeit kam und ging sie, wie sie Lust hatte, und seit dem Vorfall am Abend mit dem Baum traute Emma sich nicht mehr, mit ihr darüber zu streiten. Alles war so zerbrechlich und konnte jeden Moment explodieren. Das sah man jeder Faser ihres Körpers an.

Sie standen auf dem Teppich aus Kaugummi und Kautabak, der unter der dünnen Schneeschicht hervorkam. Auf dem Schulhof gab es viele kahle Flecken, wo der Schnee von rastlosen Füßen weggekratzt worden war. Es war der Morgen des Luciatages. Cesar, Emma, Gustav und Helena warteten auf das Klingeln. Gustav und Helena waren das zweite Paar in der Klasse. Gustavs Akne war plötzlich über das ganze Gesicht erblüht, wie Wildrosen mit einer nektargefüllten Blase in der Mitte. Es stand ihm, bisher hatten sein blasses Gesicht und sein schlaksiger Körper etwas Ängstliches und Kontrolliertes gehabt, durch diese Wildrosen bekam er eine gewisse Dramatik. Emma schaute ihn genau an und wusste plötzlich, dass sie ihn nun eigentlich zum ersten Mal *sah*.

Er erzählte etwas über die Deutschlehrerin, Frau Alzheimer, wie alle sie nannten. Sie war schon eine Ewigkeit an der Schule und würde nächstes Jahr in Rente gehen. Gustavs Bewegungen waren ausgreifend und er gestikulierte wild, Emma lachte laut, als sie Julia kommen sah. Sie spürte ihre Nähe, bevor sie sie sah, und plötzlich fühlte sich Cesars Arm auf ihrer Schulter schwer und unbequem an. Sie konnte sich vorstellen, wie sie aussahen, ein Quadrat aus Paaren, die feige die Nähe der anderen suchten.

Sie zwang sich zu einem Lächeln, obwohl sie spürte, dass es steif und aufgesetzt war. Ihr Mädchenlächeln.

»Julia! Komm!«

Sie hatten nie miteinander über das gesprochen, was vor einigen Wochen passiert war, als Julia den ganzen Abend im Baum geblieben war. In der Schule war Cesar immer an ihrer Seite, obwohl Emma darauf bestand, dass sie und Julia im Klassenzimmer nebeneinander saßen. Sie spielte ihre Rolle schlecht, und sie wusste, dass Julia das auch fand, Julia tat nach der Schule immer so, als ob sie etwas vorhätte, um schnell nach Hause verschwinden zu können. Sie hatte konsequent alle Vorschläge zu einem Treffen abgelehnt.

Emma errötete, als ihr bewusst wurde, wie erleichtert sie war, sich nicht entscheiden zu müssen. Wenn sie mit Julia zusammen war, konnte sie nur die Rolle der Emma spielen, wie sehr sie sich auch bemühte, unbekümmert und unverändert zu sein. Julia hörte jeden falschen Ton, und Emma wusste, dass Julia wusste, dass zwischen ihnen etwas anders war. Nichts war wie zuvor und konnte es auch nie wieder werden.

Cesar sprach Julia an, bestimmt auch, um seinen guten Willen zu zeigen.

»Du kommst doch auch heute Abend, oder? Es wird bestimmt toll!«

Überall in der Schule hingen Plakate wegen der Disco, die das Jugendzentrum am Luciabend organisierte.

Julia sah bedrückt aus.

»Mal sehen. Vielleicht, wenn es mir nicht zu viel ist.«

Irgendetwas in Emma ging kaputt, als sie Julias misslungenen Versuch sah, anwesend zu wirken. Aus dem Riss quoll die alte Sehnsucht hervor, die unverstellte Sehnsucht, die nach Nähe und Freundschaft rief. Plötzlich wollte sie so unglaublich gerne, dass Julia mit zur Disco kam. Ein letzter verzweifelter Versuch, so zu tun, als habe sich nichts verändert. Die Lucia-Disco erschien ihr als die letzte Chance, alles wiedergutzumachen. Bilder von ihnen dreien, Cesar, ihr und Julia, wirbelten in Emma umher, und sie begann einen hartnäckigen Überredungskampf.

»Wir können uns zuerst bei mir zu Hause treffen und dann zusammen hingehen. Du kannst bei uns essen, ich weiß, dass Annika sich unglaublich freuen würde!«

Sie schaute Julia hoffnungsvoll an und drückte ihren Arm. Julia sah aus, als würde sie registrieren, was Emma sagte, reagierte jedoch nur mit leerem Blick, unerreichbar für alte Sehnsüchte. In einer anderen Zeit wären sie aufgekratzt gewesen, in einer anderen Zeit wäre es vermutlich ihr wichtigstes Gesprächsthema gewesen. Sie hätten stundenlang darüber reden können, den Abend von allen Seiten beleuchten. Nun war es nur eine langweilige Information, die nicht ankam. Emma sah es, das machte sie noch eifriger, Julia aus ihrem Schlaf zu wecken.

»Julia, bitte! Komm schon!«

»Ja, mal sehen. Vielleicht.«

Es klingelte, ein neuer Schultag begann.

In Politik zeigte Gunnar einen Film über Indien. Die größte Demokratie der Welt. Das Klassenzimmer war abgedunkelt, und aus den Augenwinkeln sah Emma, wie Julia sich bemühte, die Augen offen zu halten. Sie lehnte den Kopf an die Wand, damit es so aussah, als würde sie den Film anschauen, hatte die Augen aber geschlossen. Sie konnte sie gut verstehen, Emma hätte auch lieber geschlafen, als diesen langweiligen Film anzuschauen.

Gedanken strömten ihr durch den Kopf, sie tat so, als würde sie sich auf den Film konzentrieren, als sie plötzlich erschrak, weil Julia ihr direkt ins Ohr schrie.

Gunnar suchte den Lichtschalter, es dauerte eine Weile, bis er ihn gefunden hatte. Die Lautsprecherstimme erzählte immer noch über Gandhi, Julias Schreien verebbte langsam. Es war das gleiche Schreien, das Emma im Wald gehört hatte, als Julia sich im Baum versteckt hatte.

Die Leuchtröhren an der Decke gingen an, die ganze Klasse schaute zu Julia.

Gunnar atmete schwer vor Anstrengung und stöhnte, als er vor Julias Bank stehen blieb.

»Was ist mit dir?«

Julia schaute ihn mit großen, glänzenden Augen an und antwortete leise.

»Entschuldigung. Ich bin wohl eingeschlafen und habe etwas geträumt.«

»Aha.«

Gunnar schaute verwirrt in die Klasse.
»Aha. So, so. Dann machen wir mit dem Film weiter.«
Er machte die Leuchtröhren wieder aus und ging zurück zum Filmprojektor. Es herrschte atemlose Stille. Erst als die Lautsprecherstimme weiter über Gandhi erzählte, war ein leises Flüstern zu hören, und dann Gunnars Stimme im Dunkeln, die »Psst!« sagte.
Emma legte die Hand auf Julias Schulter, aber Julia drehte sich zur Wand. Vorsichtig streichelte sie ihren Rücken, hinauf und hinunter, mit langsamen Bewegungen. So wie Annika es so oft machte, wenn sie selbst Trost brauchte. Aber Julia ließ sich offenbar nicht mehr trösten.

Am Nachmittag gingen sie schweigend nach Hause. Es war schon dunkel, Cesar und Emma hatten verabredet, dass sie sich um acht vor der Disco treffen würden. Emma war entschlossen, alles in ihrer Macht Stehende zu tun, damit Julia heute Abend mitkam. Irgendwann musste Schluss sein mit den Ausreden und dem Schwänzen.

Sie schielte zu Julia hinüber und überlegte fieberhaft, was sie sagen könnte, aber ihr fiel nichts ein. Alles, was in letzter Zeit passiert war, war so eigenartig. Oder eher das, was nicht passiert war. Darüber konnte man noch weniger sprechen. Sie hatten eigentlich keinen Streit. Und doch verhielt Julia sich so, als sei sie beleidigt, sagte aber nicht, warum.

Emma räusperte sich, aber Julia reagierte nicht, sondern starrte nur auf den Boden. Plötzlich spürte Emma, dass sie es nicht mehr aushielt. Sie blieb abrupt stehen. Die zurückgehaltenen Fragen quollen in einem rasenden Tempo aus ihr heraus.

»Ich werde wahnsinnig! Kannst du nicht endlich sagen, was los ist? Habe ich etwas falsch gemacht? Ich kapiere überhaupt nichts!«

Julia hob den Blick und schaute sie an.

»Nein, es ist nichts, wirklich nicht. Absolut nichts, du hast nichts getan.«

»Aber was ist es denn dann?«

Emma weinte vor Erleichterung, dass sie immerhin miteinander sprachen. Und vor Trauer, Julia fehlte ihr. Sie sah, dass Julia sich bemühte, so zu tun, als wäre alles in Ordnung, aber auch ihre Augen wurden glänzend und liefen über. So war es immer gewesen, das Weinen der einen hatte immer auch das Weinen der anderen ausgelöst.

»Es ist nichts. Ich habe in letzter Zeit nur schlecht schlafen können.«

»Aber du bist doch total merkwürdig. Da muss etwas sein! Warum sagst du es mir nicht?«

Vorbeieilende Menschen starrten sie neugierig an, aber Emma scherte sich nicht darum.

Julia schluchzte und versuchte, die Tränen und den Rotz mit dem Jackenärmel abzuwischen. Sie schüttelte den Kopf, bekam jedoch nichts heraus.

»Und was war das eigentlich mit dem Baum? Warum bist du da sitzen geblieben und hast dich versteckt? Du weißt doch, dass es dort gefährlich ist!«

Julia schüttelte wieder den Kopf, sie ließ den Rotz laufen, der sich mit den Tränen vermischte.

Emma trat in einen Schneewall.

»Bitte antworte!«

»Ich weiß nicht.«

Julia schluchzte jetzt leise, Emmas Stimme wurde immer lauter.

»Wie, ich weiß nicht?«

»Ich weiß es nicht. Ich kann es nicht erklären, weil ich nicht weiß, was los ist.«

Große, nasse Schneeflocken landeten auf der Schneedecke und machten sie schmutziggrau statt glitzerweiß. Sie schauten einander an, Julias Haare waren klatschnass und hingen schwer herunter, aber sie schien es nicht zu merken. Plötzlich machte sie einen Schritt auf Emma zu und umarmte sie fest.

»Entschuldige Emma! Entschuldige, wenn ich komisch war. Ich wollte dich nicht verletzen! Es hat nichts mit dir zu tun!«

Über ihnen bildeten die nackten schwarzen Zweige einen

dunklen Himmel, und Emma spürte plötzlich, wie leicht es war, wie schnell das Schwere verschwand, als sei es nie da gewesen. Sie umarmte Julia auch fest, bohrte ihr Gesicht in ihren Hals. Auf einmal lachte sie laut vor Erleichterung, es klang wahnsinnig, weil es sich mit dem Weinen mischte, und Julia lachte auch.

Sie drehten sich zusammen im Kreis und lachten, bis sie sich nicht mehr auf den Beinen halten konnten und in einen Schneewall am Straßenrand fielen. Der nasse Schnee drang durch ihre Schuhe und Jacken, Emma schrie laut, als er auf der nackten Haut schmolz. Sie nahm eine Handvoll Schnee und versuchte, ihn Julia in den Ausschnitt zu stecken. Die wehrte sich kreischend mit den Armen. In einer letzten Kraftanstrengung setzte sie sich rittlings auf Emma und hielt sie fest.

»Ergib dich!«

Julia sammelte Spucke und ließ sie drohend aus ihrem halb geöffneten Mund heraus hängen, gefährlich nahe an Emmas Gesicht.

»Ich ergebe mich! Ich ergebe mich!«

Mühsam presste sie die Worte zwischen dem Lachen hervor, ihr ganzer Körper hüpfte.

Julia stand auf und reichte Emma eine Hand, damit sie aus der Schneewehe hochkam.

»Mein Gott, ich glaube, ich habe mir in die Hose gemacht!«

Julia musste noch einmal fürchterlich lachen.

»Hör jetzt auf! Sonst mach ich mir auch noch in die Hose!«

Kurze Zeit später war alles wie immer, und sie hatten fast vergessen, wie verkrampft die Stimmung zwischen ihnen gewesen war. Sie nahmen sich bei den Händen und gingen nach Hause, federleicht durch das Kichern, das sie von jeglicher Schwerkraft befreit hatte. Der Himmel war bereits nachtschwarz und voller Schneeflocken, und ganz weit da oben brannten die Sterne für sie.

Vor Emmas Tür blieben sie stehen und schauten sich an.

»Holst du mich um halb acht ab?«

»Auf jeden Fall!«

Julia warf ihr eine Kusshand zu, und Emma schürzte übertrieben den Mund als Antwort. Sie schaute Julia noch lange nach.

Man hörte die Musik im ganzen Treppenhaus, Emma nahm drei Stufen auf einmal und lachte vor sich hin. Es war Freitag, und Annika läutete das Wochenende ein, indem sie in voller Lautstärke Bob Dylan spielte. Emma zog die Winterschuhe und die Steppjacke aus und ließ sie als nassen Haufen im Flur liegen. Jetzt wollte sie nur in Annikas Nähe sein. Sie lief in die Küche, Annika sang und schnippelte Zwiebeln und Möhren, es sollte wohl eine vegetarische Lasagne werden. Sie umarmte sie von hinten, Annika lächelte und sang weiter.

Nach ein paar Sekunden drehte Annika sich um und machte die Musik etwas leiser. Sie schaute Emma fragend an.

»Julia und ich haben uns versöhnt. Sie ist nicht böse auf mich!«

»Das freut mich aber!«

»Und heute Abend gehen wir in die Disco! Julia holt mich um halb acht ab!«

»Gut! Chris kommt ungefähr zur gleichen Zeit hier vorbei.«

Emmas Lächeln erlosch. Chris war Annikas neuer Freund, Liebhaber, wie immer man es nennen wollte. Es war bestimmt kindisch und egoistisch, aber sie konnte nichts dafür, sie wurde einfach sauer, wenn Annika über ihr sogenanntes Liebesleben redete. Mit allem, was dazugehörte.

Und am wenigsten konnte sie ausstehen, wenn Annika die Kerle nach Hause einlud.

»Bleibt er über Nacht?«

»Vielleicht, mal sehen. Wieso?«

»Ich finde es anstrengend, wenn fremde Männer bei uns zu Hause rumhängen.«

»Chris ist doch nicht fremd. Du hast ihn doch schon ein paar Mal getroffen!«

»Für mich ist er fremd. Aber lass uns nicht darüber streiten. Heute Abend will ich gute Laune haben.«

»Das klingt gut. Prost!«

Annika nahm ein Glas Rotwein und trank einen Schluck.

Emma stand vor dem Spiegel und studierte ihr Gesicht. Ein roter Pickel auf der Stirn strahlte sie böse an. Sie kämmte Haare darüber. Dann nahm sie den schwarzen Kajalstift und malte eine dicke Linie ums Auge. Sie sah völlig anders aus, erwachsener und viel gefährlicher. Vor allem lenkte es die Aufmerksamkeit von den mausbraunen, herunterhängenden Haaren ab. Der blutrote Lippenstift ließ die Lippen glänzen. Ein schwarzes T-Shirt und eine schwarze Opa-Weste, die sie in Ullas Secondhandladen gekauft hatte, machten die Verwandlung vollkommen. Mit einem schwarzen Rock und schwarzen Netzstrümpfen wurde aus ihr die andere Emma, die nicht unbedingt dreizehn, sondern vielleicht vierzehn oder fünfzehn war.

Sie ging zu Annika, die auf dem Sofa lag und in der Zeitung blätterte. Sie blickte auf und sah sie stolz an:

»Wie hübsch du aussiehst!«

Emma verzog das Gesicht.

»Hübsch?«

»Okay. Saucool? Ja, du siehst saucool aus!«

»Ach was.«

Emma setzte sich zu ihrer Mutter und machte den Fernseher an. Der Wetteronkel erzählte, dass weiterhin Schnee fallen würde, niedrige Temperaturen zu erwarten waren. Kälte und Schneeregen.

Sie hüpften beide hoch, als es klingelte. Emma lief zur Tür und umarmte Julia. Ihre plumpen Doc-Martens-Stiefel und die schwarzen, engen Jeans ließen ihre Beine noch dünner aussehen. Magere Vogelbeine, fest verankert in den schweren Stiefeln. Die Haare waren zu einem lockeren Pferdeschwanz hochgebunden und zeugten davon, dass sie sich ausnahmsweise ein wenig Mühe mit ihrem Aussehen gegeben hatte. Annika kam in die Diele und umarmte Julia fest und lange.

»Hallo! Ich freue mich so, dich mal wieder zu sehen!«

Julia sagte nichts, erwiderte jedoch die Umarmung und machte keine Anstalten, sich aus Annikas Armen zu befreien. Emma zog die Stiefel und die Winterjacke an und stampfte dann ungeduldig mit dem Fuß auf.

»Hallo! Aufhören, wir müssen los!«

Annika und Julia ließen einander los und schauten Emma lächelnd an.

»So, ich wünsche euch einen ganz tollen Abend.«

»Ja, und du, mach es dir nicht allzu nett mit diesem Chris!«

Annika schaute zu Julia hinüber und verdrehte die Augen.

»Ist das zu verstehen, dass ich einen Moralapostel an meinem Busen genährt habe?«

»Nein, das ist unbegreiflich.«

Julia lächelte und hielt Emma die Tür auf.

Als sie den Schulhof betraten, wartete Cesar schon auf sie. Emma schielte besorgt zu Julia hinüber. Bereute sie schon, mitgekommen zu sein? Als sie sah, wie Cesar sich freute, verstand sie Julia plötzlich. Sie wollte keine Zuschauerin sein.

Auf dem Schulhof standen die Leute in kleinen Gruppen zusammen. Hierarchien waren nur für die Eingeweihten sichtbar. Die Neuntklässler hatten ihren unangreifbaren Status, weil sie die Ältesten waren, der blödeste Neuntklässler war immer noch cooler als die meisten Siebtklässler. Emma sah, dass Vicky, Monika und Cissi hinter der großen Kastanie standen und rauchten. Um sie herum standen ein paar Jungs aus der Neunten. Danne hatte blonde Haare, die sich im Nacken lockten, er trug Jeans und ein weißes Hemd. Schön wie ein Gott, mit traurigen Augen, die von üblen Lebenserfahrungen und Geheimnissen zeugten, schleppte er gelangweilt ein Gefolge von bewundernden Danne-Kopien hinter sich her. Vicky lachte ihr helles Mädchenlachen, als Danne ihr die Zigarette klaute und selbst einen Zug nahm.

Eine dünne Schicht Neuschnee hatte die Welt weiß überzuckert und bedeckte den grauen Asphalt.

Die Kälte machte Rauch aus dem Atem, es sah absurd aus, wie es aus den Mündern qualmte.

Cesar stand bei Gustav und Helena, er umarmte zuerst Julia. Sie schaute ihn verlegen an und erwiderte die Umarmung steif.

Gustav und Helena umarmten sie auch, und für einen Moment sah es so aus, als wären sie eine Gruppe von Freunden.

Emma schaute Julia an und war erleichtert, als diese lächelte.

Vielleicht spürte auch Julia den kurzen Moment der Normalität, dass das Leben einfach und nett sein konnte. Manchmal.

Aber dann fingen Gustav und Helena plötzlich an, miteinander zu knutschen, demonstrativ und stolz.

War das der Moment, in dem Julias hart erkämpfte Lebensfreude abkühlte? Die Erkenntnis, dass sie mit zwei frisch verliebten Paaren zusammen war, die eigentlich nur miteinander knutschen wollten, ohne gestört zu werden?

Als Cesar rief, dass sie nun tanzen müssten, weil da drinnen The Clash gespielt wurde, hatte das Schwarze in ihrem Innern bereits Oberhand gewonnen. Sie schüttelte den Kopf, als Emma sie fragend anschaute. Gustav und Helena waren schon zusammen mit Cesar in den Saal und auf die Tanzfläche gelaufen. Emma zögerte, sie schaute mal flehend Julia an, dann wieder sehnte sie sich nach dem hüpfenden Trio, das noch die ganze Tanzfläche für sich hatte.

»Geh tanzen! Das ist okay, wirklich. Wir sehen uns nachher.«

Emma schaute sie forschend an.

»Bestimmt? Hundert Prozent?«

Julia lächelte noch breiter.

»Hundert Millionen Prozent! Ich komme gleich nach, ich hol mir nur etwas zu trinken!«

Das überzeugte Emma, weil sie sich überzeugen lassen wollte. Sie spürte die innere Unruhe, aber sie entschied sich dafür, sie zu ignorieren und Julia beim Wort zu nehmen. Im Saal tanzten Cesar und die anderen einen wilden Tanz, und als sie sich ihnen anschloss, war sie irgendwie erleichtert. Sie genoss es, Julias missmutige Miene und ihren vorwurfsvollen Blick nicht zu sehen. Das alles machte viel mehr Spaß, wenn Julia nicht in der Nähe war.

Aber Julia kam nicht nach. Erst wurde Emma ärgerlich, warum war sie bloß so dickköpfig? Warum konnte sie nicht fröhlich sein, so wie die anderen? Erst als eine Stunde vergangen und sie planlos im Saal und auf dem Schulhof umhergegangen war, spürte Emma ein ungutes Gefühl im Bauch. Es pochte und zuckte, als wollte es etwas sagen. Bald verdrängte die Sorge den Ärger, sie fauchte Cesar an, dass sie keine Lust mehr auf Tanzen habe.

Es verging eine weitere Stunde, in der sie überall suchten, ohne Julia zu finden.

»Warum habe ich sie bloß allein gelassen! Jetzt ist sie bestimmt nach Hause gegangen, weil wir immer nur getanzt haben! Verdammte Scheiße!«

Cesar tätschelte ihr vorsichtig die Schultern.

»Wir werden sie schon finden. Oder sie ist tatsächlich nach Hause gegangen, es ist bestimmt alles okay.«

»Du verstehst überhaupt nichts! Du kennst Julia nicht, sie kann alles Mögliche machen. Ich spüre, dass etwas passiert ist.«

Sie konnte das Weinen nicht mehr zurückhalten, Julias Flucht zum Baum war noch frisch in ihrer Erinnerung. Cesar nahm sie in den Arm, um sie zu trösten.

»Aber jetzt wissen wir auf jeden Fall, dass sie nicht mehr hier ist, denn sonst hätten wir sie gefunden. Sollen wir zu ihr nach Hause gehen und schauen, ob sie dort ist?«

»Ja, das wäre vielleicht das Beste.«

Sie verabschiedeten sich von Gustav und Helena, die in einem langen Kuss ineinander verschlungen auf der Tanzfläche standen, zu den Klängen von Lionel Richies »Say you, say me«.

Emma hielt Cesars Hand fest gedrückt, als sie durch den Park liefen. Es war richtig dunkel, das Licht der Straßenlaternen reichte nicht bis hierher.

Sie hätten sie fast übersehen, es fehlte nur eine kleine Sekunde, ein Millimeter, und sie hätten den Körper, der oben auf dem Klettergerüst lag, nicht bemerkt. Im Park war der Himmel offen, die Sterne leuchteten unglaublich hell. Cesar zeigte auf einige Sternbilder und erklärte sie. Den Großen Wagen, den Gürtel des Orion.

»Und schau mal da, der Große und der Kleine Bär!«

Emma folgte seinem Zeigefinger und bemerkte ein dunkles Bündel auf dem Klettergerüst.

»Guck mal, was ist das denn? Ein Mensch?«

Sie flüsterte und drückte sich dichter an Cesar, plötzlich war sie von Schrecken erfasst.

Cesar schaute mit gerunzelter Stirn hinauf und trat ein paar Schritte näher heran. Emma schaute zu, wie er die Strickleiter hochkletterte, keuchte und versuchte, das Bündel hochzuheben. Dann sah sie Julias Jacke auf dem Boden liegen.

»Komm, hilf mir! Wir müssen sie nach unten bringen. Wo sind ihre Kleider?«

Emma schaute sich um und entdeckte ein Stück weiter weg Julias Hose. Die Stiefel lagen neben der Sandkiste. Emma zitterte so sehr, dass sie sie mehrmals fallen ließ. Und obwohl sie noch nie im Leben solche Angst gehabt hatte und noch nie so verwirrt gewesen war, musste sie immer wieder daran denken, dass die Sterne unglaublich hell vom schwarzen Himmel strahlten.

Julia blieb noch eine Weile stehen und schaute Emma hinterher, die zu den anderen auf die Tanzfläche ging. Sie schüttelte sich vor Kälte, es war draußen mindestens zehn Grad minus, dann ging sie über den Hof auf den Ausgang zu. Sie war erleichtert, dass sie es wenigstens versucht hatte und kein schlechtes Gewissen zu haben brauchte. Sie war mitgekommen, obwohl sie wirklich keine Lust hatte. Eine versöhnliche Geste. Sie wusste, dass Emma sich Gedanken machte, warum sie so oft schwänzte, sie konnte es ja selbst nicht erklären.

Plötzlich spürte sie einen Arm auf der Schulter, und als sie sich umdrehte, stand Danne hinter ihr und lächelte sie an. Sie kannte ihn kaum, er war in der Neunten, eine Wolke aus Zigarettenrauch und zu viel Aftershave umgab ihn, wenn er mit seinem ständigen Gefolge von Fans durch die Flure lief. Seine blonden Haare und die solariumgebräunte Haut erinnerten sie an einen Vanillekrapfen, zuckrig, cremig und viel zu süß. Jetzt roch er nach Alkohol und Rauch.

»Habe ich richtig gehört, du möchtest etwas trinken?«
Julia runzelte die Stirn.

»Ja. Oder nein, ich habe das nur so gesagt. Ich will jetzt nach Hause.«

»Wie schade, ich wollte nämlich mit dir reden. Willst du nicht noch wenigstens fünf Minuten bleiben, ich lade dich zu einem Schluck Hexenmischung ein, dann kannst du nach Hause gehen. Okay?«

Er legte den Kopf schräg, und Julia musste lachen, weil er so blöd aussah, aufgesetzt und eitel. Aber diese Feinheiten bemerkte Danne nicht, er verstand ihr Lachen als Zustimmung. Er setzte sich auf die Bank hinter den Büschen und klopfte auffordernd auf den Platz neben sich.

»Setz dich. Ich heiße Danne, und du?«

»Julia«, sie nahm seine ausgestreckte Hand und schüttelte sie übertrieben. »Hallo, hallo. Nett, dich zu sehen.«

»Sehr nett! Bitte sehr!«

Sie nahm die Plastikflasche, in der eine bräunliche Flüssigkeit war, die schrecklich stark und süß schmeckte, eine widerliche Mischung. Dennoch schluckte sie und verzog das Gesicht.

»Pfui, wie eklig!«

Danne lächelte schief.

»Ich weiß, aber gleich wirst du spüren, wie die Wärme sich ausbreitet. Alles, was schwierig ist, verschwindet in einem wunderbaren Vergessen.«

In seiner Stimme lag ein solcher Ernst, dass sie ihn genau anschaute. Ein Snob, Kind reicher Eltern, mit seinem weißen Hemd und den gepflegten Haaren. Sie nahm ihm die Flasche aus der Hand und trank fünf große Schlucke, sie schluckte sie schnell runter, damit sie nichts schmeckte.

Sie sah seinen erstaunten Blick und lächelte ihn zum ersten Mal an, und nun spürte sie auch, wie eine angenehme Wärme sich in ihrem Bauch ausbreitete, hinauf in die Brust und dann in den Kopf, wo sich alles angenehm drehte.

»Ein bisschen Vergessen ist genau das, was ich brauche!«

»Prima! Coole Braut!«

Er trank auch einen Schluck, reichte Julia dann wieder die Flasche, die gierig noch ein paar Schlucke trank. Merkwürdigerweise fror sie fast nicht mehr, obwohl sie sah, wie kalt es war. Sie hatte seit dem Frühstück nichts mehr gegessen, und das braune Gebräu war offenbar eine Wunderkur gegen alles Mögliche, denn das Hungergefühl war verschwunden. Sie saßen schweigend nebeneinander und tranken. Julia wusste nicht, wie lange sie schon da saßen, als Danne plötzlich aufstand, ihre Hand nahm und sie von der Bank hochzog.

»Komm, wir gehen hier weg. Ich will nicht, dass einer von den Jugendleitern uns sieht, denn sonst bekomme ich verdammten Ärger. Das ist schließlich eine *alkoholfreie* Disco, kapierst du?«

»Ja, kapier ich.«

Er zog sie in den Park auf der anderen Straßenseite, wo die Neuntklässler und ein paar aus der Achten immer rauchen gingen, weil die Lehrer sie dort nicht sahen. In ihrem Kopf drehte sich alles, sie torkelte über die Straße. Danne hatte ihr den Arm um den Rücken gelegt. Sie musste ständig kichern, es war ein so unglaublich tolles Gefühl, total verkehrt, und gleichzeitig war ihr alles völlig egal. Im Park gab es eine Schaukel und ein Klettergerüst. Julia setzte sich auf die Schaukel und lachte laut, als die Bewegung im Bauch kitzelte. Sie beugte den Kopf nach hinten und schaute in den sternklaren Himmel, sie versuchte, die Sternbilder zu erkennen. Das war schwierig, sie tanzten vor ihren Augen in einer wilden Choreografie. Aber den Ursus Major, den Großen Bären, den fand sie immer. Es war das drittgrößte Sternbild, und in ihm konnte sie die sieben Sterne verfolgen, die den Großen Wagen bildeten.

Als sie noch klein war, hatte ihr Vater ihr manchmal Sternbilder erklärt. Nach der griechischen Mythologie ist der Große Bär eigentlich eine Frau, die Kallisto heißt und eine der Geliebten von Zeus ist. Zeus' eifersüchtige Frau Hera rächt sich an Kallisto, indem sie sie in einen Bären verwandelt, den Zeus später als funkelnde Sterne ans Himmelsgewölbe setzt.

Wenn es nachmittags um drei schon dunkel war und sie draußen im Schnee spielten. Wenn sie Schneehöhlen und Schneelaternen bauten. Sie roch immer noch den Duft des Rasierwassers, das er damals verwendete, ein anderes als heute. Wie er sich neben sie in den Schnee hockte und sie ermahnte, nach oben zu schauen.

Die Erinnerung an den anderen Vater mit einem anderen Duft, in einer anderen Zeit und einem anderen Leben ließ sie weinen. Sie wischte die Tränen mit dem Handrücken weg und hörte, wie Danne ihren Namen rief. Er war auf das Klettergerüst gestiegen und winkte ihr, auch zu kommen.

Sie musste einen Moment ganz still stehen, weil sich alles drehte und sie beinahe auf den eiskalten Boden gefallen wäre. Vorsichtig, Schritt für Schritt, ging sie zum Klettergerüst und versuchte, die schlaffe Strickleiter nach oben zu klettern. Irgendwo über ihrem Kopf hörte sie Danne lachen, da musste sie auch lachen. Sie verstand, dass es lustig aussah, wie sie da auf der schaukelnden Strickleiter stand. Mehrmals wäre sie fast gefallen, sie versuchte, sich festzuhalten, aber das Lachen und der Schwindel zogen sie nach unten. Die Strickleiter war glatt vom Frost, eine dünne Schicht Eis hatte sich gebildet. Danne half ihr das letzte Stück, dann fiel sie lachend auf den Absatz aus Holzbrettern. Sie spürte, wie Danne ihre Beine packte und sie in den Turm zog. Da war es noch dunkler, aber sie musste immer noch lachen, alles drehte sich und war total verrückt. Sie merkte kaum, dass er ihr die Hose aufknöpfte. Erst als er sie anhob, um die Hose herunterzuziehen, reagierte sie, weil sie plötzlich die Kälte am nackten Hintern spürte. Sie versuchte aufzustehen, aber Danne legte sich schwer auf sie. Ihr Kopf schlug ein bisschen zu fest gegen die Bretter, einen Moment lang wurde ihr schwarz vor Augen, die Welt verschwand in einem gnädigen Nichts. Als sie wieder zu sich kam, sah sie, wie sein nacktes Glied bedrohlich zu den Sternen hinauf zeigte, und als er ihre Beine spreizte, dachte sie an den Großen und den Kleinen Bären. Dass sie da oben unfreiwillig zuschauten.

Ihr Körper rührte sich nicht, als er in sie eindrang, es brannte, und sie drehte den Kopf zur Seite, damit sie sein rotes Gesicht voller Verachtung nicht zu sehen brauchte. Ihre Augen waren trocken. Sie wusste, dass sie eigentlich schreien und sich wehren müsste, aber in der schwarzen Dunkelheit war eine lähmende Gleichgültigkeit, die sie in eine willenlose Lumpenpuppe verwandelte. Ein schlaffer, tauber Menschenkörper, der nicht einmal reagierte, als er sie auf den Bauch drehte und ein neuer, intensiver Schmerz, brennend und beißend, ihr Bewusstsein erreichte. Sie konnte gerade noch denken, dass er Erfahrung hatte: was er da mit ihr machte, musste er schon einige Male gemacht haben. Die selbstsichere Art, wie er sie nahm, wie er ihren Körper drehte.

Durch die Ritzen in den Brettern sah sie den schneebedeckten Sand, er glitzerte da unten, verhexte sie, sodass sie unfähig war, den Kopf zu heben, als die Übelkeit sie übermannte. Die braune, stinkende Flüssigkeit, gemischt mit Magensäure landete neben ihrem Mund, sickerte durch die Ritzen und breitete sich unter ihren Wangen aus.

Ihr Kopf wurde hochgehoben und nach hinten gezogen, sie glaubte, die Haare würden ihr ausgerissen, so unmöglich war der Winkel und so fest der Griff. Danne drückte ihr Gesicht in die übel riechende Brühe. Immer noch leistete sie keinen Widerstand, machte keinerlei Anstalten, sich zu wehren. Stattdessen wurde ihr Körper völlig gefühllos, bis sie ein unterdrücktes Stöhnen hörte und eine warme Flüssigkeit an den Innenseiten ihrer Schenkel entlanglief.

Von ganz weit weg hörte sie, wie er seine Kleider aufsammelte und die Leiter hinabkletterte. Julia blieb liegen, so wie er sie zurückgelassen hatte. Sie konnte sich nicht bewegen.

Eigentlich war es doch perfekt. Wenn sie noch eine Weile liegen blieb, würde sie bald erfrieren. Sie hatte gehört, dass es ein angenehmer Tod war. Gegen Ende erlebte man die Kälte als Hitze. Manche zogen sich sogar die Kleider aus, weil sie zu schwitzen glaubten. Das wäre bei ihr nicht nötig.

Sie lächelte vor sich hin, öffnete vorsichtig ein Auge und schaute zwischen den Brettern hindurch, der Schnee funkelte immer noch wie kleine Diamanten.

Sie schloss die Augen wieder und spürte, wie ihr Körper langsam gefühllos wurde. Jetzt brauchte sie nur noch zu warten.

Annika setzte sich im Bett auf, als sie Emma aus der Diele rufen hörte.

»Mama! Hilfe!«

Sie konnte sich gerade noch den Morgenrock anziehen.

Ein leichenblasser Cesar und eine hemmungslos weinende Emma, die versuchten, Julia auf den Beinen zu halten. Julia mit zerzausten Haaren, verschmiertem Lippenstift und Kajal sah aus wie ein grotesk geschminkter Clown. Schmutzige Hose und eine kurze Steppjacke, beides war nicht dazu angetan, ihren Körper zu bedecken oder zu wärmen.

»Meine Güte! Legt sie aufs Sofa!«

Sie versuchte, ihnen zu helfen, und gemeinsam bekamen sie Julia aufs Sofa. Annika setzte sich neben sie und strich ihr über die Haare.

»Was ist denn passiert?«

Julia öffnete halb die Augen, sie schien erstaunt, Annika zu sehen. Sie versuchte zu lächeln, zuckte jedoch vor Schmerzen, ihre Unterlippe war aufgeplatzt.

»Die Bären haben mich gerettet, obwohl ich es nicht wollte. Sie haben alles gesehen. Der Große und der Kleine.«

Sie schloss die Augen und war wieder weg. Annika schaute Emma fragend an.

»Wir haben sie nackt auf dem Klettergerüst gefunden, wir wissen nicht, was passiert ist, sie war einfach verschwunden, als wir tanzten, und dann haben wie sie gefunden ...«

Sie schluchzte, und ihr ganzer Körper schüttelte sich vom Weinen.

»Habt ihr eine Ahnung, was passiert sein könnte?«

Emma zog die Nase hoch und schaute sie an.

»Nein, aber sie war nackt ...«

Annika schaute auf Julia, die ganz still lag, als würde sie schlafen.

»Komm, hilf mir, sie auszuziehen, dann können wir ihr einen Schlafanzug anziehen.«

Vorsichtig zogen sie ihr die Stiefel aus, aber erst als Annika das verschmierte Blut an der Innenseite der Schenkel sah, verstand sie.

Chris stand in der Tür des Wohnzimmers und sah zu. Annika drehte sich mit Tränen in den Augen zu ihm um.

»Wir müssen ins Krankenhaus. Kannst du bitte ein Taxi rufen?«

Julia wurde plötzlich wach und versuchte, sich aufzusetzen.

»Nicht ins Krankenhaus!«

»Julia ...«

Annika setzte sich neben sie aufs Sofa. Julia schüttelte nachdrücklich den Kopf.

»Nicht ins Krankenhaus. Nicht heute Abend.«

»Okay, wir fangen mit der Polizei an und fahren dann ins Krankenhaus.«

Annika klang bestimmt, aber Julia antwortete nicht, sie stand nur auf und versuchte zu gehen.

Die Polizeiwache lag in einer verlassenen Nebenstraße der Hauptstraße. An der Rezeption war niemand, erst nachdem sie mehrmals geklingelt hatten, kam ein älterer uniformierter Mann und machte ihnen auf.

»Wir wollen eine Vergewaltigung anzeigen.«

Annikas Stimme klang fordernd und trotzig, die müde Erscheinung des Polizisten provozierte sie ganz offensichtlich. Er schaute skeptisch und seufzte.

»Aha, dann kommen Sie bitte mit.«

Der Verhörraum hatte eine hellbraune Textiltapete, drei

Sessel und ein kleiner Tisch mit einer Packung Papiertaschentücher standen in einer Ecke. Der Polizist nahm an einem kleinen Schreibtisch mit einer Schreibmaschine Platz. Er stand jedoch gleich wieder auf und seufzte noch einmal. Ohne ein Wort verließ er den Raum und kam mit einem weiteren Stuhl zurück. Dann setzte er sich wieder hinter den Schreibtisch, führte ungeschickt ein Blatt Papier in die Maschine und begann im Einfinger-System zu tippen, langsam und umständlich,

»Also, wir haben heute den 13. Dezember 1988.«
Annika beugte sich vor.
»Entschuldigung, aber wie heißen Sie?«
Er schaute erstaunt von seinem Papier hoch, offenbar gehörten solche Höflichkeiten nicht zu seinen dienstlichen Pflichten.
»Sven Johansson.«
Es sagte es gleichgültig und kehrte sogleich wieder zu seiner Schreibmaschine zurück.
Er hatte dunkle Ringe um die Augen, die Nase war rot und großporig. Er sah müde aus, und der desinteressierte Tonfall, mit dem er die obligatorischen Fragen stellte, bestätigte den Eindruck.
»Also, was ist vorgefallen?«
Er schaute zu Julia hinüber, sie schaute schweigend zu Boden. Annika legte ihr eine Hand auf den Arm und streichelte sie vorsichtig.
»Julia, meinst du, du kannst es erzählen?«
Julia räusperte sich und flüsterte.
»Ich erinnere mich nicht mehr so genau.«
Sven Johansson verdrehte die Augen und wiederholte, was sie gesagt hatte, während er es niederschrieb.
»*Erinnert sich nicht genau.*«
Annika schaltete sich ein.
»Emma und Cesar haben sie auf einem Klettergerüst ge-

genüber der Schule gefunden. Am Abend hat in der Schule eine Disco stattgefunden, Julia war plötzlich verschwunden. Etwa eine Stunde später haben die beiden sie im Park gefunden.«

Sven Johansson schaute Emma und Cesar an.
»Stimmt das?«
Die beiden nickten.
»Ja, und als wir nach Hause kamen, sahen wir, dass sie Blut zwischen den Beinen hatte.«
Cesar war auf einmal aufgeregt.
»Auf dem Klettergerüst müsste man noch mehr Blut finden, wenn Sie jetzt hinfahren, können Sie vielleicht noch Beweise sichern.«

Sven Johansson kniff den Mund zusammen und runzelte die Stirn.
»Ich habe heute Abend alleine Dienst und kann die Wache nicht verlassen, und der Streifenwagen hat heute Abend genug mit betrunkenen Minderjährigen zu tun. Heute ist Lucia, wie ihr vielleicht wisst.«

Annika keuchte, ihre Stimme war voller Verachtung, ihre Augen blitzten empört.
»Das hier ist viel ernster als betrunkene Minderjährige. Hören Sie auf, den Dummen zu spielen, um uns loszuwerden, damit Sie wieder in den Personalraum gehen und Kaffee kochen und sich vor den Fernseher setzen können.«

Emma starrte verzweifelt zu Boden, sie wusste, dass Annika nun nicht mehr zu bremsen war. Sven Johanssons Ärger war nun an einem Punkt angelangt, wo er sein Ansehen nur noch retten konnte, indem er zurückfauchte. Und das tat er.
»So, meine Dame, nun beruhigen wir uns erst mal ein wenig!«
»DAS WERDE ICH VERDAMMT NOCH MAL NICHT TUN, UND SIE NENNEN MICH AUCH NICHT DAME, VERSTANDEN!«

Sie war aufgestanden, Cesar sperrte die Augen auf, sogar Julia war aufgewacht und schaute interessiert zu, wie Annika sich in einen Wutausbruch hineinsteigerte.

»Mama, bitte!«

Emma legte ihr eine Hand auf den Arm, Annika schaute sie mit Tränen in den Augen an. Sie holte tief Luft und gab sich Mühe, etwas ruhiger zu werden, aber ihr Tonfall war immer noch angestrengt.

»Wir müssen auf jeden Fall ins Krankenhaus und sie untersuchen lassen.«

Julia schüttelte den Kopf.

»Bitte, können wir nicht einfach nach Hause fahren und schlafen? Ich bin schrecklich müde, ich habe nichts, ich möchte nur duschen.«

Sven Johansson nickte zustimmend und wandte sich wieder an Annika.

»Es hat keinen Sinn, wenn das Mädchen nicht will. Es gibt sehr wenige Rechtsmediziner, die lebende Menschen untersuchen, und die anderen Ärzte im Krankenhaus wissen in der Regel nicht, was für Beweise benötigt werden, damit wir so einen Fall weiterverfolgen können.«

Annika beugte sich über den Schreibtisch, ihr Gesicht war viel zu nah an dem von Sven Johansson.

»Ich sollte Sie wegen eines Dienstvergehens anzeigen! Sie sind wohl nicht ganz bei Trost! Wie können Sie nur so etwas sagen! Es geht doch nicht nur um Beweise, sondern auch um ihre Verletzungen!«

Aber es hatte keinen Sinn, Sven Johansson hatte sie schon als hysterisch abgetan, und ihre Wut machte ihn offensichtlich nur noch müder und unwilliger, ihnen zu helfen.

Sie warf Emma und Cesar rasch einen Blick zu, dann starrte sie wieder Sven Johansson an.

»Kommt, wir gehen! Die Gesellschaft hat ihn angestellt, um Verbrechen zu verwalten, anstatt sie vor Gericht zu bringen. Das hat dieser Mann uns mit aller Deutlichkeit vorgeführt.«

Sie drehte sich um und ging hinaus.

Die anderen nahmen schnell ihre Mäntel, Julia humpelte ein wenig, als sie aufstand, Emma reichte ihr die Hand, um sie zu stützen.

Als sie bei der Tür waren und Sven Johansson erkannte, dass er sie bald los wäre, siegte die Reue. Er räusperte sich und schaute Julia an.

»Leider können solche Dinge passieren, wenn man zu viel trinkt. Junge Mädchen wie du sollten sich von solchen Dingen fernhalten!«

Sven Johansson seufzte erneut, nahm die Brille ab und rieb sich die Augen, dann lehnte er sich zurück.

Als sie die Polizeiwache verlassen hatten, liefen die Tränen über Annikas Wangen, sie wandte sich Julia zu, nahm ihre Hände und zwang sie, ihr in die Augen zu schauen.

»Entschuldige, liebste Julia! Entschuldige! Kannst du mir verzeihen?«

Nun weinte auch Julia. Leise, ohne zu schluchzen oder zu schniefen. Sie schaute Annika in die Augen.

Annika nahm Julia in die Arme und drückte ihren Kopf an deren Hals.

»Du armes kleines Mädchen, was haben sie bloß mit dir gemacht!«

Julias Schultern zitterten noch, aber sie wischte sich mit dem Handrücken die Tränen ab.

Als sie zu Hause waren, wollte Annika unbedingt Gisela und Carl anrufen, aber Julia hielt sie zurück.

»Aber sie sind doch bestimmt außer sich vor Sorge, Julia!«, bat Annika. Die Verzweiflung in Julias Stimme war jedoch nicht zu überhören.

»Dann sag eben, dass ich bei euch übernachte, ich möchte sie jetzt nicht sehen. Das geht einfach nicht!«

Der Ernst in Julias Augen forderte Verständnis, Annika nickte müde.

Mit großer Mühe log sie Gisela am Telefon an. Gisela war kurz angebunden, Annika hatte das Gefühl, sie hätte trotz Julias Protest Gisela und Carl über das Geschehene informieren müssen. Es war ihr Recht als Eltern, es zu erfahren. Aber sie war zu müde und zu erregt, um vernünftig denken zu können.

Nachdem sie aufgelegt hatte, schaute sie Julia ernst an.

»Du musst versprechen, dass wir morgen ins Krankenhaus fahren. Wir müssen abklären lassen, ob du nicht ernsthaft verletzt bist.«

Julia nickte kurz, ging dann ins Bad und schloss sich ein.

Emma schlief mit Unterbrechungen und traumlos. Sie wachte mehrmals auf und durchlitt schreckliche Sekunden, wenn das Bewusstsein sie wieder an das erinnerte, was vor einigen Stunden passiert war.

Als das Morgenlicht am Himmel erschien, gab sie auf und versuchte gar nicht, noch einmal einzuschlafen. Beim Aufstehen verspürte sie eine leichte Übelkeit. In der Küche saß Annika mit einer Tasse Kaffee und schaute aus dem Fenster. Die Welt da draußen war in Schnee gebettet, es sah aus, als würde er die Bäume mit einer dicken weißen Decke wärmen. Am Samstagmorgen herrschte nicht der übliche Autoverkehr, die Welt ruhte noch im Wochenendschlaf.

Emma setzte sich zu Annika an den Tisch und schenkte sich ein Glas Milch ein.

»Konntest du schlafen?«

Annika legte ihre Hand auf Emmas und streichelte sie leicht.

»Ja, ein bisschen. Und Julia schläft noch, das ist gut, sie braucht Schlaf.«

»Mama, was passiert denn jetzt?«

Sie nannte sie eigentlich nie Mama, Emma nannte sie Annika, seitdem sie zwei Jahre alt war. Jetzt sagte sie schon zum dritten Mal im Lauf von weniger als einem Tag Mama.

»Wenn Julia wach ist und etwas gefrühstückt hat, fahren wir ins Krankenhaus. Dann müssen wir irgendwie Gisela und Carl mitteilen, was geschehen ist. Ich weiß nur noch nicht so recht, wie ...«

Sie seufzte schwer und starrte aus dem Fenster. Aus dem Schlafzimmer hörte man ein Stöhnen, sie liefen schnell zu Julia.

»Hallo, guten Morgen!«

Annika setzte sich aufs Bett und strich Julia über die Haare. Emma kroch unter die Decke und umarmte sie von hinten. So blieben sie eine Weile, ohne etwas zu sagen.

In der Stille holte die Wirklichkeit schließlich Julia ein, das Vergessen des Schlafs war verschwunden und schützte sie nicht mehr, ihre Augen füllten sich mit Tränen. Emma streichelte ihr den Rücken und war froh, dass Julia aus ihrem apathischen Zustand herausgekommen war. Als das Schluchzen aufhörte, blieb Julia einfach still liegen und starrte an die Wand. Annika stand auf und holte in der Küche eine Tasse Tee.

Julias rot verschwollenes Gesicht glättete sich, und sie bekam wieder ihre normale blasse Hautfarbe. Die Teetasse ruhte fest in ihrer Hand, und wenn sie die Tasse zum Mund führte, waren die Bewegungen ruhig und konzentriert. Sie strahlte eine Entschlossenheit aus, die ebenso erschreckend wie imponierend war.

Im Wartezimmer der Notaufnahme des Krankenhauses roch es nach Reinigungsmitteln, Abfluss und Schweiß.

Sie mussten eine Stunde warten, bis sie an der Reihe waren und das Untersuchungszimmer betreten konnten. Emma blieb im Wartezimmer, Annika begleitete Julia zur Ärztin, die sich als Elisabeth Klinga vorstellte.

»Und was führt dich zu mir?«

Sie lächelte Julia freundlich an, die schaute zu Boden. Sekunden des Schweigens verstrichen, und Annika wollte gerade das Wort ergreifen, als Julia leise zu erzählen begann.

»Ich erinnere mich nicht mehr genau. Außer dass es wehtat und mir übel war. Er hat mir etwas zu trinken gegeben, es schmeckte eklig, tat aber gut. Dann meinte er, wir sollten in den Park auf der anderen Seite der Straße gehen und da oben auf dem Klettergerüst ...«

Elisabeth Klinga schaute sie ernst an, nahm ihre Brille ab und legte sie vor sich auf den Schreibtisch.

Während ihrer zwanzig Jahre als Ärztin hatte sie einige Frauen gesehen, die schlimme Dinge erlebt hatten, an die sie sich lieber nicht erinnern wollten. Sie wusste, dass sie bestenfalls noch Fragmente berichten konnten, während die Verletzungen eine deutlichere Sprache sprachen. Scham und Schuldgefühle waren oft lähmend.

»Wart ihr bei der Polizei?«

Annika nickte und richtete sich auf.

»Ja, wir waren noch heute Nacht dort. Aber der Polizist meinte, dass es vermutlich nicht für eine Anklage reichen würde.«

Die Ärztin seufzte.

»Diese inkompetenten Menschen machen mich noch wahnsinnig! Aber leider ist das Teil unserer Wirklichkeit, nur sehr wenige Fälle gelangen zur Anklage.« Sie wandte sich an Julia. »Ich möchte dich auf alle Fälle gynäkologisch untersuchen. Nur um zu sehen, dass du keine Verletzungen hast.«

Julia schaute immer noch zu Boden.

»Bist du schon einmal bei einer gynäkologischen Untersuchung gewesen?«

Julia schüttelte den Kopf.

»Ich erkläre genau, was ich mache, es ist ein bisschen ungewohnt, aber ich verspreche dir, dass ich sehr vorsichtig sein werde.«

Elisabeth strich Julia über den Kopf und zeigte ihr, wo sie sich hinter einem Vorhang ausziehen konnte.

Ungeschickt und widerwillig kletterte sie auf den gynäkologischen Stuhl und legte die Beine in die seitlichen Stützen. Annika stellte sich neben sie und nahm ihre Hand. Julia starrte an die Decke, Annika drückte ihre Hand und sagte:

»Julia, ich bleibe bei dir!«

Eine kurze Sekunde lang schaute Julia sie an, dann starrte sie wieder an die weiße Decke. Gesicht und Körper entspannten sich. Sie verschwand in einer geheimen Welt, die nur ihr gehörte.

Elisabeth zog die Gummihandschuhe über und legte vorsichtig eine Hand auf Julias Bauch.

»Gut, du bist entspannt, dann ist es nicht so unangenehm. Ich führe jetzt eine Hand ein und untersuche dich.«

Julia zuckte ein wenig, als Elisabeth die Untersuchung begann.

Annika streichelte vorsichtig Julias Handrücken, aber außer dem kleinen Zucken zu Beginn lag Julia ganz still.

Elisabeth sprach mit eine beruhigenden Stimme.

»Ich verstehe, dass du Schmerzen hast. Hier sind geronnenes Blut und kleine Risse. Aber du scheinst gut zu heilen, und ich verspreche dir, bald tut es nicht mehr weh. Ich werde dir Schmerztabletten und ein Schlafmittel geben, damit du dich erholen kannst.«

Sie schwieg und runzelte die Stirn, die Lampe war auf Julias entblößten Unterleib gerichtet. Sie schaute konzentriert, dann blickte sie auf und sah Julia an.

»Hm. Julia, du bist dreizehn, wenn ich richtig gelesen habe?«

Julia machte kein Zeichen, dass sie die Frage gehört hatte, aber Annika nickte.

»Sie ist im Mai dreizehn geworden.«

Elisabeth hatte immer noch die besorgte Falte auf der Stirn und untersuchte Julia weiter.

»Julia, ich muss dich etwas fragen. Julia, hörst du mich?«

Julia zuckte zusammen und schaute Elisabeth an.

»Ja?«

»Bist du vorher schon sexuell aktiv gewesen?«

Julia schüttelte den Kopf. Elisabeth schaute sie nachdenklich an und half ihr dann, die Beine aus der erniedrigenden Stellung zu nehmen. Sie setzte sich zu ihr.

»Hat jemand etwas Sexuelles mit dir gemacht, gegen deinen Willen, vor gestern Abend?«

Julia starrte auf einen Punkt irgendwo in der Ferne und nickte beinahe unmerklich.

Annika schaute Julia und dann Elisabeth fragend an, die erklärte:

»Es gibt alte Narben, die nicht von gestern stammen können.«

»Was wollen Sie damit sagen?«

»Ich will damit sagen, dass es so aussieht, als habe sich schon früher jemand an Julia vergangen.«

Annika schaute Julia an.

»Julia?«

Julia nickte, etwas deutlicher, aber immer noch ohne aufzuschauen.

Annikas Stimme war undeutlich.

»Aber ich verstehe nicht, wer?«

Zum ersten Mal schaute Julia sie an, mit einem Blick, der erschreckte und sich durch seine Intensität für immer einbrannte. Die Stimme war so klar und deutlich wie der Blick, als sie trocken konstatierte:

»Mein Vater.«

Annika schnappte nach Luft. Die Übelkeit kam plötzlich, sie schluckte, um sie zu verdrängen. Hier und jetzt verschwand alles, was sie zu wissen geglaubt hatte, der Schwindel nahm zu.

»Mein Gott!«

Elisabeth half ihr auf einen Stuhl und reichte ihr einen Becher mit Wasser, den Annika dankbar annahm.

Julia schaute wieder aus dem Fenster.

»Ich sorge dafür, dass eine Sozialarbeiterin kommt und mit Ihnen redet, aber zuerst rufe ich Julias Mutter an, damit sie weiß, was passiert ist.«

Giselas Mantel schleifte über den Boden, sie hatte ihn achtlos über den Arm gelegt. Das starke Make-up war wie immer eine schützende Maske, aber ihr gehetzter Gesichtsausdruck ließ es verschmiert aussehen. Sie eilte so schnell durch den Krankenhausflur, dass sie Emma gar nicht bemerkte, als sie auf dem Weg zu Julias Zimmer an ihr vorbeikam.

Annika saß in der Ecke des Zimmers auf einem Stuhl, Julia lag zusammengekauert und mit geschlossenen Augen auf der Untersuchungspritsche. Vielleicht schlief sie, denn seit Elisabeth gegangen war, hatte sie so unbeweglich dagelegen.

Gisela warf Annika einen Blick zu, dann stürzte sie sich auf Julia.

»Julia! Meine liebe Kleine! Wie geht es dir?«

Julia machte langsam die Augen auf, sah Gisela und begann zu weinen.

»Entschuldige, Mama!«

Die Tränen liefen Gisela über die Wangen, das Gesicht schwoll an, der Blick war offen, sogar die Zornesfalte auf der Stirn hatte sich geglättet. Verschwunden war die Bitterkeit, die sonst ihre Züge bestimmt hatte.

»Du brauchst doch nicht um Verzeihung zu bitten, ich muss das tun! Julia, bitte verzeih!«

Gisela kroch auf die Pritsche, legte sich neben Julia und hielt sie in den Armen.

»Wirst du mir je verzeihen können, geliebte Julia!«

Annika stand leise auf und verließ das Zimmer. Weiter hinten im Flur gab es eine Kaffeemaschine, die einen Plastikbecher mit dünnem Pulverkaffee füllte. Annika machte sich einen Becher, für Emma nahm sie einen Kakao.

Sie tranken schweigend, während sie am Fenster standen und auf einen asphaltierten Innenhof schauten. Eine Hand auf der Schulter ließ Annika zusammenzucken, der Kaffee schwappte über und verbrannte ihr die Hand.

Elisabeth reichte ihr eine Serviette.

»Entschuldigung, ich wollte Sie nicht erschrecken.«

»Nicht schlimm. Ich kann gerade keinen vernünftigen Gedanken fassen, ich habe irgendwie keinerlei Gefühle.«

»Sie sind schockiert, und Ihr Körper versucht, sich zu schützen, indem er die Gefühle ausschaltet, er würde sonst überhitzen und zusammenbrechen.«

Elisabeth holte sich auch einen Kaffee aus dem Automaten und verzog das Gesicht wegen des bitteren Geschmacks.

»Man gewöhnt sich einfach nicht an diesen Kaffee. Ich hoffe jedes Mal, dass er anders schmeckt, aber dann ist es doch wieder das gleiche Gebräu.«

Annika lächelte und strich sich eine Strähne aus dem Gesicht.

»Die Hoffnung stirbt zuletzt.«

Elisabeth lachte.

»Ja, das stimmt.«

Sie schauten sich plötzlich ernst an.

»Wie geht es jetzt weiter?«

»Julia muss noch einmal Anzeige bei der Polizei erstatten, und dann wäre es gut, wenn sie nicht zu Hause wohnen müsste, bis sich alles geklärt hat.«

»Gottlob versucht Gisela nicht, etwas zu verdecken.«

»Nein, sie scheint es verstanden zu haben, und das ist wirklich keine Selbstverständlichkeit. Ich habe schon alles gesehen. Kinder, die vom Täter-Vater abgeholt wurden, während die Mutter unten im Auto wartete. Wir können da nichts machen, solange unser Rechtssystem sich nicht ändert.«

Elisabeth wurde wütend.

»Manchmal hat man das Gefühl, der ganze Rechtsapparat tut nichts anderes, als die Übergriffe zu verwalten. Sie zu dokumentieren und zusammen mit anderen nicht zur Anklage gebrachten Fällen auf einen Stapel zu legen. So unglaublich wenige Fälle kommen vor Gericht, ein minimaler Prozentsatz derer, von denen wir erfahren. Und dann gibt es noch die Dunkelziffer. Die Kinder tragen dann ein Leben lang ein großes dunkles Geheimnis mit sich herum.«

Sie seufzte tief und schaute Annika mit traurigen Augen an.

»Ich habe das Gefühl, je mehr ich weiß, desto verrückter werde ich. Wenn nicht bald etwas geschieht, werde ich zur Terroristin!«

Sie lachte trocken, Annika schaute sie an.

»Sie machen hier eine tolle Arbeit! Sie helfen so vielen, versuchen Sie es so zu sehen. Wenn es Sie nicht gäbe, hätte Julia alles vielleicht noch viele Jahre mit sich herumtragen müssen.«

Gisela hatte in der Küche gestanden und das Geschirr vom Frühstückstisch ordentlich in die Spülmaschine geräumt, als das Telefon klingelte. Die Frau am anderen Ende hatte sich als Doktor Elisabeth Klinga vorgestellt und ihr mitgeteilt, dass Julia im Krankenhaus war. Später hatte Gisela den höheren Mächten gedankt, dass Carl im Büro war. Er musste etwas für die Vorstandssitzung vorbereiten, er arbeitete öfter ein paar Stunden am Wochenende. Sie wusste, wenn Carl neben ihr gesessen hätte, dann hätte sie die Informationen über das Geschehene nicht entgegennehmen können. Inzwischen kannte sie Carls Grenzenlosigkeit nur zu gut und wusste, was für eine lähmende Wirkung die auf sie hatte.

Erik spielte mit Jesper im Nachbarhaus, und ausnahmsweise war Gisela in der Lage, vernünftig und durchdacht zu handeln. Sie rief Jespers Mutter Pernilla an und fragte, ob Erik wohl den Tag über bei ihnen bleiben könnte. Dann rief sie ein Taxi und fuhr ins Krankenhaus, ohne Carl etwas zu sagen. Als ob sie auf einer unbewussten Ebene etwas geahnt hätte.

Als Elisabeth die Tür zu ihrem Zimmer schloss und ruhig berichtete, was die Untersuchung ergeben hatte, brach Gisela weder zusammen noch bekam sie einen hysterischen Anfall. Sie musste zwar nach Luft schnappen und konnte die Tränen nicht zurückhalten. Aber eine eigenartige Ruhe kam über sie und ließ sie die Fragen stellen, die nötig waren, damit sie verstand, was eigentlich nicht zu verstehen war.

Als der Boden unter ihr schwankte, ratterten die Erinnerungen wie Münzen aus einem Spielautomaten. Szenen, die sie nicht verstanden hatte, alltägliche Ereignisse, die sie unerklärt gelassen hatte.

Plötzlich verstand sie Carls nächtliche Wanderungen, dass der Platz im Bett neben ihr manchmal leer war. Sein verlegenes Gesicht, das schnell in Unzufriedenheit und Wut umschlug. Geräusche, die manchmal in ihren Schlaf drangen und sie weckten. Julias Schweigen, die dunklen Ringe unter ihren Augen. Ihr Fieber.

Tief in ihr wuchs ein kompaktes Dunkel, eine harte Masse, deren Temperatur wechselte. Mal glühend heiß und beweglich, mal kalt und steif.

Das Taxi fuhr die Hauptstraße entlang, wo sich Menschen mit Einkaufstaschen drängten. Weihnachten stand vor der Tür. Gisela schaute aus dem Autofenster und gab dem Taxifahrer Anweisungen, wie er fahren sollte, damit er sie möglichst schnell nach Hause brachte. Julia war bei Annika und Emma. Sie hatten beschlossen, dass sie und die Kinder ein paar Tage dort wohnen würden, bis … ja, bis was? Bis sich alles beruhigt hätte? Soweit sie es beurteilen konnte, würde sich in absehbarer Zukunft nichts beruhigen. Darüber konnte sie jetzt nicht nachdenken, sie fürchtete, wieder den schlüpfrigen steilen Abgrund hinabgezogen zu werden, wo die Angst wohnte.

Der Gedanke an Weihnachten machte ihre Wut nur noch größer. Verdammter, widerwärtiger, ekelhafter Carl! So ein kranker Saukerl!

Ein Mann im Weihnachtsmannkostüm stand vor dem großen Warenhaus. Als sie vorbeifuhren, wurde Gisela allmählich bewusst, dass Carl sich das ganze letzte Jahr geweigert hatte, sie anzufassen. Seine nur mühsam im Zaum gehaltene Verachtung und Unzufriedenheit waren umso größer geworden, je weniger körperlichen Kontakt sie hatten. Als ihr dies bewusst wurde, überkam sie ein Gefühl des Hasses. Es brannte und schmerzte, wenn sie daran dachte, wie sie selbstverständlich angenommen hatte, dass es ihre Schuld war, wenn er sie ablehnte. Wie sie versucht hatte, ihn zufriedenzustellen, indem sie dauernd ihr Aussehen verändert hatte. Wie sie sich zu einen lächerlichen Ungeheuer gemacht hatte, nur um sein Interesse zu wecken. Sie erinnerte sich an ihre Verzweiflung, wenn sie sich frisch geduscht und wohlriechend neben ihn legte und ihm einen Gutenachtkuss gegeben hatte. Die Erniedrigung, wenn er sich angeekelt abgewandt und sie mit ihrer Scham liegen gelassen hatte.

Als das Taxi in die Auffahrt einbog, floss ihr Hass frei und ungebremst, es war ein viel besseres Gefühl als die Unruhe und die Angst, die sie die vielen Jahre mit sich herumgetragen hatte.

Das Haus war dunkel und leer, Carl war offenbar noch nicht zurück.

In Julias Zimmer suchte sie Unterwäsche, Pullover und Hosen zusammen. Das Gleiche machte sie in Eriks Zimmer, bis sie schließlich alles beisammenhatte.

Als die Koffer unten in der Diele standen, machte sie noch eine letzte Runde durchs Haus und schaute in alle Zimmer. Sie wusste, dass sie möglichst nichts vergessen durfte, denn vermutlich war sie zum letzten Mal hier. Sie machte sich keine Illusionen über ein einvernehmliches Ende, eine anständige Scheidung mit einer gerechten Aufteilung des Besitzes. Carl würde alles in seiner Macht Stehende tun, damit sie das Haus und die Möbel nie wiedersah.

Und doch fand sie, dass der Preis nicht zu hoch war. Sie betrachtete ein letztes Mal die Gardinen im Wohnzimmer und die dazu passenden grünen Porzellanvasen auf den Fensterbänken. Es hatte sie große Mühe gekostet, die Gardinen aufzuhängen, sie hatte stundenlang gekämpft, bis die Falten und die Volants richtig fielen, und als alles perfekt war, hatte sie eine große Befriedigung empfunden. Das Haus war ihr ganzer Stolz, der Beweis, dass sie es trotz allem zu etwas gebracht hatte. Und doch betrachtete sie ihr Lebenswerk nun ohne Trauer oder Verlustgefühle.

Im Gegenteil, sie war von einem Gefühl der Befreiung erfüllt, sie ahnte neue Möglichkeiten. Schlimmer konnte es nicht werden.

In der Küche zog sie ihren Ehering aus und legte ihn mitten auf den Tisch. Dann fiel ihr ein, dass sie das Wohl ihrer Kinder und ihr eigenes Wohl ein bisschen mehr im Blick behalten sollte. Sie ging ins Schlafzimmer, öffnete ihre Schmuckschatulle und leerte sie in die Handtasche. Sie hatte einige wertvolle Halsketten und Ohrringe. Schmuckstücke, die sie kaum getragen hatte, die Carl ihr zum Geburtstag und zu Weihnachten geschenkt hatte. Sie lächelte über die Ironie, dass sie den Schmuck jetzt wirklich brauchen könnte. Wie oft hatte sie sich im Stillen über seine Fantasielosigkeit geärgert, sie wusste, er schenkte ihr nur deshalb teuren Schmuck, weil andere Männer das genauso machten, es war eine Art Statussymbol. Ein leeres Geschenk, völlig unpersönlich.

»Ich habe noch nicht mal Löcher in den Ohren, du Idiot!«, brummte sie und ließ zwei Diamantohrringe in die Tasche fallen.

Im Badezimmer starrte sie den leeren Kosmetikschrank an, den sie mit einem solchen Perfektionismus eingerichtet und gepflegt hatte. Die Regale waren leer, bis auf Carls Zahnbürste, die stand allein im Porzellanbecher. Sie nahm sie in die Hand und ging dann langsam zur Toilette. Sorgfältig schrubbte sie Ablagerungen von Urin und Exkrementen damit ab, dann stellte sie die Zahnbürste zurück in den Porzellanbecher, machte das Licht aus und schloss die Tür.

Das Schnappen der Haustür durchbrach die Stille, kurz darauf hörte sie das unverkennbare Geräusch von Carls italienischen Lederslippern auf dem Parkett. Sie holte tief Luft und ging langsam die Treppe hinunter. Selbstbewusst erwiderte sie Carls ärgerliche und gestresste Miene mit dem gleichen verächtlichen Gesichtsausdruck und nicht mit einem unterwürfigen Lächeln.

»Warum ist es denn so dunkel? Es sieht ja so aus, als wäre niemand zu Hause!«

Gisela ging auf ihn zu, stellte sich ihm direkt gegenüber und schaute ihm in die Augen.

»Julia ist über Nacht im Krankenhaus gewesen. Sie wurde gestern Abend in einem Park neben der Schule vergewaltigt.«

»Bist du nicht ganz bei Trost! Was sagst du da?!«

Eine Sekunde lang spürte sie, wie Angst und Hass in ihrer Brust wetteiferten, aber der Hass siegte, und sie wich seinem Blick nicht aus.

»Die Ärztin, die sie untersucht hat, hat ältere Vernarbungen gefunden. Narben, die bei anderen, früheren Übergriffen entstanden sein müssen.«

Carl machte den Mund auf und zu und sah unschlüssig aus.

»Wie meinst du das?«

»Sie haben Narben gefunden, du Schwein!«

Gisela fauchte, aber ihre Stimme wurde doch hoch und schrill.

»Sie hat Narben, kapierst du das, du kranker, widerlicher Kerl!«

Sie schrie ihm direkt ins Gesicht, und als er die Hand hob und sie fest auf die Wange schlug, empfand sie das tatsächlich als angenehm. Es war der reine Hass, und sie liebte Reinlichkeit. Vielleicht hatte sie deshalb so unendlich viele Stunden ihres Lebens damit zugebracht, das Haus zu putzen, als hätte sie unbewusst gespürt, wie schmutzig es war.

Sie lächelte ihn an, das Blut lief ihr aus der Nase in den offenen Mund, es schmeckte nach Eisen und Erde. Ihr blutiges Lächeln war offenbar zu viel für Carl, er ließ sich auf einen Stuhl fallen und schloss die Augen.

Gisela nahm die Koffer und verließ das Haus, ohne sich umzudrehen. Vor dem Haus der Familie Östergren versuchte sie schnell, sich mit dem Ärmel ihrer dunkelblauen Strickjacke das Blut aus dem Gesicht zu wischen, bevor sie auf die Klingel drückte. Aber offensichtlich war ihr das nicht vollständig gelungen, denn Jespers Mutter Pernilla schaute sie schockiert an.

»Meine Güte, Gisela, was ist denn passiert?«

»Wir verlassen Carl, Erik muss gleich mitkommen.«

»Ja, klar, die Jungs sind oben. Warte, ich hole dir etwas zum Abwischen.«

Sie verschwand und kam mit einer feuchten Papierserviette zurück. Gisela wischte sich den Rest des Bluts aus dem Gesicht. Pernilla hatte bestimmt verstanden, was passiert war. So ging das hier in der besseren Gegend, man half, das Blut abzuwischen, und tat, als sei nichts gewesen. Keine Frage, warum oder wohin sie ziehen würde, damit man bloß nicht in einen Familienkonflikt hineingezogen wurde. Gisela starrte Pernillas blonde, gepflegte Haare an, sie lagen wie eine Mähne um ihr hübsches Gesicht.

»Wie lange kennen wir uns, Pernilla? Zehn Jahre? Ihr seid doch 1978 hergezogen?«

Pernilla starrte sie erschrocken an. Einen kurzen Moment lang sah Gisela ihren Wahnsinn in Pernilla gespiegelt. Irgendetwas war kaputtgegangen, und wenn sie wahnsinnig geworden war, umso besser. Mein Gott, die Leute würden noch Wahnsinn zu sehen bekommen.

»Ja, das stimmt. Zehn Jahre, das könnte hinkommen.«

Ihre Stimme klang ängstlich, aber Gisela nickte nur und genoss das Gefühl von Freiheit, das so schnell wuchs wie der Riss, der Sekunde für Sekunde weiter wurde.

»Zehn Jahre, das ist eine lange Zeit. Und unsere Kinder sind seit über vier Jahren befreundet und gehen in die gleiche Klasse. Und doch kann ich mich nicht erinnern, dass wir, du und ich, in all den Jahren ein einziges ehrliches Gespräch geführt hätten.«

Ihr schrilles Lachen wurde von Pernilla nicht beantwortet.

Vermutlich verstand sie Giselas eigenartigen Versuch einer Auseinandersetzung überhaupt nicht.

»Die direkten Nachbarn, was? Zum Teufel auch!«

Sie fauchte und beugte sich drohend vor, Pernilla trat entsetzt ein paar Schritte zurück.

Zum Glück kam da Erik die Treppe herunter, laut und schnell, er hatte keine Ahnung, dass die Luft so dick war, dass man sie schneiden konnte.

»Hallo, Mama!«

Er schaute sie fragend an, es entging ihm nicht, dass sie irgendwie anders war.

»Hallo, Schatz! Wir müssen jetzt gehen.«

»Okay.«

Er zog Schuhe und Jacke an und sagte Tschüs zu Jesper.

In der Tür drehte Gisela sich noch einmal zu Pernilla um, sie war immer noch schockiert.

»Tschüs Pernilla! Pass auf dich und die Kinder auf! Ich meine das ernst! Und ich hoffe, dass du dabei mehr Erfolg hast als ich.«

Eine merkwürdige Runde saß da am Abend um den großen Ausziehtisch in der Küche und aß Pizza. Es herrschte trotz des Ernstes der Lage eine eigenartig gelöste Stimmung. Annika hatte eine Flasche Rotwein geöffnet, die sie und Gisela schnell tranken. Gisela war spürbar angetrunken, sie trank sonst nur selten Alkohol. Sie kicherte und scherzte auf eine Art, die Erik und Julia noch nie erlebt hatten. Munter und ausgelassen. Irgendwie schienen sie zu feiern. Alle lachten erstaunt über Giselas ungewohnte Fröhlichkeit, sogar Erik, der den Hintergrund nicht so recht verstand. Er hatte geweint, als Gisela ihm gesagt hatte, dass sie ausziehen und nie wieder zurückgehen würden, aber er hatte sich schnell trösten lassen, als sie ihm sagte, sie würden alle zusammen in Emmas Zimmer schlafen, er, Julia und sie. Sie hatten Matratzen auf den Boden gelegt, schließlich siegte die Abenteuerlust. Die Pizza und jede Menge Limo halfen ebenfalls, plötzlich war die ganze Situation nicht mehr so schlimm, es war eher komisch und machte Spaß.

»Ich habe eine Arbeitskollegin, die in zwei Wochen zu einer sechsmonatigen Weltreise aufbrechen will, sie hat eine Dreizimmerwohnung, die sie mindestens ein halbes Jahr untervermieten will. Ich werde sie am Montag fragen.«

»Danke, Annika, die nehmen wir. Prost!«

Gisela erhob ihr Weinglas. Annika prostete ihr zu.

»Sie ist nicht so zentral gelegen und wohl auch ein wenig verwohnt, aber vielleicht tut sie es für den Anfang.«

»Ganz bestimmt, das wird wunderbar!«

»Mama!« Julia klang vorwurfsvoll, aber sie konnte die

Freude, die dahinter lauerte, nicht verbergen. »Du bist ja betrunken!«

Gisela setzte das Glas mit einem kleinen Knall ab.

»Ist das wahr? Versprecht mir, es niemandem zu sagen!«

Annika räumte die Pizzakartons und die restliche Pizza ab. Gisela stand sofort auf, um zu helfen, aber Annika legte ihr die Hand auf die Schulter und sagte, sie solle sitzen bleiben. Sie schenkte ein wenig Wein nach.

»Ruh dich aus.«

Gisela lächelte dankbar und legte sich aufs Küchensofa. Stopfte sich ein Kissen unter den Kopf und machte es sich gemütlich.

»Danke!«

Vielleicht war es der seltene Anblick seiner Mutter, die sich gemütlich auf einem Küchensofa ausstreckte, der Erik dazu veranlasste zu fragen, ob er fernsehen dürfe. Das durfte er, und bald hörte man aus dem Wohnzimmer den Jingle einer Unterhaltungssendung. Julia und Emma standen auch auf und leisteten ihm Gesellschaft. Plötzlich hob Gisela den Kopf und schaute Annika an.

»Weißt du, was ich gemacht habe?«

Annika drehte sich zu ihr um.

»Ich habe die Toilette mit Carls Zahnbürste geschrubbt.«

Gisela lachte so hysterisch, dass ihr die Tränen aus den Augen sprühten.

»Mein Gott, das ist bestimmt das Beste, was du seit Langem getan hast!«

»Ja, da hast du recht.«

Giselas sachliche Feststellung ließ sie erneut in Lachen ausbrechen. Plötzlich wurde Annika ernst und beugte sich über den Tisch und nahm Giselas Hände in ihre.

»Nein, Gisela, das Beste war deine Reaktion und dein Handeln heute! Dass du zu Julia gehalten und ihr geglaubt hast, dass du dich getraut hast, diesen Idioten zu verlassen!«

Sie schaute Gisela an, der bei diesen Worten die Tränen in die Augen traten.

»Ich finde, das war ganz, ganz toll!«

Gisela ließ ihren Tränen freien Lauf, Annika streichelte ihr die Hand. Sie war runzelig und rau und schien viel älter zu sein als Giselas weiches Gesicht mit der glatten Haut.

Keine Eule, kein Wolfsgeheul war zu hören. Im Dunkel der Nacht hörte man nur das Knacken des Heizkörpers und das Atmen der schlafenden Kinder Erik und Julia. Ein friedliches Geräusch, das nichts über die wirklichen Ereignisse verriet. Gisela lauschte und dachte nach. Wenn man nur die Augen schloss und so tat, als wäre nichts, wenn man das Pochende und Störende in der Brust verdrängte, dann war es auch so, als wäre nichts passiert. Einen kurzen Moment spürte sie die Erleichterung, die fortdauern könnte. Sie zog und zerrte an ihr und wollte sie aus dem Dunkel der Nacht entführen, weit weg von dem Kummer und der Angst, die so schmerzten, dass das Herz beinahe aufhörte zu schlagen.

An der Decke sah sie die Autoscheinwerfer von der Straße vorbeifliegen, und sie versuchte, sich auf die Formen zu konzentrieren. Bevor sie sich schlafen gelegt hatten, hatte Annika gesagt, sie solle versuchen, sich der Angst zu stellen.

»Schau, ob sie eine Farbe oder eine bestimmte Form hat. Ob sie nach etwas riecht oder klingt. Mir hilft das Konkretisieren, es ist dann gleich nicht mehr so gefährlich.«

Gisela hatte nur freundlich genickt und nicht gesagt, sie glaube nicht an so einen Unsinn. Annika wollte ihr schließlich nur helfen. Außerdem drehte sich alles von dem vielen Rotwein, sie trank sonst nie mehr als ein Glas, und jetzt hatten sie und Annika zwei Flaschen getrunken.

Aber jetzt im Dunkeln, als die Monster aus dem Schrank gekrochen kamen, merkte sie, dass es tatsächlich half, sich die Angst als die gespiegelten Scheinwerfer an der Decke vorzustellen. Gelb und flüchtig, konturlose Formen, die ein unruhiges Muster bildeten, als wollten sie sie verwirren. Sie versuchte, die Lichtflecke an der Decke zu einem still stehenden Lichtkreis verschmelzen zu lassen. Als sie sah, dass es klappte, jubelte sie innerlich.

Sie erkannte, dass sie erleichtert war. Sie musste lachen, die Erkenntnis kam unerwartet. Aber doch, sie war erleichtert. Sie wusste, etwas in ihr war kaputtgegangen, aber es verschwand auch etwas, als die Welt zusammenbrach.

Ihre Wangen wurden nass von Tränen.

Sie hörte, wie die Toilettenspülung ging, das Bad lag neben ihrem Zimmer. Vielleicht konnte Annika auch nicht schlafen? Sie wurde ganz rot vor Scham, wenn sie daran dachte, wie sehr sie Annika abgelehnt hatte. Wie sie sich an ihrer Erscheinung gestört hatte. Wenn sie nur geahnt hätte. Das war typisch für sie, sich so zu täuschen. Loyal zu einem Monster zu sein und einen Engel zu verachten.

Seit wann war sie denn so ein Feigling? Wann war die Welt gefährlich geworden? Es musste irgendwann passiert sein, denn sie konnte, ja wollte nicht glauben, dass sie schon immer so gewesen war. Auch sie war als Mensch mit guten Absichten und einer Dosis Mut geboren worden.

Sie drehte das Kissen, es war feucht von Tränen und Schweiß. Die andere Seite war glatt und kühl, sie schloss die Augen und ließ die Gedanken wirbeln.

Sie war ein einziges Paradox. Irgendwie hatte sie aufgehört, sehen zu wollen, damit sie nicht sehen musste, was wehtat und gefährlich sein konnte. Aber je nebliger und undurchsichtiger die Welt wurde, desto ängstlicher wurde sie.

Es hatte eine Zeit gegeben, als die Angst nicht so laut pochte. Als sie die Schule beendete und in der Parfümerie Schmetterling zu arbeiten anfing. Da lag die Welt vor ihr, viele spannende Ereignisse warteten auf sie. Die Arbeit gab ihr Bestätigung, sie hatte erkannt, dass sie wirklich gut verkaufen konnte, eine unerwartete Selbstsicherheit stellte sich ein. Abends war sie oft mit Mona zusammen gewesen. Sie waren ins Kino gegangen oder ins Penny Lane zum Tanzen.

Die Zeit der Erwartungen hatte kaum ein Jahr gedauert, da war Carl in die Parfümerie Schmetterling und in ihr Leben getreten.

Wieder fühlte sie nichts als Selbstverachtung, wenn sie daran dachte, wie dankbar sie für sein Interesse gewesen war. Wie ihr Herz in seiner Gegenwart geschlagen hatte. Aber natürlich machte er ihr auch Angst, mit seiner weltgewandten Selbstsicherheit, seinen bestimmten Meinungen zu allem, der plötzlichen Kälte, wenn sie etwas tat oder sagte, was ihm nicht passte. Ihre Verzweiflung, wenn sie sich zu retten versuchte, indem sie ihren Fehler ausbügelte oder sofort zurücknahm, was sie gesagt hatte.

Sie holte tief Luft, sie wollte das Harte in der Brust, das ihr Atemnot verursachte, verscheuchen. Versuchte noch einmal, die huschenden Lichtflecke an der Decke zu fixieren, sie lauschte auf das Geräusch der Autos, alles konnte sie für einen Moment von ihren Erinnerungen ablenken. Julia neben ihr stöhnte leicht, Gisela setzte sich im Bett auf. Julias Haare lagen wie ein zerzauster Heiligenschein um ihren Kopf. Die Stirn war feucht. Sie streckte die Hand aus und streichelte vorsichtig Julias fieberheiße Wange. Die Berührung ließ die Tränen wieder fließen, sie sah so klein und zerbrechlich aus.

Noch nie hatte ihr etwas so wehgetan wie das Wissen, dass sie nicht für Julia da gewesen war, als diese sie so dringend gebraucht hätte.

Die Welt außerhalb der Wohnung war wie immer, es herrschte vorweihnachtliche Betriebsamkeit. Mit Adventssternen geschmückte Fenster strahlten hoffnungsvoll ins Dunkel hinaus. Nichts davon konnte das Gefühl von Unwirklichkeit aus Annikas Kopf vertreiben. Es war ein Zustand, der dem der Betrunkenheit nicht unähnlich war und nach dem sich Annika immer öfter zu sehnen schien. Jeden Abend trank sie Rotwein, verwischte die Konturen und ließ sich von der Absurdität in die Arme nehmen. Annika wusste, dass sie zu viel trank, aber sie redete sich ein, wenn es eine Zeit in ihrem Leben gab, wo sie zu viel Rotwein trinken durfte, dann jetzt.

Gisela brauchte es ebenfalls und trank mit. Sie rauchte wie ein Bürstenbinder und hatte sich einige Flüche angewöhnt, über die die anderen lachen mussten, weil sie aus ihrem Mund so falsch klangen.

Elisabeth Klinga hatte Annika und Gisela krankgeschrieben, Emma und Julia brauchten auch nicht in die Schule zu gehen. Nur Erik wollte die letzte Woche vor den Weihnachtsferien nicht verpassen. Er musste sich an dem kleinen Fetzen Normalität festhalten, den die Schule ihm bot.

Die Tage vergingen schnell mit all den praktischen Erledigungen. Noch einmal zur Polizei und ins Krankenhaus, ein Staatsanwalt rief an und wollte einen Termin vereinbaren. Und immer wieder alles erklären. Jedes Mal, wenn sie die Geschichte erzählen mussten, tat sie gleich weh. Julias Blick war nach innen gerichtet und abwesend, Giselas Tränen liefen ununterbrochen, wenn sie stockend in Worte zu fassen versuchte, was eigentlich unbeschreiblich war. Es war zu hässlich und zu eklig, gleichzeitig wurden die Geschehnisse jämmerlich und klangen albern, wenn man sie in Worte kleidete.

Eines Nachmittags gingen Annika und Emma in die Stadt, um Weihnachtsgeschenke zu kaufen und eine Rezension abzugeben, die Annika trotz allem geschrieben hatte. Emma durfte zum ersten Mal mit in das protzige Zeitungshaus kommen. Es war ein großes, altes Gebäude, und Annika hielt Emma die schwere Tür auf.

Gunnar Alm kam ihnen im Flur entgegen, er rauchte und dankte ihr begeistert.

Sein Blick suchte den ihren, die Augen strahlten. Es war nicht ganz klar, ob Annika seinen Enthusiasmus nicht bemerkte oder ob sie ihn zu ignorieren versuchte.

»Deine Mutter ist eine richtiges Talent!«, sagte er zu Emma und nahm nur ungern seinen Blick von Annika. Fasziniert beobachtete Emma, wie ihre Mutter ausnahmsweise verlegen wurde, und sie erkannte in diesem Moment, wie wichtig ihr das Schreiben war.

»Schöne Weihnachten, Gunnar! Und grüß Helena von mir!«

»Gerne! Gleichfalls! Und dann sprechen wir uns nach Neujahr wegen des neuen Textes, auf den ich mich schon freue!«

Das Versprechen, dass sie weiterhin Aufträge bekommen würde, machte Annika so glücklich, dass sie Gunnar zulächelte und ihm eine Kusshand zuwarf.

Sie gingen schweigend durch die verschneite Stadt nach Hause. Es war schon fast dunkel, obwohl es erst Nachmittag war, und wäre da nicht der weiße Schnee gewesen, der dick auf Straßen und Bäumen lag, wäre es stockdunkel gewesen.

Gisela stand atemlos an der Tür, als sie kamen. Sie schaute verwirrt, ungekämmte Strähnen hingen ihr ins Gesicht.

»Ich habe gerade erfahren, dass Carl bei der Polizei war und verhört wurde.«

Die Angst leuchtete aus ihren Augen: Annika nahm ihre Hand. Ein leichtes Zittern verriet, wie erregt Gisela war.

»Verstehst du? Carl musste zur Polizei, er war bestimmt außer sich. Wenn ich mir das vorstelle, du mein Gott!«

Der Staatsanwalt hatte angerufen und berichtet, dass sie ihn zum Verhör geladen hätten, und dann hatte er noch gesagt, er habe keine große Hoffnung, dass dies zu etwas führen würde. Solange Carl nicht ganz oder teilweise gestand, waren die Beweise nicht ausreichend für eine Anklage.

»Mach dir keine Sorgen, es ist ja schon etwas, wenn er den Ernst der Angelegenheit erkennt, auch wenn es nicht zu einer Anklage kommt. Das geschieht ihm recht!«

Annika lächelte sie an, aber Gisela konnte das Lächeln nicht erwidern. Sie kannte Carl zu gut und wusste, dass er sie damit nicht durchkommen lassen würde.

»Ich wünschte, ich könnte so gelassen sein wie du, aber du kennst Carl nicht.«

»Nein, das stimmt, aber wenn er etwas unternimmt, fällt es doch nur auf ihn zurück.«

Gisela seufzte, ihre Hand zitterte, als sie die Kaffeetasse zum Mund führte.

»Er ist schlau, natürlich macht er nichts, was auf ihn zurückfallen könnte.«

Es war fünf Uhr nachmittags, Gisela hatte eine Hackfleischsoße und Spaghetti gemacht. Annika fand, damit war die Entscheidung gefallen. Sie stand auf, holte eine Flasche Rotwein und schenkte zwei Gläser ein.

Gisela nahm das Glas dankbar entgegen, und schon bald wärmte der Alkohol ihren Körper und schickte die Angst wieder ein paar Stunden in die Ferien.

Kleine, beinahe unsichtbare Zeichen, so minimal, dass man sie kaum bemerkte.

Ein Kaugummi im Schloss, der Schlüssel blieb stecken, und Annika brauchte fast eine Stunde, um das Schloss zu reinigen und aufschließen zu können. Anrufe an drei Abenden hintereinander, der Anrufer legte auf, sobald jemand antwortete, die Zeitung war nicht im Briefkasten, eine zerschlagene Lampe am Hauseingang. Ganz kleine Ereignisse, die man trotzdem irgendwann nicht mehr übersehen konnte.

Deshalb war Annika auch nicht besonders erstaunt, als eines Morgens ihr Fahrrad einen Platten hatte.

Am nächsten Tag lag ein leerer Briefumschlag im Flur unter dem Briefschlitz, adressiert an Annika Lindberg, aber ohne Briefmarke. Sie schaute den nichtssagenden Umschlag ohne Absender oder Inhalt an, zeigte ihn Gisela, die lachte nur, meinte, da sei jemand sehr gestresst gewesen beim Schreiben der Weihnachtskarte.

Das Telefon klingelte mittlerweile jeden Abend. Aber der Anrufer legte nicht mehr gleich auf, man hörte ein schweres Atmen.

Eines Abends ging Emma dran. Es war erst ein paar Sekunden still, dann wechselte das Atmen in leises Lachen. Sie legte auf und lief in ihr Zimmer.

Annika folgte ihr, setzte sich neben sie aufs Bett und strich ihr über den Rücken. Emma weinte. Erst viel später fiel ihr auf, dass Annika nicht die tröstenden Worte gesagt hatte, die sie sonst immer sagte, wenn Emma traurig war.

»Mein Schatz, alles wird gut.«

Zwei Tage vor Weihnachten wurden sie mitten in der Nacht geweckt, weil jemand mehrmals an der Haustür klingelte. Das Geräusch durchschnitt die Stille, und Emma musste sofort an alle möglichen Katastrophen und Gefahren denken, dass es brannte, jemand gestorben war, bis sie schließlich zur Tür liefen und öffneten. An der Biegung der Treppe konnten sie gerade noch den Rücken eines Mannes sehen, der hinablief. Einen Moment lang wollte Annika ihm nachlaufen, aber sie ließ es bleiben, weil sie einsah, dass es sinnlos war. Gisela stand hinter ihr und starrte Annika und die offene Tür an. Keiner sagte etwas, aber an Annikas Blick konnte Emma ablesen, was Gisela gemeint hatte, als sie sagte, Carl würde sie nicht so einfach davonkommen lassen. Plötzlich sahen sie das Muster, klar und deutlich. Die Botschaft, dass es da jemanden gab, der sie nicht in Ruhe lassen würde. Sie standen in der Diele und spürten es alle. Gisela hielt Erik im Arm und versuchte, ihn zu trösten, Emma bemerkte Julia, die mit nach innen gerichtetem Blick an der Wand zusammengesunken war. Emma setzte sich neben sie, streichelte sie und sagte immer wieder ihren Namen. Annika setzte sich an die andere Seite und legte den Arm um sie.

»Julia, wir sind da. Du bist bei uns, bei Annika und Emma.«

Julia reagierte nicht, sie war weit weg in einer anderen Wirklichkeit.

Schließlich kam Gisela aus dem Schlafzimmer, wo sie Erik ins Bett gebracht hatte. Sie hockte sich vor Julia, nahm ihren Kopf in die Hände und hob ihn, damit sie ihr in die Augen schauen konnte.

»Julia, hör mir jetzt zu. Hier ist es nicht gefährlich, niemand kann dir etwas tun. Hörst du?«

Die Stimme war klar und fest.

Ein paar Sekunden passierte nichts, Julia war immer noch apathisch, aber Gisela hielt immer noch ihr Gesicht. Tränen liefen ihr über die Wangen, ihre Stimme brach, als sie sich vorbeugte und Julias Nase berührte.

»Ich werde dich nie, nie wieder im Stich lassen!«

Ein kleines Blinzeln, dann noch eines. Julias Augen waren geschlossen. Als sie sie wieder öffnete, war sie wieder da.

Am nächsten Abend rief Emma Cesar an. Sie hatten sich seit der Lucianacht vor zehn Tagen weder gesehen noch gesprochen. In ihr kämpften Schuld und Wut gegeneinander, und sie hatte das Gespräch immer wieder aufgeschoben. Er hatte ein paar Mal angerufen und nach ihr gefragt, aber sie hatte Annika gebeten, ihm zu sagen, sie sei nicht da.

Es hatte sich verändert, sie konnte die süße Sehnsucht, Cesar zu küssen, nicht mehr in sich finden. Der Gedanke an die pochende Wärme kam ihr absurd und peinlich vor. Sie wollte nie mehr so etwas fühlen.

Als sie schließlich Cesar anrief, klopfte ihr Herz, und sie war schweißgebadet.

Er war gleich am Telefon und freute sich, dass sie anrief.

»Emma! Ich habe mich so nach dir gesehnt! Schön, dass du anrufst!«

»Du, ich muss dir etwas sagen.«

»Ja.«

Er klang kurz und abwartend, als wüsste er bereits, was kommen würde.

»Ich glaube nicht, dass ich noch mit dir zusammen sein kann.«

Am anderen Ende war es still, Sekunden vergingen.

»Warum nicht?«

»Weil ... ich weiß nicht ... nach allem, was passiert ist.« Sie schniefte und versuchte, die Stimme wieder unter Kontrolle zu bekommen. »Ich schaff es einfach nicht, verliebt zu sein oder das zu fühlen, was ich fühle, wenn ich mit dir zusammen bin. Es fühlt sich so falsch an.«

»Aber warum? Du bist doch nicht schuld an dem, was passiert ist. Nichts wird besser, und Julia ist auch nicht geholfen, wenn wir Schluss machen.«

Cesars Stimme war dünn, und Emma fragte sich, wie er wohl aussah, wenn er weinte. Das hatte sie in der kurzen Zeit, die sie zusammen gewesen waren, nie gesehen.

»Doch, schon. Oder nein, aber das ist auch egal. Ich fühle mich im Moment so, ich kann einfach nicht unbeschwert verliebt sein.«

Sie schwiegen eine ganze Weile, dann sagte Emma Tschüs und legte auf.

Sie lief auf die Toilette, schloss ab und machte das Wasser an, damit niemand hörte, dass sie weinte. Sie saß auf dem Boden und hielt sich ein Handtuch vors Gesicht. Weinte und schämte sich für alles, was sie zusammen mit Cesar gefühlt und erlebt hatte. Hasste sich, weil sie so dümmlich-glücklich gewesen war, weil sie das Kribbeln in ihrem Körper zugelassen hatte, weil sie es sich gestattet hatte, auf Wolken zu schweben, während Julia am Abgrund hing.

Sie ging in ihr Zimmer und nahm das eingerahmte Bild, das über ihrem Bett hing, von der Wand. Es stellte einen Schutzengel mit langen lockigen Haaren dar. Er bewachte zwei kleine Kinder, die über eine morsche Brücke über einen gefährlichen Wasserfall gingen. Sie hatte dieses Bild zu ihrem vierten Geburtstag von ihrer Großmutter Elin bekommen und viele Minuten und Stunden damit zugebracht, es anzuschauen und darüber zu fantasieren. Ein Bild des Schreckens und der Gefahr, und dann der wunderbare Trost, dass es im Hintergrund jemanden gab, der seine schützende Hand über einen hielt. Als sie es jetzt anschaute, fühlte sie nichts als Enttäuschung und Wut. Sie zog das Bild aus dem Rahmen und zerriss es in kleine Stücke.

»Verdammter Scheißengel. Du hässlicher, blöder Scheißengel!«

In dieser Nacht lag Emma wach und starrte an die Decke, die vom Nikotin vergilbt war. Sie konnte sich nicht erinnern, jemals solche Angst gehabt zu haben.

Natürlich hatte sie gewusst, dass es das Böse gab. Dass ständig und überall in der Welt schreckliche Sachen passierten, böse Dinge, die Menschen sich gegenseitig antaten. Aber es war das erste Mal, dass sie selbst mit etwas so durch und durch Schwarzem in Berührung gekommen war.

Je mehr sie darüber nachdachte, desto mehr drehten sich die Gedanken in ihrem Kopf. Szenen und Situationen, die sie verdrängen wollte. Sie versuchte, sich an Annika zu kuscheln, die neben ihr lag, aber die stöhnte, als würde sie etwas Schreckliches träumen, und das machte Emma noch mehr Angst. Schließlich stand sie auf und ging in die Küche. Sie machte kein Licht an, setzte sich auf einen Stuhl und schaute aus dem Fenster auf die Straße. Die war leer, kein Auto kam vorbei. Aus dem Schlafzimmer hörte sie das Bett knarren, dann tapsende Füße, und Annika kam in die Küche.

»Kannst du nicht schlafen?«

Emma nickte.

Annika seufzte und zündete sich eine Zigarette an.

»Das geht uns wohl allen so.«

Sie setzte sich und rauchte.

»Wir müssen uns zusammennehmen, damit Weihnachten wenigstens ein klein wenig Freude verbreitet.«

Sie starrte aus dem Fenster und schien mehr mit sich selbst zu sprechen.

»Großmutter Elin kommt am Heiligabend, und vielleicht schafft es auch Mattias. Chris ist ja schon nach England gefahren, um mit seinen Eltern und Geschwistern zu feiern. Habe ich dir erzählt, dass seine Familie in einem riesigen Steinhaus auf dem Land wohnt?«

Emma schüttelte den Kopf, Annika schien es nicht zu sehen, sie plapperte mechanisch weiter.

»Es ist schon eher ein Gut, er hat mir Fotos gezeigt. Unglaublich schön, eine offene Landschaft mit Pferden auf der Weide. Ich kann verstehen, dass er sich nach Zu Hause sehnt, aber dort könnte ich nicht leben. Stockkonservativ mit uralten, absurden Regeln und Verpflichtungen.«

Sie zündete sich die nächste Zigarette an und machte einen tiefen Zug. Ihr Geplapper hatte Emma tatsächlich ein wenig beruhigt. Es war angenehm, über normale Dinge zu reden, steinerne Herrschaftshäuser und offene Landschaft. Emma sah es geradezu vor sich und lächelte. Stellte sich vor, was die Familie von Chris über Annika denken würde, wenn sie sie jemals treffen sollte.

Eine Bewegung unten auf der Straße ließ Emma erstarren. Ein schwarzer Schatten bewegte sich hinter einem Baum direkt unter dem Fenster. Sie schnappte nach Luft und machte Annika ein Zeichen, näher zu kommen und auch zu schauen. Plötzlich trat jemand hinter dem Baum hervor und starrte zu ihnen hoch. Emma schrie auf, ihre Beine gaben nach. Kraftlos ließ sie sich auf den Stuhl sinken und beobachtete weiter die Gestalt. Aus dem Augenwinkel sah sie, wie die Asche von Annikas Zigarette länger wurde, sie war in einem eigenartigen Winkel zum Fenster erstarrt.

Der Mann trug einen schwarzen Mantel und eine Wichtelmaske. Die Maske grinste blöd, hatte kleine Öffnungen für Augen und Mund und einen weißen Bart. Er stand da unten voll sichtbar und schaute zu ihnen hinauf. Er muss die Zigarettenglut gesehen haben, dachte Emma. *Wie sonst sollte er wissen, dass wir wach sind?*

Sie konnte sich nicht von seinem Anblick losreißen, obwohl sie am liebsten ins Bett zurück und unter die Decke gekrochen wäre.

Erst als er langsam die Hand hob und ihnen zuwinkte, ließ

die Lähmung nach. Diese Handlung hatte etwas so Selbstsicheres und war so grenzenlos in ihrer Dummheit. Emma lief ins Schlafzimmer. Vielleicht hatte ihre offensichtliche Angst Annikas Zorn geweckt. Fluchend und wütend kam sie ins Schlafzimmer und setzte sich aufs Bett.

»Jetzt ist dieser Scheißkerl zu weit gegangen! Irgendwo gibt es eine Grenze für den Wahnsinn in dieser Welt. Dem werde ich es zeigen. Hab keine Angst, mein Schatz, es ist nur ein dummer, wahnsinniger alter Mann, vor dem braucht man keine Angst zu haben!«

Aber dieses Mal konnte Annikas Geplapper Emma nicht beruhigen. Im Gegenteil. Sie wusste, dass sie eine Demonstration von Macht gesehen hatte. Sie verstand, was Gisela und Julia die ganze Zeit gewusst hatten, Carl war zu allem fähig.

Sie glaubte nicht, dass sie einschlafen würde, aber offenbar war sie doch weggedämmert, denn als sie Gisela aus der Küche schreien hörte, war es hell und die Uhr zeigte neun.

Giselas erregte Stimme übertönte Annikas beruhigende. Gisela lief hin und her, sie zitterte vor Aufregung. Annika stand am Herd und rauchte, ihre gierigen Lungenzüge verrieten, dass auch sie nervös war.

»Was ist passiert?«

Emma stand in der Tür und schaute sie an. Sie zuckten zusammen, hatten nicht damit gerechnet, dass noch jemand wach war.

»Er will die Kinder!«

Gisela schluchzte und schlug die Hände vors Gesicht.

Annika drückte ihre Zigarette aus und nahm Gisela in den Arm.

»Das wird ihm nicht gelingen, das verspreche ich dir!«

Sie schaute Emma an.

»Gerade hat ein Anwalt namens Cederström angerufen

und sich als Carls Anwalt vorgestellt und gesagt, dass Carl wissen wolle, wann er seine Kinder, die ihm entzogen worden seien, sehen könne.«

»Aber ... das geht doch nicht? Er kann doch Julia nicht zwingen, ihn zu treffen?«

»Ich weiß es nicht, ich weiß nicht, ob er laut Gesetz ein Recht dazu hat, aber da das Gesetz in diesen Fragen völlig unbrauchbar ist, gedenke ich hochachtungsvoll darauf zu scheißen, was das Gesetz sagt. Selbstverständlich braucht Julia diesen Wahnsinnigen nie wieder zu treffen. Und Erik auch nicht, er hat seine Rechte als Vater verwirkt.«

Den letzten Satz zischte sie und zündete sich wieder eine Zigarette an.

»Ich habe Klara gebeten, herzukommen, damit wir besprechen können, wie wir uns am besten verhalten. Sie ist Sozialarbeiterin und weiß, wie so etwas geht.«

Gisela schlug sich leicht mit der Hand an die Stirn.

»Ich habe es gewusst! Ich habe es ...«

Emma saß schweigend neben Gisela und schenkte sich eine Tasse Tee ein. Annika schaute sie gedankenverloren an.

Klara kam eine halbe Stunde später, setzte sich an den Küchentisch und erzählte mit leiser Stimme, wie der Sozialdienst arbeitete. Über erniedrigende Ermittlungen gegen sogenannte hysterische Mütter.

»Kein Wunder, dass sie hysterisch sind, wenn sie gerade erkannt haben, dass ihr Mann oder Lebensgefährte sich an ihren Kindern vergriffen hat!« Klara schaute Annika mit schmalen Augen und unterdrücktem Zorn an, Gisela starrte in die Kaffeetasse.

»Den Umgang zu verweigern ist genauso ein Vergehen wie das eigene Kind zu kidnappen, das macht sich nie gut in einem Prozess, selbst wenn die Mutter behauptet, in Notwehr gehandelt zu haben. Diese Fälle enden oft damit, dass der Vater das Sorgerecht bekommt.«

Gisela schaute aus dem Fenster und versuchte, sich zu beherrschen. Klara sah zu ihr hinüber und fuhr fort. »Tut mir leid, aber ich sage nur, wie es ist. Ich habe es nur zu oft erlebt.«

Gisela wandte sich an Klara.

»Aber ich verstehe einfach nicht ... ich weigere mich, zu akzeptieren, dass unser Rechtssystem so erbärmlich funktioniert!«

Klara schaute sie ernst an und nickte.

»Sie wollen es nicht sehen! Und solange es keine Beweise gibt, ja, selbst wenn es Beweise gibt, dann glaubt man lieber der Geschichte des Vaters über eine rachelüsterne Mutter, die lügt, um das Sorgerecht zu bekommen. Es ist ganz einfach die bequemere Version, sie tut weniger weh, als zuzugeben, dass ein erwachsener Mann sich an einem kleinen Kind vergreift.«

Sie erzählte weiter, die Zigarettenschachtel wurde immer leerer.

»Ironischerweise trauen sich Kinder erst im Verlauf eines Scheidungsprozesses, etwas zu erzählen. Erst wenn sie dem Täter entkommen sind, können sie erzählen, was ihnen widerfahren ist. Wenn man will, und leider wollen das viele, kann man die Berichte von Übergriffen leicht mit Sorgerechtsauseinandersetzungen verknüpfen. Das wissen die Anwälte, und deswegen tun sie alles, um die Mutter als hysterisch und rachsüchtig dastehen zu lassen.«

Klara stand auf.

»Das Positive an dieser Geschichte ist, dass Julia alt genug ist, um selbst zu entscheiden. Sie ist über zwölf, und je älter die Kinder sind, desto weniger kann man gegen ihren Willen handeln.«

Gisela schaute plötzlich auf.

»Carl hat sich nie für die Kinder interessiert. Er hat sich immer nur um seinen verdammten Job gekümmert! Dass er nun das alleinige Sorgerecht für die Kinder will, mit allem, was das bedeutet, ist einfach lächerlich!«

Aus dem Toaster hüpften zwei Scheiben Brot heraus, Emma nahm eine und bestrich sie mit Butter und Marmelade. Annika lächelte und nahm die andere Scheibe.

»Nein, es geht hier um Macht. Er will uns Angst machen!« Sie wandte sich an Emma.

»Emma, bitte erzähl Julia nichts davon. Ich glaube, wir sollten Carls Schikanen so lange wie möglich vor ihr verschweigen.«

Emma nickte und legte das halb gegessene Brot auf den Tisch. Annika schaute in ihre Kaffeetasse, das Brot hatte sie nicht angerührt.

Als Emma am Morgen des Heiligen Abends erwachte, war der Kummerkloß in ihrem Bauch zu einem Stein geworden. Es war ein eigenartiges Gefühl, und es stand in scharfem Kontrast zu Annikas Bemühungen, zumindest annähernd so etwas wie Weihnachtsstimmung aufkommen zu lassen. Während der Nacht hatte sie alle Kerzen hervorgeholt, die sie finden konnte, und am Morgen badete die Wohnung im Kerzenschein. Vom Plattenspieler sang Elvis mit vibrierender Stimme, dass er sich eine weiße Weihnacht wünschte, in der Küche warteten Safrangebäck, Milchreis und Kakao mit Schlagsahne. Annika musste die halbe Nacht auf gewesen sein, um alles zu richten.

Erstaunlicherweise waren ihre Bemühungen von Erfolg gekrönt, die Weihnachtsstimmung verbreitete sich in der Wohnung, und wenn Emma nicht den Stein im Bauch gehabt hätte, dann hätte sie liebend gerne mit Julia, Gisela und Erik Weihnachten gefeiert. Aber der Stein war da und erinnerte sie daran, dass nichts so war, wie es sein sollte. Er rieb, sobald sie sich bewegte, sie konnte ihn nicht ignorieren.

Julia saß schon mit Erik am Küchentisch und tunkte ihr

Safranbrötchen in den Kakao. Sie lächelte Emma an, die erwiderte das Lächeln und hoffte, dass es nicht allzu dünn war. Da konnte man sich nie sicher sein.

»Frohe Weihnachten!«

Annika umarmte sie fest.

Sie saßen alle zusammen um den Tisch, er herrschte eine Art müde Feierlichkeit, allen war ein wenig schwindlig, das kam vom Sauerstoffmangel wegen der vielen Kerzen. Eine knittrige Gesellschaft, die sich mühte, etwas zu essen, obwohl niemand Appetit hatte, und Weihnachtsstimmung zu spielen.

Sie feierten sonst immer sehr ruhige Weihnachten, oft waren es nur Emma, Annika und Großmutter Elin. Manchmal war Mattias dabei gewesen, aber in den letzten Jahren war er meistens im Ausland gewesen und hatte über Weihnachten gearbeitet. So war es auch dieses Jahr, in letzter Sekunde hatte er angerufen und gesagt, er würde es nicht schaffen. Emma hatte kurz mit ihm gesprochen, die Telefonverbindung von Bolivien war sehr schlecht. Emma war es gerade recht, es würde sowieso ein Scheißweihnachten werden, das eigentlich niemand feiern wollte.

Großmutter Elin kam zum Mittagessen, sie war beladen mit Geschenken und hausgemachter Pastete. Annika hatte ihr gesagt, dass Freunde, die Probleme hatten, vorübergehend bei ihnen wohnten. Mehr hatte sie nicht gesagt, sie wollte Elin die ekelhaften Details ersparen. Ihre Beziehung hatte noch nie aus Gesprächen bestanden, weder intellektuellen noch psychologischen. Elin engagierte sich nicht in Politik oder Kultur. Und sie interessierte sich nicht sonderlich für philosophische Fragen. Sie war allerdings immer für Annika da gewesen, und dafür war die ihr ewig dankbar.

So war es auch dieses Mal gewesen, Elin hatte keine weiteren Fragen gestellt, sondern nur gesagt, es sei doch nett mit anderen Gästen, und noch drei Geschenke besorgt.

Emma schaute sie an, sie saß auf dem Sofa und spielte mit Erik Karten. Ihr rundlicher Körper, den sie so gut kannte, jede kleine Hautfalte. Der leichte Vanillegeruch, der von Elin ausging, warm und geborgen, sogar jetzt spürte sie ihn, er konkurrierte mit den anderen Gerüchen, Kerzen, Hyazinthen, Pfefferkuchen und Kaffee.

Ihre Lachfältchen zogen sich zusammen, wenn Erik schummelte und vor Aufregung hopste, weil er gewann.

Aus der Küche hörte man Geschirrklappern, Julia lag im Sessel und las ein Buch. Annika stand am Fenster und rauchte. Ihr Blick war weit in die Ferne gerichtet, die Falte auf der Stirn zeigte, dass sie über etwas nachdachte. Und doch war da ein Moment der Ruhe, den Emma gut in sich verwahrte, ein kleiner Platz über dem Stein im Bauch.

Sie gingen alle früh schlafen, erschöpft von zu viel Weihnachtsessen, Süßigkeiten und zu wenig Bewegung. Ausnahmsweise schlief Emma richtig fest. Weihnachten und Elins Gegenwart schienen sie alle in der falschen Vorstellung zu wiegen, dass das Leben einfach und schön sein konnte, voller gutem Essen und guten Düften. Hyazinthen, Tannenbaum, Pfefferkuchen und Großmuttervanille.

Als Gisela um 23 Uhr aufwachte, hatte sie gerade mal eine Stunde geschlafen. Die Wohnung war still und dunkel.

Sie hatte wieder von Carl geträumt. Sie träumte jede Nacht von ihm. Auseinandersetzungen gemischt mit Hetzjagden, manchmal schaffte sie es, ihm zu entkommen, aber meistens gewann er und sie erwachte niedergedrückt und zerknüllt. Dieses Mal war es wieder so ein erniedrigender Traum gewesen.

Sie saß auf einer Schaukel in einem nachtschwarzen Park, es gab keine Menschen, sie war umgeben von den Schatten der Bäume und Sträucher. Sie schaukelte hoch, hatte das Gefühl, sie wurde unerreichbarer, je höher sie schaukelte. Plötzlich löste sich ein Schatten, Carl trat hervor und kam raschen Schritts auf sie zu. Sein Lächeln ließ ihr das Blut in den Adern gefrieren und ihre Knie weich werden. Ihr ganzer Körper streikte, als er die Schaukel erreichte und sie mit einem festen Griff zum Stehen brachte. Sie blieb sitzen, unfähig, sich zu bewegen oder Widerstand zu leisten, während er begann, die Schaukel im Kreis zu drehen, immer schneller. Ihr wurde schwindlig und übel. Carl lachte über ihre Hilflosigkeit, und erst als sie sich übergab, ließ er die Schaukel los und wanderte ruhig in den Schatten zurück. Sie fiel auf alle viere und erbrach sich wieder. Sie erbrach große Mengen in allen Farben, Dinge, die niemals in ihrem Magen Platz gehabt hätten. Ganze Kuchen, Fleischklößchen, eine große rote Fleischwurst, Julias alte Puppe, die sie Klara getauft hatte, Eriks blauen Strampelanzug mit dem Automuster. Wie gestrandete Wale lag alles in einem einzigen Durcheinander um sie herum in der nachtschwarzen

Sandkiste. Plötzlich hörte sie Carls Stimme, die ihr ins Ohr flüsterte.

»Du entkommst mir nicht!«

Sie wachte mit einem Ruck auf, war sich nicht sicher, ob sie laut geschrien hatte, aber niemand sonst war aufgewacht.

In der Dunkelheit, während sie ihre nassen Wangen abwischte, sah sie plötzlich klarer als sonst, vielleicht so klar wie noch in ihrem Leben. *Was er im Traum gesagt hatte, war die Wahrheit.* Er würde niemals aufhören, sie zu verfolgen und zu schikanieren. Es war eine sachliche Feststellung, und als eine Stimme in ihrem Kopf sagte, sie müsse aufstehen und sich anziehen, wusste sie, dass dies das einzig Richtige war. Sie wusste genau, was sie tun musste.

Im Dunkel der Nacht ging sie langsam durch die leeren Straßen zu ihrem Haus. Es dauerte kaum zehn Minuten, ein eiskalter Spaziergang, der Atem stand wie heißer Dampf um ihren Mund, die kleinen Schweißtropfen auf der Oberlippe froren zu Kristallen.

Nicht einmal der Anblick ihres ehemaligen Hauses, ihres ehemaligen Lebens, ließ sie zweifeln oder wanken. Sie schlich einmal ums Haus herum, es war dunkel, bis auf das Wohnzimmer, wo die Fensterlampen brannten. Carl schlief im dunkelbraunen Ledersessel. Auf dem Tisch neben ihm standen eine leere Whiskyflasche und ein Glas.

»Du einsamer armer Dreckskerl!«

Sie berührte das Fenster mit den Lippen. Kein Adventleuchter, kein Adventsstern, nichts war geschmückt. Wahrscheinlich wusste er gar nicht, wo die Schachtel mit den Weihnachtssachen war.

In der Garage fand sie die Flasche mit dem Grillanzünder und den Ersatzkanister mit Benzin. Der Kanister war schwer, sie zog ihn über den Boden zur Sauna. Die Tür war unverschlossen, es war noch warm, als ob jemand vor nicht allzu langer Zeit gesaunt hätte, das Thermometer zeigte vierzig Grad. Es roch gut nach frischem Holz, sie setzte sich auf die untere Stufe und starrte an die Wand. Spürte, wie die Wärme allmählich ihre steif gefrorenen Hände und Füße auftaute. Und plötzlich sah sie Julias Gesicht vor sich, ihre hilflosen Proteste, wenn sie abends in die Sauna abkommandiert wurde. Sie wurde rot, wenn sie daran dachte, wie sie Julia ärgerlich über den Mund gefahren war, wenn sie nicht wollte.

Die Scham brannte in ihr, sie stand auf und verteilte ruhig und methodisch Benzin und Anzünder über Boden und Wände. Der Benzingeruch brannte im Hals. In der Garage fand sie den Stapel alter Zeitungen neben der Tür, da, wo sie ihn abgestellt hatte. Obenauf lag die Zeitung vom 13. Dezember. Das war das letzte Mal, dass sie die Zeitungen hinausgebracht hatte, als sie am Samstag geputzt hatte. Kurz vor dem Anruf von Elisabeth Klinga, der ihre Welt zum Einsturz brachte.

Sie verteilte die Papierknäuel über Boden und Bänke, dann holte sie die Streichhölzer aus der Manteltasche und zündete das erste Streichholz an.

Von der anderen Straßenseite schaute Gisela den Flammen zu, sie waren stolz und unerbittlich. Sie siegten über den Schnee und die Nacht.

Eine Sauna brannte in der Nacht. Flammen und Rauch vernichteten das Böse, und das Lachen, das aus Giselas Hals kam, war heiser und dumpf, freudlos und wütend.

Sie krächzte und hüpfte vor Erregung, als sie dem Feuer zusah, wie es an der Hausfassade leckte.

Die einzigen Worte, die sie hervorbrachte, wurden mit der Stimme der neuen Gisela gesagt. Eine starke Bassstimme, die tief aus ihrem Bauch kam.

»Weg mit dieser verdammten Sauna!«

Die Worte klangen uralt und ewig. Vielleicht hatten Frauen zu allen Zeiten böse Häuser niedergebrannt?

Das heisere Lachen begleitete sie auf dem Weg zurück. In der Ferne sah sie den Kirchturm, er erhob sich über die Hausdächer, und sie lachte noch lauter, als sie an all die Besucher dachte, die sich in wenigen Stunden dort versammeln würden, um zu Gott und den Engeln zu beten.

Sollten sie es doch versuchen, sie wusste es besser. Wenn das richtig Böse passierte, gab es keinen Gott und keine höhere Macht in der Welt, die einem helfen konnten.

Sie wusste es, weil sie Gisela, die Saunavernichterin war. Wild und verrückt, grenzenlos wütend. Die Welt würde schon noch sehen!

Sie hüpfte durch die leeren Straßen, zurück zur Wohnung. Erinnerte sich plötzlich an einen Tanz, den sie getanzt hatte, als sie klein war. Den Jenkatanz.

Sie hüpfte einen Schritt vorwärts, einen Schritt zurück und drei Schritte vorwärts, genau wie damals, vor langer Zeit.

Wenn sie nur da schon gewusst hätte, was sie heute über Saunas wusste.

Ja, mein Gott.

In der Wohnung schliefen alle, sie merkte, dass ihr Mantel nach Rauch stank. Sie hängte ihn auf einen Bügel vors Fenster und zog ihren Schlafanzug an. Dann schlüpfte sie ins Bett und zog die Decke bis zum Kinn hoch.

Das erste Mal seit über einer Woche schlief sie sofort ein, ruhig und glücklich.

Die Türklingel schrillte durch die Stille, Annika tastete nach dem Morgenrock auf dem Stuhl neben dem Bett. Es war halb sieben, und die Angst fuhr ihr durch die Brust wie ein scharfes Messer und machte sie hellwach. Irgendetwas stimmte nicht, wenn es am Weihnachtsmorgen um halb sieben klingelte. Annika lief zur Tür, zögerte dann einen Moment, doch sie glaubte nicht, dass es Carl war. Er erschreckte und terrorisierte abends und nachts. Als sie öffnete und zwei Polizisten sah, war sie nicht erstaunt. Das war die einzige Erklärung, es war etwas passiert.

»Mein Gott, ist etwas mit Elin?«

Annika hielt sich schützend die Hände an den Hals. Elin hatte gestern Abend um acht ein Taxi zu sich nach Hause genommen, seither hatten sie nicht mehr miteinander gesprochen. Deshalb verstand sie erst nichts, als einer der Polizisten sagte, sie suchten Gisela.

»Sie schläft, aber kommen Sie doch rein, ich werde sie wecken.«

Gisela hatte offenbar schon mitbekommen, was los war, sie war schon fast angezogen, als Annika in ihr Zimmer trat, sie lachte Annika an und wedelte kokett mit einem Strumpf.

»Die Polizei ist hier, sie suchen dich. Was ist los?«

»Sie holen mich, ich habe heute Nacht etwas Verrücktes gemacht, und jetzt muss ich dafür bezahlen. Aber das war es wert, das kann ich dir sagen!«

Ein trockenes Lachen entschlüpfte ihr. Annika ließ sich aufs Bett fallen und legte Gisela die Hand auf die Schulter. Ihre Stimme versagte, sie flüsterte schwach:

»Was hast du gemacht, Gisela?«

Gisela hielt mit dem Anziehen inne und schaute Annika an.

»Ich habe diese Scheißsauna niedergebrannt!«

Ein schiefes Lächeln zog über ihr Gesicht, dann wurde sie ernst. Annika versuchte zu verstehen, was Gisela gesagt hatte. Allmählich drang die Information in sie ein. Eine Großtat, wahnsinnig und gefährlich. Und ganz wunderbar.

Einer der Polizisten klopfte an die Schlafzimmertür.

»Hallo, wie steht's da drinnen?«

Gisela antwortete munter.

»Prima, ich bin gleich fertig angezogen.«

Sie zog die Strümpfe an und machte die letzten Blusenknöpfe zu, dann ging sie entschlossenen Schrittes hinaus zu den wartenden Polizisten.

Beide waren groß und blond, mit sorgenvollen Falten im Gesicht und verkniffenen Mienen. Als ob sie mal müssten, dachte Gisela und kicherte bei ihrem Anblick. Es klang wahnsinnig und hysterisch, und man sah am erstaunten Gesichtsausdruck der Polizisten, dass sie sich wunderten.

Sie stellten sich als Patrik Hagström und Håkan Berglund vor, Patrik Hagström erklärte, dass sie Gisela mit zur Polizeiwache nehmen wollten, um sie zu vernehmen, es ginge um einen Saunabrand in ihrem Haus.

»Na klar. Ich bin so kooperativ wie eine Ameise!«

Sie krächzte mit heiserer Stimme, was die beiden Polizeibeamten offenbar noch skeptischer und besorgter machte. Sie waren nicht sicher, womit und mit wem sie es hier eigentlich zu tun hatten.

Zum Abschied umarmten Gisela und Annika sich fest und lange.

»Kümmere dich um Julia und Erik, sieh zu, dass er ihnen nichts antut!«

Annika schaute sie mit blanken Augen an.

»Versprochen!«

Gisela bat die Polizisten, noch eine Minute zu warten, sie wollte sich von ihren Kindern verabschieden. Håkan Berglund antwortete für beide.

»Okay, wenn es nicht zu lange dauert.«

Julia schlief fest und hatte von dem frühen Besuch nichts mitbekommen. Ein vertrauter Stich in der Brust erinnerte Gisela daran, wie sehr sie ihr fehlen würde. Das hatte etwas mit dem Duft zu tun, der ganz besondere Julia-Duft, den sie besaß, seit sie auf der Welt war. Sie schnüffelte über Julias schlafendes Gesicht. Ihre erste Zeit zusammen, die neugeborene Julia, die zu ihrer Brust hochkrabbelte. Sie war schon damals stark gewesen, die Hebamme hatte gelacht, wie sie mit unglaublicher Kraftanstrengung den Kopf hob und die Brustwarze suchte. Dass sie das nach der langen Geburt überhaupt geschafft hatte, war ein Wunder, sie hatten dreiundzwanzig Stunden gekämpft, und Gisela war total erschöpft.

Sie strich mit den Fingerspitzen über Julias nackten Arm, der auf der Decke lag. Ihre Haut war so zart, bedeckt mit feinen, hellen Härchen.

In der ersten Zeit hatte sie Julia Tag und Nacht am Körper getragen. Hatte sie sogar an der Brust einschlafen lassen, obwohl der kleine warme Babykörper sie zum Schwitzen brachte.

Plötzlich übermannte sie die Angst. Was hatte sie nur getan? Wie sollte sie es aushalten, ohne ihre Kinder zu sein?

Aber als sie vorsichtig über Julias Kopf strich, ließ die Angst nach. Sie wusste, sie hatte das einzig Richtige getan. Sie hatte es für Julia getan, es war der einzig mögliche Schutz. Carl würde nicht aufgeben, bevor er sich an ihr gerächt hatte. Ihn auf diese Weise gewinnen zu lassen, war die einzige Möglichkeit, Ruhe für Erik und Julia zu bekommen. Wenn sie verurteilt wurde, vielleicht sogar ins Gefängnis musste, dann war diese Erniedrigung groß genug, dass Carl die Kinder in Ruhe lassen würde.

Julia wachte auf und schaute sie schlaftrunken an.

»Mama, warum bist du schon angezogen? Wo gehst du hin?«

Gisela streichelte ihr immer noch über dem Kopf und lächelte, hoffentlich beruhigend.

»Ich habe heute Nacht etwas sehr Dummes gemacht.«

Ihr Lächeln erstarrte, als sie die Angst in Julias Augen sah. Ihr Gesicht wurde ernst, sie nahm Julias Hand und fuhr fort.

»Ich habe die Sauna angezündet, und jetzt ist die Polizei da, um mich zu holen. Ich werde vielleicht eine Weile weg sein, aber Annika wird sich so lange um euch kümmern. Und wenn Carl darauf bestehen sollte, dass du bei ihm wohnst, so kannst du dich weigern. Lauf so schnell du kannst und mach ein Riesentheater. Du bist groß genug, um es zu schaffen, da bin ich sicher. Lauf ihm einfach davon.«

Ihre Stimme brach, die Tränen brannten hinter den Lidern. Sie versuchte, wieder Kontrolle über ihre Gefühle zu bekommen.

»Du bist stark, Julia, und ich liebe dich so sehr!«

Julia klammerte sich an Giselas Arme, und Erik, der auf einer Matratze neben dem Bett schlief, wachte durch die aufgeregten Stimmen auch auf. Als er sah, dass Julia weinte und versuchte, Gisela festzuhalten, begriff er den Ernst der Lage.

»Mama! Wo gehst du hin?«

Er krabbelte zu Gisela auf den Schoß.

»Mein Schatz, ich muss für ein paar Tage weg, aber Annika wird sich um dich und Julia kümmern!«

Es klopfte an der Tür, und einer der Polizisten sagte, nun sei es Zeit. Julia fasste Gisela fest um die Taille, Erik bohrte seinen Kopf in ihren Schoß, schluchzte verzweifelt und schüttelte den kleinen Kopf mit den blonden Locken. Mit erstickter Stimme schrie er:

»Nein! Nein! Nein! Nein! Nein!«

Die kleinen Fäuste schlugen wie irrsinnig auf die Matratze, das Schluchzen erstickte die Worte.

Patrik Hagström war seit vierzehn Jahren Polizist. Nichts ließ ihn so sehr zweifeln an seinem Beruf und seinen Aufgaben, wie ein Elternteil von einem heulenden Kind wegreißen zu müssen. Er war Polizist geworden, weil er Gutes tun wollte, aus dem starken Gefühl, anderen Menschen helfen zu wollen. Oft hatte er auch den Eindruck, nützlich zu sein, hatte Einsätze, nach denen die Leute vor Dankbarkeit weinten. Er war auch gern die tröstende Kraft, die Menschen beruhigte, die gerade die schreckliche Nachricht eines Todesfalls bekommen hatten. Aber das hier sah nicht gut aus. Die Frau sah mitgenommen aus, dunkle Ringe unter den Augen zeugten davon, dass sie eine schwierige Zeit durchmachte. Außerdem machte sie keinen aggressiven Eindruck, im Gegenteil, sie wirkte ruhig und gefasst und, wie sie selbst gesagt hatte, kooperativ. Er konnte den Gedanken nicht verdrängen, dass sie bestimmt einen verdammt guten Grund gehabt hatte, die eigene Sauna niederzubrennen. Er wusste, was Verzweiflung mit Menschen machen konnte. Als der Skrupel in ihm wuchs, machte er das einzig Mögliche, um seinem Job gerecht zu werden, er schaltete ab und verdrängte.

Entschlossen öffnete er die Tür zum Schlafzimmer und zeigte mit aller Deutlichkeit, dass er keinen Widerstand oder Ärger dulden würde.

Von der Matratze, wo das heulende Trio sich aneinander klammerte, sahen die beiden Polizisten aus wie Monster, die den ganzen Raum füllten.

Emma und Annika sahen von der Diele aus, wie die beiden Männer versuchten, die verschlungenen Körper zu trennen. Emmas Herz schlug so heftig, dass sie die Hand auf die Brust drücken musste. Sie spürte Annikas Arm um ihre Schultern und wie fest sie Emmas Hand drückte. Als der eine Polizist die wild um sich tretende Julia nach hinten ins Zimmer zu ziehen versuchte, konnte Annika nicht mehr an sich halten.

»Bitte, lassen Sie, ich mach das!«

Sie gab sich Mühe, ruhig und vertrauenswürdig zu klingen, Hagström zögerte einen Moment, dann ließ er Julia los, und Annika konnte sie in den Arm nehmen.

Der andere Polizist war damit beschäftigt, den schreienden Erik dazu zu bringen, das Bein seiner Mutter loszulassen. Gisela weinte, versuchte aber dennoch, mit Erik zu sprechen.

»Lass mich jetzt los, Erik, ich bin doch bald wieder da!«

Aber Erik wusste, dass sie nicht die Wahrheit sagte, das hörte man an ihrer bemüht kontrollierten Stimme. Der kleine Körper war gespannt wie ein Bogen, als es dem Polizisten schließlich gelang, den Griff um Giselas Bein zu lösen. Mühsam stand Gisela auf und ging in die Diele, wo Hagström sich neben sie stellte und ihren Arm festhielt. Sie leistete keinerlei Widerstand, als die Polizisten sie aus der Wohnung und zum wartenden Auto führten. Sie stolperte nur einmal, als Eriks Weinen in ein verzweifeltes Heulen überging, das man im ganzen Treppenhaus hören konnte. Er wusste genau, dass es sehr lange dauern würde, bis er seine Mutter wiedersah.

Man sah, dass er sich nicht wohlfühlte, so eingeklemmt auf dem Küchensofa an Annikas Tisch. Die Stühle waren voller Papierstapel und Bücher, und auf dem einzigen freien Stuhl saß Annika. Für die Aktentasche aus braunem Leder war nirgends Platz, und nur mit Mühe konnte er den Packen Dokumente hervorholen, die alle das Logo der Anwaltskanzlei Cederström trugen.

Das rotgrün karierte Tweedsakko sah warm aus, kleine Schweißperlen glitzerten am Haaransatz. Er nahm die runde Brille ab, wischte sich mit einem weißen Taschentuch die Stirn.

Julia sagte kurz Guten Tag, dann verließ sie die Küche und stellte sich so hinter die Tür, dass sie alles sehen und hören konnte.

Seine Stimme war weich und klangschön, man hörte, dass er wusste, dass man ihm gern zuhörte.

»Der Vater der Kinder will selbstverständlich, dass sie zu ihm zurückkommen, in ihr Zuhause, jetzt, wo die Umstände gezeigt haben, dass die Mutter völlig unzurechnungsfähig ist! Das ist auch juristisch die einzige Lösung, Sie würden einen Sorgerechtsprozess gegen den Vater der Kinder niemals gewinnen, das müssen Sie einsehen. Soweit ich verstanden habe, gibt es keinerlei verwandtschaftliche Beziehungen zwischen Ihnen und den Kindern?«

Annika starrte ihn an, zum Glück hatte sie ihre Stimme wiedergefunden, heiser und drohend.

»Biologischer Vater hin oder her, er hat seine Rechte als Vater verwirkt, nachdem er sich an seiner Tochter vergriffen hat!«

Gustav Cederström räusperte sich und schaute in seine Papiere.

»Ja, hm, ich muss Sie offenbar daran erinnern, dass hier Aussage gegen Aussage steht, es gibt weder ein Ermittlungsverfahren noch andere Beweise, die den Bericht des Mädchens stützen.«

Einen Moment lang verlor Annika die Fassung, ihre Stimme wurde lauter, und sie stand auf.

»Sie hat Narben, verdammt! Dass wir ein Rechtssystem haben, das systematisch die Rechte der Kinder missachtet, indem man ihnen nicht glaubt, bedeutet doch nicht, dass es nicht passiert ist!«

Sie beugte sich drohend vor, als sie mit leiser Stimme die Worte sagte, die Julia vor Angst und Erleichterung zittern ließen.

»Ich weiß, was ich weiß. Und tief drinnen in Ihrem Männerhirn, in Ihrem verdammten Männerhirn wissen auch Sie es, da bin ich mir sicher! Auch wenn Sie inzwischen so korrumpiert sind, dass Sie kaum wissen, wo oben und unten, vorne oder hinten ist!«

Schnaubend stand er auf, und als er sich zu seiner vollen Länge aufgerichtet hatte, sicher zwanzig Zentimeter größer als Annika, gewann auch er die Fassung zurück.

»Sie machen sich völlig lächerlich, wenn Sie glauben, den Vater daran hindern zu können, das Sorgerecht über seine Kinder zu bekommen. Wenn Sie nicht mit uns zusammenarbeiten, sehen wir uns gezwungen, die Kinder von der Polizei holen zu lassen. Aber wenn man bedenkt, was diese armen Kinder schon mit ihrer Mutter durchgemacht haben, wäre es dem Vater sehr daran gelegen, dass es dieses Mal etwas zivilisierter abläuft.«

Er zog sich den Mantel an und legte sich den exklusiven roten Schal um.

»Also, bringen Sie die Kinder am Montag?«

Annika sank plötzlich in sich zusammen und schaute ihn bittend an.

»Erik können Sie vielleicht nehmen, aber Julia ist dreizehn und weigert sich, wieder zu Carl zu ziehen. Ich glaube nicht, dass ich auf sie einwirken kann, sich anders zu entscheiden. Zumal ich ihrer Meinung bin. Es wäre geradezu lebensgefährlich, sie zu zwingen, wieder bei diesem Mann zu leben!«

Als er gegangen war, zündete sich Annika eine Zigarette an und rauchte gierig, dabei starrte sie aus dem Fenster. Julia kam in die Küche und setzte sich an den Tisch.

»Hast du gehört, was er gesagt hat?«

Annika wandte sich vom Fenster ab und schaute Julia an.

»Ich werde nicht wieder nach Hause ziehen. Niemals! Eher haue ich ab oder bring mich um!«

»Ja, ich weiß. Aber ich glaube, es gibt eine kleine Chance. Du bist alt genug, ich muss das noch mal mit einer Freundin diskutieren, sie ist Sozialarbeiterin. Sie kennt sich aus. Allerdings fürchte ich, dass Erik zu ihm zurück muss.«

Julia holte tief Luft und seufzte erleichtert, als es funktionierte. Allmählich bekam das Zimmer wieder seine Proportionen. Die Konturen wurden zu Möbeln. Emmas Schreibtisch, der Stuhl, das Bett, in dem sie lag.

Sie flüsterte immer wieder die Sätze, die ihr halfen, heil in die Welt zurückzukehren.

»Ich bin hier. Hier ist jetzt. Ich bin hier, nicht dort. Ich bin ...«

Sie zitterte, als ein Schauder ihren Körper durchlief. Sie war. Vielleicht. Aber nicht sicher. Dass sie war. Ob sie war. Konnte man nicht wissen.

Vor dem Fenster wich die dunkelblaue Schwere des Nachthimmels einer helleren Färbung. Die Sonne war noch nicht aufgegangen, Julia versuchte, ruhig zu atmen, was ihr sofort misslang. Sie wusste, was für ein Tag heute war. Heute würde es passieren. Was nicht passieren dürfte. Sie hatte nicht die Absicht, zu Carl nach Hause zurückzukehren.

Seit Gisela wegen Brandstiftung in Untersuchungshaft saß, lebten sie in einem anderen Orbit. Niemand wusste, wie es weitergehen würde, und obwohl Annika sich sehr bemühte, eine alltägliche Ruhe und Geborgenheit zu vermitteln, verrieten sie doch ihre Unruhe und die schrille Stimme. Die dunklen Ringe unter den Augen und die Falten, die immer tiefer wurden, waren eine Erinnerung an das, was passiert war. Am Abend zuvor, als Julia zur Toilette musste, hatte sie Annika im Sessel gesehen, die über Kopfhörer Musik hörte, den Blick weit in die Ferne gerichtet. Was ihr durch Mark und Bein ging, war die leere Rotweinflasche, die neben ihr auf dem Tisch stand.

Julia wusste, dass Annika gern Rotwein trank. Sie hatte fast immer ein Glas in der Hand, ob sie kochte oder vor dem Fernseher saß oder konzentriert ein Buch las. Aber dieses Mal war das Trinken anders, so hatte sie Annika noch nie gesehen, abwesend, mit leerem Blick und zusammengekniffenem Mund.

Wie sollte sie jemals all das, was passiert war, in ihrem Kopf geordnet bekommen? Der Gedanke, dass das gegenwärtige Chaos immer so weitergehen würde, machte ihr Angst. Wie konnte jemand, am allerwenigsten sie selbst, dem ein Ende bereiten?

Die Weihnachtstage mit der verräterischen Hoffnung, dass das Leben doch lebenswert war. Die dann wieder verschwand, genauso plötzlich, wie sie gekommen war.

Alles war nichts, alles konnte geschehen, und nichts. Eines wusste sie sicher, Carl würde sie nie, nie wieder bekommen. Nie wieder würde sie mit ihm leben. Wie sehr er auch schrie und mit seinen Rechten drohte und dem Geschwätz, dass er das Sorgerecht hatte. Ihr biologischer Vater war. Ihr *ein-*

ziger Vater. Wie sein Anwalt Gustav Cederström erklärt hatte.

Julia drehte sich im Bett um, das Gesicht zum Fenster. Die letzten Reste Dunkelheit waren verschwunden, der Himmel war blau.

»Ein neuer Tag mit neuen Möglichkeiten!«

Das sagte Gisela manchmal, wenn sie morgens zum Wecken kam. Keck und munter, schon damals hatte es aufgesetzt geklungen, vor allem damals.

Wenn sie daran dachte, wie Gisela sich Mühe gegeben hatte, ein bisschen Freude in ihrer traurigen Familie zu erzeugen, spürte sie einen Stich im Bauch. Alle ihre Versuche mit besonders schön gedecktem Tisch, Kerzen und Essen, das Carl besonders gern mochte. Wie sie lächelte, um zu zeigen, dass alles prima war, obwohl im ganzen Haus ein eisiges Schweigen herrschte. Wie es ihr meistens nicht gelang und sie schwieg oder Julia ärgerlich anschnauzte. Heute erkannte sie darin vor allem tapfere Versuche.

Draußen glitzerte der Neuschnee, schön und böse. Teilte mit, dass es kalt war. Aber das machte nichts, keine Kälte der Welt konnte Julia hindern. Sie hatte sich entschieden.

Annika tastete nach dem Wasserglas und trank gierig einige Schlucke. Das Morgenlicht, das hereinschien, war so grell, dass sie blinzeln musste. Sie hatte starke Kopfschmerzen und suchte die Schmerztabletten in der Nachttischschublade.

Emma sah, wie ihre Mutter das Gesicht verzog, und schloss daraus, dass es gestern spät geworden war und sie wahrscheinlich mindestens zwei leere Rotweinflaschen im Wohnzimmer oder der Küche finden würde. In letzter Zeit hatten die Abende häufig so geendet, und sie wollte gar nicht darüber nachdenken, was das bedeutete.

Vor dem Fenster freuten sich zwei Dompfaffen über das Vogelhäuschen, das sie auf dem Balkon aufgehängt hatten. Vielleicht waren sie ein Paar, sie fraßen oft zusammen.

Es war Montag, heute sollten die Kinder ihrem rechtmäßigen Zuhause zugeführt werden, ihrem rechtmäßigen Vater.

Automatisch sagte sie die Worte, die sie jetzt immer still vor sich hin sagte, wenn sie an Carl dachte. Das eklige Schwein. Das verfluchte, widerwärtige, feige Arschloch!

Er hatte sich die ganze Zeit zurückgehalten, immer nur diesen schleimigen Anwalt geschickt. Sie wusste, dass er sich schämte. Unter dem ach so wohlgeordneten Äußeren schämte er sich wie ein Hund, er wusste genau, was er getan hatte. Aber natürlich musste er so tun, als wäre er wirklich ein guter Vater, der liebevolle Papa, der seine entführten Kinder zurückhaben wollte.

Aus dem Badezimmer hörte Emma, dass Annika Geschirr spülte, und kurz darauf drang der Duft von frischem Kaffee ins Schlafzimmer.

In der Wohnung war es still, Emma ging leise in die Küche und half Annika, das Frühstück zu richten. Als Annika sie sah, versuchte sie zu lächeln.

»Hallo, mein Schatz, gut geschlafen?«

»Geht so.«

»Ich auch. Habe so schreckliche Kopfschmerzen.«

Die Hand, mit der sie zwei Brotscheiben in den Toaster schob, zitterte leicht. Emma holte Butter und Käse aus dem Kühlschrank und spürte plötzlich etwas in der Luft. Etwas Stilles. Der Käse war schimmelig, aber das war nicht der Grund, warum ihr Herz so heftig schlug, als ob es wüsste, dass etwas nicht stimmte, lange bevor sie es sah.

Instinktiv ging sie in das Zimmer, wo Julia und Erik schliefen, und als sie sah, dass Julia nicht da war, war sie erschrocken und froh zugleich.

Auf dem Kissen lag ein Zettel, ein Brief.

Ich muss abhauen, weil ich ihn nie, nie wiedersehen will. Er ist ein Teufel, und ich hasse ihn! Ich werde nicht zulassen, dass er mir weiterhin wehtut.

Verzeih mir, Erik, dass ich dich im Stich lasse, aber ich glaube, zu dir ist er nicht so gemein.

Julia

Emma las den Brief immer wieder, ihr Herz schlug aufgeregt, und als sie Annika den Brief gab, sah sie, dass auch die Gefühle ihrer Mutter in Aufruhr waren, widersprüchlich und heftig.

Annika setzte sich und zündete sich eine Zigarette an, Emma blieb stehen und dachte über den Inhalt des Briefs nach. Ein ungestümer Stolz über Julias Mut und Stärke vertrieb die Angst.

Über ihren Lebenswillen, denn das war es doch? Ein Akt

des Widerstands. Ein Akt des Überlebenwollens. Der allen zeigte, dass sie sich nicht mehr kränken lassen würde.

Als Annika fertig geraucht hatte und Emma anschaute, sah sie wieder das vertraute Glitzern in den Augen. Das schiefe Lächeln und das heisere Lachen, als sie die Kippe in den Aschenbecher drückte.

»Aha. Das hätte ich nicht von Julia gedacht!«

Emma setzte sich auf ihren Schoß und ließ sich beschützend in die Arme nehmen.

»Doch, das hätte ich sehr wohl von Julia gedacht. Du kennst Julia nicht!«

Sie berührte Annikas Hals mit der Nase, sie roch nach Rauch und Rotwein. Sie schloss die Augen und sog den Geruch ein, Annika lachte noch lauter, ein begeistertes Glucksen, das wie glänzende Seifenblasen zur Decke stieg.

Die angsterfüllte Müdigkeit der letzten Tage war lähmend gewesen. Wie angeschossene Elche waren sie durch die Wohnung gewankt.

Die Geschehnisse der letzten beiden Wochen waren wie ein unwirklicher Albtraum. Wenn Emma daran dachte, dass Gisela in U-Haft saß und auf den Prozess wartete, hätte sie am liebsten gleichzeitig hysterisch gekichert und geheult.

Nicht einmal Annika schaffte es, stolz zu bleiben, und das ängstigte Emma mehr als alles andere. Annika hatte bisher immer alles hinbekommen, unverwundbar und unermüdlich. Ihre sorgenvollen Stirnfalten und die leblosen Augen, wenn sie wie ein Roboter ihren Tätigkeiten nachging, passten so gar nicht zu ihr. Sie hatte sie noch nie so gesehen, nicht einmal als Großmutter Elin vor drei Jahren mit einem durchgebrochenen Blinddarm ins Krankenhaus gemusst hatte.

Aber jetzt war die Mutlosigkeit wie weggeblasen, Annika bewegte sich wieder stark und eifrig.

Die Küche badete im Sonnenlicht, Annika stand am Fenster und rauchte, ihre Haare blitzten in der Sonne, sie lächelte.

Die gelbe Villa war größer, als Annika sie in Erinnerung hatte, und so aus der Nähe hatte die Größe fast etwas Bedrohliches. Eine Demonstration von Macht.

Carl hatte sie offenbar vom Fenster aus gesehen, er öffnete die Tür, bevor sie klingeln konnten, und kam ihnen rasch entgegen. Sein Gesicht war bleich und faltig, die Augen schmaler und dunkler als sonst.

Offenbar war er nicht so unverletzbar, wie er vorgeben wollte. Sie schaute ihn an und spürte, wie Erik ihre Hand fest drückte.

Hinter Carl stand Gustav Cederström auf der Veranda und beobachtete sie.

»Erik! Ich bin so froh, dich zu sehen!«

Carl streckte die Arme aus, aber Erik rührte sich nicht, blieb neben Annika. Einen Moment lang hielt die Welt den Atem an. Gustav Cederström brach das Schweigen.

»Erik, dein Papa hat sich so nach dir gesehnt!«

Widerwillig ließ Erik Annikas Hand los, er machte einen Schritt auf Carl zu und begrüßte ihn höflich.

»Und wo ist Julia?«

Gustav Cederströms Stimme hatte Gewicht, er war es gewohnt, dass man ihm gehorchte. Er schaute Annika an, die seinem Blick standhielt.

»Ich weiß es nicht. Sie hat diesen Brief auf dem Kopfkissen hinterlassen, wahrscheinlich ist sie sehr früh heute Morgen abgehauen.«

Gustav Cederström las den Brief und reichte ihn an Carl weiter, der ihn mit gerunzelter Stirn las.

»Und das sollen wir dir glauben? Dass du nichts mit Julias Verschwinden zu tun hast?«

Er trat auf Annika zu, sie blieb stehen, obwohl die Nähe seines Körpers ihr großes Unbehagen bereitete.

»Ehrlich gesagt, ist es mir ziemlich egal, was du glaubst oder nicht glaubst, ich sage nur, wie es ist. Julia ist abgehauen, ich weiß nicht, wohin, aber es ist wohl offensichtlich, dass sie nicht die Absicht hat, hierher zurückzukommen.«

Sie schaute Carl an, der zu Boden blickte.

»Sie werden verstehen, dass wir rechtliche Schritte unternehmen werden, um Julia nach Hause zu bekommen. Und wenn Sie sich weiterhin weigern, mit uns zusammenzuarbeiten, dann werden auch Sie gehörige Probleme bekommen.«

Annikas Augen wurden schmal und bissen sich an Gustav Cederströms Blick fest.

»Das ist wohl kaum eine Frage, die Sie oder ich entscheiden werden, das Sozialamt wird sich dazu äußern. Aber so, wie ich es verstanden habe, ist Julia alt genug, um mitzuentscheiden, mit wem und wo sie leben will. Und wenn man bedenkt, was hier passiert ist, scheint es mir nicht ratsam, sie zu zwingen, hierher zurückzukehren.«

»Ja, ja, lass sie doch, Gustav! Erik habe ich auf jeden Fall wieder bei mir, und Julia wird bestimmt auch kommen, wenn sie Hunger hat oder Geld braucht.«

Carl schlug Gustav ein bisschen zu fest auf die Schulter, Annika nahm Erik in die Arme und drückte ihn fest.

»Tschüs, mein Kleiner! Du wirst mir fehlen.« Und dann flüsterte sie ihm leise ins Ohr: »Und du weißt ja, wenn du etwas brauchst, kannst du immer zu uns kommen. Jederzeit! Versprich mir, dass du zu mir kommst, wenn du Hilfe brauchst!«

Er nickte und schaute ihr ernst in die Augen. Sein Blick sagte, dass er sie verstanden hatte.

Als sie die gelbe Villa verließen, sah sie die heruntergebrannte Sauna. Wo sie gestanden hatte, war jetzt ein schwarzer Fleck auf dem Rasen, verkohltes Holz lag verstreut in der Gegend.

Ein Bild wahren Heldenmuts und gesetzloser Gerechtigkeit. Von der göttlichen Sorte.

Einen ganzen Tag lang trieb Julia sich in der Stadt herum. Ging in Geschäfte, schaute sich mit Kennermiene Kleider an, schüttelte bedauernd den Kopf, wenn eine Verkäuferin sie fragend anschaute. Die frühen Morgenstunden, bevor die Geschäfte aufmachten, waren am schlimmsten. Es war kälter, als sie gedacht hatte, obwohl sie eine dicke Strumpfhose und eine gefütterte Überziehhose anhatte. Auf dem Spielplatz kroch sie in ein Spielhäuschen, das schützte ein bisschen vor dem kalten Wind, der Pulverschnee und Sand mit sich trug. Aber nach einer Weile drang der scharfe Wind auch durch die Ritzen zwischen den Brettern und sie merkte, dass es keinen Sinn hatte, still zu liegen. Wenn sie den Tag überstehen wollte, musste sie sich bewegen. Sie zog die Mütze tief in die Stirn und wanderte Richtung Stadt. Auf halbem Weg überraschte sie der Hunger, es war eine unerwartete Erkenntnis, dass man Hunger bekam, wenn man auf der Flucht war. Zum Glück hatte sie noch gut in Erinnerung, wie sie im Sommer im Kiosk geklaut hatten.

Fast als hätten sie für die echte Überlebenssituation geübt.

Im Supermarkt am Marktplatz ging sie selbstsicher durch die Gänge und nahm sich eine Limo und zwei Zimtschnecken. In der Obstabteilung steckte sie noch eine Banane und einen Apfel in die Jackentasche. Dann ging sie zur Kasse und bezahlte ein Kaugummi für fünfzig Öre und verließ den Laden unbehelligt. Aufgemuntert durch ihren Erfolg setzte sie sich in den nächsten Hauseingang und aß ihr Diebesgut. Die Zimtschnecken schmeckten wundervoll.

Im Ganzen verlief der Tag recht gut. Erst gegen Abend wurde sie missmutig. In einem Mietshaus richtete sie sich ganz oben vor der Speichertür ein Nachtlager, mit dem Rucksack als Kissen und der Steppjacke als Zudecke. Sie aß die Pizza, die sie sich nach einigem Hin und Her für die fünfzig Kronen, die sie noch in der Tasche gehabt hatte, gekauft hatte. Sie hörte, wie jemand die Haustür öffnete und die Treppe hochkam. Eine helle Mädchenstimme plapperte unbekümmert und erzählte vom Schneemann, den sie im Hof gebaut hatte, eine müde Erwachsenenstimme antwortete mit einem uninteressierten Brummen.

»Mama, hier riecht es nach Pizza! Können wir nicht auch eine Pizza kaufen, bitte?«

»Nein, mein Schatz, heute nicht, wir haben noch so viel vom Weihnachtsessen übrig, das müssen wir zuerst aufessen.«

»Aber ich mag keine Fleischklößchen mehr! Ich will Pizza!«

Die müde Mutterstimme blieb hart, was die Pizza anging, und schließlich verschwanden sie hinter der Tür ihrer Wohnung. Julia lauschte dem Klang der Stimmen, der immer schwächer wurde. Sie konnte sich nicht erklären, warum es plötzlich so wehtat, sie bekam richtige Krämpfe und keuchte vor Schmerzen. Irgendetwas an dem alltäglichen Gespräch erinnerte sie daran, wo sie war und warum. Sie war auch einmal ein kleines, unbekümmertes Mädchen gewesen, dessen größtes Problem es war, was es zu essen geben würde.

Sie schlich die Treppe hinunter zu der Tür, die dem Geräusch nach zu Mutter und Kind gehörte. *Familie Holmgren* stand auf dem Namensschild. Die Tür schmückte eine kindliche Zeichnung, auf der vier Kopffüßler Hand in Hand auf einer Blumenwiese standen. Sie fuhr mit dem Finger über die Konturen, als würde die Bewegung das Bild der glücklichen Familie festhalten. Aus der Wohnung hörte man leise Musik, sie drang nur schwach hinaus zu ihr ins Treppenhaus. Sie meinte, das Musikstück zu kennen, aber sie wusste nicht, was es war, etwas Klassisches, Mozart vielleicht? Plötzlich nahm sie die Zeichnung von der Tür und riss sie in kleine Stücke, die sie ins Treppenhaus warf. Die Handlung erschreckte sie, und sie lief schnell wieder die Treppe hinauf, dieses Mal nicht ganz so leise.

Da oben saß sie auf dem Boden und zog die Jacke fester um sich. Es war kalt, und als die Lampe im Treppenhaus ausging, hatte sie keine Lust, sie wieder anzumachen. Die Dunkelheit konnte kommen.

Die Nacht war schlaflos und lang. Sie nickte immer wieder ein, aber als das Morgenlicht durch die Fenster des Treppenhauses schien, hatte sie Kopfschmerzen vor Schlafmangel. Der Körper war steif gefroren, sie stöhnte, als sie versuchte, sich aufzusetzen. Ihr Mund war trocken, die Zunge rau wie Schmirgelpapier. In der Limoflasche waren nur noch ein paar Tropfen, sie trank sie, ohne dass der Durst gelöscht wurde, im Gegenteil, jetzt war er nur noch verzweifelter. Außerdem musste sie so dringend pinkeln, dass jeder Schritt stach wie mit Nadeln. Sie sammelte schnell ihre wenigen Besitztümer zusammen, zog die Steppjacke an und verließ das Treppenhaus. Im Hof setzte sie sich hinter ein paar Büsche, der kräftige Strahl verwandelte den Schnee in eine gelbe Pfütze.

Sie musste einen anderen Laden zum Klauen nehmen, ihre eigenartigen Kaugummikäufe wirkten sonst verdächtig. Sie ging Richtung Stadt und in einen Konsumladen. So früh am Morgen waren hier noch nicht viele Kunden, eine Tüte Brot verschwand ohne Probleme in der Jacke. Eine Tube Krabbenkäse und eine Milch steckte sie in den Rucksack. Die Verkäuferinnen schienen noch nicht richtig wach zu sein, eine müde Kassiererin wartete an der Kasse. Julia reichte ihr lächelnd ein Erdbeeerbonbon für eine Krone und verließ den Laden. Die gleiche Munterkeit wie gestern, das Gefühl von Macht und Kontrolle. Vielleicht würde sie sich in Zukunft so versorgen – als Vollzeitdiebin? Zu einer richtigen Verbrecherin avancieren, Diamanten stehlen, Banken ausrauben?

Die Geschäfte hatten noch nicht geöffnet, es war erst halb zehn, dennoch lief sie die Hauptstraße auf und ab, etwas Besseres fiel ihr nicht ein. Nur wenige Menschen waren unterwegs, viele hatten vielleicht noch Weihnachtsferien. Ein Rentner kam mit einer Stofftasche, auf der das Logo der Stadtbibliothek aufgedruckt war. Sie schaute sie an, und auf einmal fiel ihr ein, dass die Bibliothek von zehn bis sechs geöffnet hatte. Dass sie bisher nicht daran gedacht hatte! Vielleicht gab es doch einen Gott, der ihr wohlgesinnt war?

Sie folgte dem Rentner in die Bibliothek und ging direkt zur Toilette, wo sie noch einmal pinkelte. Dann wusch sie sich Gesicht und Hände und tat danach so, als wüsste sie genau, wohin sie wollte. In der hintersten Ecke gab es eine Sitzgruppe mit Tisch und Stühlen, hinter den Regalen mit der Kunstliteratur. Da setzte sie sich hin und richtete sich für den Tag ein.

Emma konnte aus ihrem Zimmer Annikas leise Stimme hören, die in der Küche telefonierte. Den ganzen Tag schon hatte sie mit allen möglichen Leuten und Behörden gesprochen. Emma hatte auf dem Bett gelegen und zugehört, wenn sie nicht eingeschlafen war. Sie hatte immer noch den Schlafanzug an, war nur zum Frühstücken aufgestanden. Seit sie wieder allein waren, hatte die große Müdigkeit sie gepackt. Jedes Körperteil und jeder Muskel waren erschöpft.

»Das ist die Anspannung. Es ist kein Wunder, dass du so kaputt bist, das waren drei sehr anstrengende Wochen«, sagte Annika, als sie in einer Pause zwischen den Gesprächen zu ihr kam und sich aufs Bett setzte.

»Bist du nicht müde?«

Sie schaute forschend auf Annikas dunkle Ringe unter den Augen.

»Ich muss noch ein paar Sachen erledigen, dann kann ich ohnmächtig werden!«

Sie lachte, stand auf und ging wieder in die Küche. Emma wusste, dass sie versuchte, dafür zu sorgen, dass Julia Carl nicht mehr treffen musste. Vielleicht würde es gelingen. Sie wollte es so gern glauben.

Ihre Gedanken drehten sich im Kreis, ihr wurde ganz schwindelig. Wo war Julia im Moment? Was machte sie? Hatte sie etwas zu essen? Und vor allem, wo schlief sie?

Sie wünschte, sie hätte bei ihr sein können, verstand jedoch, dass es nicht ging. Das hier musste Julia allein schaffen.

Sie schloss die Augen und spürte, wie die schwere Müdigkeit sie hinabzog, dahin, wo es still und ruhig war.

Aus der Küche hörte sie Annikas gedrosselten Zorn, wenn sie wiederholte, was ihr Gesprächspartner sagte.

»Würdest du mit dem Täter zusammenwohnen wollen? Würdest du das wollen? Würdest du mit dem Täter zusammenwohnen wollen?«

Und dann das Schweigen, wenn die Person am anderen Ende auf diese rhetorische Frage antwortete.

»Nein, das hätte ich mir denken können. Und Julia geht es ganz genauso. Deswegen ist sie abgehauen, und wenn wir wollen, dass sie zurückkommt und wieder normal leben kann, dann musst du deine Verantwortung übernehmen und einen Ort finden, wo Julia wieder zu sich kommen kann.«

Emma setzte sich auf, im Kopf drehte sich alles. Sie hatte fast den ganzen Tag im Bett gelegen und es dauerte etwas, bis der Körper sich daran gewöhnte, aufrecht zu sein. Aber jetzt hatte sie genug vom Liegen, sie wurde rastlos. Auf wackeligen Beinen ging sie ins Badezimmer, setzte sich in die Badewanne und ließ sich vom warmen Duschwasser zum Leben erwecken.

Nach einer Weile steckte Annika den Kopf durch die Tür.

»Ich muss in die Stadt und einen Text in der Redaktion abgeben.«

Emma stellte die Dusche ab und stand auf. Annika reichte ihr ein geblümtes Handtuch.

»Darf ich mitkommen? Ich werde verrückt, wenn ich nicht rauskomme!«

Annika lächelte sie an und besprühte sich mit Parfüm.

»Klar, und auf dem Heimweg können wir einen Kaffee trinken gehen. Beeil dich mit dem Anziehen.«

Unter dem Neuschnee war Eis, hart und heimtückisch, sie rutschten ständig kichernd aus. Sie hielten sich krampfhaft an den Händen, was das schlechte Gleichgewicht fast noch verschlimmerte. Emma war ein paar Tage nicht vor der Tür gewesen, und sie war ganz verwirrt, als sie andere Menschen sah. Die Welt drehte sich offenbar weiter, als wäre nichts passiert, die Leute waren vielleicht ein bisschen müder und schwerer nach den Festgelagen der Weihnachtstage und den vielen Familienzusammenkünften. Annika hatte ihre schwarzen Anzugshosen, ein weißes T-Shirt und eine Weste an, ihre Männeruniform, die sie nur zu speziellen Gelegenheiten trug. Die Augen hatte sie mit schwarzem Kajal geschminkt, die Lippen waren blutrot. Als Emma sie von der Seite her anschaute, sah sie, dass Annika allmählich ihre stolze Körperhaltung wiederfand.

Der große Eingang zur Lokalzeitung war genauso übertrieben pompös wie das restliche Gebäude. Annika rutschte aus und konnte sich gerade noch am Geländer festhalten. Emma musste lachen und stolperte hinter ihr die Treppe hinauf. Sie lächelte die Frau an der Rezeption fröhlich an, die nickte gnädig und ließ sie eintreten. Emma hörte auf zu lachen, weil sie sich plötzlich wichtig vorkam. Das war genau wie mit Annikas Männeruniform, eine Verkleidung, die funktionierte. Wenn sie die anhatte, war sie stolz und klug. Genau wie die alten Marmorböden und die hohen Decken, die die Menschen ehrfürchtig machten. Es roch wie in einer alten Kirche, Stein und Staub und uraltes Holz.

Gunnar Alm saß hinter seinem Schreibtisch, er war in einen Text versunken. Der Tisch war voller Papierstapel und scheinbar ungeordneter Bücher. Seine graumelierten Haare waren ungekämmt, die Brille ungeputzt. Sie beobachteten ihn, ehe er ihre Gegenwart spürte und von seiner Lektüre hochsah. Sein Lächeln verwandelte sich rasch in eine besorgte Miene.

Annika lächelte, sie freute sich aufrichtig, ihn wiederzusehen. Ein Mensch, der außerhalb des ganzen Durcheinanders stand, das sie die letzten Wochen beschäftigt hatte.

»Hallo Gunnar! Frohes Neues! Ich habe den Text.«

Sie setzte sich auf den Stuhl vor dem Schreibtisch und reichte ihm die beiden getippten Seiten.

Gunnar Alm lächelte verkniffen, Annikas offenes Gesicht wurde plötzlich wachsam.

»Annika, ich hätte dich anrufen sollen, ich bin nicht dazu gekommen.«

Sie schaute ihn fragend an.

»Du musst verstehen, wir haben neue Anweisungen aufgrund von Sparmaßnahmen bekommen und dürfen leider keine Aufträge mehr an freie Mitarbeiter vergeben. Wir müssen unsere Kulturberichterstattung intern regeln. Leider können wir deinen Text nicht kaufen, auch in Zukunft nicht mehr. Tut mir leid, du weißt, dass ich sehr zufrieden mit dir war!«

Annika versuchte zu verstehen, was er gerade gesagt hatte. Einsparungen? Und das fällt ihm jetzt ein, nach den Weihnachtsfeiertagen? Das hätte er auch schon vor zwei Wochen wissen müssen, als sie miteinander sprachen und das Datum für die Abgabe festlegten. Irgendetwas an der Art, wie er sie nicht anzuschauen wagte, war ihr unangenehm. Sie sah, wie er nervös mit den Füßen auftrat, als könnte er sie nicht still halten. Ja, Gunnar Alm war verlegen. Er schämte sich.

Annika stand auf, ging zur Tür und schloss sie. Dann kehrte sie zu ihrem Stuhl zurück und setzte sich. Sie beugte sich vor und zwang ihn, sie anzuschauen.

»Gunnar, ich habe zu viel Respekt vor dir, um dir solche erniedrigenden Ausreden und Lügen durchgehen zu lassen. Was ist los?«

Zum ersten Mal schaute er sie direkt an, sein Blick war voller Trauer und noch etwas? Angst?

»Es sind die Einsparungen, alle haben strikte Anweisung bekommen ...«

Er unterbrach sich mitten im Satz und schaute auf sein Papierchaos. Annika brachte ihre Befürchtung leise hervor.

»Ist es der Text? War er schlecht?«

Er schüttelte den Kopf.

»Deine Texte sind ausgezeichnet.«

»Ich würde ihn sonst umschreiben! Sag es mir, ich ändere gerne, wenn es nötig ist!«

Gunnar Alm schüttelte wieder den Kopf, und als er sie anschaute, waren seine Wangen glühend rot.

»Ich habe die ausdrückliche Anweisung von meinem Chef, dir keine Aufträge mehr zu geben.«

Eine kurze Sekunde lang wurde die Welt schwarz, und aus dem Schwarz trat ein Muster hervor.

»Was zum Teufel sagst du da?«

Gunnar Alm schaute sie aufrichtig betrübt an.

»Es hat mit diesem Fall zu tun, in den du offenbar verwickelt bist. Ich weiß nur, dass Steven Librinski etwas damit zu tun hat. Er kennt offensichtlich den Vater des Mädchens, sie sind beide im Rotary Club.«

»Ist das dein Ernst? Willst du damit sagen, dass dieser Männerclub eine solche Macht über euch hat? Das klingt wie in einem schlechten Krimi!«

»Annika, bitte, du musst verstehen, dass es gegen meinen Willen geschieht, aber du hast sie offenbar zu sehr gereizt. Diesen Kerlen tritt man nicht auf die Füße, sie sitzen überall an den Machtpositionen und haben einiges zu sagen.«

Annika stand auf und beugte sich über den Schreibtisch.

»Es geht um Vergewaltigung! Weißt du, dass dieser Saukerl seine Tochter so oft vergewaltigt hat, dass Narben zurückgeblieben sind?«

Eine Kälte glitt über Gunnar Alms Gesicht, etwas in ihm verschloss sich. Man hörte es der Stimme an, als er wieder das Wort ergriff. Die Verlegenheit und die Scham waren verschwunden, in die Tiefe gedrängt zusammen mit der schrecklichen Information.

»Wenn ich die Sache richtig verstanden habe, gibt es keinerlei Beweise, die für die Version des Mädchens sprechen. Die Anklage ist offenbar fallen gelassen worden.«

Annika ging zur Tür, drehte sich um und schaute ihm noch einmal in die Augen.

»Nein, du hast die Sache nicht richtig verstanden. Du hast es so falsch verstanden, wie man es nur falsch verstehen kann. Der Teufel soll dich dafür holen, Gunnar Alm!«

Sie ging rasch hinaus, Emma hatte Mühe, mitzukommen. Erst als sie bei der Treppe waren, wankte Annika. Sie klammerte sich am Handlauf fest und schaute auf ihre Füße. Reste von Fossilien leuchteten weiß in den marmornen Treppenstufen. Annika starrte auf die Fossilien und kämpfte gegen die Übelkeit an.

Vor dem schlossartigen Gebäude räusperte sie sich und spuckte aus, fluchte ausgiebig und trat in den Schnee. Emma stand neben ihr und hoffte, dass niemand sie sah. Aber sie blieben allein, und nach einer Weile schwieg Annika. Sie wollte Emma nicht anschauen, drehte ihr den Rücken zu und ging in Richtung Hauptstraße. Emma war erleichtert, dass es schon dunkel wurde.

»Mama, warte!«

Annika drehte sich um und schaute sie leer an.

Sie gingen schweigend weiter. Als sie an der »Perle« vorbeikamen und Annika sah, dass geöffnet war, wurden ihre Schritte plötzlich leichter. War sie die ganze Zeit auf dem Weg hierher gewesen?

Sie sah Emma zum ersten Mal richtig an.

»Komm kurz mit rein, ich brauch ein Glas.«

Emma hatte ihre Zweifel, dass es bei einem Glas bleiben würde. Wahrscheinlich würden es viele werden, und Emma hatte wahrlich keine Lust, Annika beim Sich-Betrinken Gesellschaft zu leisten.

»Nein, Mama, bitte nicht!«

Sie sagte Mama und nicht Annika, denn sie war plötzlich ein kleines Mädchen, das eine Mama brauchte, eine Mama, die verantwortlich und vernünftig war und nicht betrunken, unglücklich und verletzt.

»Ich will wirklich nicht! Können wir nicht heimgehen und eine Pizza kaufen? Bitte?«

»Jetzt komm schon, Emma, ich habe gerade meinen Schreibjob verloren. Verstehst du nicht, dass es mir beschissen geht? Ich brauch das jetzt. Kannst du nicht wenigstens kurz mitkommen?«

Emma spürte die Tränen hinter den Lidern brennen. Annika sah so hilflos aus, wie sie dastand und ihre dreizehnjährige Tochter anbettelte, Wein trinken zu dürfen. Sie sah auch noch etwas anderes in ihrem Blick, eine Härte, die es zuvor nicht gegeben hatte. Blaugrauer Stahl verdeckte das Glitzern.

»Aber ich will nicht.«

Sie sagte es leise, fast flüsternd, hatte Angst, dass die Stimme ihr nicht gehorchen würde. Aber Annika hatte sich offenbar schon entschieden, sie lächelte sie jetzt an, aber das Lächeln glich mehr einem falschen Affengrinsen.

»Wir können dann trotzdem noch eine Pizza kaufen! Komm jetzt, Emma, meine Freundin!«

Sie öffnete die Tür zur »Perle«, und Emma überlegte schnell, was schlimmer wäre, dass Annika allein Wein trank oder dass Emma eventuell zusehen musste, dass sie zu viel trank. Sie kam zu dem Schluss, dass ihre Gegenwart vielleicht doch einen dämpfenden Effekt hatte, sie würde mehr trinken, wenn Emma nicht dabei wäre.

Annika begrüßte den Mann hinter dem Tresen, sein Gesicht hellte sich auf, er kannte sie offenbar. Sie waren nicht

die einzigen Gäste, an einem Tisch weiter hinten im Lokal waren ein paar jüngere Männer und tranken Bier, an der Bar saßen ein Mann und eine Frau, die in ein vertrauliches Gespräch vertieft waren. Annika kletterte geübt auf einen der hohen Barhocker, Emma kletterte weniger geschickt auf den daneben.
»Ein Glas Rotwein und eine Limonade für meine Tochter.«
»Aha, das ist also deine Tochter?«
Annika antwortete für Emma.
»Japp. Höchstpersönlich. Emma, sag Micke guten Tag.«
Micke lächelte und gab ihr die Limo, er stellte ihnen auch eine Schale mit Erdnüssen hin. Er war hübsch, schwarze, kurz geschnittene Haare und schöne braune Augen. Emma grüßte widerwillig, sie bekam hier Einblick in einen Teil von Annikas Leben, von dem sie bisher nichts gewusst hatte, und sie war sich nicht sicher, ob sie es kennenlernen wollte. Sie wusste, dass Annika manchmal abends in die »Perle« ging, sie hatte schon oft mitbekommen, wenn sie mit Freunden darüber sprach. Aber das war etwas anderes, als hier zusammen mit ihr zu sitzen. Das war kein Ort, an den man seine Kinder mitnahm, es war auch kein Ort, an dem eine Mutter den Nachmittag mit ihrer Tochter verbrachte. Emma beobachtete Micke, der Annika ein Glas Rotwein einschenkte, hatte sein Blick etwas Mitleidiges? Was dachte er über sie? Er war erheblich jünger, vielleicht fünfundzwanzig. Konnte er auch sehen, dass sie gerade besiegt worden war?
Er drehte sich um und legte Musik auf, bald strömte die Stimme von Annie Lennox aus den Lausprechern, sie sang vom Morgen, das kommen würde. Emma trank ihre Limo in kleinen Schlucken, sie betrachtete die vielen Fotos und Bilder, die in einem einzigen Durcheinander an den Wänden hingen. Die »Perle« war eine Künstlerkneipe, und am hinte-

ren Ende war eine kleine Bühne, auf der freitags und samstags lokale Bands vor einem lebhaften jüngeren Publikum auftraten. Emma wusste, dass sie die Kneipe nie mehr betreten würde. Sie hatte heiße Wangen, die Wut in ihr wuchs, kochte schon fast, als sie sah, dass Annika das erste Glas Rotwein schon fast ausgetrunken hatte und schnell ein weiteres und einen kleinen Whisky bestellte.

Sie trank den Whisky in einem Zug aus und dann gleich einen Schluck Wein.

Emma konzentrierte sich auf ihre Limo, betrachtete die Blasen, die sich nach oben kämpften. Sie wollte nicht sehen, was sie entdecken würde, wenn sie Annika anschaute. Die Bilder in ihrem Kopf drängten sich auf, die vielen langen Abende, die Annika mit Musik auf den Kopfhörern und einer oder zwei Flaschen Wein im Sessel zubrachte. Wie sie Emma kaum wahrnahm, wenn die auf dem Weg zur Toilette in der Tür stand und sie betrachtete. Bilder, die sie schnell in das Vergessen der Nacht schickte. Aber wenn sie jetzt Annika anschaute, kamen sie, eins nach dem anderen. Der Mann neben ihnen zündete sich eine Zigarette an. Vielleicht war es der Rauch, vielleicht waren es die Bilder, die ihre Augen tränen ließen. Sie sprang vom Barhocker und murmelte etwas von Toilette. Annika schien es kaum zu registrieren, sie saß an der Bar, trommelte mit den Fingern und sang das Eurythmics-Lied mit.

Die Wände der Toilette waren mit selbst gestalteten Plakaten tapeziert, von Bands, die in der »Perle« gespielt hatten.

Emma pinkelte, die Tränen liefen ihr über die Wangen. Sie hatte einen heißen Kopf vor Scham und Verlegenheit.

»Verfluchte Scheiß-Annika!«

Sie fluchte, wusch sich dann das Gesicht mit kaltem Wasser, damit man nicht zu deutlich sah, dass sie geweint hatte. Sie schaute sich ihr Gesicht im Spiegel an, das rundliche rote Gesicht mit den wachsamen Augen, die zurückstarrten. Weg von hier, und wenn sie dafür eine Szene machen musste.

Annika hatte mittlerweile ausgetrunken und noch ein Glas bestellt, das auch schon wieder halb leer war.

»Mama, ich will, dass wir jetzt gehen!«

Vielleicht hörte Annika an Emmas Stimme, dass sie sich entschlossen hatte.

»Gleich, meine Freundin, ich will nur noch austrinken.«

Sie lächelte und nahm zwei große Schlucke.

»Ich bin nicht deine Freundin, ich bin dein Kind! Und wenn du jetzt nicht sofort mitgehst, bist du nicht mehr meine Mutter!«

Ihre Stimme war im ganzen Lokal zu hören, die anderen Gäste blickten erstaunt von ihren Biergläsern hoch.

Micke machte sich am Plattenspieler zu schaffen, um Emma nicht mehr als nötig in Verlegenheit zu bringen.

Annika schaute sie an, ihre blaugrauen Augen wurden etwas weicher. Sekunden vergingen, sie schien zu überlegen.

»Okay, ich komme.«

Sie stieg vom Hocker, stolperte und verlor das Gleichgewicht. Sie fiel auf Emma, und wenn die sie nicht aufgefangen hätte, wäre sie der Länge nach hingefallen. Sie lachte verlegen und sammelte dann konzentriert Mantel und Tasche zusammen und bezahlte.

»Tschüs Micke, wir sehen uns.«

Micke lächelte und hob die Hand.

»Bestimmt! Danke!«

Draußen stand ein Mann mittleren Alters, der sie beobachtete. Annika bemerkte ihn, als sie am Ausgang waren.

»Steven Librinski!«

Sie spuckte die Worte aus, die Verachtung in ihrer Stimme war nicht zu überhören. Der Mann hatte es plötzlich eilig. Annika lief ihm hinterher.

»Steven Librinski! Du verdammter Schweinehund! Was willst du eigentlich von mir?«

Der Mann drehte sich nicht um, er ging mit großen Schritten weiter.

»Bleib stehen, verdammt, ich will mit dir reden!«

Sie schrie jetzt laut, und die Leute blieben stehen und schauten sie fragend an. Emma packte sie am Arm und hielt sie fest.

»Mama, komm jetzt, er ist schon weg!«

»Das kann doch wohl nicht wahr sein! Ich werde wirklich noch paranoid!«

Sie wiederholte es ein paar Mal, schien gar nicht zu merken, dass Emma neben ihr stand.

»Das darf doch wohl nicht wahr sein! Das ist total verrückt, die spinnen wohl!«

»Was, Mama? Was ist verrückt?«

Emma spürte, dass sie Angst bekam, die Verlegenheit wich, sie wusste nicht, was schlimmer war.

»Andererseits darf alles, was geschehen ist, nicht wahr sein. Allmählich überrascht mich gar nichts mehr.«

Sie schaute in Emmas fragendes, beunruhigtes Gesicht.

»Er ist ein Freund von Julias Vater. Sie sind im gleichen Herrenclub.« Leiser und für sich sagte sie: »Diese Scheißkerle!«

Sie liefen in Richtung nach Hause, die Unruhe in Emmas Bauch tobte. Die Erleichterung, dass sie es geschafft hatte, Annika aus der »Perle« zu locken, war schnell der Angst gewichen.

Plötzlich blieb Annika stehen, Emma sah, dass sie vor der Parfümerie Schmetterling waren. Hier hatte Gisela gearbeitet. Annika hatte den Laden noch nie betreten, ihr Geldbeutel erlaubte diese Art von Luxus nicht. Emma war ein paar Mal mit Julia im Laden gewesen.

Annika strich sich die Haare aus dem Gesicht und holte tief Luft.

»Ich würde gern da reingehen und mich umschauen. Schaffst du das?«

Emma nickte, und sie gingen hinein.

Ein schwerer Duft von Parfüms schlug ihnen entgegen, sie schauten sich in dem kleinen Laden um. Er war altmodisch eingerichtet, Tapeten mit rosa Rosenmuster und Stuck an der Decke.

Außer einer Verkäuferin in Annikas Alter, die dem Namensschild nach Mona hieß, war niemand im Laden.

»Hallo! Ich bin Annika, eine Freundin von Gisela.«

»Sie ist im Moment nicht hier!«

Die Antwort kam schnell, sie klang ärgerlich und entschuldigend zugleich.

Annika versuchte, freundlich zu lächeln, um zu zeigen, dass sie keine bösen Absichten hatte.

»Ich weiß. Gisela und die Kinder haben bei mir gewohnt, bis sie abgeholt wurde. Ich wollte nur guten Tag sagen. Ich war noch nie hier.«

Der Gesichtsausdruck von Mona änderte sich, die sorgfältig geschminkten Augen wurden groß und glänzten.

»Ah, du bist also Annika! Entschuldige, wir kennen uns noch nicht, ich heiße Mona!«

Sie gaben sich die Hand und Mona bot an, eine Tasse Kaffee zu holen.

»Danke, gern, aber kannst du denn den Laden verlassen?«

»Ja, wir haben sowieso keine Kunden mehr, seit das Ganze … ja, seit das Schreckliche passiert ist. Möchtest du Saft?«

Sie wandte sich an Emma, die nickte. Mona verschwand hinter einem Vorhang und kam dann mit einem kleinen Tablett mit Tassen und Gläsern zurück. Annika trank einen Schluck.

»Willst du damit sagen, dass ihr Kunden verloren habt, seit Gisela weg ist?«

Mona blickte sie ernst an.

»Ja, aber nicht, weil Gisela weg ist, sondern warum sie weg ist. Du musst wissen, viele unserer Kundinnen sind die Ehefrauen von Carls Freunden und Bekannten. Sie haben sich natürlich hinter ihn gestellt und tja, dann wollten sie einfach nicht mehr hier einkaufen. Das ganze Weihnachtsgeschäft futsch.«

Annikas Blick bekam etwas Hartes.

»Aber das ist doch wahnsinnig!«

Es klang dumm, jämmerlich und nicht sehr tröstlich, aber etwas anderes fiel ihr nicht ein, immer nur dieses *Das ist doch wahnsinnig!*

»Aber es ist leider wahr. Unser Geschäftsprinzip beruht auf Stammkunden, Frauen, die seit Jahren bei uns einkaufen. Und diese Kundschaft reagiert extrem empfindlich auf Skandale.«

»Aber ... was wollt ihr jetzt tun?«

Mona seufzte und lächelte, wie zu einem Kind, das es nicht besser wusste.

»Da kann man nicht viel machen. Vielleicht kommen sie ja wieder, wenn sich alles beruhigt hat. Weißt du, wie es Gisela geht? Wie kommt sie denn zurecht ... dort?«

»Ich weiß es nicht, ich habe nicht mit ihr gesprochen, seit sie festgenommen wurde. Ich glaube, nach dem Prozess werden die Restriktionen gelockert, aber jetzt darf fast niemand mit ihr sprechen.«

»Aha.«

Mona trank ihren Kaffee aus und stand auf.

»Weißt du was, es ist jetzt zehn vor sechs, ich glaube ich mache zu für heute. Jetzt kommt niemand mehr.«

Sie standen auf und zogen die Mäntel an.

»Vielen Dank für den Kaffee! Ich hoffe wirklich, dass es euch bald wieder besser geht!«

»Danke, das ist nett von dir. Wir werden sehen! Warte, ich habe etwas für dich!«

Sie bückte sich und holte etwas aus einer Schachtel und reichte es Annika.

»Was ist das? Oh, ein Lippenstift! Vielen Dank!«

Mona lächelte verlegen und richtete sich die Haare.

»Der ist aus der Winterkollektion von Chanel. Perlmuttrosa. Gisela hätte gewollt, dass du ihn bekommst.«

Monas Augen glänzten, Annika umarmte sie fest, was sie zu überrumpeln schien.

»Danke!«

Ihre Stimme war undeutlich vor Rührung, aber als sie wieder auf der Straße standen, musste sie lachen.

»Das Ganze ist so absurd! Was für eine unglaublich nette Frau, aber Rosa, Emma, Rosa!« Sie blieb stehen und wandte sich an Emma. »Willst du ihn haben?«

Emma schüttelte den Kopf, immer noch verärgert über den Besuch in der »Perle«.

»Nein, danke. Vielleicht möchte Elin ihn haben«

Es schneite, der Schnee legte sich wie eine dicke Decke über die Welt, und Annika wusste auf einmal, dass sie verstand, warum Gisela die Sauna angezündet hatte.

Gisela wusste, wie grenzenlos diese Männer sind. Sie wusste, die einzige Möglichkeit, ihrem Wahnsinn zu begegnen, war, genauso wahnsinnig zu sein.

Das war eine Erkenntnis, die sie weniger hilflos als wütend machte. Sie richtete sich auf und schaute den Menschen, die ihr entgegenkamen, trotzig in die Augen.

Sie gingen durch den Park, da war kein Mensch, bis auf einen Mann, der ein bisschen weiter weg stand und sie anschaute. Emma blickte ängstlich zu Annika, die ihn auch gesehen hatte.

»Sollen sie uns doch überwachen, soviel sie wollen. Die erschrecken mich nicht mehr, ich kann mindestens genauso wahnsinnig sein wie die, und dann werden sie verdammt noch mal keinen Spaß mehr haben!«

Sie lachte und winkte dem Mann zu. Er winkte nicht zurück, sondern drehte sich um und ging in eine andere Richtung.

Darüber lächelte sie auf dem ganzen Weg nach Hause, bis zur Haustür, die Treppe hinauf. Und als sie den Schlüssel ins Schloss steckte und die Wohnung betrat, lächelte sie immer noch.

Vor dem Fenster war es schon lange dunkel, und als Julia vom Buch hochsah, bemerkte sie, dass außer ihr niemand mehr in der Bibliothek war. Beim Ausleihtresen sortierte die Bibliothekarin Zettel und Bücher und machte alles zum Schließen bereit. Julias Magen knurrte laut und vernehmlich, beklagte sich, wie wenig er bekommen hatte. Das Brot, das sie am Morgen im Laden gemopst hatte, hatte zusammen mit dem Tubenkäse gut geschmeckt. Aber kurz nach Mittag hatte sie alles aufgegessen, und jetzt war es bald sechs. Die Bibliothekarin war eine Frau mittleren Alters mit dunklen, kurzen Haaren und einer weiten schwarzen Strickjacke. Die Sandalen machten ein weiches Geräusch, Gummi auf Gummi. Julia hörte sie lange, bevor sie sah, dass sie kam.

»Hallo! Ich wollte nur sagen, wir schließen in fünf Minuten.«

»Okay, ich gehe.«

Die Frau zögerte einen Moment, blieb stehen und schaute Julia forschend an.

»Keine Eile. Ich muss noch ein paar Sachen aufräumen, bis ich die Lichter ausmache und abschließe.«

Julia schaute ihr in die Augen, wandte dann schnell den Blick ab.

»Okay. Danke.«

Sie murmelte ihre Antwort und schaute weiter auf den Tisch, bis die Gummisohlen in einiger Entfernung waren.

Schnell packte sie ihre Sachen zusammen, zog die Jacke an und verließ ihr vorübergehendes Zuhause. Ist eins der besseren, dachte sie, als sie durch die Glastür auf die Straße trat. Erheblich besser, als den ganzen Tag in Geschäften herumzulaufen.

Die Kälte zwickte ihr in die Wangen, die Stirn hinauf, und dann wurde sie wieder von Missmut und Angst ergriffen. Der Tag war in einem dankbaren Nebel vergangen, sie war so erleichtert gewesen, dass sie die Bibliothek gefunden hatte, und hatte nicht darüber nachgedacht, wohin sie nun gehen sollte.

Sie trappelte mit den Füßen, um die Wärme zu halten, und schaute unentschlossen in die Dunkelheit. Die Geschäfte waren geschlossen, auf den Straßen waren fast keine Menschen mehr. Eine leere Stadt an einem schrecklich kalten Winterabend. Plötzlich tat sie sich unendlich leid, und obwohl ihr auch gleich die Tränen über die Wangen liefen, musste sie im Stillen doch über die Situation lachen. Das waren die Geschichten ihrer Kindheit, *Das Mädchen mit den Schwefelhölzern, Die Kinder vom Frostmoberg, Kulla-Gulla*. Sie war diese Mädchen, hier und jetzt in der kalten Dunkelheit.

Eine Hand legte sich auf ihre Schulter, und sie zuckte zusammen. Als sie sich umdrehte, schaute sie in die besorgte Miene der Bibliothekarin.

»Was ist mit dir?«

Julia wischte sich die Tränen und den Rotz mit dem Handschuh ab.

»Alles okay. Hier draußen ist es nur so kalt.«

Sie schaute Julia mit unruhigen Augen an.

»Mir kommt es nicht besonders okay vor. Wo willst du denn hin, kann ich dich begleiten?«

»Nein, ich meine … ich will … das ist wirklich nicht nötig, ich komme schon zurecht!«

»Mir wäre sehr viel wohler, wenn ich wüsste, dass du sicher nach Hause kommst.«

Julia sah auf und spürte plötzlich im ganzen Körper eine unendliche Müdigkeit.

»Aber ich gehe nicht nach Hause. Mein Zuhause ist nicht sicher!«

Die Worte rutschten ihr heraus, aus einem Trotz, dem es egal war, dass sie zu viel verriet. Die Bibliothekarin war erstaunt über die Stärke von Julias Aussage, gleichzeitig schien es eine so ruhige Feststellung zu sein, dass sie keinen Zweifel an ihrer Richtigkeit hatte.

»Aber wo willst du dann hin?«

Julia antwortete nicht, wusste nicht, was sie sagen oder sich einfallen lassen sollte.

»Du kannst doch nicht den ganzen Abend herumlaufen, es ist saukalt! Wo willst du schlafen?«

»Bei meiner Großmutter.«

Sie schaute der Frau in die Augen und hoffte, glaubhaft zu wirken. Die Bibliothekarin versuchte herauszubekommen, ob sie log.

»Okay. Dann werde ich mit dir dorthin gehen, damit ich sicher sein kann, dass du ankommst.«

»Okay.«

Julia steckte die Hände in die Taschen und ging los, sie wollte nicht zeigen, welches Chaos sich in ihrem Kopf drehte. Wo wohnte Emmas Großmutter gleich wieder? Pfarrhofstraße? Oder Bergstraße? Sie war einmal mit Emma dort gewesen und hatte die Großmutter besucht, sie würde es ungefähr finden, im Westen der Stadt, außerhalb des Zentrums.

Sie gingen schweigend durch die Dunkelheit, trafen auf dem ganzen Weg keinen Menschen.

»Wie heißt du?«

»Julia.«

»Was für ein schöner Name. Ich heiße Birgitta.«

Julia spürte, wie ihre Wangen heiß wurden, knallrote

runde Flecken, sie wusste genau, wie sie aussah, wenn sie verlegen wurde, und Birgittas Freundlichkeit machte sie verlegen. Sie wollte nicht lügen, aber sie konnte auch nichts erzählen. Eine Betonmauer lag im Weg und hinderte sie daran, es mit Worten auszudrücken. So groß und unüberwindlich. Dass der kleine Mut, der hin und wieder aufblitzte, sich gleich wieder versteckte.

Sie erkannte das grüne, zweistöckige Haus sofort. Eine Lampe stand in dem Fenster, wo sie Elins Wohnzimmer vermutete.

»Hier ist es. Hier wohnt meine Großmutter Elin.«

Birgitta schaute sie skeptisch an.

»Gut. Dann gehen wir hinauf und klingeln.«

Widerwillig ging sie die Treppe hinauf zu der Tür, wo Lindberg auf dem Briefschlitz stand.

Elin öffnete beim zweiten Klingeln und schaute sie erstaunt an.

»Julia?!«

Birgitta schaute erst Elin und dann Julia an.

»Ich bin Bibliothekarin, Julia hat den ganzen Tag in unserer Bibliothek gesessen. Als wir schließen mussten, wollte sie offenbar nicht nach Hause gehen. Ich weiß ja nicht, was passiert ist, aber sie sagte, sie würde bei ihrer Großmutter schlafen, und ja, ich wollte also mitkommen, um sicher zu sein, dass sie wirklich eine Großmutter hat, bei der sie übernachten kann …«

Sie war verlegen, als ob ihr plötzlich bewusst geworden wäre, wie merkwürdig die Situation war. Da stand sie vor der Tür einer älteren Frau, zusammen mit deren Enkeltochter. Sie konnte nicht richtig erklären, warum sie darauf bestanden hatte, Julia zu begleiten. Irgendetwas an ihr strahlte Schutzlosigkeit und Angst aus.

»Ja, genau. Julia schläft heute hier bei ihrer Großmutter. Wie freundlich von dir, sie zu begleiten. Kommt rein, möchtest du eine Tasse Kaffee? Entschuldige, ich habe deinen Namen nicht richtig verstanden?«

»Birgitta, Birgitta Persson. Nein danke, ich möchte schnell nach Hause.«

Als sie die Tür hinter Birgitta Persson schlossen, wurde es still, Elin und Julia schauten sich an, ein kleines Lächeln zuckte in Elins Mundwinkeln, dann breitete sie die Arme aus und zog Julia an sich. Ein Duft von Vanille mischte sich mit dem Kaffeeduft in Elins kleiner Wohnung.

Julia sog Elins gute Gerüche ein. Es roch nach absoluter Geborgenheit. In Elins Armen, in Elins Wohnung konnte ihr nichts passieren. Ein Satz aus einem Lied, vielleicht war es ein Kirchenlied, tauchte in ihrem Kopf auf. Sie musste lächeln, obwohl die Augen vor Tränen brannten und jeden Moment überlaufen konnten. *Hier ist so himmlisch schön zu sein.*

Dann ließ Elin sie los und schaute ihr ernst in die Augen.

»Wie gut, dass du zu mir gekommen bist, meine Kleine! Hast du Hunger?«

Julia nickte und folgte Elin in die Küche. Elin tischte Brot, Butter, Käse und Leberpastete auf.

»Ich weiß nicht, was passiert ist, aber ein kleines Mädchen wie du hat nachts nichts auf der Straße verloren, so viel weiß ich auf jeden Fall.«

Sie schenkte Julia ein Glas Milch ein, die aß und trank hungrig.

»Und wenn du absolut nicht nach Hause willst, dann hast du deine Gründe, nehme ich an ...«

Ihr Blick war fragend, Julia hielt mitten im Kauen inne und schluckte.

»Ich würde ... ich würde es gerne erzählen, aber es geht nicht. Es ... macht irgendwie Stopp, wenn ich es versuche.«

Vielleicht sah Elin, wie Julias Augen glänzten, wie sie rot wurde vor Anstrengung und aufgewühlten Gefühlen.

»Bei Elin kann man nie wissen«, hatte Annika einmal gesagt, als sie von ihrer Kindheit erzählte. Sie hatten am Küchentisch gesessen und diesen Räuchertee getrunken, den Julia so mochte, weil er so sehr zu Annika gehörte. »Obwohl sie nicht sehr viel sagt, gehört sie zu den klügsten Menschen, die ich kenne.«

Elin schenkte sich noch eine Tasse Kaffee ein und setzte sich zu Julia an den Tisch.

»Du brauchst mir nichts zu erzählen, was du nicht erzählen kannst oder willst. Hauptsache, du bist hier und es geht dir gut.«

Julia nickte und blinzelte, um die Tränen zu verdrängen.

»Danke.«

Im Wohnzimmer richtete Elin Julia ein Bett auf dem grünen Sofa. Mit gemangelten Laken, die nach Waschmittel rochen, und einer dicken Zudecke, die so groß war, dass Julia fast darunter verschwand. Satt und müde lag sie da und spürte, wie der Schlaf sie übermannte. Zum ersten Mal seit sehr langer Zeit schlief sie ein in dem sicheren Wissen, dass sie die ganze Nacht ungestört schlafen würde. Bei Elin war das Tor zum Mondland verschlossen.

Elin betrachtete das schlafende Mädchen auf ihrem Sofa. Sie dachte an den dünnen Körper und das blasse Gesicht mit den traurigen Augen, so voller Wehmut. Irgendetwas an diesem Mädchen berührte sie sehr. Sie war so anders als ihr Enkelkind Emma, die immer plapperte und gleichsam tanzte, egal wohin sie sich bewegte. Das Mädchen auf dem Sofa hatte es schwer, daran bestand kein Zweifel.

Sie seufzte tief, ging in die Küche und rief Annika an.

Es wurde das längste Telefongespräch, das Elin je geführt hatte. Über eine Stunde telefonierte sie mit ihrer Tochter, die erzählte, warum Julia nicht zu Hause wohnen wollte. Als sie schließlich auflegten, hatte Elin das Gefühl, alles wäre schief. Sie starrte die vertrauten Möbel an, sie wurden plötzlich konturlos und unscharf. Lösten sich gewissermaßen in der dunklen Wohnung auf. Sie blieb lange so sitzen, konnte sich nicht bewegen, nicht einmal eine Strickjacke holen, obwohl sie vor Kälte zitterte. Draußen hatte es wieder angefangen zu schneien. Sie stellte fest, dass es schön war, und gleichzeitig schämte sie sich. Das Gefühl überraschte sie, es war lange her, dass sie Scham empfunden hatte. Und doch verspürte sie genau das, als sie in die Schneeflocken vor dem Fenster starrte. Scham darüber, wie wenig sie über die Dinge wusste, die in der Welt vorkamen. Scham über die Schlechtigkeit und Ungerechtigkeit. Scham über ihr Unwissen und ihre Naivität.

Am anderen Ende der Stadt schaute Annika in den gleichen fallenden Schnee wie Elin, sie zündete sich eine Zigarette an, um sich zu beruhigen. Wie immer, wenn sie über Julia sprach, war sie wütend und traurig.

Als Elin gesagt hatte, Julia sei bei ihr, beschloss Annika, alles zu erzählen. Sie wusste eigentlich nicht, warum sie bisher geglaubt hatte, Elin heraushalten zu müssen, es war dumm von ihr zu meinen, sie müsste sie vor den unerfreulichen Einzelheiten schützen. Mein Gott, Elin hatte es geschafft, sie allein aufzuziehen, sie hatte hart für ein einigermaßen normales Leben für sie beide gearbeitet. Und doch hatte sie gehört, dass Elin schockiert war, sie hatte zwar schon so einiges in ihrem Leben gesehen und gehört, aber manche Dinge waren doch jenseits ihrer Vorstellungskraft. Und das hier war eine neue Stufe an Abscheulichkeit. Sogar Annika hatte nur mit Mühe verstehen können, was Julia im Einzelnen mitgemacht hatte. Sie zweifelte nicht daran, dass es geschehen war, keine Sekunde, aber es gab Dinge, die man einfach nicht an sich heranlassen wollte.

Sie massierte ihr Ohrläppchen, es tat weh, weil sie stundenlang den Telefonhörer dagegengedrückt hatte. Sie hatte den ganzen Tag mit allen möglichen Behörden gesprochen, mal freundlich, mal eher drohend.

Die Sozialarbeiterin, die sich um Julias Fall zu kümmern hatte, war weder besonders schlimm noch besonders gut. Sie hatte eine helle Stimme, hieß Lena Eriksson. Der Stimme nach zu urteilen, war sie noch nicht alt, vielleicht vierzig. Sie hatten fast eine Stunde geredet, und am Ende hatte Annika den Eindruck, dass die freundliche Stimme sich veränderte, dunkler und ernster wurde. Als hätte sie tatsächlich etwas verstanden, wenn auch nicht alles. Lena Eriksson hatte versprochen, zu sehen, was sie tun konnte, allerdings auch erklärt, der Grundsatz des Sozialamts sei es, die Kinder nach Möglichkeit in den Familien zu belassen, es sei denn, es lagen offensichtliche Mängel vor.

»Soweit ich verstanden habe, gibt es solche Mängel bei Julia nicht. Carl wohnt immer noch im Haus, und diese Familie hat bisher in jeder Hinsicht funktioniert.«

Annika hatte Luft geholt und bei sich gedacht, wenn es bei der Ermittlung um sie und Emma gegangen wäre, hätte man das Ganze bestimmt viel kritischer gesehen. Alleinerziehende, schlecht entlohnte Mutter in einer kleinen Wohnung, das war in den Augen einer Sozialarbeiterin gleich etwas ganz anderes als die ach so stabile Beziehung von Carl und Gisela, seine gehobene Position und die gelbe Jahrhundertwendevilla.

Sie hatte versucht, sich so sorgfältig wie möglich auszudrücken, sie war sich bewusst, dass dieses Gespräch möglicherweise entscheidend war für Lena Erikssons weiteres Vorgehen.

»Nein, äußerlich mangelt es bestimmt an nichts, auch wenn in dieser Familie eher Gisela für die Kinder zuständig war. Ich bin mir bewusst, dass von außen betrachtet alles sehr geordnet und gut aussieht, und ich glaube auch, dass Carl in der Lage ist, dafür zu sorgen, dass die Kinder saubere Kleidung und etwas zu essen haben. Aber das bedeutet nicht, dass er nicht auch in der Lage ist, sich wieder an Julia zu vergehen. Und Julia selbst ist offenbar so überzeugt davon, dass sie lieber abgehauen ist, als weiterhin zu Hause bei ihrem Vater zu wohnen.«

Sie schwieg und ließ die Worte auf Lena Eriksson wirken, die stumm zuhörte.

»Ich weiß nicht, wie viel du schon mit derartigen Übergriffen zu tun hattest, und ich verstehe auch, dass es einem schwerfällt, zu glauben, dass so etwas passieren kann. Wenn ich Julia nicht so gut kennen würde und sie nicht selbst es erzählt hätte, würde ich auch zweifeln. Es ist auch mir immer noch irgendwie unbegreiflich, aber ich weiß und kann versprechen, dass Julia sich niemals so etwas ausgedacht hätte. Im Gegenteil, sie hat geschwiegen und wollte nichts erzählen. Wenn die Ärztin nicht die Narben entdeckt hätte, würde sie immer noch schweigen.«

Lena Eriksson seufzte, was Annika als Zeichen dafür deutete, dass sie, wenn auch widerwillig, akzeptierte, was sie gehört hatte.

»Okay, aber ich kann dennoch nichts tun, bevor ich Julia nicht persönlich getroffen habe. Für mich als Sozialarbeiterin ist es sehr schwierig, bei so einer Geschichte Stellung zu beziehen, wenn es weder ein Urteil noch Beweise gibt. Aber zweifellos ist es ernst, und es sagt auch einiges, wenn Julia sich weigert, zu Hause bei ihrem Vater zu wohnen. Sie ist immerhin schon alt genug, um für sich selbst sprechen zu können. Und was mich am meisten an deinem Bericht überzeugt, ist die Tatsache, dass sie lieber abhaut, als zu Hause zu wohnen.«

Annika konnte das Lächeln, das sich auf ihrem Gesicht breitmachte, nicht verhindern.

»Allerdings«, fuhr Lena Eriksson fort, »müssen wir eine Unterbringung für Julia finden. Es gibt eine offene Wohngruppe in Väster, das ehemalige Kinderheim, kennst du es?«

Annika sah ein großes weißes Haus mit einem Garten vor sich. Das alte Kinderheim war bekannt, eine ihrer Klassenkameradinnen aus der Grundschule war dort aufgewachsen.

»Ja, ich glaube, ich kenne es, ist das jetzt eine Wohngruppe?«

»Ja, es wurde 1969 umgebaut und hat jetzt sechs Plätze für Jugendliche, die auf die schiefe Bahn geraten oder gefährdet sind. Ich könnte mir denken, dass Julia sich in dieser Gefahrenzone befindet, nach allem, was du erzählt hast. Sie kann auf jeden Fall nicht für längere Zeit untertauchen, und ich gehe davon aus, dass ihr Vater nicht zulassen wird, dass sie bei dir wohnt.«

Annika seufzte.

»Nein, kaum. Ich verspreche, dass ich dafür sorgen werde, dass Julia Kontakt mit dir aufnimmt, sobald ich weiß, wo sie ist.«

Sie drückte die Zigarette aus und zündete die nächste an, die sie im Dunkeln rauchte. Morgen würde sie Julia bei Elin abholen und mit ihr zu Lena Eriksson gehen. Julia würde es schaffen, ihr zu erzählen, was vorgefallen war, das wusste sie, spürte es am ganzen Körper. Julia war erheblich stärker, als alle glauben mochten.

Im Schlafzimmer setzte sie sich an den Schreibtisch vor ihre Schreibmaschine. Sie wusste genau, was sie schreiben würde. Das war ernst, keine poplige Rezension mit einer bestimmten Anzahl von Zeichen. Ausnahmsweise würde sie unzensiert und mit eigenen Worten schreiben. Was wirklich passiert war. Ihre Geschichte, die der Frauen und Kinder. Das konnten sie ihr nicht nehmen, die neue Erkenntnis. Eigentlich sollte sie ins Bett gehen, schließlich musste sie morgen früh aufstehen. Der Wecker war auf halb sieben gestellt, die Weihnachtsferien und die Krankschreibung waren vorbei. War vielleicht auch besser so, es war nicht gut für sie, immer nur zu Hause zu sein. Sie wollte nur noch eine kleine Weile versuchen, die Gedanken zu formulieren, die ihr Gehirn besetzt hatten und darin umhertanzten. Das Unverständliche, Wahnsinnige, das sie in den letzten Wochen erlebt hatte.

Sie konnte gerade ein Wort schreiben, Er, als das Telefon klingelte. Sie musste über die Ironie lächeln, ging in die Küche, um das Telefon abzunehmen, und lachte vor sich hin.

Sie hatte vorgehabt, Carl mit einem Satz zu beschreiben, der sich in ihrem Kopf drehte. Er war ein Mann in den besten Jahren, selbstsicher und machtbewusst.

»Hallo, Annika am Apparat.«

Die Frauenstimme am anderen Ende war laut und aufgeregt.

»Spreche ich mit Annika Lindberg?«

»Ja, wer ist dran?«

»Ich heiße Ylva Lundgård und bin verheiratet mit Jan Lundgård, den du offenbar kennst!«

Der wütende Sarkasmus war nicht zu überhören. Und auch nicht der unterdrückte Zorn, der die Stimme zittern ließ, eine Warnung, dass sie jeden Moment explodieren konnte.

»Aha, und warum rufst du mich an?« Sie schaute auf die Uhr. »Dienstagabend um halb zwölf?«

»Ich glaube schon, dass du das weißt!«

Sie machte eine Kunstpause.

»Was fällt dir eigentlich ein, eine lange und glückliche Ehe zu zerstören? Ist das so ein Hobby von dir?«

Annika holte tief Luft und fragte sich, was Jan Ylva wohl erzählt hatte.

»Also, meine Liebe, ich glaube nicht, dass unsere kurze Affäre eure Ehe zerstört hat.«

»So so, das glaubst du also nicht, aber ich kann dir sagen, alles war gut, bis du aufgetaucht bist und Jan verführt hast!«

Ihre Stimme überschlug sich, als sie das sagte und höhnisch schnaufte. Annika überlegte kurz, dann beschloss sie zu sagen, wie es war.

»Es tut mir leid, Ylva, wirklich, es tut mir leid.«

Ylva schien durch das Eingeständnis neue Kraft gefunden zu haben.

»Du verdammte Hure! Ich werde dir das Sozialamt ins Haus schicken! Du hast verdammt noch mal eine dreizehnjährige Tochter, was bist du denn für ein Vorbild, wenn du fremde Männer, Familienväter, mit nach Hause nimmst!«

Annika wollte protestieren und erklären, dass sie wirklich nicht viele Männer mit nach Hause nahm, aber Ylva fuhr fort.

»Du hast bereits eine funktionierende Familie zerstört. Widerliche Vorwürfe gegen Carl erhoben, Gisela und alle anderen angelogen! Hörst du? Was bist du nur für ein kranker Mensch? Bist du so verbittert und neidest uns anderen unsere Familien, dass du das Beste, was wir haben, zerstören musst? Was? Such dir ein anderes Hobby, du verdammte Hure!«

Sie schrie jetzt wie eine Wahnsinnige, voller Wut und Hass. Das machte Annika sprachlos. Sie wusste nicht, dass das Gerücht über das Geschehen sich schon verbreitet hatte, und noch weniger hatte sie eine Ahnung, dass sie als diejenige ausgeguckt worden war, die an allem schuld war.

»Einen Moment, mit dem, was Julia widerfahren ist, habe ich nichts zu tun. Ich habe sie nur bei mir aufgenommen, weil sie nicht mehr mit Carl zusammenwohnen wollten.«

Aber Ylva schien nicht zuzuhören, ihre Stimme war jetzt leise und drohend.

»Ich werde dafür sorgen, dass du ebenfalls die Pille schluckst! Ich werde dafür sorgen, dass deine zweitklassige, hochtrabende Als-ob-Familie genauso zerstört wird, wie du meine kaputt gemacht hast! Ich weiß nämlich einiges über dich. Ich weiß, dass du zu viel trinkst, und ich weiß, dass du fremde Männer mit nach Hause nimmst, und das Sozialamt wird dafür sorgen, dass deine Tochter nicht noch mehr Schaden nimmt, als sie es schon getan hat!«

Annikas Brust schnürte sich zusammen, sie bekam kaum noch Luft. Konnte nur noch keuchen. Ihre Stimme war nur noch ein Flüstern, als sie antwortete.
»Was sagst du da?«
Aber Ylva Lundgård hatte schon aufgelegt.
Sie starrte in die Nacht, die Eisblumen am Fenster verrieten, wie kalt es draußen war, und plötzlich schauderte Annika. Sie zog den Morgenrock fester um sich. In ihr schrie die Leere, sie versuchte, sich auf die Gedanken zu konzentrieren, aber ihr Schädel war wie leer geblasen.
Muss Emma sehen.
Leise öffnete sie die Tür zu Emmas Zimmer. Sie schlief auf dem Bauch, so wie sie seit ihrer Geburt schlief, die Arme über dem Kopf und die Haare in einem feuchten Durcheinander um das Gesicht.
Annika setzte sich aufs Bett und strich ihr sanft über die Haare.
»Mein geliebtes Kind! In was für einer Scheiße sind wir bloß gelandet?«
Ihre Wangen wurden nass, und sie merkte, dass sie weinte. Ein stilles, resigniertes Weinen darüber, dass die Welt um sie herum zusammenzustürzen drohte.
Vorsichtig legte sie sich zusammengerollt neben Emma, und schließlich, nachdem sie ihrem Gefühl nach stundenlang ins Dunkel gestarrt hatte, schlief sie kurz ein, dann klingelte der Wecker. Der Schlafmangel verursachte ihr Übelkeit, sie taumelte, als sie aufstand. Emma schlief noch, und sie konnte auch noch weiterschlafen. Die Schule fing erst am Montag wieder an, und sie konnte Ruhe gebrauchen.
In der Dusche drehte sie das Wasser so heiß, dass die Haut rot wurde. Sie wusch sich die Haare, der Duft des Shampoos verbreitete sich im Badezimmer. Allmählich bekam sie einen klaren Kopf, und sie musste lächeln, als sie an Irma

dachte, die bestimmt schon im Seniorenzentrum auf sie wartete.

Sie schrieb einen Zettel für Emma, dass sie um vier wieder zu Hause sein würde, und legte ihn auf den Küchentisch.

Es hatte keinen Sinn, das Fahrrad zu nehmen, unter der dünnen Schicht Pulverschnee lauerten glatte Eisplatten. Außerdem hatte es immer noch einen Platten, nachdem jemand vor einer Woche in den Reifen gestochen hatte. Sie hatte keine Lust gehabt, ihn zu reparieren, es war das dritte Mal in drei Wochen gewesen.

Wenn sie schnell ging, dauerte es höchstens eine halbe Stunde bis zum Seniorenzentrum Lunden, sie würde noch eine Tasse Kaffee trinken können, bevor sie wieder in den täglichen Stress einstieg; alte Menschen, die mit vollgepinkelten Windeln und verschwitzten Körpern auf sie warteten.

Beim Anblick des Seniorenzentrums musste sie lächeln. Sie schaute zu den Fenstern, überall waren die Rollos heruntergezogen. Dahinter waren Irma, Bengt, Sigfrid und die anderen. Sie ging eilig hinein und durch die Flure zum Personalraum. Es roch irgendwie anders, ein neuer Geruch, den sie nicht kannte.

Sie verscheuchte das Unbehagen, öffnete die Tür und sah ihre Kolleginnen Laila, Gunilla und Ulla auf dem Sofa, alle rauchten und hatten eine Kaffeetasse in der Hand, es war ein so vertrautes Bild, dass sie ein Welle von Glück durchfuhr. Noch nie hatte sie die Gegenwart ihrer Kolleginnen so sehr geschätzt wie heute. Sie lächelte sie an.

»Hallo! Was habt ihr mir gefehlt! Alles okay?«

Laila hob eine Augenbraue als stummen Gruß, dann drückte sie umständlich ihre Zigarette aus. Annika schaute sie erstaunt an, Laila gehörte eigentlich nicht zu den Schweigsamen. Sie schaute zu Gunilla hinüber, die starrte aus dem Fenster, während Ulla sich in das schwarze Gebräu in ihrer Kaffeetasse vertiefte.

Sie hängte ihre Jacke auf und wollte gerade fragen, was denn los sei, als Anita, die Chefin, den Raum betrat.

»Schön, dass du da bist, Annika. Würdest du bitte in mein Büro kommen, wir haben einiges zu besprechen.«

Sie starrte Anitas ernstes Gesicht an, und dann ihre Kolleginnen, die ihrem Blick auswichen. Mit einer unangenehmen Vorahnung folgte sie Anita in ihr Zimmer, wo sie schon oft zusammen gesessen und Stundenzettel und Urlaubspläne ausgefüllt hatten. Sie mochte Anita, sie hatte alles im Griff und hielt Abstand. Eine Chefin, vor der man Respekt hatte, weil sie Kompetenz und Autorität ausstrahlte, ohne deshalb allzu verliebt in die Macht zu sein. Anita war nur ein paar Jahre älter als Annika, sie war seit knapp vier Jahren ihre Chefin. Auf dem Schreibtisch stand die eingerahmte Fotografie ihrer beiden Söhne, an der Wand hing ein handgewebter Wandbehang, den sie von den Verwandten einer Bewohnerin bekommen hatte, als diese letztes Jahr gestorben war.

»Was ist denn passiert?«

Anita schaute sie mit verkniffener Miene und gerunzelter Stirn an.

»Ja, das wüsste ich gern von dir.«

Als Annika sie weiter fragend anschaute, fuhr sie fort.

»Ist es wahr, dass du den Schlafraum des Personals dafür verwendet hast, Kunden zu empfangen?«

Annika blieb der Mund offen stehen, sogar ein kleines Lachen entschlüpfte ihr.

»Nein, du liebe Zeit, das ist ja wohl das Dümmste, was ich je gehört habe! Wer hat das denn gesagt?«

Anita schaute sie immer noch ernst an.

»Das spielt keine Rolle, wer das gesagt hat. Es ist uns zugetragen worden, dass manche deiner, sollen wir sagen männlichen Bekannten, den Schlafraum zusammen mit dir genutzt haben. Stimmt das?«

Annika spürte, wie ihre Stimme versagte, sie war plötzlich undeutlich, und die Erklärung klang wie eine schlechte Ausrede.

»Es stimmt, ich war mit einem Mann, mit dem ich eine kurze Affäre hatte, dort. Ein oder zwei Mal. Es ist nichts vorgefallen, was jemandem hier hätte schaden können.«

»Aber Annika, meine Liebe, du musst doch verstehen, dass wir es nicht zulassen können, dass die Angestellten ihre Bekannten, oder wie immer du es nennen willst, hier im Seniorenzentrum empfangen!«

Anita starrte sie an, Annika senkte den Blick. Sie wusste, dass sie rot wurde, spürte, wie das Gesicht und der Hals heiß wurden.

»Nein, das war dumm von mir. Es kam mir damals nicht so schlimm vor.«

»Für uns ist das ein sehr ernster Vorgang. Unbefugte in die Räume des Personals zu lassen! Damit hast du wirklich die Sicherheit des Personals und der Bewohner aufs Spiel gesetzt!«

»Also, es geht nur um einen Mann. Einen. Ich weiß nicht, woher ihr diese lächerliche Geschichte habt, dass ich mich …«, sie räusperte sich, »dass ich Männer empfangen haben soll. Dass ich mich prostituiert hätte? Hier? Das ist doch wahnsinnig!«

»Es gibt verschiedene, voneinander unabhängige Zeugenaussagen, die bestätigen, dass du Kunden empfangen hast.«

Annika schluckte, ihr Mund war trocken, sie sehnte sich nach einem Schluck Wasser.

Anita beugte sich über den Schreibtisch, ihre Stimme war auf einmal betrübt.

»Du verstehst doch, dass ich das melden muss? Ich wollte warten, bis ich mit dir gesprochen habe, aber jetzt, wo ich selbst gehört habe, dass die Vorwürfe zu stimmen scheinen, muss ich Anzeige erstatten.«

Annikas Hals schnürte sich zu, sie schniefte, und die Tränen liefen.

Es spielte keine Rolle, was sie sagte oder tat, sie waren viele, und sie war allein.

»Du bist bis auf Weiteres von der Arbeit freigestellt. Wir werden sehen, was bei den Ermittlungen herauskommt.«

Annika stand auf und verließ das Zimmer, ohne sich umzudrehen. Laila, Gunilla und Ulla waren verschwunden, nur die ausgedrückten Zigaretten zeugten davon, dass sie vor einer Weile hier gesessen und auf das Drama gewartet hatten.

Wie kam sie nach Hause? Sie stolperte durch die Welt, undeutlich hinter den Tränen. Der Rotz lief, ihr Weinen war laut und klagend. Sie konnte sich nicht mehr beherrschen, sie hatte zu große Angst.

Emma wachte vom Geräusch des laufenden Wassers in der Badewanne auf. Sie schaute auf die Uhr, es war halb neun, sie überlegte, ob sie noch ein bisschen schlafen sollte. Als sie ein lautes Krachen aus dem Badezimmer und dann einen Schrei hörte, sprang sie aus dem Bett. Sie riss die Badezimmertür auf und fand Annika zusammengekauert auf dem Boden liegen. Das Gesicht war rot geschwollen und verzerrt vom Weinen. Ihr Herz drohte stehen zu bleiben, als sie die rote Flüssigkeit auf dem Boden sah. Blut? Aber dann sah sie die zerbrochene Weinflasche unter dem Waschbecken.

»Mama! Was ist los?«

Annika kniff die Augen zusammen und wollte sie nicht öffnen, sie glich einem trotzigen Kind, das meinte, die Augen vor dem Bösen verschließen zu können.

Emmas Stimme brach fast, als sie die zusammengekrümmte Gestalt auf dem Badezimmerboden anschrie.

»Du sollst antworten! Was ist los?«

Annika blieb liegen und antwortete nicht.

»Mama! Mama! Mama! Mama!«

Emma kniete sich und hämmerte wütend auf Annika ein. Da reagierte sie endlich, öffnete vorsichtig die Augen und richtete sich unendlich langsam auf, bis sie saß, an die Wanne gelehnt.

Sie war jetzt ruhig, kam zu sich, Emma ließ sie los und fiel neben ihr auf den Boden. Annika zog Emma in ihre Arme und streichelte ihr die Haare. Jetzt konnte auch Emma weinen.

»Ich habe meinen Job verloren. Ich weiß nicht, wie sie es geschafft haben, aber sie haben es geschafft.«

Sie erzählte kurz die ganze Geschichte, Emmas Wangen wurden rot vor Scham, als Annika zu der Stelle kam, in der es um Jan Lundgårds Besuche im Seniorenzentrum ging.

Wie konnte Annika nur so blöd sein? So unglaublich bescheuert?

Als Annika fertig erzählt hatte, stand Emma auf und drehte das Wasser an der Badewanne wieder auf. Kurz darauf war die Badewanne voll, und während Annika sich in das wohltuende heiße Wasser gleiten ließ, sammelte Emma die Scherben auf. Nach einer Stunde kam Annika im Morgenrock in die Küche.

»Ich muss ein bisschen allein sein, Schatz!«

Emma nickte. Plötzlich sah sie die Wohnung mit neuen Augen, den eingebrannten Schmutz am Herd und der Spüle, die Wollmäuse in den Ecken, überall lagen Kleider und Sachen herum. Ein einziges Durcheinander, wie ihr restliches Leben auch.

Davon hatte sie genug. Sie zog eine lange Strumpfhose unter die Jeans an, nahm sich Geld aus Annikas Brieftasche auf der Dielenkommode und rief ins Schlafzimmer.

»Annika! Ich gehe einkaufen!«

Ein leises Murmeln kam als Antwort, Emma setzte sich die Mütze auf und ging. Zum nächsten Supermarkt waren es nur fünfzehn Minuten zu Fuß. Der Weg war ihr so vertraut, dass sie ihn bestimmt mit verbundenen Augen gefunden hätte. Das Vertraute war Geborgenheit, die Kälte kniff in die Wangen, und allmählich verschwand die lähmende Angst.

Es würde sich einrenken. Alles würde gut werden. Irgendwie würde alles wieder gut werden.

Dann geschah alles Mögliche. Die Müdigkeit war eine Droge, Emma konnte an nichts anderes denken als ans Schlafen. Sich unter der Decke begraben, die Augen schließen und erst wieder aufwachen, wenn alles vorbei und aufgeklärt wäre. Aber der Schleim, der sich in ihrem Hirn festgesetzt hatte und sie müde machte, wollte nicht verschwinden. Durch die zähflüssige Masse, die vielleicht ihre Hirnzellen waren, hörte sie die Fragen und versuchte, so gut wie möglich zu antworten. Das klappte nicht besonders.

Annika hatte Elin angerufen und sie gebeten, sie möge sich noch ein paar Tage um Julia kümmern.

»Bis sich alles aufgeklärt hat.«

Ihre Stimme war anders, gedämpft und ängstlich. Als wüsste sie genau, dass sich nichts aufklären würde.

Julia würde demnächst umziehen. Man hatte entschieden, dass sie bis auf Weiteres in ein offenes Jugendheim am Stadtrand ziehen würde. *Bis auf Weiteres*. Das konnte alles bedeuten. Emma wusste, dass man solche Worte verwendete, wenn man nicht sagen wollte, wie es wirklich war, dass man einfach nicht wusste, was in Zukunft mit Julia geschehen würde. Annika schien froh zu sein, als Klara anrief und berichtete, was die Sozialbehörde beschlossen hatte. Alles war besser, als Julia zu zwingen, wieder mit Carl zusammenzuwohnen, und offenbar hatten auch die Sozialarbeiterinnen das verstanden, obwohl der Fall zu den Akten gelegt worden war und es zu keiner Verurteilung gekommen war. Carl schien auch akzeptiert zu haben, dass Julia nicht nach Hause kam, er hatte keine weiteren Schritte unternommen.

Vielleicht hatten ihn auch misstrauische Blicken dazu bewogen, Blicke, die ausdrückten, was niemand laut zu sagen wagte.

Was hast du eigentlich mit deiner Tochter gemacht?

Als Emma ein paar Tage später am Morgen in die Küche kam, saß Annika am Tisch und hatte die Zeitung vor sich liegen. Mit aufgerissenen Augen und halb offenem Mund las sie etwas, was ihr die Fassung nahm.

Emma beugte sich über die Zeitung und sah den Artikel mit der Überschrift *Pflegekraft prostituiert sich im Seniorenzentrum.*

Da stand, dass eine Pflegekraft im Seniorenzentrum Lunden über einen längeren Zeitraum im Schlafzimmer des Nachtpersonals Kunden empfangen habe.

»*Wir hatten keine Ahnung!*«, sagte Ulla, eine der ehemaligen Kolleginnen.

Auch die Leiterin hatte sich zu Annikas angeblichen Affären geäußert.

»*Wir nehmen das sehr ernst und haben die Ermittlungen aufgenommen. Dass unbefugte Männer sich nachts in unseren Räumen befunden haben, ist ein Sicherheitsrisiko für die Bewohner und das Personal.*«

Die Pflegekraft ist mit sofortiger Wirkung und bis die Ermittlungen abgeschlossen sind beurlaubt.

Geschrieben hatte den Artikel Steven Librinski.

Annika lag auf dem Bauch, den Kopf in den Kissen vergraben. Emma konnte am mühsamen Atmen erkennen, dass sie weinte. Sie setzte sich aufs Bett und streichelte ihr vorsichtig den Rücken.

»Das wird schon wieder gut, Mama! Wenn die Ermittlung abgeschlossen ist, wird sich zeigen, dass nichts passiert ist.«

Die Worte klangen hohl und trösteten Annika kaum. Und doch wiederholte sie den Satz wie ein Mantra. *Das wird schon wieder gut.*

Annika stützte sich auf den Ellbogen und starrte sie an.

»Ich hoffe, dass du recht hast, aber ich bin mir da verdammt noch mal nicht mehr sicher. Was in der letzten Zeit passiert ist, das ist so wahnsinnig, dass ich es mir in meinen wildesten Fantasien nicht hätte vorstellen können.«

Sie fing schon wieder zu schniefen an.

»Sie haben sogar den Namen ausgeschrieben, *Seniorenzentrum Lunden*. Die Stadt ist klein. Alle, die Lunden kennen, wissen, dass ich gemeint bin. Und Ulla, die arme, blöde Ulla, sogar sie konnte den Mund nicht halten.«

Sie warf sich wieder aufs Bett und zog die Decke bis zum Kinn hoch. Emma blieb ratlos sitzen und überlegte, was sie machen sollte, als die Türklingel sie zusammenzucken ließ. Aber ausnahmsweise war es ein willkommener Besuch, draußen standen Kattis und Alex.

»Hallo, Emma! Wo ist denn deine Mutter?«

Alex drückte sie fest, Kattis war schon auf dem Weg in Annikas Schlafzimmer. Ihr Freudenschrei, als sie Kattis sah, war bis in die Diele zu hören. Alex und Emma folgten. Kattis saß am Bett und hielt Annika im Arm, die jetzt hemmungslos weinte. Alex schaute sie an.

»Nein so was, hier haben wir das private Freudenmädchen des Seniorenzentrums höchstselbst, liegt mitten am Vormittag im Bett und faulenzt!«

Alle lachten durch die Tränen.

»Das ist der Wahnsinn! Alles! Die letzten Wochen waren verrückt!«

Annika schniefte und schluchzte und versuchte zu erzählen, was passiert war.

Alex lachte laut, Kattis schüttelte den Kopf.«

»Klara kommt auch gleich, ich habe sie angerufen. Wir

haben gedacht, du brauchst Hilfe, um mit allem zurechtzukommen.«

Annika schaute Kattis dankbar an, und wieder füllten sich ihre Augen mit Tränen.

Alex nahm Emma mit in die Küche.

»Emma, was meinst du, sollten wir was zu essen machen?«

Kurz darauf kam Klara und setzte sich auch an den Küchentisch. Da saßen sie dann den ganzen Tag, bis spät in die Nacht. Viele Kannen Tee wurden gemacht und getrunken, irgendwann ging Alex Pizza holen. In dieser Nacht schlief Emma zum ersten Mal seit Wochen tief und fest, bis das Glitzern der Morgensonne sie weckte.

Julia kam an einem Donnerstag. Die anderen Jugendlichen waren in der Schule, im Haus war es also ruhig und still. Lena, ihre Sozialarbeiterin, begleitete sie und trug ihr Gepäck.

»Hallo, Julia! Willkommen im Sonnenblumenhof, ich heiße Anders und leite dieses Heim.«

Vor ihm stand Julia mit hängenden Schultern und gebeugtem Kopf. Er reichte ihr die Hand. Sie schaute durch die Haare, die ihr übers Gesicht hingen, hoch und erwiderte den Händedruck.

»Hallo.«

Sie sagte es so leise, dass er es kaum hörte, aber er war es gewohnt, dass Neuankömmlinge entweder laut und forsch oder schüchtern und leise waren. Julia gehörte offenbar zu den Leisen.

»Komm mit, ich zeige dir dein Zimmer.«

Er drehte sich um und ging vor ihr ins Haus und die Treppe hinauf in den ersten Stock.

Das Zimmer hatte weiße, kahle Wände und drei Möbelstücke. In der rechten Ecke stand ein schmales Bett, am Fenster ein Schreibtisch und in der anderen Ecke eine Kommode.

»Es sieht ein bisschen leer aus, aber wir wollen dir die Möglichkeit geben, eigene Bilder oder Plakate aufzuhängen, damit du dich zu Hause fühlst.«

Julia sagte immer noch nichts, sie stand nur mit hängenden Armen mitten im Zimmer.

Lena brach das Schweigen.

»Ich glaube, Julia hat ein wenig Hunger, wir haben noch

nicht zu Mittag gegessen.« Sie schaute zu Julia hinüber, die den Blick nicht vom Boden nahm. »Ich habe einen Riesenhunger!«

Ihr Lachen war hell und ansteckend, Anders lachte mit.

»Das passt gut, unten gibt es noch Lasagne, ich kann euch beim Essen erzählen, wie hier alles so läuft.«

Sie verließen das Zimmer.

»Hier im ersten Stock sind die Zimmer, im Moment haben wir noch vier andere Jugendliche, in etwa einem Monat kommt wahrscheinlich noch ein Junge. Alle haben ein eigenes Zimmer, ganz hinten sind die Zimmer des Personals. Es schlafen immer zwei Betreuer hier. Hier sind die Duschen und Toiletten.«

Er öffnete die Tür und zeigte lächelnd in ein großes Badezimmer mit Duschkabine und Toilette. Die moosgrünen Kacheln an den Wänden stammten wohl aus den sechziger Jahren.

»Am anderen Ende des Flurs gibt es noch eine Dusche und Toilette. Im Keller haben wie eine Sauna und eine Badewanne. Wenn es im Winter kalt ist, dann ist die Sauna sehr angenehm.«

Zum ersten Mal seit ihrer Ankunft schaute Julia ihm direkt in die Augen. Der Blick war schwarz, das Gesicht angespannt.

»Ich hasse Sauna!«

Dieses Mal hörte man sehr deutlich, was sie sagte. Anders und Lena schauten sie erstaunt an, Anders sagte dann ruhig:

»Ach so, ja, niemand zwingt dich, das Saunen ist natürlich freiwillig.«

In der Küche waren Lovisa und Maud damit beschäftigt, Geschirr und Töpfe wegzuräumen. Beide waren Anfang dreißig und arbeiteten seit fünf Jahren im Sonnenblumenhof. Anders hatte sie selbst eingestellt, obwohl sie keine formelle Ausbildung hatten, sein Instinkt hatte ihn richtig beraten, Lovisa und Maud machten ihre Arbeit gut und waren bei den meisten Jugendlichen beliebt.

»Hallo und willkommen! Ich heiße Lovisa und bin eine von denen, mit denen du hier im Haus auskommen musst!«

Sie lachte laut, kleine Lachfältchen zeigten sich um ihre Augen. Maud wandte sich mit ausgestreckter Hand an Julia.

»Und nicht nur du, wir anderen müssen auch mit ihr auskommen! Ich heiße Maud, willkommen!«

Julia reagierte gleichgültig auf die Begrüßung, sie verzog keine Miene und schaute die beiden auch nicht an.

Anders studierte Julia und wunderte sich schon ein wenig über den Mangel an Reaktion. Julia setzte sich mit abwesendem Blick an den Küchentisch. Sie war woanders, in einer eigenen Welt. Maud und Lovisa servierten Lasagne und plauderten mit Lena, das Gemurmel übertönte Julias Schweigen.

Anders wollte nicht zu voreilig ein Urteil fällen, allzu oft hatte der erste Eindruck getrogen. Und doch spürte er einen Schmerz in der rechten Schläfe, der ihm sagte, dass ihnen mit Julias Ankunft Ungewöhnliches bevorstand.

In der ersten Nacht wachte sie von einem Geräusch auf, das sie nicht deuten konnte. Ein rhythmisches Klopfen, als schlüge jemand mit einem Gegenstand gegen eine Wasserleitung. Es dauerte ein paar Sekunden, bis sie wusste, wo sie war, einen eiskalten Moment lang glaubte sie, im Mondland zu sein, aber dann sah sie die weiße Kommode und das Foto, das sie dort aufgestellt hatte. Das Foto hatte Annika letztes Jahr beim Schulabschluss von ihr und Emma gemacht. Sie standen vor ihrer Grundschule, Julia hatte eingeflochtene Zöpfe, Annika hatte darauf bestanden, sie zu frisieren, als sie Emma am Morgen abgeholt hatte.

Es war ein fröhlicher Schulabschluss gewesen, hinterher war Annika mit ihnen in die Konditorei Drei Kronen gegangen, und sie hatten bei Limonade und Sahnetörtchen gefeiert.

»Meine hübschen großen Mädchen!«

Julia stand auf, ging zur Kommode und schaute das Foto an.

»Emma.«

Die Stimme klang jämmerlich, es war still im Haus, und sie zuckte zusammen, als die Bodendielen vor ihrem Zimmer knarrten.

Sie blieb ganz still stehen und hielt die Luft an, versuchte das Geräusch zu identifizieren. Jemand schlich durch den Flur. Eine Stimme flüsterte, eine zweite antwortete. Es war also nicht das Personal, das eine Nachtrunde machte, sondern Jugendliche. Sie hatte sie beim Abendessen gesehen, drei Mädchen und ein Junge, die kein größeres Interesse an ihr gezeigt hatten. Gerade so höflich, dass es nicht auffiel und eine Zurechtweisung nach sich gezogen hätte. Nach dem Essen hatten zwei Mädchen, Nora und Sussie, den Tisch abgedeckt und gespült, Ronny hatte sich aufs Sofa vor den Fernseher gesetzt. Julia hatte gesagt, sie sei müde, und war für den Rest des Abends in ihrem Zimmer verschwunden. Das Personal hatte sie in Ruhe gelassen, vielleicht war es normal, dass Neuankömmlinge sich am Anfang zurückzogen.

Es quietschte weiter hinten im Flur. Julia überwand ihr Unbehagen, öffnete ganz vorsichtig die Tür und schaute hinaus. Am Ende des Flurs sah sie zwei dunkle Gestalten aus dem Fenster klettern, Nora und Sussie. Es klapperte, als sie auf den Absatz vor dem Fenster stiegen, dann waren sie verschwunden. Es war wieder still im Haus, Julia wartete ein paar Sekunden, dann schlich sie ans Ende des Flurs. Das Fenster war noch halb offen, sie beugte sich hinaus und sah eine rostige Feuerleiter, die an der Fassade befestigt war. Auf der Straße, die direkt am Sonnenblumenhof entlangführte, liefen Nora und Sussie. Um diese Zeit war kaum Verkehr auf der Straße, nur ein paar Lastwagen donnerten vorbei.

Raureif überzog die kahlen Apfelbäume im Garten wie eine glitzernde Haut, der Garten war wie aus einem Märchenbuch. Julia schaute zum Himmel hinauf, es gab keinen Mond und keine Sterne, dunkle Wolken machten das Dunkel der Nacht so kompakt, dass sie die beiden Gestalten nur im Licht der Straßenlaternen sehen konnte. Sie sah, wie sie die Straße überquerten, über eine Absperrung sprangen und dann zu einem Fahrradweg liefen.

Plötzlich löste sich eine weitere schwarze Gestalt aus dem Gebüsch, der Größe nach zu schließen war es ein Mann. Nora und Sussie schien sein Auftauchen nicht zu erschrecken, er wurde erwartet.

Der Mann überreichte Nora ein Paket, das sie in die Jacke steckte. Dann gingen sie zusammen auf dem Radweg zum

Wald. Wenn es nicht mitten in der Nacht gewesen wäre, hätten es drei Freunde auf einem Spaziergang sein können.

Julia schaute ihnen noch eine Weile nach, dann wurden sie von der Dunkelheit verschluckt. Als sie nichts mehr sehen konnte, ging sie in ihr Zimmer zurück und kroch ins Bett. Sie zog die Decke bis unters Kinn und starrte an die weiße Decke. Ihr Kopf war leer, eine Leere, die spannte und dröhnte, als wollte sie den Kopf in tausend Stücke sprengen.

Sie konnte nicht länger im Bett bleiben, stand auf, ging zum Fenster und schaute in den Garten, lauschte dem Atmen des Hauses, dem Knacken in den Wänden und Dächern.

Maud hatte gesagt, dass sie und Lovisa heute Nachtdienst hatten, es beruhigte sie zu wissen, dass sie ein paar Meter weiter schliefen. Noch konnte sie auf ihr Lächeln und die freundlichen Kontaktversuche nicht eingehen, aber sie war doch erleichtert, dass alle so nett waren. Der Heimleiter Anders, Lena mit den glänzenden braunen Haaren, die sie hergebracht hatte, Maud, Lovisa, alle waren weich und warm wie eine Wolldecke.

Sie überlegte, ob sie wohl eine von ihnen wecken und um eine Kopfschmerztablette bitten sollte, aber ihre Überlegungen wurden unterbrochen, als sie Geräusche hörte, die verrieten, dass Nora und Sussie zurückkamen. Sie schlichen durch den Flur, aber offenbar stießen sie gegen etwas. Ein dumpfer Knall, gefolgt von unterdrücktem Kichern. Es traf Julia wie ein Schlag in die Magengegend. Das Lachen verriet eine Zusammengehörigkeit, die entsteht, wenn man nächtliche Geheimnisse teilt.

Sie vermisste Emma. Und Annika.

Die Klaue in ihrem Bauch stach zu, langsam nahm eine Erkenntnis Gestalt an. Sie konnte nicht hier bleiben. Egal, wie nett alle waren. Irgendwie musste sie fort, weg.

»Hier kommt das Waschmittel rein und hier der Weichspüler, dann stellt man das Waschprogramm ein, so. Total einfach.«

Nora trat einen Schritt zurück und schaute Julia an, um sicher zu sein, dass Julia die Vorführung verstanden hatte. Ihre dunklen Haare lagen ihr wie ein glänzender Helm um den Kopf. Mit ihrer rundlichen Stupsnase und den dunklen Augen sah sie ein bisschen aus wie ein Bieber.

Nora drückte auf den Startknopf, die Maschine startete mit einem Brummen, Nora lehnte sich an den Tisch und betrachtete Julia.

»Warum bist du hier?«

Julia schaute sie an, wusste nicht so recht, was sie antworten sollte. Warum war sie eigentlich hier? Der Brand- und Benzingeruch und Giselas erregtes Gesicht mischten sich mit dem Geruch der Waschküche. Ein anderer Geruch drängte sich vor, fade und übel riechend, mit einer deutlichen Note von Rasierwasser. Julia schauderte, ihre Arme begannen zu zittern. Sie schlug sie in einer festen Umarmung übereinander.

»Ich weiß es nicht genau. Meine Mutter sitzt im Gefängnis, und mein Vater kann sich nicht richtig um mich kümmern.«

Nora nickte, als würde sie verstehen.

»Verdammt schwierig, Gefängnis! Meine Mutter hat zu viele Pillen geschluckt und war ganz allgemein verrückt, aber Gefängnis ist ziemlich cool!«

Sie schüttelte beeindruckt den Kopf und faltete ein Handtuch.

Alle Bewohner des Sonnenblumenhofs mussten Arbeiten übernehmen, die sie reihum erledigten. Lovisa hatte Julia das System am Morgen erklärt und sie und Nora für die Waschküche eingeteilt.

»Also, es war nicht nur das mit den Tabletten und so, sie konnte mich nie anfassen, sie bildete sich ein, dass ich und die ganze Welt voller Bazillen waren. Wenn sie mich anfassen musste, dann hat sie sich hinterher immer minutenlang die Hände gewaschen. Völlig verrückt. Du solltest ihre Hände sehen, fast keine Haut mehr, deswegen hat sie immer weiße Baumwollhandschuhe getragen.«

Sie lachte freudlos und nahm ein weiteres Handtuch vom Stapel. Julia stellte sich neben sie und nahm auch ein Handtuch und versuchte, es so wie Nora zusammenzulegen. Später stellte sie fest, dass Nora immer schnell und manisch redete. Ein ständiger Strom von Worten musste heraus, ganz gleich, ob sie beschrieb, was sie gerade machte, oder ob es um die Mutter ging, die sie nicht anfassen konnte. Hauptsache, es war nicht still. Als könnten die Worte die Leere bannen, die im Schweigen lauerte.

»Weißt du, ich bin in Rumänien geboren und dann adoptiert worden. Ich war in einem ekligen Kinderheim, bis ich eineinhalb Jahre alt war, dann haben meine Eltern mich geholt. Halb verhungert und voller Wunden von den Läusen, die uns nachts auffressen wollten. Vielleicht hat das meine Mutter verrückt gemacht. Weil ich so dreckig und eklig war, ist sie durchgedreht. Mein Vater hat mich ja angefasst, er hat mich herumgetragen und ins Bett gebracht und so. Aber er hat den Waschzwang von meiner Mutter nicht ausgehalten und ist abgehauen, als ich vier war. Seither treffe ich ihn nur ab und zu, ein paar Mal pro Monat.« Sie schwieg und verzog die Stirn, als würde sie nachdenken. »Und seit ich hier bin, noch seltener.«

Julia versuchte sich vorzustellen, wie es war, wenn die Mutter einen nie anfasste.

Nora schaute sie ernst an.

»Also, es ist wirklich kein Wunder, dass ich Probleme bekommen habe, das sagen alle hier, Maud, Lovisa, Anders, sogar Kricke.«

Julia nickte vorsichtig und nahm ihren Mut zusammen.

»Was für Probleme?«

Nora lächelte, ihre Augen glänzten.

»Na ja, alles Mögliche. Jungs, Alkohol, auch stärkere Sachen. Ich habe oft geschwänzt. Ich wurde schwer erziehbar, wie meine Mutter es nannte. Diese Frau kann mich so wahnsinnig machen, dass ich nicht mehr weiß, was ich tue!«

Bei dem Gedanken daran schien Nora wieder wütend zu werden, ihre Augen wurden schmal, und sie fuhr mit leiser Stimme fort.

»Ich habe ihr Schimpfwörter an den Kopf geworfen. Einmal wollte ich sie sogar schlagen. Hab einen Schirm gepackt und auf sie eingeprügelt. Sie hat geschrien wie am Spieß und sich in der Toilette eingeschlossen. Immer mit den Baumwollhandschuhen.«

Nora lachte, Julia lachte auch ein wenig.

»Und du, was hast du für Probleme gemacht?«

Julia hörte auf zu lachen und überlegte fieberhaft, was sie sagen könnte. Nora sah wohl ihre Unsicherheit und machte Vorschläge.

»Drogen?«

Julia schüttelte den Kopf.

»Alkohol?«

Sie schüttelte wieder den Kopf.

»Na ja, irgendetwas musst du gemacht haben, wenn du hier gelandet bist. Schule geschwänzt?«

Julia nickte eifrig.

»Ja, ich habe geschwänzt. Und bin von zu Hause ausgerissen.«

Nora nickte, sie schien erleichtert zu sein, dass sie den Grund gefunden hatte. Sie beugte sich zu Julia und flüsterte.

»Du, Tess, das andere Mädchen, nicht Sussie, die mit den Dauerwellen, sondern die andere, die mit den mausgrauen, strähnigen ekligen Haaren?«

Julia nickte. Sie hatte sie beim Frühstück gesehen, ein stilles Mädchen, das mit gesenktem Kopf im Essen stocherte.

»Sie hat gesehen, wie ihr Vater sich ins Gesicht geschossen hat, da war sie elf. Seither spinnt sie. Sie ist direkt aus der Kinderpsychiatrie hierhergekommen, und wenn du mich fragst, hätte sie dort bleiben sollen. Der Meinung ist auch das Personal, ich habe mal gehört, wie Maud und Lovisa mit Anders im Büro geredet haben. Der Sonnenblumenhof ist kein Ort für sie. Sie wird jeden Tag schweigsamer. Außer nachts, da kann man sie manchmal heulen hören. Wie ich sie das erste Mal gehört habe, da habe ich mir fast in die Hose gemacht. Es hat widerlich geklungen.«

Julia sperrte die Augen auf, so ungeheuerlich war das, was Nora erzählte, und ermuntert durch diese Reaktion fuhr Nora fort.

»Und wenn ich dir einen Rat geben soll, nimm dich vor ihr in Acht. Sie kommt einem vielleicht still und ruhig vor, aber wenn man sie ärgert, kann sie richtig ausrasten. Einmal, beim Essen, da hat sie Ronny mit der Gabel gestochen, weil er sie geärgert hat. Er hatte nichts Besonderes gesagt, nichts Supergemeines, aber er hatte sie auf dem Kieker. Irgendwann hatte sie genug. Niemand hat etwas gemerkt oder geahnt, Tess hat wie immer mit gesenktem Kopf am Tisch gesessen. Aber plötzlich hat sie aufgejault und zack!« Nora machte eine heftige Bewegung mit der Hand nach unten. »Schon hatte Ronny die Gabel im Oberschenkel. Total durchgedreht!«

Sie schüttelte dramatisch den Kopf, um das Erzählte zu unterstreichen. Julia schnappte nach Luft.

»Die Ärmste. Also ich meine, Tess. Zuschauen zu müssen, wenn der Vater sich erschießt.«

Nora verdrehte die Augen.

»Aber stell dir vor, es sticht dir jemand mit der Gabel in den Oberschenkel, wenn du in aller Ruhe beim Essen sitzt!«

Es war kein Zweifel, wer Noras Sympathien genoss, Julia nickte nur, sie wollte den vertraulichen Tonfall nicht unterbrechen.

»Aber Sussie ist okay! Ihre Eltern haben Drogen genommen und getrunken, seit sie auf der Welt ist, sie hat es also nicht leicht gehabt. Ist oft geschlagen worden. Und trotzdem trinkt sie selber ziemlich viel. Aber sie ist okay, wirst schon sehen. Und Ronny ist vielleicht nicht der Gescheiteste, aber auch ganz in Ordnung. Er ist auch in Kinderheimen gewesen, seit er ein Baby war. Die Mutter hat getrunken, und wer der Vater ist, weiß niemand so recht.«

Nora hatte schnell gearbeitet, die saubere Wäsche lag jetzt in ordentlichen Stapeln auf dem Tisch.

»So, fertig!«

Sie lächelte Julia an, die lächelte zurück. Nora ging die Treppe hinauf, Julia folgte ihr.

In der Küche waren Maud und Lovisa, zusammen mit Sussie lachten sie über etwas. Sussie tat so, als hätten sie sie geärgert.

»Menno! Ich will halt nicht nach Knoblauch stinken, okay?«

»Wir sollten dir vielleicht eine Runde Babygläschen kaufen, Sussie, die sind meistens nicht gewürzt.« Lovisa lächelte, als sie Nora und Julia sah.

»Und Mädels, alles gut gegangen da unten?«

Nora schnitt eine Grimasse.

»Was meinst du denn? Klar ist alles gut gegangen.«

Sie drehte sich um und rollte mit den Augen, Julia lächelte ein wenig. Lovisa schien es nicht übel zu nehmen, sie war den Umgangston gewöhnt.

»Prima, gleich gibt es Essen, ungewürzte Hackfleischsoße und Spaghetti.«

Sussie protestierte laut.

»Ich will nicht nach Knoblauch stinken!«

Julia blieb in der Eingangshalle vor der weißen Wand stehen, an die hatte jemand mit großen Buchstaben geschrieben: »KRITZELWAND«. Anders hatte es ihr erklärt, als er ihr am Tag zuvor alles gezeigt hatte.

»Hier kannst du hinschreiben, wenn du traurig, böse, fröhlich bist, was du willst!«

Es war alles so schnell gegangen, sie hatte kaum etwas lesen können, außer *Schluss mit dem Geschmiere!* Jetzt sah sie, dass darunter stand *Und Schluss mit dem Geficke!* Sie stand vor der Tafel und starrte die krakeligen Buchstaben an.

Warum soll man gesund sein in einer kranken Welt? hatte jemand mit dickem rotem Filzstift geschrieben. Weiter oben hatte jemand mit blauem Füller und kleinen zierlichen Buchstaben geschrieben: *Ich will am Wochenende ausgehen!*

In der unteren Ecke war eine Hitliste des Personals.

1. Maud. 2. Lovisa. 3. Lilly. 4. Jonte. 5. Kricke.

Darunter hatte sich jemand an gereimter Poesie versucht.

Maud ist die Beste – keine Proteste! Kricke ist blöd – und schwul!

Julia ging hinauf in ihr Zimmer und schloss die Tür. In ihrem Kopf drehte sich alles, sie ließ sich aufs Bett fallen. Die Müdigkeit übermannte sie. Sie wachte plötzlich auf, weil jemand im Zimmer war, den Bruchteil einer Sekunde verspürte sie Panik, dann hörte sie Mauds Stimme.

»Hallo, meine Liebe, bist du eingeschlafen?«

Sie setzte sich aufs Bett und schaute Julia an. Sie hatte blondierte Haare, die zu einer kurzen wuscheligen Frisur geschnitten waren. Sie sah sportlich aus, Jeans und weißes T-Shirt. Sportlich und nett.

Die Stimme erinnerte an Annikas Stimme. Die sagte auch *meine Liebe* zu Julia und Emma. Nur Annika hatte sie bisher *meine Liebe* genannt.

»Ich kann gut verstehen, dass du müde bist, es sind so viele Eindrücke. Aber du wirst dich schnell eingewöhnen, und wenn du erst mal weißt, wie es hier läuft, wird es dir besser gehen. Ganz bestimmt!«

Sie lächelte, und Julia mühte sich, das Lächeln zu erwidern.

»Wir essen jetzt, kommst du mit nach unten?«

Julia nickte, stand auf und folgte Maud in die Küche. Da saßen alle am Tisch und warteten. Anders war auch da, er lächelte freundlich und hob die Hand zu einem Gruß, als er sie sah.

»Hallo, Julia!«

Sie hätte gerne auch gelächelt, aber ihr Herz schlug plötzlich so heftig, dass sie nur kaum hörbar antworten konnte.

»Hallo.«

Nora schaute sie aufmunternd an, meinte sie vielleicht, Julia spiele sich auf?

Die Hackfleischsoße gab es in zwei Varianten, die an alle weitergereicht wurden.

»Welche möchtest du haben, Nora, die mit Gewürzen oder die ohne?«

Julia bemerkte einen schnellen Blick von Sussie, und Nora antwortete ohne zu zögern.

»Na bestimmt nicht die mit Knoblauch!«

Sussie lächelte und tauschte vielsagende Blicke mit Nora. Lovisa schob den Topf weiter zu Julia.

»Und du, Julia, mit oder ohne?«

Julia sah in die erwartungsvollen Gesichter von Nora und Sussie. Eigentlich mochte sie Knoblauch. Zu Hause bei Annika und Emma war das Essen oft stark gewürzt, da nahm sie sich immer mehrmals. Das Essen schmeckte anders als Giselas ewige Hausmannskost. Fleisch und Kartoffeln, Kartoffeln und Fleisch, immer das Gleiche. Aber Noras und Sussies Blicke sagten ihr, dass sie sich richtig entscheiden musste.

»Die ohne Gewürze bitte.«

Nora und Sussie schauten sie triumphierend an.

»Prima, Julia!«

Nora lächelte.

»Da seht ihr es, nur ihr mögt Gewürze, von denen man stinkt!«

Tess, die die ganze Zeit mit hängendem Kopf dagesessen hatte, schaute plötzlich auf. Julia sah jetzt zum ersten Mal ihr Gesicht, bisher hatte sie nur die mausgrauen Haare gesehen, die strähnig wie ein schützender Vorhang vor ihrem Gesicht hingen. Sie hatte kleine, dicht beieinander liegende Augen, eine kräftige Nase und dünne, farblose Lippen. In den hellblauen Augen brannte ein wütendes Feuer. Sie starrte Sussie mit einem Zorn an, der alle um den Tisch verstummen ließ.

»Gib mir die gewürzte Soße!«

Sussie sah sie beleidigt und mit erhobenen Augenbrauen an.

»GIB MIR DIE VERDAMMTE SOSSE, HAB ICH GESAGT!«

Die Stimme durchschnitt die Stille.

»Das ist mal wieder typisch für dich, willst wohl stinken!«

Sussies Stimme klang ärgerlich und ängstlich zugleich.

Lovisa beugte sich zu Tess.

»Hör jetzt auf, Sussie, und du, Tess, sprich ein wenig leiser. Natürlich bekommst du die Soße, die du haben willst, hier!«

Sie schob ihr die Schüssel mit der Soße hin, Tess hatte den Blick immer noch auf Sussie gerichtet. Ihre Hand zitterte, und sie löffelte die Soße so heftig auf ihren Teller, dass es nach allen Seiten spritzte.

»Pass auf, Tess!«

Die Stimme von Anders war ruhig, er nahm seine Serviette und wischte die Kleckse um den Teller von Tess auf.

Sie wandte den Blick von Sussie ab und schaute jetzt Anders in die Augen.

»MIR SAGT VERDAMMT NOCH MAL NIEMAND, DASS ICH VORSICHTIG SEIN SOLL! HAST DU GEHÖRT?«

Lovisa und Maud standen sofort auf und gingen zu ihr.

»Tess, diese Ausbrüche beim Essen haben doch keinen Sinn. Alle wollen in Ruhe essen.«

Lovisa sprach freundlich und beruhigend auf sie ein und legte einen Arm um sie. Maud hockte sich neben ihren Stuhl.

»Möchtest du noch einen Versuch machen, oder willst du in dein Zimmer, bis wir anderen fertig gegessen haben?«

Tess stand so unvermittelt auf, dass der Stuhl umkippte. Sie war groß, vor allem neben Maud, die immer noch in der Hocke saß. Der Tisch wackelte und die Teller hüpften, als sie mit der Faust auf den Tisch schlug und brüllte.

»IHR VERDAMMTEN HUREN! ICH HASSE EUCH ALLE!«

Binnen einer Sekunde war Anders neben Maud und packte Tess bei den Armen. »Du kommst jetzt mit, bis du dich beruhigt hast!«

Sanft, aber bestimmt brachten sie Tess aus dem Zimmer, sie brüllte immer weiter.

»DU SCHEISSKERL! FASS MICH NICHT AN, DU

SCHMIERIGER PAVIAN! LASS MICH LOS! LASS MICH LOS!«

Anders' gedämpfte Stimme kam aus der Diele.

»Ich lass dich los, wenn du selbst gehst, okay?«

Sie verschwanden nach oben. Und es herrschte wieder Schweigen am Esstisch.

Sussie verdrehte die Augen und schaute Nora und Julia an.

»Sie spinnt total!«

Nora nickte zustimmend.

»Die gehört in die Klapse!«

»Die gehört nicht nur in die Klapse, sie ist auch noch eklig. Klar, dass die Knoblauch essen will!«

»Ja, wirklich fies. Schön, dass du jetzt hier bist, Julia!«

Nora lächelte sie an, das Kompliment tat Julia gut, aber gleichzeitig schämte sie sich, weil es auf Tess' Kosten ging. Aus dem Treppenhaus hörte man Schritte, dann kam Lovisa und setzte sich wieder an ihren Platz.

»Hört zu, Mädels, Tess hat im Moment große Probleme. Ich möchte, dass ihr sie in Ruhe lasst.«

Sussie sah aus, als hätte jemand sie geschlagen, eine Mischung aus Erstaunen und Ärger.

»Was soll das, wir können doch nichts dafür, dass sie spinnt!«

Zum ersten Mal sah Julia etwas Hartes in Lovisas Gesicht.

»Stell dich nicht dumm, Sussie, du weißt genau, was ich meine!«

Sie wandte sich an Julia.

»Es tut mir leid, dass das heute passiert ist, es ist schon schwer genug, wenn man neu hier ist. Tess ist eigentlich sehr lieb und tut keiner Fliege was zuleide, wenn man sie nicht reizt.«

Das Letzte sagte sie mit einem Blick zu Sussie.

Julia nickte, wickelte die Spaghetti um die Gabel und steckte sie in den Mund. Sie waren inzwischen kalt und schmeckten nach nichts.

Sussie hatte Küchendienst, deswegen blieb sie in der Küche. Julia und Nora gingen ins Wohnzimmer, wo Nora sich gleich auf eines der großen Sofas fallen ließ. Sie drückte auf die Fernbedienung, im Fernseher erschien ein Mann im Bärenkostüm, der tanzte und mit aufgesetzter Babystimme sprach.

»Verdammt, wie langweilig. Jeden Abend hockt man hier und zieht sich eine schlechte Fernsehsendung nach der anderen rein. Ich steeeerbe!«

Sie seufzte, Julia legte vorsichtig die Beine aufs Sofa. Sie lehnte sich an, und eine angenehme Müdigkeit breitete sich in ihr aus. Ihr machte es nichts aus, dass im Fernsehen nur ein langweiliges Kinderprogramm lief, sie konnte sich sowieso nicht konzentrieren. Der Fernseher war die perfekte Entschuldigung dafür, auf dem Sofa zu liegen und zu dösen.

»Julia! Aufwachen!«

Sie musste eingeschlafen sein, denn als sie die Augen aufschlug, lächelte sie ein unbekannter Mann an, Maud stand neben ihm.

»Oh, wie spät ist es?«

»Fast halb neun. Das ist Kricke, er arbeitet hier, er löst mich und Lovisa ab.«

Kricke streckte die Hand aus.

»Hallo, ich heiße Christian, werde aber Kricke genannt. Willkommen!«

Julia setzt sich auf und gab ihm die Hand.

»Und das ist Eva«, fuhr Maud fort und wandte sich an eine Frau Mitte fünfzig, die gerade hereinkam.

»Hallo, du bist also Julia?«

Julia nickte.

»Willkommen!«

Maud schaute sie an.

»Ich gehe jetzt nach Hause. Wir sehen uns am Mittwoch, dann komme ich wieder!«

Julia schaute zum Sofa hinüber, auf dem Nora gelegen hatte, aber das war leer. War Nora schon zu Bett gegangen?

»Entschuldige, aber kann ich einfach ins Bett gehen? Ich bin so schrecklich müde.«

Eva lächelte sie an.

»Natürlich, wir sehen uns morgen wieder!«

Sie ging nach oben, putzte sich die Zähne und wusch das Gesicht, dann zog sie den Schlafanzug an und kroch ins Bett. Die Müdigkeit war wie ein Hammer, der ständig schlug, aber dennoch konnte sie nicht schlafen. Hellwach und mit offenen Augen lag sie im Bett.

Sie wusste nicht, wie spät es war oder wie lange sie so gelegen hatte, als die Tür ihres Zimmers mit einem Quietschen geöffnet wurde.

Nora und Sussie kamen herein und schlossen die Tür schnell wieder hinter sich. Obwohl sie flüsterten, konnte man hören, wie aufgeregt sie waren.

»Du, willst du mitkommen, wir wollen ein bisschen Spaß haben?«

Sussie schaute sie fragend an, Nora lächelte. Julia setzte sich schläfrig im Bett auf.

»Wie, Spaß haben?«

»Na, Spaß halt, wirst schon sehen. Hier kann man doch nur versauern!«

Julia zögerte, sie musste an die dunkle Männergestalt denken, die sie neulich nachts gesehen hatte. Aber andererseits würde diese Einladung vielleicht nicht wiederholt werden.

»Okay, ich ziehe mir nur was an.«

Sie machte die Leselampe an und zog die Jogginghosen und ein T-Shirt an, die über dem Stuhl hingen.

Im Flur war es stockdunkel, die Dielen knarrten ein wenig, als sie zum Fenster und der Feuerleiter schlichen.

Nora kletterte als Erste hinaus und stieg so leise wie möglich die wackelige Eisenleiter an der Hausfassade hinab. Sie winkte Julia, dass sie nachkommen solle, die stieg vorsichtig hinterher.

Sie liefen über die Wiese zu einem Loch in der Hecke, durch das Nora kroch. Sussie und Julia folgten ihr, dann waren sie auf der Straße.

Nora und Sussie gingen mit sicheren Schritten Richtung Wald, dorthin, wo Julia sie hatte gehen sehen.

»Haut ihr jede Nach ab?«

Sussie lächelte Julia an und nickte.

»Klar. Deswegen gehen wir immer so früh zu Bett.«

Nora fuhr fort.

»Lieber am Abend ein paar Stunden schlafen, wenn sowieso nichts los ist, dann kann man nachts aufstehen!«

»Seid ihr noch nie erwischt worden?«

Sussie lachte auf.

»Nein, die Leute vom Personal scheinen Schlaftabletten zu nehmen oder so.«

Nora schaute Julia stolz an.

»Und seit einem Monat hauen wir mehrmals pro Woche ab, nur damit du es weißt.«

Sie gingen jetzt schnell, waren aufgeregter, je näher sie dem Wald kamen.

»Aber warum? Seid ihr dann nicht saumüde?«

»Wirst schon sehen!«

Sussie lachte heiser, und Nora grinste.

Plötzlich trat eine dunkle Gestalt aus dem Gebüsch. Alle schrien sie auf, Julias Herz blieb vor Angst fast stehen. Aber dann begann Sussie zu lachen.

»Verdammt, hast du uns erschreckt, Dante!«

Dante lachte rau, nahm die Kapuze vom Kopf, damit

man sein Gesicht sah. Er war groß und dünn, die schwarz gefärbten Haare hingen ihm auf die Schultern. Das Gesicht war knochig, eine Mondlandschaft von Aknenarben.

»Und wer ist das? Eine Neue?«

Er kam auf Julia zu, sie spürte, wie die Klaue in ihrem Bauch zum Leben erwachte und zupackte. Er grinste breit und zeigte eine Reihe gelber Zähne, die zudem noch dunkelbraune Flecke hatten.

Er legte ihr seine kalte Hand auf die Schulter, dann drückte er ihren Arm, es tat weh, ihr kam es vor, als wolle er ihre Kraft testen.

Nora stellte sich neben sie.

»Das ist Julia. Sie ist neu im Sonnenblumenhof, aber total in Ordnung!«

»Julia, was für ein hübscher Name!«

Sein Lächeln wurde noch breiter, durch Julias Knochen strömte Kohlensäure und ließ sie zittern. Sie hoffte, dass man es nicht sah, aber vielleicht ahnte Nora etwas, denn sie unterbrach Dantes Inspektion.

»Hast du die Sachen?«

»Ja, klar, immer mit der Ruhe, ihr werdet schon genug kriegen.«

Widerwillig riss er sich von Julia los und schaute Sussie und Nora an.

»Wer ist heute dran?«

Sussie trat vor und streckte die Hand aus. Dante holte eine durchsichtige Plastiktüte aus der Innentasche seiner Jacke und gab sie Sussie. Sie lächelte ihn an.

»Danke, vielen Dank.«

Er packte Sussie am Arm und zog sie mit sich in den grünschwarzen Wald hinein. Nora rief ihm hinterher.

»Und wir?«

Dante antwortete nicht, er warf Nora eine kleine Plastikflasche zu, die an ihren Füßen landete. Sie bückte sich und hob die Flasche auf.

»Prima. Komm, wir setzen uns hierher.«

Julia schaute Dante und Sussie hinterher, die in der Dunkelheit verschwanden.

»Wohin gehen sie?«

Nora lächelte und schüttelte überlegen den Kopf.

»Du bist noch ziemlich grün, was?«

Julia versuchte, auch zu lächeln, aber ihr Mund streikte. Die Angst saß ihr im Nacken.

»Im Ernst, was machen die dort?«

»Ach, sie tauschen. Geschäfte, du weißt schon.«

Sie schaute Julia an.

»Scher dich nicht drum, vergiss es! Hier, versuch das mal.«

Sie reichte Julia die kleine Plastikflasche, und als sie sah, dass Julia zögerte, trank sie einen großen Schluck.

»Pfui Teufel wie das schmeckt! Aber gleich kommt das Schöne!«

Julia nahm zögernd die Flasche und setzte sie an den Mund. Das Getränk roch scharf nach bitterer Medizin gemischt mit saurer Milch, und sie verzog das Gesicht. Das war kein Alkohol, wie sie zuerst gedacht hatte, sondern etwas anderes.

Sie holte tief Luft, damit sie nichts riechen musste, und schluckte schnell, bevor der Geschmack sich auf der Zunge festsetzen konnte.

Sie schloss die Augen und erwartete das Kribbeln, das sich im ganzen Körper ausbreitete. Aus dem Bauch kam eine Wärme, die bis zu den Füßen ging und dann zurück zum Kopf.

Sie öffnete die Augen und schaute Nora an, die mit geschlossenen Augen lächelte.

Die Welt drehte sich, die Bäume tanzten und der Mann im Mond lachte laut und donnernd.

»Was ist das?«

Julia flüsterte und spürte, wie die Mundwinkel von einer unsichtbaren Kraft zu einem Grinsen gezogen wurden.

Es dauerte ein paar Sekunden, dann öffnete Nora die Augen und antwortete.

»Etwas, das dir guttut!«

Julia kicherte, sie wusste nicht, woher es kam, konnte sich nicht erinnern, wann sie zuletzt gelacht hatte. Nora begann auch zu lachen, ein gluckerndes Lachen, das in die sternklare Nacht hinaufstieg. Julia schloss die Augen und wünschte sich, Emma säße neben ihr und lachte sorglos.

Alles andere verschwand, es gab nur die Nacht und das Jetzt, die prickelnde Wärme, die durch die Adern floss und Ruhe verströmte.

Nora nahm die Flasche und trank noch ein paar tiefe Schlucke, dann gab sie Julia die Flasche. Dieses Mal konnte sie die zähe Flüssigkeit besser schlucken. Jetzt, wo sie wusste, wie gut sie tat.

Das Kribbeln kam schneller und war stärker und setzte alle Körperfunktionen matt. Die Muskeln wurden schlaff, sie sank zu Boden und legte sich hin, spürte, wie das Drehen im Kopf zunahm. Immer im Kreis, wie ein rasender Wirbeltanz. Keine Gedanken hatten Platz.

Die Zeit verschwand, und sie wusste nicht, wie lange sie dagelegen hatten, als sie plötzlich Geräusche aus dem Wald hörte, Sussie und Dante kamen zurück.

»Hallo, Mädels, hier liegt ihr also und lasst es euch gut gehen!«

Als sie Dantes Stimme hörte, schlug Julia die Augen auf. Nora wankte, als sie versuchte, sich aufzurichten. Instinktiv versuchte auch Julia, aufzustehen, sie wollte nicht auf dem Boden liegen bleiben, wenn Dante über ihr stand. Ihr Kopf drehte sich so sehr, dass sie nicht geradeaus schauen konnte. Ganz weit weg hörte sie, dass sie über sie lachten.

Plötzlich war Dantes Stimme ganz nah an ihrem Ohr.
»War es schön?«
Die Angst wollte sie warnen und drohte durch das Karussell hindurchzudringen. Sie versuchte, wieder die Kontrolle über ihre Muskeln zu gewinnen, sie wollte sich ganz gerade stellen, aber sie torkelte nur noch mehr. Nora kam ihr zu Hilfe.
»Ja, es war schön. Danke, verdammt nett!«
»Keine Ursache, es ist immer eine Freude, mit euch ins Geschäft zu kommen!«
Sussie stellte sich zwischen Nora und Julia. Ihr Gesicht war ernst und kontrolliert, sie war überhaupt nicht so wackelig und albern wie sie.
»Hört mal, ihr beiden, wir müssen zurück, damit sie nicht merken, dass wir weg sind. Los jetzt!«
Sie packte Nora und Julia, die sich auf sie stützen mussten, und ging los. Dante kam auf einem alten rostigen Herrenfahrrad hinterher. Er bremste neben ihnen.
»Also, dann bis Donnerstag?«
Sussie nickte.
»Zur gleichen Zeit am gleichen Ort?«
Er radelte los und war bald nur noch ein dunkler Punkt auf dem Fahrradweg.
Sussie schien ärgerlich zu sein, weil Nora und Julia kaum das Gleichgewicht halten konnten.
»Verdammt, was hat er euch bloß gegeben? Ihr seid ja total knülle!«
Nora kicherte hysterisch, und auch Julia konnte sich kaum halten vor Lachen.
Als sie kurz darauf mit einiger Mühe die Feuerleiter hinaufgestiegen und in ihren Zimmern waren, schaute Julia zur Decke. Das Drehen hörte allmählich auf, aber die angenehme Wärme machte sie glücklicher, als sie es seit Langem gewesen war.

Mitten in der Nacht wachte sie auf, und ihr war unglaublich übel. Sie schlug sich das Schienbein am Bett an, als sie aus dem Zimmer lief, um zur Toilette zu kommen. Dort kam das übel riechende Getränk wieder hoch. Eine graue Brühe platschte ins Klobecken, sie würgte und erbrach Magensäure und schließlich ein paar Tropfen Galle. Danach wusch sie sich das Gesicht mit Wasser ab, es war kühl und frisch, beruhigte das aufgedunsene Gesicht und die geröteten Augen. Sie hielt inne, als sie hörte, dass der Boden im Flur knarrte. Die Stimme vor der Tür klang unruhig. Es war Eva.

»Hallo? Wer ist da?«

Julia holte tief Luft und hoffte, dass ihre Stimme ruhig klang.

»Ich bin's, Julia. Ich war auf dem Klo.«

Ein paar Sekunden Stille, als würde Eva überlegen, ob sie ihr glauben sollte.

»Aha, alles okay? Ich fand, es klang irgendwie komisch.«
»Mir war ein bisschen schlecht, aber es kam nichts.«
»Na dann, okay.«

Julia schloss auf und starrte Eva an. Sie lächelte blass, Eva schaute sie forschend an, dann entschied sie, dass alles in Ordnung war. Sie legte Julia eine warme Hand auf die Schulter und schaute ihr ernst in die Augen.

»Am Anfang ist es immer ein bisschen schwierig. Versuch jetzt zu schlafen, dann geht es dir morgen hoffentlich schon wieder besser!«

Julia nickte und ging zurück in ihr Zimmer, Eva folgte ihr. Sie setzte sich aufs Bett und deckte Julia zu. Ihr Bademantel aus weißem Frottee war an den Ärmeln ausgefranst. Darunter hatte sie einen blau-weiß gestreiften Schlafanzug an. Sie hatte braune, warme Augen, aber die dunklen Ringe darunter zeugten von Kummer und Stress. Ihre Hände rochen leicht nach Nikotin, Eva rauchte fast so viel wie Sussie und

Nora. Der Geruch erinnerte Julia an Annika und ihr ständiges Rauchen. Immer eine Zigarette im Mund oder in der Hand.

»Gute Nacht, Julia. Hoffentlich schläfst du jetzt gut.«

Julia nickte und schloss die Augen, Eva stand auf und ging zurück ins Personalzimmer am Ende des Flurs.

Als sie hörte, wie sich die Tür ihres Zimmers schloss, öffnete sie die Augen und starrte an die Decke. Sie wusste, sie würde nicht schlafen können. Vielleicht würde sie nie wieder eine ganze Nacht durchschlafen. Die Nächte bestanden aus abgehackten, kurzen Schlafperioden, an der Grenze zwischen Schlaf und Wachen.

Nach einigen Stunden war sie wohl doch eingeschlafen, sie wachte auf, als sie Geräusche aus der Küche hörte.

Evas Stimme kam von unten, nicht angespannt und besorgt wie in der Nacht, sondern fröhlich plaudernd. Noras Stimme war gedehnt und ärgerlich.

»Ich habe keinen Hunger, das habe ich schon tausend Mal gesagt! Ihr könnt mich nicht zwingen, euer ekliges Frühstück zu essen, wenn ich keinen Hunger habe! Ich muss kotzen!«

»Ein bisschen was musst du essen, sonst hältst du die Schule nicht durch. Ein Glas Orangensaft wirst du doch schaffen?«

Julia zog die Jeans und das T-Shirt an und ging hinunter in die Küche. Nora verdrehte die Augen, als sie Julia sah, sie saß mit überkreuzten Armen am Tisch und weigerte sich, den Saft zu trinken, den Eva ihr hingestellt hatte.

Julia setzte sich gegenüber und füllte Joghurt in einen Teller und streute dann Müsli darüber.

Eva lächelte sie an.

»Wie geht es dir heute? Ein bisschen besser?«

»Ja, vielleicht.«

Kricke kam in die Küche.

»In zwanzig Minuten fahren wir in die Schule, dann müsst ihr fertig sein.«

Er hatte ein viereckiges Gesicht, kurz geschorene Haare und eine gebieterische Stimme.

»Spricht hier die Polizei?«

Nora schaute ihn trotzig an, und Julia bemerkte, dass ein Schatten über Krickes Gesicht fuhr und der Blick sich verfinsterte.

»Hör zu, spiel dich nicht auf, sieh lieber zu, dass du fertig wirst. Ich werde heute nicht auf dich warten!«

Er ging schnell aus der Küche, sein Körper war kompakt und durchtrainiert.

»Er wollte Polizist werden, ist aber nicht angenommen worden auf der Polizeihochschule. Offenbar braucht man dafür Erfahrung, deswegen arbeitet er jetzt hier.« Sie trank einen Schluck Saft und fuhr dann fort. »Er ärgert sich immer furchtbar, wenn man ihn deswegen aufzieht. Blöder Idiot!«

Das Letzte sagte sie mit einem verächtlichen Blick in die Diele, wo Eva Tess beim Anziehen half.

Lena hatte Julia alles erklärt. Sie würden jeden Tag mit dem Minibus vom Sonnenblumenhof in die Sonderschule gefahren und um drei wieder abgeholt werden. Zwischen drei und fünf durfte man machen, was man wollte, wenn man keinen Küchendienst hatte, um fünf gab es das gemeinsame Essen.

»Wir fahren! Kommt jetzt!«

Krickes Stimme dröhnte durch die Diele, Sussie, die Julia den ganzen Morgen noch nicht gesehen hatte, kam lässig die Treppe herunter.

»Ja, ja, wir kommen. Schrei nicht so!«

Tess saß schon im Bus und starrte aus dem Fenster. Ronny stand auf der Veranda und rauchte, aber er drückte die Zigarette aus, als die anderen kamen.

Die Schule war ein L-förmiger Flachbau hinter dem Nordfriedhof, ein paar Kilometer außerhalb der Stadt. Wenn man auf dem Schulhof stand, konnte man die Gräberreihen sehen. Sie lag mitten in einem Naturschutzgebiet mit Joggingpfaden, die weit in den Wald hineinführten. Das Haus wirkte eher wie eine Vorschule, nur dass es keine Schaukeln und Klettergerüste gab. Hier wurden dreiundvierzig unangepasste Schüler zwischen dreizehn und sechzehn unterrichtet. Es gab zusätzliche Speziallehrer, kürzere Schultage und weniger Hausaufgaben.

Julia lehnte den Kopf ans Fenster des Minibusses. Die Scheibe kühlte ihre fieberwarme Haut, sie hatte den ganzen Morgen geschwitzt. Sie konnte keinen zusammenhängenden Gedanken denken. Ihr Kopf drehte sich immer noch, und auch ihr Körper war wie abgehängt und gehorchte nicht.

»Was ist denn mit dir?«

Kricke sah, dass sie weinte, die anderen waren schon ausgestiegen und liefen über den Hof, sie hatten bestimmt gesehen, dass sie weinte, im Auto sitzen blieb. Aber es war eine unausgesprochene Regel, dass man so tat, als merke man nichts, wenn es jemandem schlecht ging.

»Ich fühle mich so eigenartig.«

Sie bemühte sich, normal zu klingen, und hoffte, dass Kricke damit zufrieden war. Seine Lippen waren schmal und angespannt, es sah aus, als wolle er am liebsten ganz schnell weiter und nicht von einem weinenden Kind aufgehalten werden.

Sie schaute auf seine Lippen, er verzog sie zu einer genervten Grimasse.

»So so, aha.« Er runzelte die Stirn und biss sich in die Lippen. »Wirst du vielleicht krank?«

»Mhm.«

Er seufzte hörbar.

»Sollen wir so sagen, du versuchst heute, in den Unterricht zu gehen, und wenn du dich sehr schlecht fühlst, dann rufst du an, okay?«
Julia nickte.
»Okay.«
Kricke lächelte erleichtert und schloss das Auto ab.

Es dauerte eine Stunde. Eine sauerstoffarme Stunde, Julia hechelte wie ein Hund, um so viel Sauerstoff wie möglich zu bekommen, ehe er in den gierigen Lungen der anderen verschwand. Und vorne stand eine Lehrerin, die sich als Lotta vorgestellt hatte, die redete und redete und erklärte dem anderen Lehrer, Göran, den Stundenplan der kommenden Woche. Lotta klang ärgerlich, es gab ein Missverständnis.
»Ich arbeite nur fünfundsiebzig Prozent, und deswegen gehe ich donnerstags immer um zwei.«
Julia schwitzte weiter, die Haut juckte, schließlich wurde sie von Panik überschwemmt. Der Stuhl fiel um, als sie aufstand und aus dem Klassenzimmer lief. Die Kälte schlug ihr entgegen, sie bekam kaum noch Luft, dann drehte sie sich um und nahm ihre Jacke vom Haken. Lotta kam ihr aus dem Klassenzimmer nach.
»Was ist los, Julia?«
Sie schaute Lotta unschlüssig an. Das Gefühl von Unwirklichkeit machte sie ganz schwach.
»Ich habe keine Luft mehr bekommen.«
Lotta schaute sie an und lächelte.
»Das kommt vor. Mach einen kleinen Spaziergang und komm zurück, wenn es dir besser geht.«
Sie ging zum Friedhof. So mitten am Tag war hier niemand, bis auf eine Frau, die langsam zwischen den Gräbern spazieren ging. Julia ging in die entgegengesetzte Richtung. Auf dem Gras zwischen den Gräbern lag braunweißer Schneematsch, andere Stellen leuchteten grün. Das Gras

schlief seinen Winterschlaf und würde erst in einigen Monaten wieder aufwachen. An einen grauen Grabstein mit der Inschrift »Hier ruht Johan Näsström. Geliebter Ehemann und Vater. 3. April 1915–21. Dezember 1983« hatte jemand einen Topf lila Heidekraut gestellt. Vielleicht war er wirklich geliebt gewesen. Oder man hatte es einfach so hingeschrieben. Eine letzte wohlwollende Geste der Versöhnung, die Sehnsucht danach, dass alles, was nicht gut war, sich in ein schönes Verzeihen verwandeln konnte.

Und wenn man sich nicht versöhnen wollte oder konnte? Was würde auf Carls Grabstein stehen?

Hier ruht Carl Malmquist (der Saukerl). Verdientermaßen von Albträumen geplagt, zum Fegefeuer verdammt.

Gab es Vorschriften, dass man so etwas nicht auf einen Grabstein schreiben durfte? Ein Gesetz, dass dem Hass der Überlebenden nicht stattgegeben werden konnte? Bestimmt waren sehr viele Verstorbene nicht geliebt, auch wenn das auf jedem zweiten Grabstein stand.

Sie ging zwischen den ordentlichen Reihen der Grabsteine hindurch und stellte erstaunt fest, dass sie hier gut atmen konnte. Die Panik war weg. Sie füllte die Lungen mit der kühlen Luft.

Hier zwischen den Toten fällt es leicht zu leben.

Vielleicht war es der einzige Ort im Universum, wo sie in Frieden existieren konnte. Hier gab es die Stille und die Einsamkeit. Hier konnte sie sich hinlegen und eins werden mit dem Schneematsch und irgendwann wieder Gras. Nur sein. Befreit von fragenden Blicken und Wohlwollen.

Als plötzlich eine dunkle Gestalt hinter einem Familiengrab hervorsprang, schrie sie laut auf. Er trug eine schwarze Kapuze und einen schwarzen Ledermantel und ähnelte der Gestalt, die sie im Mondland verfolgte.

Das Lachen aus seinem Mund war gekünstelt und freudlos.

Er lacht, weil er zeigen will, dass er ungefährlich ist, aber ich weiß jetzt, er ist lebensgefährlich. Total verrückt und grenzenlos, genau wie ...

»Du hast doch wohl keine Angst bekommen? Ich bin es doch nur, Dante!«

Julia antwortete nicht, sie ließ die Arme hängen und starrte ihn an.

»Na komm schon, es hat dir doch gefallen heute Nacht?«

Als sie nicht antwortete, fuhr er mit gespielter Enttäuschung fort.

»Euer Lachen hat zumindest so geklungen. Ihr habt ja so gelacht, dass ich dachte, ihr macht euch in die Hose!«

Seine Pupillen waren klein wie Stecknadelköpfe und kaum zu sehen, aber er lächelte schon wieder, dieses Mal nicht ganz so gekünstelt, es sah beinahe nett aus.

»Ich mach mich nur lustig. Komm, wir setzen uns.«

Er machte einen Schritt auf sie zu und nahm sie an der Hand. Seine Hände waren erstaunlich weich und warm, und als er ihre Hand mit einer kaum spürbaren Bewegung streichelte, durchlief sie ein Wohlbehagen, das sich bis in die Kniekehlen fortsetzte.

Sie ließ sich auf den Boden ziehen, Dante lehnte sich an einen Grabstein. »Anna und Alfred Jonsson, geliebt und unvergessen«.

»Was machst du denn hier? Ich dachte, ihr habt jetzt Schule?«

Sie starrte zu Boden, in den Schneematsch und den Lehm, traute sich nicht, ihm in die Augen zu schauen.

»Ich habe keine Luft bekommen und musste ein bisschen raus.«

»Ist ja nett, dass man das darf. Auf einer normalen Schule würde das nicht gehen. Mein Gott, was gäbe das für ein Theater, wenn man einfach aufstehen und rausgehen würde, nur weil einem danach ist.«

Sie schaute zu ihm hinüber, die schwarzen Haare hingen über die Stirn und verdeckten die Augen. Und wieder hatte er beinahe etwas Liebes. Wenn sie ihm nicht in die Minipupillen schaute, wenn sie sich stattdessen auf seinen Mund konzentrierte und das schelmische Lächeln, dann wirkte er fast normal.

»Ich habe die Schule wirklich gehasst. Ich habe mir nichts sagen lassen und nichts gelernt. Nee, Anpassung war noch nie mein Ding. Und dann ist ja auch nichts draus geworden. Du kannst froh sein, dass du diese Chance bekommst.«

Er schien sehr viel über den Alltag auf dem Sonnenblumenhof zu wissen, mehr als sie gedacht hatte. Vermutlich war der Kontakt zwischen Dante, Nora und Sussie sehr viel enger, als sie vermutet hatte. Die Neugier überwand die Müdigkeit, oder war durch Dantes plötzliches Auftauchen die Angst erwacht? Er hatte sie erschreckt, ihr Herz schlug immer noch wie wild. Schon hier mit ihm zu sitzen, machte sie ganz matt. Und doch wurde sie auch von ihm angezogen, die Angst machte sie auch lebendig, und das war besser als die bleischwere Müdigkeit.

»Und du, warum bist du mitten am Tag hier draußen? Hast du keine Arbeit?«

Er schaute sie an und grinste schief.

»Na ja, nicht direkt. Man könnte sagen, meine Arbeit ist, die Menschen glücklich zu machen. Eine Art Weihnachtsmann, der hin und wieder mit Geschenken kommt. Manchmal ist es ein Austausch, dass ich auch davon leben kann. In einer halben Stunde treffe ich zum Beispiel Nora und Sussie und mache ein bisschen Geschäfte mit ihnen. Darf ich die Dame zu etwas einladen, während wir warten? Die Zeit vergeht dann schneller, die Kälte verschwindet und der ganze Tag wird erträglicher.«

Sie drehte den Kopf und schaute zur Schule hinüber. Die Leuchtröhren in den Klassenzimmern machten die Gestalten sichtbar. Sie bildete sich ein, Lotta und Göran vorne am Pult zu erkennen. Niemand kam heraus, sie war unsichtbar, außer für Dante, der immer noch lächelte und eine kleine Tüte mit weißen Pillen aus der Innentasche seines Mantels holte.

»Bitte sehr! Ein Geschenk von mir.«

Er hielt ihr die Tüte hin. Zwei grauschwarze Krähen krächzten über ihnen von einem Zweig. Julia schaute nach oben in die schwarz glänzenden Augen. Die Krähen traten von einem Fuß auf den anderen, schaukelten ein paar Mal und flogen davon. Hinauf, weg, fort von hier. Vermutlich, eventuell, vielleicht. Ja, so war es.

Ihre Hand, die am Morgen noch bleischwer gewesen war, war jetzt federleicht, ein bisschen unsicher pickte sie eine Pille aus der Plastiktüte.

Sie schmeckte bitter und nach Chemie, Dante wusste das offenbar, er hielt ihr gleich eine Flasche mit Wasser hin. Sie trank ein paar Schlucke, und der bittere Geschmack verschwand.

Er lächelte sie an.

»Gleich geht's dir gut, geht's dir gut ...«

Sie lächelte blass zurück, um nicht allzu unhöflich zu sein, dann schloss sie die Augen. Kurz darauf übernahm wieder das Gefühl von Unwirklichkeit ihren Körper. Sie fühlte sich bleischwer und federleicht zugleich. Konnte wieder atmen und wusste auch nicht mehr so genau, warum sie solche Angst vor Dante gehabt hatte. Sie lächelte immer weiter, konnte gar nicht aufhören.

Um sie herum wurde es warm, weiche Watte wärmte sie. Sie saß in der Küche zu Hause bei Annika und Emma. Annika lachte und goss dampfend heißes Wasser in die Teekanne. Ein Duft von Rauch war in der Küche, in der sie so gerne saß. Emma strich eine dicke Schicht Butter auf ihren Toast, sie biss zwei große Stücke ab, die fast nicht in ihren Mund passten, Emma hatte immer Hunger.

»Hallo Julia! Komm und setz dich!«

Ein scharfer Gestank, feucht und erstickend, ließ sie die Augen aufschlagen. Dantes Gesicht war ganz nah, sein Mund weit offen, daher kam der Gestank. Sie spürte, wie sich seine Hand unter ihren Pulli schob und ihre Brust anfasste. Sein Kuss kam so unerwartet und plötzlich, dass es ein paar Sekunden dauerte, bis sie reagieren konnte. Seine Zunge bewegte sich mechanisch in ihrem Mund, hart und rau. Sein Gesicht war so nah, dass sie kaum atmen konnte. Sie versuchte aufzustehen, aber die Muskeln streikten. Erst als die Panik erwachte, konnte sie heftig den Kopf schütteln, und sein Gesicht verschwand.

»Hör auf, verdammt, was machst du da?«

Er lächelte, ihre Ablehnung schien ihn nicht zu stören, er richtete sich ein wenig auf.

»Du warst so verdammt süß, wie du da geschlafen hast, ich konnte nicht an mich halten.«

Sein gleichgültiges Grinsen machte sie so wütend, dass sie die Kraft fand, um aufzustehen.

»Du lässt verdammt noch mal die Finger von mir!«

Er schaute auf, sein Grinsen verschwand.

»Hör mal zu, was bekomme ich denn für die Pille? Es ist dir doch gut gegangen? Nichts ist umsonst im Leben, das solltest du wissen!«

Sie ging schnell zur Schule zurück. Am Ende des Friedhofs, wo eine schmale Straße die Grenze zwischen Schule und Friedhof bildete, kamen ihr Nora und Sussie entgegen.

»Julia! Wo warst du!«

Julia schaute sie erstaunt an, sie war so sehr in ihren eigenen Gedanken gewesen, dass sie die beiden nicht hatte kommen sehen.

»Ach, nur da drüben, ich habe Luft gebraucht und bin spazieren gegangen.«

»Prima. Hast du Dante getroffen?«

Julias Blick verriet alles. Nora schüttelte den Kopf und setzte eine weltgewandte Miene auf.

»Das ist mal wieder typisch für ihn. Er hat dich begrapscht, was? Verdammter Hurenbock! Kann nicht mal eine Minute die Hände bei sich behalten.«

Sussie legte Julia eine Hand auf die Schulter.

»Kümmer dich nicht um ihn, er meint es eigentlich gut, geht nur manchmal ein bisschen zu forsch ran. Aber du hast doch was von ihm bekommen, oder?«

Julia nickte.

»Da siehst du es. Nichts ist umsonst. Leider.«

Sie lächelte und leckte sich die Lippen, die dick mit einem nach Erdbeeren riechenden Lipgloss bestrichen waren.

Nora schaute sie vielsagend an und machte einen Schmollmund.

»Aber du hast schon recht, er schmeckt manchmal ziemlich widerlich.«

Sussie fuhr sich mit den Händen durch die Haare.

»Ja, er ist nicht der Frischeste der Weltgeschichte. Aber man darf nicht wählerisch sein. Wir müssen dankbar sein, dass er uns so viel gibt. Und wenn wir die Bezahlung durch drei teilen, ist es vielleicht nicht so schlimm.«

Nora grinste und hob die Hand zu einem Gruß.

»Wir müssen gehen, sonst schaffen wir es nicht in der Pause. Wir sehen uns später.«

Julia nickte und ging aufgewühlt zur Schule zurück. Das angenehme, einlullende Gefühl, das die Pille ausgelöst hatte, verschwand schon wieder. Sie wünschte, es käme wieder zurück und würde sie wieder mit warmer Geborgenheit umschließen.

Gedanken über die Nacht trudelten abwärts, immer weiter abwärts in einer ewigen Spirale, während sie aus dem Fenster in das kompakte Dunkel starrte. Es gab eine Grenze zwischen der Wirklichkeit und etwas anderem. Es sollte sie jedenfalls geben, es gab immer eine Grenze. Man wusste nur nie so genau, wann man sie überschritt. Nachts war sie oft undeutlich, tagsüber tauchte sie ganz unerwartet auf, plötzlich merkte man, dass man auf ihr stand und balancierte, vor- und zurückwippte. Der eine Fuß noch hier, der andere drüben, auf der anderen Seite.

Da draußen gab es schneebedeckte Bäume mit scharfen Konturen. Sie wusste es ganz genau. Fasziniert betrachtete sie die schwarz-weißen Bäume, die jetzt runde, unscharfe Bälle waren. Auch die Autos auf der Straße hatten sich in runde Kugeln verwandelt, eine Perlenkette aus bunten Lichtern. Sie waren unscharf, aber rund. Die Welt hatte offenbar beschlossen, keine scharfen Kanten mehr zu haben. Nichts war mehr viereckig. Alles hatte sich in kleine Partikel aufgelöst, die in Staub und Nebel schwebten und tanzten. Genau wie ihr Gehirn, unkontrollierbar.

Sie legte sich die Hand auf die Stirn, sie war heiß und fiebrig vor Schlaflosigkeit. Die Welt wurde noch eigenartiger, wenn sie nicht schlafen konnte. Wie lange saß sie schon hier und starrte aus dem Fenster? Auch eine Wirkung der undeutlichen Grenze. Die Zeit verschwand. Ihrer gefüllten Blase nach zu urteilen saß sie schon seit Stunden am Fenster.

Der Rest des Sonnenblumenhofs schlief, sie beneidete sie. Ihr Schlaf existierte nicht mehr, nur noch die Müdigkeit. Diese schwere, deprimierende Müdigkeit, die sie schwindelig und berauscht machte. Die Lider fielen ihr in den absurdesten Situationen zu, sie kam nicht dagegen an. Nur nicht, wenn sie sich abends ins Bett legte und die Augen schloss.

Sie öffnete die Tür zur Toilette, machte das Licht an und wollte sich gerade setzen, als sie etwas auf der Klobrille liegen sah. Eine kleine Pfütze aus weißem, halb durchsichtigem Schleim. Eine saubere Ansammlung von Sperma. Die Klobrille war dunkelgrün, man hätte es sonst kaum gesehen.

Sie riss mehrere Meter Klopapier ab, knäulte sie zu einem großen Ball zusammen und wischte den grauweißen Schleim ab. Dann legte sie Papier auf die Klobrille, setzte sich und pinkelte lange. Einen dicken, platschenden Strahl. Das war schön. Langsam schlich sie zurück in ihr Zimmer und setzte sich wieder ans Fenster. Die Konturen waren immer noch unscharf und rund.

Es war egal, wer sein Sperma auf die Klobrille gespritzt hatte. Ronny oder Kricke. Oder vielleicht sogar Anders. Absolut bedeutungslos.

Sie blieb sitzen und starrte in die verwandelte Welt, während die Nacht verging. Erst in der Morgendämmerung spürte sie wieder ihre Blase und stand wie schlafwandlerisch auf und ging zur Toilette. Sie untersuchte die Klobrille genau, wieder lag da eine kleine Pfütze, aber dieses Mal war es kein Sperma. Es war ein durchsichtiger Schleim mit schwarzen Punkten, die sich bewegten. Sie schloss die Augen, dann schaute sie wieder, hoffte, dass es ihr überhitztes Gehirn war, das ihr einen Streich spielte und Bilder schuf, die es nicht gab. Die Pfütze war noch da, jetzt sah sie es besser, es waren Kaulquappen. Schwarze Kaulquappen, die im durchsichtigen Schleim zappelten und umherschwammen.

Irgendwo im Hinterkopf wusste sie, dass es jetzt keine Kaulquappen geben konnte. Es war Februar.

Sie wusste es, ganz sicher. Aber wenn man erst einmal die Grenze überschritten hatte, konnte alles passieren. Das wusste sie ganz genau.

»Jetzt mach schon, Julia! Du bist genauso trottelig wie Tess!«

Julia versuchte, den genervten Tonfall in Noras Stimme zu ignorieren. Sie stolperte hinterher, die Beine wollten nicht gehorchen, der Körper streikte, wenn sie es am wenigsten erwartete. Wie jetzt, sie gingen durch den Wald, der Boden war aufgeweicht, sie rutschte ständig aus, stolperte dauernd über Zweige und Büsche. Nora und Sussie schien es nichts auszumachen, als würden sie diesen Weg oft gehen. Und so war es wohl auch. Wie sonst hätten sie sich so gut auskennen können? Es gab hier keinen erkennbaren Weg. Sie gingen zielsicher auf ihren hochhackigen Lederstiefeln, die sie vor ein paar Wochen gekauft hatten. Ihre eigenen Doc-Martens-Stiefel waren eigentlich viel besser für eine Waldwanderung geeignet, und doch stolperte Julia ständig. Nora und Sussie gingen ein Stück vor ihr, sie flüsterten sich etwas zu, Julia konnte nicht verstehen, was. Sie bereute, dass sie überhaupt mitgekommen war, sich hatte überreden lassen. Diesen harten Tonfall hatte sie schon am Vormittag gehört, als sie fragten, ob sie in der Mittagspause nicht lieber ein bisschen Spaß haben wollte, als das Schulessen zu mampfen.

»Das schmeckt nicht nur eklig, das macht auch fett!«

Sussies Gesichtsausdruck war vorwurfsvoll. Sie achteten sehr auf ihr Gewicht, Nora und Sussie, sie ließen keine Gelegenheit aus, zu betonen, wie fett jemand war. Wie zum Beispiel Tess, ihr mächtiger Körper reizte sie wahnsinnig.

»Wir treffen Dante oben im Wald bei der alten Hütte, da bekommen wir was, damit man keinen Hunger mehr spürt.«

Nora grinste, und Sussie fuhr fort.

»Und es macht dich lustig! Mensch, du siehst total seltsam aus, was ist denn mit dir?«

Julia mühte sich, ihre Gesichtszüge unter Kontrolle zu bekommen. Sie wusste, dass sie seltsam aussah, alles hing herunter, als hätte sie eine Gesichtslähmung. Die Muskeln konnten nichts mehr halten, sie ließen alles kraftlos fallen. Von der Schlaflosigkeit hatte sie geschwollene Augen, mit großen dunklen Ringen, die sie krank aussehen ließen.

Nora schaute sie ein bisschen netter an und legte einen Arm um ihre Schultern.

»Das wird dir guttun, versprochen! Komm schon!«

Sie ließ sich nicht nur von dem netten Tonfall überreden. Das Entscheidende war ihre Unfähigkeit, einen Willen auszudrücken. Sie war eine willenlose Puppe, zahm und lahm. Matt und müde.

Sie sah den scharfkantigen Stein nicht, sie schlug sich das Schienbein an. Ein teuflischer Schmerz raste durch ihren Körper und trieb ihr Tränen in die Augen. Nicht völlig unangenehm, es war eine Wohltat, etwas zu spüren, alles war besser als dieser undurchdringliche Nebel. Nora und Sussie merkten nichts, sie waren weit vor ihr, inzwischen waren es sicher fünfzig Meter. Sie versuchte, schneller zu gehen, damit sie die beiden nicht aus den Augen verlor. Ohne sie wusste sie nicht, wo sie war.

Ein durchdringendes Zischen, das nicht in den Wald gehörte, erschreckte sie, sie drehte sich um. Das Geräusch kam aus einer großen Tanne mit dichten Zweigen, die um den Stamm herum eine Art Hütte bildeten. Jetzt war es wieder zu hören, dieses Mal etwas lauter. Plötzlich spürte sie, wie ihr Körper zum Leben erwachte, Adrenalin wurde ausgeschüttet und schärfte ihre Sinne.

Sie sah, wie die Zweige sich bewegten und eine schwarze Gestalt in einem schwarzen Ledermantel aus dem Innern der Tanne hervortrat. Das Bild war so unwirklich, dass es alle bisherigen Trugbilder übertraf.

Die Gestalt kam näher, immer noch zischend, das Gesicht war von einer Kapuze bedeckt, und doch zischte es. Es war Dante, und doch nicht. Eine Schattenkopie.

Sie hatte sich ihm zugewandt, mit aufgesperrten Augen. Nichts hing mehr schlaff und unkontrolliert herunter. Sie war gespannt wie ein Bogen.

Er kam näher, und als er ganz dicht bei ihr war, zog er die Kapuze herunter, und sein gelbbraunes, freudloses Grinsen wurde sichtbar. Das Zischen kam immer noch aus seinem Mund, die Pupillen waren klein wie Fliegenschiss.

Dieses Mal war es ganz eindeutig keiner seiner spaßhaften Auftritte, er war verwandelt. Sie spürte es am Griff, mit dem er sie am Oberarm packte. Seine Finger gruben sich so tief ein, dass sie eine Perlenkette von Blutergüssen hinterlassen würden.

Sein zischender Gesang hatte etwas Beruhigendes, es machte die Situation klar. Dass dies etwas anderes war. Eine andere Welt mit anderen Figuren. Er war er und doch nicht er, Dante. Hier war hier und doch woanders. Und doch war sie hier, und sie war Julia.

Er zog sie zu der Tanne mit den dichten Zweigen. Drinnen herrschte Dunkelheit, nur wenig Licht drang durch die dichten Nadeln. Er legte sie auf den Rücken und zog ihre grau melierten Jogginghosen herunter. Der Boden war kalt, sie registrierte es, ohne die Kälte zu fühlen, und als die grünen, harten Nadeln, die den Boden bedeckten, in ihre nackte Haut eindrangen, wurde sie federleicht und hob ab, schwebte bis an den Wipfel der Tanne. Die Aussicht war sagenhaft. Sagenhaft. Der Wald war viel größer, als sie gedacht hatte. Er breitete sich wie ein grünschwarzes Meer zwischen den Häusern aus, die eine zivilisierte Mauer aus Stein bildeten.

Sie waren offenbar einen weiten Weg gegangen, das Backstein-L lag weit im Westen. Wie lange waren sie eigentlich gewandert? Eine halbe Stunde? Sie hatte keinerlei Überblick mehr über die Zeit. Sie kam und ging, wie sie wollte, ohne dass sie richtig mitbekam, ob es Morgen oder Abend war. Das hatte wahrscheinlich damit zu tun, dass sie nachts nicht schlief. Es war schwierig, den Überblick zu behalten, wenn die Tage in einem dicken Nebel verschwanden. Wenn sie tatsächlich eine halbe Stunde gegangen waren, mussten sie sofort wieder zurückgehen, die Mittagspause wäre bald vorüber und die anderen würden sich fragen, wo sie waren. Sie hatte überhaupt keine Lust auf ein Kreuzverhör. Sie hasste das Plenum am Dienstagabend. Alle mussten teilnehmen und sich einbringen. Wenn man nichts sagte und nur zuhörte, fiel das sofort auf.

Plötzlich wurde der Griff um ihre Arme härter, als Dante sie aus der Tannenkoje zog. Sie stolperte und fiel der Länge nach auf den Boden. Die Hose war immer noch an den Knöcheln, sie spürte die kalte Luft am nackten Hintern. Ungeschickt versuchte sie, die Hose hochzuziehen, aber als sie es halb geschafft hatte, packte Dante sie und zog sie hoch, er knuffte sie in den Rücken, sie fiel fast noch einmal um. Aber irgendwie schaffte sie es, das Gleichgewicht zu halten, sie stolperte ein paar Schritte nach vorne, dann blieb sie stehen.

Dante war direkt vor ihr, er fasste sie am Kinn und zwang sie, ihm in die Augen zu schauen.

»Nichts ist umsonst. Weißt du noch, dass ich das gesagt habe? Jetzt warst du mit Bezahlen dran. Kapierst du?«

Als sie nicht antwortete, schüttelte er ihren Kopf.

»Kapierst du?«

Sie versuchte zu nicken, aber die Hand, die sie unter dem

Kinn festhielt, war so stark, dass sie den Kopf nicht bewegen konnte.

»Ja.«

Er bewegte ihren Kopf zu einem Nicken.

»Gut, Julia. Du hast kapiert. Jetzt gehen wir zur Hütte.«

Er ging geradewegs in den Wald hinein, nach einigen Sekunden war ihr klar, dass sie total verloren war, wenn sie ihm nicht folgte. Sie hatte keine Ahnung, wie sie zur Schule zurückkommen sollte. Nora und Sussie waren bestimmt bei der Hütte, das war ja das Ziel gewesen. Sie stolperte hinter ihm her und fragte sich, wie er sich so leicht und geschmeidig durch das Gestrüpp bewegen konnte, während sie kaum einen Schritt gehen konnte. Dante mit seinem schlanken Körper und den kleinen Pupillen. Er hatte einen tief sitzenden Raucherhusten, aber er verlangsamte das Tempo nicht, schüttelte nur den Kopf, als der Husten seinen Körper durchrüttelte. Dann war der Hustenanfall vorüber, er räusperte sich und spuckte einen grünen Schleimklumpen in die Blaubeerbüsche.

Sie schauderte, ihre Beine zitterten. Auf dem Gipfel des Hügels war eine rote, baufällige Hütte zu sehen. Sie konnte Nora und Sussie kichern hören, kurz darauf gab Dante seinen Schrecklaut von sich, und sie schrien verängstigt.

Er erschreckt gern.

Als sie Julia sahen, verstummten sie. Sie wusste nicht, wie sie aussah, aber den Blicken der Mädchen nach zu schließen war sie kein erbaulicher Anblick. Nora sah ängstlich aus, als Julia auf sie zukam.

»Was ist mit dir, Julia? Was ist passiert?«

Sie versuchte zu lächeln, sie war sich nicht sicher, ob es half oder alles nur schlimmer machte.

»Ich weiß nicht. Ich war nicht schnell genug.«

Sussie hatte den harten Jargon übernommen. Er war rau und scherzhaft, alles, was gesagt wurde oder passierte, war ein Scherz. Manchmal übel und vielleicht sogar schmerzhaft, aber dennoch ein Scherz.

»Wo zum Teufel seid ihr abgeblieben? Wir haben ewig auf euch gewartet!«

Dante lachte sein schabendes, freudloses Lachen.

»Julia und ich hatten was zu klären. Aber jetzt bin ich hier, Mädels. Ich verstehe, dass ihr euch nach mir gesehnt habt, aber was soll man machen, wenn alle an einem zerren …«

Er breitete theatralisch die Arme aus und blinzelte ihnen zu.

»Ja, beeil dich, wir müssen zurück in die Schule, bevor wir vermisst werden.«

»Nein, aber so was auch, müssen die Mädchen schon wieder lernen. Ja, da will ich euch wirklich nicht dran hindern. Aber ihr wolltet zuerst etwas haben, nicht?«

Er redete gekünstelt, ging in die Hütte und winkte Sussie zu sich.

»Es reicht, wenn du mitkommst!«

Sussie warf Nora einen bedeutungsschweren Blick zu, dann verschwand sie mit Dante in der Hütte. Nora blieb bei Julia, die schweigend auf den Boden starrte.

»Ist alles okay?«

Julia nickte.

»War er sehr grob?«

Julia kratzte mit dem Fuß im Schlamm, ihre Wangen glühten. Es war ihr peinlich, dass Nora fragte.

»Weiß nicht.«

»Wie, weiß nicht? Deine Lippe ist ja aufgeplatzt!«

Sie fasste sich an die Lippe und fühlte vorsichtig. Es tat weh, und als sie die Finger anschaute, sah sie den Blutfleck.

»Ich weiß nicht mehr genau, was passiert ist.«

Nora schüttelte den Kopf, aber sie fragte nicht weiter. Sussie und Dante kamen wieder aus der Hütte, Julia schickte einen dankbaren Gedanken an den Gott, den es nicht gab, weil sie so Noras weiterer Befragung entging. Sussie ließ triumphierend eine kleine Tüte vor Noras Nase baumeln und wandte sich dann an Dante.

»So, jetzt müssen wir wirklich gehen. Aber danke!«

Dante grinste, setzte sich auf den Boden und zündete sich eine Zigarette an.

»Na klar, es ist mir immer ein Vergnügen, mit euch Geschäfte zu machen, Mädels!«

Das Letzte sagte er mit bedeutungsvoller, affiger Stimme. *Mädels.*

Sie gingen los, Julia versuchte so gut es ging, Schritt zu halten. Erst als sie außer Sichtweite der Hütte und Dantes gekommen waren, drehte Sussie sich zu Julia um.

»Alles okay?«

Julia nickte. Sussie blieb stehen, angelte die Tüte hervor und holte eine weiße Pille heraus, die sie Julia gab. Sie nahm sie gleichgültig und schluckte sie. Nora streckte die Hand aus und bekam auch eine.

»Also, du musst kapieren, wie das hier läuft, nämlich so: Nora und ich können die Arbeit nicht alleine machen. Wenn du die Dinger haben willst, musst du auch für die Bezahlung sorgen. Okay?«

Julia nickte.

»Prima! Ich wollte nur, dass wir uns da einig sind!«

Sie lächelte und schlug Julia auf die Schulter, dann lief sie weiter. Julia fiel wieder zurück, obwohl sie sich anstrengte, das Tempo zu halten. Eine wanderende Schale, die durch den Wald stolperte. Keinen Gedanken im Kopf, ausgeblasen bis auf die Klaue, die in ihren Eingeweiden wühlte. Sie ging allein hinter den beiden anderen her, sie starrte zu Boden, er bewegte sich unter ihren Füßen. Plötzlich hörte sie Noras aufgeregte Stimme.

»Wieso hast du das bloß gemacht?«

Und dann Sussie, voller Entrüstung.

»Sie hat lange genug bei uns geschnorrt. Findest du das okay?«

»Nein, aber man hätte sie schon warnen können. Was meinst du, wie man sich fühlt, wenn er einfach so aus dem Gebüsch kommt?«

Den Rest hörte sie nicht mehr, sie verschwand noch einmal oben in den Tannenwipfeln. Das grünschwarze, stachelige Meer breitete sich aus und forderte seinen Platz mitten in der anderen Welt.

Dass der Wald so groß war, das hatte sie wirklich nicht gewusst.

Der Wald war einfach da, mitten zwischen den Häusern und Menschen. Voller Steine, an denen man sich stoßen konnte, und Verstecke zum Verschwinden.

Emma kam an einem Sonntag. Ein blauer Bus fuhr auf kurvigen Straßen in den Ort, wo der Sonnenblumenhof lag. Sie sah offene Felder, graubraun und gefroren. Bauernhöfe mit roten Scheunen, an denen die Farbe abblätterte, und viele kleine Häuser.

Die Frau, die im Sonnenblumenhof das Telefon abgenommen hatte, hatte sich mit Lovisa gemeldet.

»Natürlich kannst du mit Julia sprechen! Ich glaube, sie braucht das. Warte, ich werde sie rufen.«

Es dauerte ein bisschen, dann kam Julia ans Telefon. Ihre Stimme war anders, dünn und tonlos.

»Hallo.«

Emma holte Luft und schüttelte sich, weil sie das Schaudern loswerden wollte.

»Hallo, Julia, ich bin's, Emma!«

»Hallo!«

Es war ein paar Sekunden still.

»Wie geht es dir? Wie ist es dort, wo du bist? Es ist so lange …«

»Es ist schon okay hier.«

»Hast du meine Briefe bekommen?«

Emma hatte vier Briefe geschrieben, seit Julia vor einem Monat auf den Sonnenblumenhof gezogen war. Briefe voller drastischer Schilderungen aus der Schule, über Vicky und die anderen Pudelrocker. Sie hatte sich bemüht, unterhaltend zu schreiben. Obwohl sie keine Antwort bekam, hatte Annika sie aufgefordert, weiter zu schreiben.

»Sie muss wissen, dass du für sie da bist, ganz gleich, was

passiert. Sie ist sicher sehr beschäftigt, sie kommt vielleicht nicht zum Schreiben.«

Emma wusste, dass Annika vermutlich recht hatte, und doch war so ein stechender Schmerz in der Brust.

Den letzten Brief hatte sie widerwillig und unter großer Anstrengung geschrieben.

»Ja, entschuldige, dass ich nicht geantwortet habe, aber hier war so viel los.«

»Macht nichts, das verstehe ich.«

Wieder Schweigen, die Sekunden dehnten sich.

»Meinst du, ich könnte dich mal besuchen?«

Julia antwortete nicht, deshalb fuhr Emma fort.

»Also, wenn du willst …?«

»Doch, natürlich will ich. Es ist nur so, hier ist immer so viel los. Ich weiß nicht, ob dir das gefallen würde.«

»Aber ich komme doch, um dich zu sehen! Der Rest ist mir egal, verstehst du!«

Sie klang ein bisschen verärgert, das hörte sie selbst, kam aber nicht dagegen an. Julia hatte den Vorwurf auch gehört, sie klang nervös.

»Natürlich freue ich mich, wenn du kommst.«

Emma richtete sich auf, als der Busfahrer ihre Haltestelle ausrief. Sie wusste, dass sie nicht richtig willkommen war, sie kannte Julia, sie entzog sich und verschwand in sich selbst, das war ihre Art zu überleben.

Die Villa thronte weiß und unerbittlich auf der Anhöhe. Als sie näher kam, sah sie auf der Veranda zwei rauchende Mädchen. Sie waren geschminkt wie die Pudelrocker aus ihrer Klasse, brauner Puder und rosa Lipgloss. Das eine Mädchen hatte stark gesprayte Haare, sie standen ab wie ein zerzauster und klebriger Heiligenschein, das andere Mädchen hatte schwarze glatte Haare, ein glänzender Helm.

Emma versuchte gleichgültig auszusehen, als sie an ihnen vorbeiging.

»Hallo! Ist das hier der Sonnenblumenhof?«

Das Mädchen mit den Sprayhaaren schaute sie feindselig an.

»Ja, was denn sonst?«

Emma machte einen Schritt auf die Tür zu, es war ihr bewusst, dass sie zu nah kam.

»Muss man klingeln oder geht man einfach rein?«

Die mit den Sprayhaaren hob genervt eine Augenbraue, seufzte demonstrativ und drückte dann fest auf die Klingel. Von innen war ein durchdringender Ton zu hören, kurz darauf schnelle Schritte.

Eine Frau Mitte dreißig mit langen Haaren, sie sah aus wie Annika, öffnete.

»Ah, du bist bestimmt Emma. Komm rein, willkommen! Ich heiße Maud.« Sie runzelte die Stirn und schaute die Mädchen an. »Warum habt ihr Emma nicht reingelassen?«

Das Mädchen mit den glatten schwarzen Haaren setzte eine Unschuldsmiene auf.

»Haben wir doch gemacht, Sussie hat ihr sogar geholfen zu klingeln.«

Maud warf ihnen einen skeptischen Blick zu und bedeutete Emma, einzutreten.

»Julia ist oben in ihrem Zimmer. Ich nehme an, ihr wollt für euch sein, aber ihr könnt jederzeit herunterkommen, wenn ihr etwas haben wollt. Ich mache Kaffee.«

Emma schaute Maud an, die sich eine lange Strähne aus dem Gesicht strich.

»Danke, wie nett!«

Julia saß auf dem Bett und schaute aus dem Fenster. Sie drehte sich langsam zu Emma um, die in der Tür stehen geblieben war.

»Hallo!«

Emma lächelte sie freudig an. Julia lächelte blass zurück.

»Hallo!«

Emma setzte sich zu Julia aufs Bett und umarmte sie ungeschickt, forschend betrachtete sie ihren ausweichenden Blick.

Das Zimmer war kahl und unpersönlich. Es lagen keine Kleider herum und auch sonst nichts, das zeigte, dass dies Julias Zimmer war. Nur ein Foto auf der Kommode, das Emma und Julia zeigte.

Emma stand auf, ging zum Fenster und schaute in den Garten.

»Wie lebt es sich hier? Also, was macht ihr den ganzen Tag?«

Sie stand mit dem Rücken zu Julia, hörte, wie das Bett knarrte, als Julia sich aufrichtete.

»Wir machen nicht viel. Vormittags haben wir Schule. Langweilig. Dann kommen wir hierher und machen auch nichts. Genauso langweilig.«

Emma drehte sich um und schaute Julia an, die wieder aufs Bett gefallen war.

»Du verpasst wenigstens nichts zu Hause. Da passiert nichts, absolut nichts, wirklich! Vicky ist genauso blöd wie immer und die anderen auch.«

»Julia, es ist so schrecklich öde ohne dich!«

Emma wusste auf einmal, dass das schon seit Wochen so war, es wurde nur von all dem anderen unterdrückt.

Die Tränen liefen ihr über die Wangen, als die Sehnsucht und der Verlust sie übermannten. Sie weinte, weil alles so war, wie es war. Dass Julia hier saß, auf einem hässlichen Bett in einem hässlichen Zimmer, weit weg von zu Hause, wo sie doch eigentlich zusammen im Baum hätten sitzen müssen.

Durch die Tränen hindurch sah sie, dass auch Julia weinte. Sie ging zum Bett, legte sich hinter sie und umarmte sie.

Lange lagen sie so und weinten still, jede für sich. Und doch gemeinsam.

Sie zuckten zusammen, als es an der Tür klopfte. Julia war eingeschlafen, zum ersten Mal seit Wochen, geborgen in Emmas Armen.
Mauds Stimme kam von draußen.
»Wollt ihr Kaffee trinken kommen?«
Emma grinste Julia an.
»Hier wird viel Kaffee getrunken, was?«
Julia lächelte auch.
»Was glaubst denn du? Das Ganze ist ein einziges Kaffeetrinken. Sandkuchen und Kaffee und Kekse, die hier Kommunalgebäck heißen.«
Wieder klopfte es an der Tür.
»Hallo, ihr Mädchen? Habt ihr mich gehört?«
Julia antwortete.
»Ja, wir kommen gleich.«
»Prima. Ich mache Kakao für euch.«
»Hm. Danke.«
Julia setzte sich aufs Bett und schaute Emma ernst an. Der Blick war hart, die Augen trocken.
»Ich möchte nicht, dass du wieder gehst.«
Das war eine sachliche Feststellung, ohne Gefühle oder Dramatik. Emma schaute ihre Freundin an und spürte, wie die Unruhe in ihrem Bauch wuchs. Sie stand auf, setzte sich neben Julia und legte den Arm um sie.
»Ich will auch nicht gehen. Ich wünschte, du könntest mit mir nach Hause kommen. Aber ich komme dich bald wieder besuchen, das verspreche ich!«
Julia drehte sich weg und starrte leer vor sich hin, ihre Stimme war immer noch gleichgültig.
»Du verstehst mich nicht. Es gibt kein ›bald wieder‹. Es gibt kein ›dann‹. Ich kann hier nicht bleiben.«

»Aber wenn du ausreißt, musst du hinterher nur noch länger bleiben. Du kommst vielleicht sogar unter Aufsicht.«

Julia drehte sich zu Emma um, ihre Augen blitzten.

»Ich rede nicht vom Abhauen! Kapierst du nicht?«

Emma schüttelte schweigend den Kopf. Wieder füllten sich ihre Augen mit Tränen.

»Ich kann nicht hier bleiben!«

»Okay.«

Emmas Stimme war ein Flüstern. Sie hatte Angst, die Wut zu wecken, die in Julia zu wachsen schien.

Julia stand auf, drehte sich an der Tür um und schaute Emma an.

»Komm, wir gehen Kaffee trinken.«

Emma stand verwirrt auf, in ihrem Kopf drehte sich alles.

Julia lief bereits mit festen Schritten die Treppe hinunter in die Küche.

Am Küchentisch saßen Maud, ein Junge und ein Mädchen, dem die Haare übers Gesicht hingen.

Maud strahlte, als sie Julia und Emma sah.

»Da seid ihr ja! Schön. Emma, möchtest du Kakao?«

»Gerne!«

Maud streckte sich nach einer Porzellankanne und schenkte eine Tasse ein.

»Und du, Julia?«

Julia nickte nur und setzte sich an den Tisch.

Sie tranken schweigend ihren Kakao. Maud schaute Emma freundlich an.

»Wann fährt dein Bus?«

»Einer ist zehn vor drei gefahren, der nächste fährt um zwanzig nach. Dann geht erst wieder um halb fünf einer.«

Maud schaute auf die Küchenuhr, es war fünf nach drei.

»Okay, dann musst du dich schon bald auf den Weg machen, man läuft zehn Minuten zur Bushaltestelle.«

Emma nickte und schaute Julia an, die immer noch nichts sagte.

Erst als Emma angezogen war und sie in der Tür standen und sich anschauten, verschwand das Harte in Julias Gesicht. Emma ging einen Schritt auf sie zu und nahm sie in die Arme. Erst stand Julia ganz still, ohne die Umarmung zu erwidern, Emma wollte sie schon loslassen, als sie Julias Arme spürte. Sie drückten sich ganz fest an ihren Rücken, dabei bohrte sie ihr Gesicht an Emmas Hals.

Sie schluchzte, der dünne Körper schüttelte sich, als sie an Emmas Hals flüsterte.

»Ich will nicht, dass du gehst!«

Emma machte vorsichtig Julias Arme los, die Tränen strömten ihr übers Gesicht.

»Tschüs, Julia!«

Julia schluchzte immer noch, aber sie bekam immerhin die Worte heraus, die sich mit Tränen und Rotz mischten.

»Tschüs, Emma!«

»Du bist jetzt seit zwei Monaten hier, wie fühlst du dich?«

Maud und Anders schauten sie ernst an. Sie saßen sich in dem kleinen Personalzimmer gegenüber. Ein Sofa und zwei Sessel, dazwischen ein kleiner Tisch. Am Fenster ein Schreibtisch und ein Schrank voller Aktenordner. Einer für jeden Jugendlichen, voller Berichte und Notizen vom Sozialamt. Fünf Lebensgeschichten mit den *Ursachen*, die sie auf den Sonnenblumenhof gebracht hatten.

Sie wusste, dass sie antworten musste, sie musste sich bemühen, so normal wie möglich zu klingen. Es half nichts, wenn sie sich in sich selbst verkroch und den Kopf hängen ließ. Da würde nur noch mehr gefragt. Sie versuchte, sich und ihre Gesichtszüge zu kontrollieren, mühte sich, Maud und Anders fest in die Augen zu schauen.

»Ganz okay.«

Maud trank einen Schluck Kaffee.

»Wir wissen, dass es nicht leicht ist, an so einen Ort zu kommen. Es ist eine enorme Umstellung, und es kann eine Weile dauern, bis man sich an den Alltag gewöhnt hat. Aber jetzt sind, wie gesagt, zwei Monate vergangen, und wir machen uns, ehrlich gesagt, große Sorgen um dich, Julia.«

Sie sah, dass es in Mauds Augen glitzerte. Anders beugte sich über den Tisch.

»Zunächst einmal die Schule. Du scheinst Probleme zu haben, dich zu konzentrieren und die Aufgaben zu machen, sowohl in der Schule als auch hier zu Hause. Die Lehrer sind immer sehr geduldig, sie wissen, dass es dauern kann, bis man sich eingewöhnt, aber jetzt haben auch sie reagiert und sind der Meinung, dass wir allmählich versuchen müssen, dich mehr einzubinden. Es geht nicht, dass du nie aktiv teilnimmst.«

Sie schauten sich schweigend an, und Julia wusste, dass sie eine Antwort, eine Reaktion sehen wollten. Sie würde sagen müssen, dass es ihr schlecht ging und sie sich Mühe geben wollte. Sie wusste, was sie sagen müsste, und doch konnte sie den Mund nicht öffnen, sie saß schweigend da und starrte sie an. Schließlich brach Maud das Schweigen.

»Julia, was meinst du selbst? Hast du eine Erklärung, warum es so schwer ist? Oder ist etwas vorgefallen?«

»Wir hoffen wirklich, dass du uns sagst, wenn etwas passiert ist?«

Anders' Stimme war ernst, genau wie seine blauen Augen. Sie waren eigentlich schön, trotz der Fältchen. Ein bisschen traurig, aber klar und dunkelblau. Sie hatte sie bisher eigentlich noch nicht gesehen, aber nun strengte sie sich an, seinem forschenden Blick standzuhalten. Sie holte tief Luft, spürte, wie kleine Schweißperlen sich auf ihrer Stirn bildeten.

»Es ist nichts passiert. Es ist nur so, dass ich schlecht schlafe. Ich bin eigentlich die ganze Zeit müde. Da ist es schwer, in der Schule mitzukommen.«

Anders und Maud schienen erleichtert, sie lehnten sich zurück und schauten sich an.

Maud strich ihr leicht über den Unterarm.

»Aber Julia, warum hast du denn nichts gesagt? Schlafprobleme muss man total ernst nehmen! Natürlich hast du Schwierigkeiten, wenn du nicht schläfst! Du Arme!«

Sie schüttelte leicht Julias Arm und lächelte, ehe sie fortfuhr.

»Wir sind für dich da! Das musst du verstehen. Ganz gleich, was passiert, du kannst immer zu uns kommen, und wir werden dir helfen.«

Bei den letzten Worten flossen Julias Augen über. Es war

ihr nicht recht, dass sie Maud mit den warmen Händen und Anders mit den blauen Augen anlog. Sie sah, dass sie ihr helfen wollten, aber es war doch alles so kompliziert. Es passierten Sachen, aber sie war gar nicht sicher, dass sie wirklich passierten. Die Gesichter an der Decke, die nachts mit ihr sprachen, Kaulquappen auf der Klobrille. Der Mann mit der schwarzen Kapuze, der überall auftauchte, wo sie war. In der Schule, im Wald, auf dem Friedhof.

Die Tränen liefen ihr über die Wangen, Maud hockte sich neben sie und nahm sie in die Arme. Sie wusste, dass sie ihre Tränen als Bestätigung dafür nahm, dass wirklich die Schlaflosigkeit das Problem war.

»So, Julia, alles wird gut, ganz bestimmt. Wir helfen dir. Du kannst etwas gegen die Schlaflosigkeit bekommen. Schlaftabletten und andere Mittel. Wir werden dir dabei helfen, natürlich brauchst du nachts nicht wach zu liegen. Ich verstehe, dass es schrecklich ist.«

Anders beugte sich vor und strich ihr leicht über die Hand.

»Und wir werden dir auch bei den Hausaufgaben helfen, damit du nicht ins Hintertreffen gerätst!«

Am gleichen Abend bestand Maud darauf, dass sie einen Abendspaziergang machten.

»Wenn man Schlafprobleme hat, ist es wichtig, dass man sich bewegt, das unterstützt die Mechanismen des Körpers, die einem sagen, dass man sich ausruhen muss.«

Da niemand mitkommen wollte, waren es nur Maud und sie. Sie gingen zur Eisenbahn hinunter und folgten ihr auf dem Fahrradweg. Die runden Lichtkegel der Straßenbeleuchtung warfen alle paar Meter gleichmäßige Kreise und verstärkten die Dunkelheit durch den Kontrast. Maud hatte Thermohosen und eine Daunenjacke an, dazu Mütze, Schal und Handschuhe. Sie war ordentlich eingemummelt für diese Kälte, Julia trug nur Strumpfhosen unter der Jogginghose, das schützte nicht gegen den kalten Wind, und sie bekam eine Gänsehaut. Maud schien nichts zu merken, und Julia selbst sagte auch nichts. Sie lief neben ihr her, Maud plapperte über alles Mögliche. Sie schaute in den Wald, wo Tiere durch das kompakte Dunkel wanderten. Wenn sie sich anstrengte, konnte sie sich einbilden, ihre Augen zwischen den Bäumen glühen zu sehen.

Aus dem Augenwinkel bemerkte sie eine Bewegung. Plötzlich waren all ihre Sinne hellwach, wie immer reagierte ihr Körper mit Schweißausbrüchen und Stichen im Bauch. Links von ihnen bewegte sich etwas, dort im Wald, eine schwarze Gestalt mit einer schwarzen Kapuze, die ihnen im Schutz der Dunkelheit folgte, sie konnte die Zweige knacken hören. Sie blieb stehen, ihr Körper war wie gelähmt, sie konnte sich nicht rühren.

Maud hielt mitten im Satz inne und schaute sie erstaunt an.

»Was ist denn, Julia?«

Ihre Stimme trug kaum, sie brachte nur ein Flüstern hervor.

»Ich habe etwas im Wald gesehen. Ich will zurück.«

Maud versuchte, etwas zu erkennen, und auch wenn sie nichts sah, färbte Julias Angst auf sie ab, sie hatte keine Einwände.

»Okay, wir sind ein gutes Stück gegangen, wir können jetzt umkehren. Komm, gib mir die Hand!«

Ihre Stimme war bemüht munter, aber der Griff war fest, als würde sie sich genauso an Julia festklammern wie umgekehrt.

»So, jetzt wird uns eine Tasse heißer Tee guttun, für dich mache ich Milch warm mit einem Löffel Honig, du wirst sehen, dass du heute gut einschlafen kannst.«

Der Sonnenblumenhof thronte wie ein Gutshof auf dem Hügel, eine weiße Burg, alle Fenster waren erleuchtet. Aus dem Gemeinschaftsraum kam der bläuliche Schein vom Fernseher, er war immer den ganzen Abend an, aber nur Kricke, Tess und Ronny saßen davor. Sussie und Nora waren in ihren Zimmern und ruhten sich für die Begegnung der Nacht aus. Auf dem ganzen Rückweg hatte Julia sich bemüht, nicht zurückzuschauen. Sie hatte Angst, dass das, was sie im ganzen Körper spürte, wahr war. Erst als sie auf der erleuchteten Veranda standen, konnte sie sich umdrehen. Hinter den Büschen meinte sie eine schwarze Gestalt zu sehen, die gebückt Richtung Wald schlich. Sie wusste nicht, ob sie real war oder ob alles nur in ihrem Kopf stattfand. Das war auch gleichgültig, beides war gleich wirklich und beängstigend. Und doch wollte sie dabei sein, als Maud die Eingangstür verschloss.

Offenbar hatte man beschlossen, ihr besonders viel Aufmerksamkeit zu widmen. Maud war den ganzen Abend mit ihr zusammen, saß sogar ganz lang bei ihr am Bett und strich ihr leise plaudernd über die Haare. Sie fühlte sich geborgen, und als Maud fragte, ob sie schläfrig sei, versicherte sie, dass sie in fünf Minuten einschlafen würde.

»Versprich mir, dass du mich weckst, wenn du wieder nicht einschlafen kannst?«

Das Flehen in ihrer Stimme war aufrichtig, die Sorge ebenfalls. Und wieder stach das schlechte Gewissen zu, als sie mit halb geschlossenen Augen log.

»Ich verspreche es.«

Maud verließ lächelnd das Zimmer. Ein paar Sekunden lang war das ganze Haus still, aber dann hörte sie die Stimmen von der Decke, die Gesichter balgten um den Platz. Das Rauschen erfüllte ihren Kopf, genau wie die Kopfschmerzen, die kurz darauf kamen. Die Münder bewegten sich in einem unaufhörlichen Geplapper, aber sie konnte die einzelnen Wörter nicht verstehen. Sie starrte sie fasziniert an, beinahe beruhigte sie das Wissen, dass sie nicht verschwinden würden, und auch, dass sie nicht schlafen würde. Vom Flur konnte sie hören, wie alle nacheinander sich fertig machten und ins Bett gingen. Dann war das ganze Haus still.

Die Stunden vergingen vor ihren weit aufgerissenen Augen, das Brausen und die Stille wechselten sich ab. Bis die Gesichter an der Decke plötzlich die Augen schlossen und die Münder zukniffen. Wie auf Kommando. So hatte sie sie noch nie gesehen. Plötzlich verstand sie, warum sie schwiegen und die Augen schlossen. Sie hatten die Schritte gehört, bevor sie selbst sie hörte. Deshalb. Die Bodendielen vor ihrem Zimmer knarrten, bis sie ihre Tür erreichten. Die Kälte fuhr von den Zehen durch den Rücken bis in den Nacken, sie bekam Gänsehaut. Sie konnte nicht aufhören, an die Decke zu starren, obwohl sie es am liebsten gemacht hätte wie die Gesichter an der Decke, Augen und Mund zu. Langsam bewegte sich die Türklinke und eine schwarze Gestalt mit einer Kapuze, die das Gesicht verdeckte, stand in der Türöffnung, kam dann zu ihrem Bett. Sie schrie nicht, sie schloss nicht die Augen, sie blieb nur unbeweglich liegen, während der Mann näher kam.

Sie schaute an die Decke, damit sie seine Fliegenschisspupillen und seine gelbbraunen Zähne nicht sehen musste. Die Gesichter hatten immer noch Augen und Mund geschlossen. Fest geschlossen, damit sie nichts sehen mussten. Und doch wusste sie, dass sie alles sahen und hörten, was unter ihrem unseligen Sternenhimmel geschah.

»Wir gehen raus, eine rauchen. Kommst du mit?«

Sussie wedelte mit einer Schachtel Marlboro vor ihrem Gesicht, ein bisschen zu nahe, fast bedrohlich. Ihre Nägel waren heruntergekaut. Reste von abgeblättertem neonrosa Nagellack bildeten zackige Ovale, der starke Geruch nach einem billigen, süßen Parfüm umgab sie wie eine Wolke. Sussies Stimme war hart, die Frage war eigentlich ein Befehl. Sie wusste es, und Sussie wusste, dass Julia es wusste. Nora stand schweigend hinter ihr und blockierte den Durchgang zum Aufenthaltsraum, wo Lovisa mit Ronny und Tess vor dem Fernseher saß. Sie hatten gerade gegessen, Fleischklößchen mit Nudeln und einem obligatorischen Salat, den nur die Erwachsenen aßen.

Julia machte keinerlei Anstalten, sich zu bewegen oder zu antworten, Sussie packte sie resolut am Arm und schob sie auf die Veranda, Nora schloss die Tür hinter ihnen, sie standen also ungestört im Schein der gelblichen Lampe.

Sussie zündete sich eine Zigarette an, machte einen tiefen Zug und hielt Nora die Schachtel hin. Julia boten sie keine an, sie wussten, dass sie nicht rauchte.

Sussie wuschelte durch ihre lange blonde Dauerwelle. Die Locken waren ganz steif von zu viel Haarschaum und Spray, die Haare sahen aus wie nass.

»Morgen triffst du dich in der Mittagspause mit Dante an der Gedenkstätte auf dem Friedhof.«

Sussie schaute ihr starr in die Augen, wartete auf eine Reaktion, einen eventuellen Widerstand, und als Julia nicht antwortete, gab sie ihr einen unsanften Knuff.

Nora schaute zu Boden. *Sie hat auch Angst vor Sussie.*

»Hast du gehört, was ich gesagt habe?«

Die Stimme klang ausgesprochen ärgerlich. Julia nickte leicht, und Sussie grinste schief.

»Gut. Er wird dir was geben, das ist für uns alle drei. Versteck es gut in der Jacke oder so.«

Julia schaute in den Garten, wo jemand einen Schneemann gebaut hatte. Eine mühsame Arbeit, der frisch gefallene Schnee war nass und schwer, der Schneemann war voller Gras und Erde. Es war schon Ende März, das war vielleicht der letzte Schnee vor dem Frühling.

Der Schneemann sah bescheuert aus, schief und schmutzig, mit traurigen Augen. Sogar die Karotte, die die Nase bildete, hatte braune Flecke.

Hier vermodert alles.

Die Haustür ging auf, Lovisa schaute sie fragend an.

»Friert ihr nicht?«

Sussie ließ die Kippe zwischen die Ritzen unter die Veranda fallen.

»Doch, wir frieren, und wenn du deinen breiten Hintern bewegen würdest, könnten wir reingehen und uns wärmen!«

Nora lachte laut, aber Lovisa reagierte nicht auf den Kommentar. Alle Mitarbeiter außer Kricke schienen gegen derartige verbale Angriffe immun zu sein. Zumindest ließen sie sich nichts anmerken. Aber vielleicht setzte es sich wie ein Dorn in ihrem Inneren fest? So viel Scheiße, die sie sich den ganzen Tag anhören mussten, musste doch irgendwo hängen bleiben?

Kricke wurde sofort blitzwütend, wenn jemand ihm krumm kam. Deswegen machte es auch am meisten Spaß, ihn zu ärgern, über ihn stand am meisten an der Kritzeltafel.

Kricke lutscht Pferdepimmel!

Viel Glück auf der Polizeihochschule, Kricke-Kackwurst!

Lovisa legte eine warme Hand auf Julias eiskalten Arm und hielt sie zurück. Durch die Tür sah sie Noras und Sussies Rücken die Treppe hinauf verschwinden.

»Alles okay?«

Julia zwang sich zu lächeln, das Lächeln sollte Lovisa versichern, dass vielleicht nicht alles super, aber immerhin okay war. So wurde sie am ehesten in Ruhe gelassen. Antworten, wenn man angesprochen wurde, teilnehmen und aktiv sein.

»Klar, wir haben nur geraucht.«

Lovisa hob die Augenbrauen und lächelte.

»Aber du rauchst doch gar nicht?«

»Nein, ich habe ihnen Gesellschaft geleistet.«

Das Lächeln in Lovisas Gesicht wurde breiter, als fände sie Julia rührend.

»Tess und ich haben einen Kuchen gebacken, willst du ein Stück?«

Julia hatte nicht die geringste Lust auf Kuchen, die Müdigkeit pochte hinter ihrer Stirn, fordernd und ausdauernd. Sie sehnte sich danach, ins Bett kriechen zu können und sich auszuruhen, schlafen konnte sie sowieso nicht. Aber sie wusste, dass sie damit die Aufmerksamkeit auf sich ziehen würde. Sie schaute Lovisa an.

»Wie lecker! Gerne!«

Lovisa lächelte zufrieden, zog ihre weinrote Strickjacke fester um sich und ging mit Julia in die Küche.

Tess saß mit einer Tasse Tee am Küchentisch und rührte umständlich. Immer im Kreis, unaufhörlich. Die Haare hingen ihr wie immer ungewaschen und glanzlos übers Gesicht, die Augen hinter dem Vorhang reagierten nicht, als Lovisa und Julia die Küche betraten, sie starrte weiter leer in die Tasse. Einen Moment lang spürte Julia eine Wut in sich wachsen, fast konnte sie verstehen, wieso Nora und Sussie sich so über Tess und ihre Schlaffheit ärgerten. Bis ihr der Gedanke kam, dass Nora und Sussie auch sie, Julia, so sahen. Dumm und langweilig, ohne Rückgrat, Willen oder Widerstand. Eine Jasagerin, die sie ausnutzen konnten, damit sie sich nicht selbst mit dem Mann mit der Kapuze beschmutzen mussten. Diese Erkenntnis brachte die Augen zum Brennen. Der Boden unter ihren Füßen wankte und drohte zu verschwinden. Ein kurzes Aufwachen aus dem Nebel, der sie umgab.

Was geht hier vor? Wer bin ich geworden?

Lovisa schenkte den dampfend heißen Tee in eine Tasse und stellte sie vor Julia.

»Milch und Zucker?«

Julia schüttelte den Kopf.

Sie schnitt eine dicke Scheibe Kuchen ab und stellte ihn Julia hin. Dann setzte sie sich gegenüber und nahm sich auch vom Kuchen.

Julia schielte vorsichtig zu Tess hinüber, sie zuckte zusammen, als sie sah, dass Tess sie hinter ihrem Haarvorhang anstarrte. Ihre Augen waren schmal und triumphierend, als wüsste sie alles.

Sie verharrte mitten in einer Bewegung, das Kuchenstück schwebte in der Luft. Sie war wie paralysiert von Tess. Lovisa schaute erst sie und dann Tess fragend an.

»Tess!«

Das war eine Warnung, aber Tess starrte Julia weiter an. Ein dumpfes Lachen kam grollend aus der Tiefe ihres Bauchs und durch den Mund.

Sie lacht über mich. Sie weiß alles.

»Was ist denn so lustig, Tess?«

In Lovisas Tonfall war unterdrückter Ärger. Sie wollte Tess warnen und bremsen, ohne sie allzu sehr zu reizen.

Tess ignorierte Lovisas Frage und lachte weiter ihr dumpfes Lachen, ohne den Blick von Julia zu nehmen.

Julia schloss den Mund, legte das Kuchenstück wieder auf den Teller und schaute hilflos zu Lovisa hinüber.

»Hör jetzt auf, Tess! Das ist nicht lustig!«

Aber Tess lachte weiter, lauter und schriller. Lovisa stand auf und ging zu Tess.

»Wenn du dich nicht anständig benehmen kannst, dann geh in dein Zimmer! Man kann nicht einfach so über jemanden lachen, das ist gemein!«

Tess machte keinerlei Anstalten aufzustehen, aber als Lovisa sie am Arm packte, stand sie so plötzlich auf, dass der Stuhl umkippte. Der Ausbruch war so heftig und so unerwartet, dass Julia und Lovisa zusammenzuckten.

»Lass mich los, du verdammte Hure!«

»Okay, aber dann verlass die Küche. Auf der Stelle!«

Tess lachte nicht mehr, sie ging schlurfend und mit gebeugtem Rücken hinaus. Lovisa setzte sich wieder.

»Ich weiß nicht, was in sie gefahren ist. Sie ist sonst nicht so, hoffentlich kannst du es entschuldigen?«

Julia nickte.

»Schon okay.«

Lovisa führte nachdenklich die Teetasse zum Mund und blies, ehe sie einen Schluck trank.

»Du, ist ganz bestimmt nichts vorgefallen? Also zwischen euch Mädchen oder so, etwas, wovon wir nichts wissen?«

Julia schüttelte den Kopf.

»Nein. Nichts.«

Lovisa schaute sie fragend an, ein paar Sekunden schwiegen sie beide.

»Du würdest es uns doch erzählen, oder?«

Julia versuchte, glaubwürdig auszusehen.

»Klar.«

»Gut.«

Aus dem Wohnzimmer hörte man, dass Ronny den Fernseher abschaltete. Er kam in die Küche und setzte sich an den Tisch.

»Darf man sich was nehmen?«

Lovisa lächelte ihn an.

»Na klar, der ist für alle. Bitte schön!«

Ronny schnitt eine dicke Scheibe Kuchen ab und mampfte ihn gierig in zwei Bissen, dann schnitt er gleich noch eine Scheibe ab. Julia sah ihre Möglichkeit und gähnte geräuschvoll.

»Ist es okay, wenn ich jetzt ins Bett gehe? Ich bin so müde.«

Lovisa lächelte und streichelte ihre Hand.

»Natürlich, Liebes, du brauchst nicht um Erlaubnis zu fragen.«

Julia lächelte angestrengt und verließ die Küche. Als sie bei der Treppe war, rief Lovisa ihr hinterher.

»Wie schön, dass deine Schlafprobleme vorbei sind!«

Julia drehte sich um nickte.

Er wartete auf der Bank an der Gedenkstätte. Er saß mit dem Rücken zu ihr und rauchte, er schaute zu den Schienen, die an der Nordseite des Friedhofs entlangführten. Es schien ihm nichts auszumachen, dass die feuchte Kälte durch den Jackenstoff drang.

Je näher sie kam, desto schwieriger war es, die Gedanken zu fokussieren. Der zähflüssige Schleim wuchs und füllte ihr Gehirn. Irgendwo wusste sie, dass sie natürlich Nein sagen konnte, ja, geradezu Nein sagen musste. Die ganze Situation war eigentlich absurd. Das war nicht sie. Durfte nicht sie sein, die so schlafwandlerisch weiterging, ohne stehen zu bleiben oder auch nur zu zögern.

Sussie und Nora waren mit ihr bis ans Tor des Schulhofs gegangen.

»Und vergiss nicht, die Sachen in der Jacke zu verstecken!«, hatte Sussie gefaucht, und Julia konnte nur noch denken, dass die dicke Schicht rosa glitzernder Lipgloss sie blendete. Er roch nach künstlichem Erdbeeraroma, ein süßlicher Geruch, wie alle Produkte, die Sussie für ihren Körper benutzte.

Hier und jetzt hätte sie Nein sagen können. Aber sie hatte keine Kraft, Widerstand zu leisten. Der Matsch im Gehirn verwirrte sie und machte Gedanken und Körper träge. Jeder Tag verwandelte sie ein Stück mehr. Ein lebendiger Schleimklumpen. Mit Beinen und Armen, die nur unter größter Anstrengung gehorchten.

Sie blieb ein paar Meter von der Bank entfernt stehen, konnte sich nicht überwinden, die letzten Schritte zu gehen.

Er drehte sich nicht um, rauchte nur ungerührt weiter und blickte zum Horizont.

Die Stimme schnitt unerwartet durch die Stille des Friedhofs. Kratzig und durchdringend.

»Wie geht es uns denn heute?«

Julia konnte nichts dafür, sie zuckte zusammen. Die Beine zitterten, die körperliche Warnung.

Als sie nicht antwortete, drehte er sich langsam um und schaute sie mit einem unergründlichen Blick an. Ein kleines Lächeln spielte im Mundwinkel.

»Komm her!«

Der Körper gehorchte automatisch, sie ging die letzten Schritte und blieb vor ihm stehen. Er zog sie auf seinen Schoß, sie fiel schwer und stieß sich das Schienbein an der Parkbank an. Er schob seine Hand unter ihre Jacke, unter den Pullover und kniff ihr in die Brustwarzen. Seine Hand war eiskalt, und sie schauderte. Da lächelte er noch breiter und beugte sich vor, um sie zu küssen. Sein Mund war offen, und der faulige Atem umgab sie mit seinem erstickenden Gestank. Sie versuchte, die Übelkeit zurückzuhalten, die aus dem Magen aufstieg. Sein Mund wollte sie auffressen, sie mit Haut und Haar verschlingen. Zuerst musste er sie mit seinem Atem vergiften. Er war so giftig, dass man ihn fast sehen konnte, etwas brauner als die Luft.

Plötzlich zerrte er sie auf die Füße. Hart und siegessicher packte er sie am Arm und zog sie hinter sich her, zum Gebüsch. Dahinter war ein Wall, der gegen den Lärm und die Abgase der Autos schützen sollte, die nur ein paar Meter entfernt vorbeisausten. Eigentlich war es merkwürdig, dass kein Mensch zu sehen war. Es war zwar ein normaler Mittwochvormittag, aber irgendwelche Witwen oder Witwer mussten doch kommen und Schneematsch und verrottetes Laub von den Grabsteinen fegen?

Sie drehte sich ein letztes Mal um, sie sah niemanden.

Weiter hinten waren die Schule und der Schulhof. Eine andere Welt.

Er drückte sie an den Wall, sodass ihr Rücken die lehmige Wand berührte. Er schaute sich um, versicherte sich, dass niemand in der Nähe war und zog ihre Hose bis zu den Waden herunter und beugte sich schwer über sie.

Sie schloss die Augen und verschwand im rosalila Heidekraut, das die Gedenkstätte weiter hinten zierte. Alles wurde so viel klarer, wenn sie die Augen schloss.

Die Gedenkstätte bestand aus einer weichen Grube, einer Art Krater. Ganz unten formten runde Steine ein Symbol von Ewigkeit. Eine liegende Acht. Vermutlich sollte das trösten, wir werden geboren und sterben, werden geboren und sterben, immer und immer wieder. Ein ewiger Kreislauf von neuen Menschen, neuen Generationen. Wie schrecklich deprimierend und trostlos.

Gisela sagte immer, das Leben ist wie ein Hufeisen, an beiden Enden offen und durch und durch hart. Julia hatte es damals nicht verstanden, aber eigentlich bedeutete es das Gleiche wie die Ewigkeits-Acht. Das Leben und der Tod wie zwei offene Türen ins und aus dem Leben. Vielleicht war man vor der Geburt am gleichen Ort wie nach dem Tod?

Das Leben war nur eine Klammer von einigen Jahren, es kam dazwischen und störte.

Es war so selbstverständlich, dass sie fast lachen musste. Plötzlich war alles sonnenklar. Sie hatte noch nie Angst vor dem Tod gehabt, aber solange es Emma und Annika gab, war das Leben erträglich, machte manchmal sogar Spaß. Ein paar Jahre hatte es ihr tatsächlich gefallen zu leben. Aber jetzt wusste sie, dass es nie wieder so werden würde.

Sein lautes Stöhnen störte sie, und für einen Moment kam sie wieder in ihren Körper zurück, schlug die Augen auf und schaute in seine Fliegenschisspupillen, die sie wütend anstarrten. Seine Bewegungen waren jetzt aggressiv, heftiger und härter, die kalte Erde schabte an ihrem Rücken. Er hielt eine Hand über ihren Hals, und als sie fast keine Luft mehr bekam, schrie er laut auf, sein Griff um ihren Körper wurde schlaff.

An den Innenseiten ihrer Schenkel lief etwas herunter, sie zog schnell den Slip und die Jogginghose hoch. Sie sah, wie er seine Hose zuknöpfte und den Ledermantel richtete, der verrutscht war. Er grub in der Tasche und holte eine durchsichtige Plastiktüte mit weißen Tabletten heraus.

»Hier, das ist für euch alle drei.«

Sie streckte die Hand aus, nahm die Tüte und steckte sie ein. In ihrem Kopf klingelte Sussies Ermahnung, die Sachen in der Jacke zu verstecken. Eigenartig, dass sie sich daran erinnerte, wo doch alles andere streikte.

Er war schon aus dem Gebüsch herausgetreten und stand nun mit dem Rücken zu ihr und zündete sich eine Zigarette an. Sie machte den Reißverschluss der Jacke zu und schauderte, plötzlich drang die Kälte durch alles hindurch. Außerdem musste sie dringend pinkeln. Wann hatte sie zuletzt gepinkelt? Heute Morgen um sieben?

Die Beine zitterten, als sie von ihm wegging, es brannte zwischen den Beinen, als sie schräg über die Gedenkstätte mit der Ewigkeits-Acht aus Steinen lief.

Der Schulhof war leer, bis auf den Hausmeister, ein älterer Mann Anfang sechzig mit dünnen grauen Haaren und einem großen runden Bauch, der eine Lampe reparierte.

Das hieß, sie kam zu spät zur Mathestunde, die um eins begann. Das hatte Fragen zur Folge, hier und im Sonnenblumenhof. Sie stand unter besonderer Kontrolle. Man machte sich Sorgen. Obwohl sie versuchte, mitzuspielen und zu antworten. Einen kurzen Moment schlug ihr Herz, dann fiel ihr ein, dass eigentlich nichts mehr eine Rolle spielte. Sie brauchte nicht mehr mitzumachen. Zum ersten

Mal seit langem lächelte sie breit und aus dem Innersten heraus.

Auf der Wand über der Kritzeltafel im Sonnenblumenhof stand ein blöder Spruch. *Dies ist der erste Tag vom Rest deines Lebens.*

Dieser Spruch hatte sie schon immer provoziert, und es freute sie, dass jemand darunter geschrieben hatte: *Das ist der letzte Tag vom Rest deines verdammten Lebens!*

Sie lächelte, als sie daran dachte. »Das ist der letzte Tag vom Rest meines verdammten Lebens!«

Das Lächeln blieb den ganzen Nachmittag, bis zum Abendessen. Maud und Lovisa tauschten zufriedene Blicke und lächelten.

»Wie schön, dass du ausnahmsweise mal fröhlich bist, Julia!«

Julia lächelte und nahm noch eine Portion Wurstgulasch. Maud nickte aufmunternd über ihren Appetit.

Sussie und Nora schauten sie fragend an, sie wussten nicht, was sie von ihrer Genügsamkeit halten sollten. Tess aß schweigend und mit hängendem Kopf, Ronny machte Scherze und bettelte um den Nachtisch, den sie bekommen sollten, obwohl nicht Freitag war. Schokoladenpudding mit Schlagsahne wartete in Portionsschüsseln im Kühlschrank.

Nach dem Essen half Julia Ronny und Lovisa, obwohl sie keinen Küchendienst hatte. Sussie und Nora verschwanden nach oben in ihren Zimmern, Tess saß zusammen mit Maud auf dem Sofa vor dem Fernseher. Lovisa machte Kaffee und brachte die Thermoskanne ins Wohnzimmer.

»Der Fernsehkaffee, genau, was ich gebraucht habe!«, sagte Maud lachend. »Ich bin nach dem Essen immer so müde.«

Lovisa schenkte sich Kaffee ein.

»Ich auch. Essenskoma.«

Julia lächelte alle an und blieb den ganzen Abend vor dem Fernseher sitzen. Bis zu den Nachrichten um neun. Ein letztes Mal wollte sie noch die Welt sehen.

Der Nachrichtensprecher war ein Mann mit mausgrauen Haaren und grauen Augen, die ausdruckslos in die Kamera starrten, als er von einer Hungerkatastrophe in Afrika und dem mutmaßlichen Mörder von Olof Palme, Christer Pettersson, berichtete.

Plötzlich unterbrach Tess das Geplauder und erklärte mit lauter Stimme.

»Alles geht zum Teufel!«

Die anderen starrten sie erstaunt an.

»Wie meinst du das?«

Tess zeigte auf den Fernseher.

»Die ganze Scheiße! Man muss doch nur zuschauen und zuhören, dann weiß man, dass alles zum Teufel geht!«

»Na ja, Tess, beruhige dich. Ich kann verstehen, dass es einen manchmal runterzieht, wenn man die Nachrichten sieht, aber das Leben ist so viel mehr als das im Fernsehen!«

Lovisas Stimme hatte etwas Warnendes, Maud nickte zustimmend und fuhr fort.

»Genau, in den Nachrichten zeigen sie ja nie, dass die ganze Zeit auch Schönes passiert. Kinder werden geboren, Menschen heiraten.«

Tess grinste bösartig, ihre Stimme war triumphierend.

»Und Kinder sterben und Leute lassen sich scheiden!«

Maud lächelte nachsichtig.

»Na ja, es kommt halt darauf an, wie man das Ganze betrachtet.«

Julia lächelte in stillem Einverständnis mit Tess, sie schaute auf den Fernseher, wo der Nachrichtensprecher mit blicklosen Augen zurückstarrte.

Tess hatte offenbar genug vom Elend der Welt, sie stand

resolut auf und ging mit schweren Schritten aus dem Wohnzimmer die Treppe hinauf.

»Schlaf gut, Tess!«, rief Lovisa ihr hinterher.

Tess antwortete nicht.

Auf die Nachrichten folgte der Wetterbericht. Zwei Grad minus und bewölkt. Vielleicht leichter Schneefall am Abend.

Julia stand auf.

»Ich gehe jetzt auch schlafen.«

Sie schauten sie an, Maud mit ihren warmen braunen Augen und Lovisa mit ihren klugen blauen. Lovisa beugte sich vor und nahm ihre Hand.

»Schlaf gut, Julia! Weck uns, wenn du nicht schlafen kannst!«

Julia lächelte und nickte.

»Versprochen?«

»Versprochen!«

»Gute Nacht, Ronny!«

Ronny schaute vom Fernsehen auf und nickte.

»Gute Nacht!«

Sie drehte sich um und ging mit leichten Schritten die Treppe hinauf in ihr Zimmer.

Vor dem Fenster leuchtete eine golden glänzende Mondsichel, die Sterne blinkten aufgeregt.

Der Große Bär und der Kleine.

Und all die anderen, die immer da oben am Himmel waren und alles sahen und hörten und nicht eingriffen.

Ich bin Julia
ich war hier
mitten unter euch
und vielleicht hätte ich länger bleiben sollen
aber das Leben ist wie ein Hufeisen
an beiden Enden offen und durch und durch hart.

Dort war er, der Baum. Ihr Baum.

Sie wusste nicht richtig, wie sie hingekommen war, die Füße liefen von alleine. Erst planlos durch den Park, vorbei an der Schule, dann zum *Nebel*. Ihr Kopf war leer, bis auf das Bild von Julia und ihr, wie sie auf ihrem Ast saßen. Das Bild weigerte sich, ihren müden Kopf zu verlassen. Es kam ihr vor, als sei es so unendlich lange her, dass sie dort gesessen hatten, durch das Blattwerk vor der Welt geschützt. Eine Ewigkeit, seit sie den Rhabarbermann auf der Lichtung gesehen hatten.

Ihr Herz schlug aufgeregt, als sie bei der Kreuzung war, die den Wald von der übrigen Welt trennte. Die Trennlinie zwischen der Welt, die sie zu kennen glaubte, und dem gesetzlosen Niemandsland Wald.

Ein durchsichtiger Faden lief ihr aus der Nase und erstarrte in der kalten Luft. Sie blieb auf der Kreuzung stehen, wo nie Autos vorbeikamen.

Auf der anderen Seite lag der Kramladen im Schnee begraben, ohne Leben und Licht. Er schien verriegelt zu sein.

Die Verlassenheit lockte und ängstigte, es war ein Ort, wo alles passieren konnte. Wenn man genau hinhörte, dann konnte man entlegene Rufe aus anderen Welten und anderen Zeiten hören. Sie wusste instinktiv, dass es ein Ort war, der Geschichten kannte, die erzählt werden wollten.

Ihr Bauch rumorte, als sie über die Straße ging, sie wusste, dass sie ihre Welt verließ und die andere betrat. Die gesetzlose Welt, die von anderen Wesen bewohnt wurde, Wesen, die in Annikas Augen *kaputt* waren.

Sie ging in den Hof, rieb mit dem Handschuh einen kleinen Kreis in dem schmutzigen Fenster frei und schaute hinein. Drinnen war es dunkel, aber man ahnte die Konturen des Gerümpels, das in einem einzigen Durcheinander aufgestapelt war.

Plötzlich fühlte sie sich beobachtet. Einen kurzen Moment geriet sie in Panik, als sie dachte, es könnte der böse alte Mann sein, der zurückgekommen war. Ihm wollte sie nicht allein begegnen.

Sie drehte sich um und sah eine Gestalt, die sie still betrachtete. Ein großer, schlaksiger Körper, wie ein schmaler schwarzer Strich in der weißen Landschaft. Julia? Sie schauderte. Aber das war nicht möglich, Julia gab es nicht mehr.

Gerade, als sie diesen Gedanken dachte, sah sie ein vorsichtiges Lächeln in Julias Gesicht wachsen. Ihr Körper reagierte automatisch, die Freude fuhr wie ein Kribbeln durch jeden Muskel und jeden Nerv, verdrängte alles Brennende und Stechende. Das Lächeln teilte das Gesicht in zwei Hälften, ein zu großes Lächeln für das kleine Gesicht.

Sie lief zu Julia und begrüßte sie mit einer langen, festen Umarmung. Emma zog ihren Fäustling aus und nahm Julias Hand, dann zog sie den Handschuh über ihre beiden Hände.

In Julias Augen blinkte es, sie zog an den fest verschlungenen Händen im Strickfäustling.

»Sollen wir reingehen und schauen, ob sie einen gebrauchten Labello haben?«

Julia nickte in Richtung des Kramladens.

»Er ist verschlossen, ich habe schon nachgeschaut.«

Hand in Hand machten sie eine Runde um den alten Laden und stellten fest, dass alles vernagelt war. Sicherheitshalber untersuchten sie auch die Hintertür auf der anderen Seite.

»Sollen wir auch da nachschauen?«

Julia zeigte auf die Garage neben dem Haus, es schien eine

Kombination aus Schuppen und Werkstatt zu sein. Sie hatten oft den Alten davor gesehen, wenn er alte Tische abschliff oder Stühle reparierte. Emma nickte, und mit immer noch verschlungenen Händen im Handschuh gingen sie hinüber und um das Haus herum. Julia drückte die Klinke herunter und erschrak, als die Tür sich öffnete. Sie schauten sich an und lächelten, dann gingen sie in die dunkle Garage. Es dauerte, bis die Augen sich an sie Dunkelheit gewöhnt hatten, aber nach einer Weile erkannten sie alle möglichen Werkzeuge, die ordentlich an den Wänden hingen und auf dem Boden standen.

Plötzlich sah Emma etwas, ihre Augen wurden rund vor Erregung. In einer Ecke stand eine Motorsäge. Der Griff war rot und orange, die Kette blitzte.

Emma strich wie schlafwandlerisch über den glänzenden Stahl. Sie nahm die Säge hoch, sie war schwer, aber mithilfe der Hüfte konnte sie sie anheben, sie zeigte wie eine drohende Verlängerung vom Körper weg.

Julia schaute sie grinsend an.

»Funktioniert sie?«

Emma schaute auf den Griff.

»Weiß nicht. Warte, ich versuche, sie anzuschalten.« Sie drückte einen schwarzen Plastikknopf und machte einen Satz, als die Säge plötzlich startete. Die Kette bewegte sich, sich musste sich anstrengen, um die Säge still zu halten. Ein Schweißtropfen lief ihr über die Stirn und kitzelte, als er den Hals hinablief.

Julia lachte laut über ihr erstauntes Gesicht und die sichtbare Anstrengung.

»Hilf mir, sie auszumachen!«

Sie schrie, um das Dröhnen in dem kleinen Schuppen zu übertönen. Julia half ihr, die Säge zu halten, während sie fieberhaft den Knopf suchte und es ihr schließlich gelang, die Säge abzustellen.

»Mein Gott, ist die schwer, ich habe sie kaum halten können.«
»Darf ich mal?«
Mit großer Mühe hob Julia die Säge vom Boden auf, suchte den Knopf und drückte. Emma lachte, als Julia hilflos von dem kräftigen Motor und den Bewegungen des Sägeblatts mitgerissen wurde.
Mithilfe der Hüfte bewegte sie die Säge hin und her, es sah aus wie eine E-Gitarre.
Emma lachte, sie war erleichtert, die Stimme der alten Julia zu hören. Gleichzeitig brannten ihre Augen, ein rotes, tränendes Brennen.
»Komm, wir nehmen sie mit!«
Sie machte die Tür auf, Julia stolperte wegen des Gewichts aus dem Schuppen.
»Wohin sollen wir gehen?«
Julia schaute Emma fragend an, auf einmal wusste sie, wohin.
»Zum Baum, klar. Warte, ich helfe dir!«
Zusammen schleppten sie die schwere Motorsäge, stolperten durch den tiefen Schnee, sie lachten und schrien, wenn sie immer wieder fast hinfielen.
Mit großer Mühe und schweißgebadet erreichten sie schließlich den Baum. Das letzte Stück hatten sie die Säge über den Boden gezogen, die Muskeln wollten nicht mehr, waren die Anstrengung nicht gewohnt.
Sie schauten in den Baum und warteten, bis die Atmung sich normalisierte. Es wurde schon dämmrig, die Konturen des Baums zeichneten sich grau gegen den Himmel ab. Beunruhigend und bedrohlich, sie konnten kaum das Gefühl hervorrufen, dass er einmal ein sicheres Nest gewesen war, ihr Versteck. Als Emma so neben Julia stand und mit zurückgelegtem Kopf hinaufschaute, wurde ihr klar, dass der Baum nur ein Kuckucksnest gewesen war. Ein Versteck, das

sie vorübergehend hatten nutzen dürfen. Emma nahm die Säge, drückte den Startknopf. Julia schaute sie lächelnd an, überhaupt nicht erstaunt, als wäre es das Selbstverständlichste der Welt. Der glänzende Stahl berührte den Baum, die Sägespäne flogen. Julia lächelte immer noch unergründlich.

Die Wirkung, mit der die Säge durch den Stamm schnitt, war stärker als alles, was sie bisher erlebt hatte. Sie zitterte am ganzen Leib und musste all ihre Kraft aufbringen, um die Säge am Baum halten zu können. Als es ihr gelang und sie sah, dass es tatsächlich einen Schnitt gab, der sich immer tiefer in den Baumstamm grub, wurde sie von einem berauschenden Glück erfüllt. Sie brüllte laut heraus, was ihr in den Sinn kam: Rhabarbermänner, Papahälften und alle gottverlassenen Nebelwälder. Ein Brüllen voller unaussprechlicher Wörter.

Sie brüllte, was ihr dreizehnjähriger Körper nur hergab.

Als sie fertig war, sank sie auf dem Boden zusammen, die Kette der Säge lief langsam aus. Erschöpft und keuchend lag sie da und sah, wie Julia mit tränenvollen Augen die Säge aufnahm. Sie drehte den Startknopf und berührte mit dem gezackten Sägeblatt den Baum. Erst leicht, dann immer fester. Als die Wucht ihren Körper übernahm und er sich unkontrolliert schüttelte, bog sie den Kopf nach hinten und jaulte in den Himmel hinauf. Es war ein trauriges und kraftvolles Jaulen.

Was passiert ist, ist passiert, ist passiert.

Der nach hinten gebogene Hals, das zum Himmel gewandte Gesicht, hatte etwas Triumphales. Reine Kraft, die durch das Brummen der Motorsäge schnitt und das Traurige in Julias Jaulen übertönte. Sie wechselten sich ab wie programmierte Roboter, während das Blatt sich immer tiefer in den Stamm des Baumes grub. Schließlich war der Schnitt so tief, dass der Baum sich langsam zur Seite neigte, und als hätten sie nie etwas anderes getan, als Bäume abzusägen, wussten sie beide, dass es reichte. Ein paar Sekunden Stille, der ganze Wald hielt den Atem an, wartete auf den Fall. Dann drückten sie mit den Händen gegen den Stamm, bis der Baum nachgab.

Es war ein durchdringendes, unfassbares Krachen. Dass ein Baum so laut sein konnte! Es knackte und dröhnte ohrenbetäubend in dem kleinen Nebelwald, andere kleine Bäume und Büsche wurden mitgerissen. Emma rollte sich auf den Rücken und schaute in die Baumwipfel. Ein bisschen Schnee drängte sich in den Schlitz zwischen Jacke und Schal, kitzelte kühl und brachte sie zum Lachen, ein Lachen, das immer größer wurde und nicht aufhören wollte. Es blubberte hervor und steckte Julia an, deren Lächeln immer größer wurde, bis es keinen Platz mehr in ihrem schmalen Gesicht hatte.

Danksagung

Herzlichen Dank allen, die mir im Verlauf der Reise nahe waren, mit Wärme, Liebe, Unterstützung und handgreiflicher Hilfe.

Leo und Max – meine geliebten Jungs.

Olof – für die gemeinsamen Jahre, Freundschaft und Liebe.

Allen wunderbaren Freundinnen und Freunden, Karolina Pontén, Bella Gustafsson, Sonja Holmquist, Katja Sohlmann, Jonna Alfredsson, Kattis Hellström, Anna Emgård, Johanna Langhorst, Annis Hanson, Linda Zachrison, Lo Kauppi, Inga Onn, Claes Åström, Sara Giese, und viele, viele andere!

Fanny Ambjörnsson und Ingeborg Svensson – für die Freundschaft, die Nachbarschaft und die allerbeste Griechenlandgesellschaft!

Meinen wunderbaren Geschwistern: Karin Ludvigsson und Joakim Sveland mit Familien, Joel, Melker und Lisa! Ohne euch wäre das Leben so unendlich viel langweiliger!

Jonas Gardell – für das Ausleihen eines Computers und fürs Babysitten, als die Zeit knapp und die Not groß war.

Mari Jungstedt, Mian Lodalen und Katarina Wennstam – die besten und absolut lustigsten Schriftstellerkolleginnen/Freundinnen!

Dolores Morales – unsere Schriftstellermuse, die ihr Haus zur Verfügung stellt und zu wunderbaren Essen mit dazugehörenden nächtlichen Gesprächen und Wahnsinnstänzen am Meer einlädt.

Peter G., Helena Näsström und Maria Lyck für Hilfe bei wertvoller Recherche und Informationen!

Meinen Lektorinnen Susanna Romanus und Elin Sennerö – was für eine fantastische Arbeit ihr gemacht habt! Tausend Dank!

Ane Brun, Frida Hyvönen, Cat Power, Joanna Newsom – meinen musikalischen Musen bei diesem Projekt.

Ich freue mich so unglaublich, wenn ich an euch alle denke!

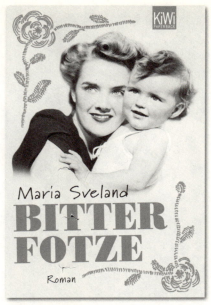

Maria Sveland. Bitterfotze. Roman. KiWi 1084. Deutsch von Regine Elsässer.

Sara ist Mutter eines zweijährigen Jungen und enttäuscht – vom Kinderkriegen, von ihrem Mann, der sie gleich nach der Geburt ein paar Wochen alleine ließ, von der Gesellschaft, in der immer noch die Männer dominieren. Sie reist allein nach Teneriffa um über alles nachzudenken und zu beobachten: warum Frauen bitterfotzig werden, an welchen Punkten die Ungleichbehandlung offensichtlich wird und wie hoffnungslos alles ist, wenn bereits in der Zweierbeziehung so vieles falsch läuft.

»Klug, laut, wütend – und nicht zickig« *Freundin*

www.kiwi-verlag.de

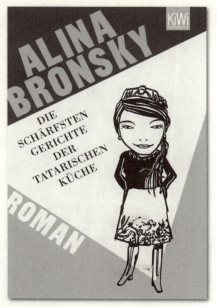

Alina Bronsky. Die schärfsten Gerichte der tatarischen Küche. Roman. KiWi 1248

Die Geschichte der leidenschaftlichsten und durchtriebensten Großmutter aller Zeiten. Alina Bronsky gelingt eine Glanzleistung: Sie lässt ihre radikale, selbstverliebte und komische Hauptfigur die Geschichte dreier Frauen erzählen, die unfreiwillig und unzertrennlich miteinander verbunden sind – in einem Ton, der unwiderstehlich ist.

»Ein aufregendes, sehr empfehlenswertes Buch«
Christine Westermann, Frau TV

www.kiwi-verlag.de

Sofi Oksanen. Stalins Kühe. Roman. Deutsch von
Angela Plöger

Drei Frauen, drei Generationen, drei aufeinander aufbauende Lebensgeschichten: Sofi Oksanens Roman zeigt, welchen Einfluss das politische System auf die Entwicklung eines Menschen hat und wie schwer es ist, sich von familiären Prägungen loszusagen. Ein Buch, das wie der Bestseller »Fegefeuer« das Augenmerk auf die Frauen richtet und auf die historische Entwicklung Estlands. Und eine in der Literatur bisher kaum beachtete Zivilisationskrankheit beschreibt: die Essstörung.

»Ein fesselnder Roman« *Cosmopolitan*

www.kiwi-verlag.de

**Kiepenheuer
&Witsch**